Marvin Roth

DER DUFT DES ZORNS

www.spica-verlag.de

Danksagung

Natürlich, wie könnte es auch anders sein, hat meine liebe Frau Cornelia erneut einen wichtigen, nein gewichtigen Anteil an diesem Roman. Mit Ansporn und Kritik hat sie mich bei dieser Geschichte begleitet. Dazu gehören Geduld, Hingabe und lektorische Genauigkeit. Dafür liebe Conny, meinen herzlichsten Dank!!!

Ein Dankeschön möchte ich an dieser Stelle meine kleine, aber feine Fan-Gemeinde richten. Mit vielen aufmunternden Worten versuchten sie, mein Schreibtempo zu steigern. Sie wollten einfach nicht so lange warten, bis ein neuer Roman vorliegt.
Die eifrigste Dränglerin war unsere gute Freundin Heidi Scherer.

So, liebe Heidi, lese langsam und mit Bedacht!
Bis zu meiner nächsten Geschichte, "Das Papst-Dekret", werden wieder einige Monate vergehen.

Personen – im Buch der Duft des Zorns

Mike Zeller: Diebischer Lagerarbeiter.

Sam „Duke" Douglas: Depressiver Irak Veteran.

Bürgermeister Wilbur Delinsky kämpft gegen imaginäre Terroristen.

Wilma Zigora: Die Verwaltungsangestellte und Sekretärin des Bürgermeisters versucht sich zu verstecken.

FBI Agent Roger Thorn: Er leitet die Ermittlungen.

Paolo Capriati – alias Carlo Rossini hütet ein dunkles Geheimnis.

Deputy Will Mac Callen entdeckt einen Unfall und eignet sich ein Geschenk an.

Sheriff Ernest Gregory flieht mit letzter Kraft.

Rosi Winters ist im eigenen Keller gefangen.

Sally Parks: Eine bestialische Blondine ergötzt sich am Blut.

Kameramann John Wells betet.

Kim: Ein Sanitäter sorgt für Verwirrung.

Pfarrer Carl Morris steht Wache.

Privat Mey: Soldat der Nationalgarde sieht sich zum Handeln genötigt.

Joe weiß wo der Schlüssel ist.

Mr.Smith: dubioser Geschäftsmann wartet vergeblich.

Francesco Solano: Der Mafia Boss ordnet eine Vergeltungsaktion an.

Vito Bertonie und **Luigi Campaniolo** werden in die Provinz geschickt.

Harold Murphy: Der Tankwart wundert sich, und begegnet einem alten Geist.

Screw-Bill Murphy: Vater von Harold.

Claudette Balzen: Eine Hausfrau rastet aus.

Briefträger Tom Hauser ist wütend.

Josh Eliot: Wirt des "Potts" überrascht seine Gäste.

Mister Moto: Ein alter Geist geht um.

NSA Agent Robert Page gerät in einen Hinterhalt.

Professor Julian Prisarius: Gründer der Ethik Inc., entwickelte einen chemischen Kampfstoff.

Yavuz Kozoglu: erlebt als Hobby-Anthropologe unerwartete Abenteuer.

Dr. Roderick Jensen: Schon sein Vater hatte ein mörderisches Weltbild.

Patrick Mortenson geht ins Licht.

Luther Brown: ein pensionierter Forensiker bekommt eine besondere Aufgabe.

Colonel James Harper: Einsatzführer der Nationalgarde.

Sergeant Tom Wissler: stellvertretender Sheriff von Crossville, wird beschossen.

Bill Haslam: Gouverneur, Republikaner, früherer Bürgermeister von Knoxville

Vorwort

„Was wäre wenn?"

Das ist eigentlich immer ein guter Ansatz für eine Diskussion oder aber auch für eine Geschichte.

In der heutigen Wissenschaft, so berichten Medien immer gerne, ist scheinbar nichts mehr unmöglich. Alles ist machbar, wenn die Macher multinationaler Konzerne nur genügend Zeit und Geld investierten. Es wird nicht mehr einfach nur erfunden, sondern es wird gezielt geforscht. Man weiß, was man erschaffen will. Die Ziele sind definiert. Doch wie sieht es mit der Moral, der Ethik bei solchen Forschungen aus?

Gibt es noch so etwas wie einen Ehrenkodex der Wissenschaftler, oder sind das nur Wunschvorstellungen der unwissenden Bevölkerung?

Fakt ist, dass in der Vergangenheit schon immer Forschungen und Versuche an Menschen und Tieren unternommen wurden, die jedem Normalsterblichen die Haare zu Berge stehen und vor Grauen die Augen schließen lassen.

Erste chirurgische Eingriffe sind schon in der Steinzeit vorgenommen worden, was sich anhand von Knochenfunden beweisen lässt. Auch in der Antike, im alten Rom und Ägypten, experimentierten selbst ernannte Heiler mit allerlei barbarischen Gerätschaften am menschlichen Körper.

In China versuchte man sich schon früh in der Technik der Akupunktur. Dort fanden Archäologen Steinnadeln, die aus der Altsteinzeit stammten, somit also circa 10.000 Jahre alt sind. Dazu kommen all die Zauberer und Schamanen, die seit Anbeginn der Menschheit mit Kräutern und Mixturen versuchten, Einfluss auf die Physis der Menschen zu nehmen.

Die Aufzählung verbrecherischer Experimente durch Naziwissenschaftler, die später für die CIA oder den KGB arbeiteten, bis zu den schändlichen Versuchen an geistig und körperlich Behinderten, wie sie bis zum heutigen Tage in Nord Korea an der Tagesordnung sind, könnte hier seitenlang fortgesetzt werden. Fazit ist, dass der Mensch seit der Steinzeit bis zum heutigen Tag scheinbar kein Problem damit hat, seinen Artgenossen großes Leid zuzufügen.

Selbstverständlich sollen hier in diesem Vorwort nicht die Leistungen früher Forscher und Ärzte infrage gestellt werden, ohne deren Visionen die heutige Medizin nicht vorstellbar wäre.
Doch zurück zu unserer Anfangsfrage: **„Was wäre wenn?"**

Stellen Sie sich einmal vor, Sie wären von allen zivilisatorischen Regeln entbunden. Alle Tabus, seitens des Glaubens, des Staates oder Ihrer Erziehung würden von Ihnen nicht mehr wahrgenommen und damit für Sie nicht mehr existieren. Begriffe wie Nächstenliebe, soziales Verhalten, Fürsorge verschwänden aus Ihrem Vokabular. Die primären Wahrnehmungen Ihres Umfeldes minimierten sich auf Neid, Misstrauen und aufwallende Zornattacken.
Eine derartige Transformation Ihres Geistes würde Sie von einem normalen Menschen in ein gefährliches Raubtier verwandeln. Sie würden zur Erhaltung des eigenen Status oder aus, für uns niederen Rachegedanken heraus, ohne Probleme morden.
Das gibt es nicht? Das kann nicht sein? Oh, doch!
So etwas ist absolut möglich und auch schon in der Praxis versucht worden. Schon in den fünfziger Jahren startete der CIA das Projekt "MK-Ultra" und unternahm erfolgreich bis in die späten sechziger Jahre Versuche. Durch Verabreichung und Neuentwicklung bewusstseinsverändernder Drogen, die bekannteste davon ist LSD, wurden Soldaten so konditioniert, dass diese jeden Befehl bis hin zum Mord bedenkenlos ausführten.
Da sich solche Forschungen nicht mit den Zielen einer Demokratie, und den in der Verfassung garantierten Menschenrechten vereinbaren lassen, stellte die damalige US Regierung, nach dem Bekanntwerden des "MK-Ultra Projekts" und auf Druck der Öffentlichkeit, die Versuche ein. Sie ließ verlauten, dass es ohnehin keinen Sinn mache weitere Tests durchzuführen, da die gewünschten Ziele nicht erreicht werden könnten.
Wir können getrost davon ausgehen, dass weltweit bis zum heutigen Tage an der Kontrolle des menschlichen Geistes geforscht wird. Es ist davon auszugehen, dass inzwischen Substanzen in geheimen Labors lagern, die viel mehr anrichten können als das vor über fünfzig Jahren entwickelte LSD.
Zum letzten Mal stelle ich die Frage ...

... Was wäre wenn ... eine manipulative Substanz in die falschen Hände geriete und durch eine Verknüpfung unglücklicher Umstände das Leben einer normalen, amerikanischen Kleinstadt und darüber hinaus für immer verändern würde?

Blättern Sie um und lassen der Geschichte ihren Lauf.

Das Verhängnis beginnt!

Fürchtet euch vor dem, der nicht nur töten kann, sondern die Macht hat, euch auch noch in die Hölle zu werfen. Ja, das sage ich euch: Ihn sollt ihr fürchten.
Lukas 12/5

Zehn Meilen westlich von Crossvielle Tennessee - kurz nach Mitternacht.

Das tiefe Brummen eines Ford F150 Pick-Up Trucks durchbrach die nächtliche Stille des Waldes. Das leise Zirpen der Heuschrecken verstummte und ein streunender Fuchs hielt inne und lauschte mit wachsam aufgestellten Ohren. Der Wagen kam näher und damit einhergehend steigerte sich das Motorengeräusch, das mit fragmentartigem, schrillen Gitarrenstakkato durchsetzt war. Der Fuchs schaute zu den leicht zitternden Lichtfingern des Fahrzeuges, das sich rasch näherte und verschwand mit einem Sprung im Unterholz. Mike Zeller war bester Laune, auch wenn es schon spät war. Normalerweise war er um diese Uhrzeit eher unausstehlich, ganz besonders, wenn er Nachtschicht hatte. Doch heute war alles anders, heute war sein Tag, heute war seine Nacht.

Schon bald würde sich sein Leben radikal verändern. Alles würde sich ändern. Keine Vorgesetzten, keine Schichtarbeit, keine Geldsorgen würden mehr sein Leben erschweren. Er hatte recht mit seiner Einschätzung. Doch wie recht er hatte, würde sich schon in den nächsten Minuten auf drastische Weise zeigen.

Mike beugte sich zum Radio und drehte den Regler auf volle Lautstärke. Der Sender spielte einen Titel von „Queen", der ganz und gar seiner Situation und Stimmung gerecht zu werden schien. Laut und etwas schief in der Tonlage setzte er bei dem zweiten Vers des Songs ein:

»Listen all you people, come gather round
I gotta get me a game plan, gotta shake you to the ground
Just give me what I know is mine,
People do you hear me, just give me the sign,
It ain´t much I´m asking, if you want the truth
Here´s to the future for the dreams of youth,
I want it all, I want it all, I want it all, and I want it now!«

Ja, er wollte alles und er würde es bekommen. Beschwingt klopfte er den Rhythmus des Songs auf die große, weiße Styropor Box, die auf dem Beifahrersitz stand. Der Inhalt dieser Kiste war seine Fahrkarte in die Zukunft. Mike lachte laut auf, als er daran dachte, wie einfach es doch gewesen war, die Fläschchen zu stehlen.

Erst vor einer Woche hatte ihn ein Mann angesprochen. Mister Smith hatte sich der Fremde vorgestellt. Klar, Mister Smith, hatte Mike gedacht, was Blöderes ist dem Typen wohl nicht eingefallen. Doch Mister Smith hatte ihm ein Angebot gemacht, dem Mike nicht widerstehen konnte.

»Besorgen Sie mir die Ampullen und meine Auftraggeber werden Sie fürstlich entlohnen. Denken Sie darüber bis Morgen nach. Ich erwarte Sie wieder hier um die gleiche Zeit.«

Damit erhob sich Mister Smith und verließ das Frühstücksrestaurant, das Mike jeden Morgen nach seiner Nachtschicht aufsuchte, ehe er nach Hause fuhr.

An diesem Tag fand Mike keine Ruhe. Er konnte nicht einschlafen, was an normalen Tagen sonst nie ein Problem für ihn darstellte. Nach einer Nachtschicht war er immer hundemüde.

Die ganze Zeit gingen ihm die Worte durch den Kopf:

»Meine Auftraggeber werden Sie fürstlich entlohnen.«

Was war fürstlich entlohnt? Zehntausend Dollar? Hunderttausend oder mehr? Warum hatte der Typ keine Zahl genannt? Wo lag die Grenze? Für welche Summe würde er, Mike Zeller zum Dieb werden? Wie wertvoll war das, was er aus dem Institut entwenden sollte? Was sollte er überhaupt stehlen?

Die Fragen quälten ihn bis zum nächsten Morgen und er stürmte fast in das Frühstücksrestaurant, sich suchend nach Mister Smith umschauend. Tatsächlich wartete dieser bereits im hinteren Teil des Gastraumes auf ihn. Mit etwas gemischten Gefühlen, gestaltet aus nebliger Hoffnung und vager Unsicherheit schritt Mike durch die Tischreihen und setzte sich unaufgefordert zu dem Wartenden.

Mister Smith sah lächelnd von seinem halb verspeisten Frühstück auf und meinte kauend:

»Ah, Mister Zeller. Wie ich sehe, haben Sie nachgedacht. Gut, gut. Dann wollen wir doch auch gleich zur Sache kommen ...«

Eine Stunde später verließ Mike das Lokal. In seiner Jackentasche befand sich ein Umschlag mit zehntausend Dollar Anzahlung und einem eng beschrifteten Zettel mit genauen Anweisungen für seinen nächtlichen Diebstahl.

Mike Zeller schreckte aus seinen Erinnerungen auf, als sein Wagen unvermittelt über einen holprigen Untergrund fuhr. Das Lenkrad schien sich seinen nun fest zupackenden Fingern wie ein lebendiges Wesen entwinden zu wollen. Mit heftigem Keuchen riss er an dem Steuer und versuchte den bockenden Pick-Up aus dem mit hohem Gras bewachsenen Seitenstreifen zurück auf die Straße zu zwingen. Im gleichen Moment meldete sich sein Handy mit einem nervigen Sirenengeheul, das noch die schrille Rockmusik aus dem Radio übertönte. Reflexartig ließ Mike seine rechte Hand nach unten gleiten, um das Telefon aus seiner Hosentasche zu ziehen.

Bei dieser unbedachten Aktion, das Lenkrad nur noch mit einer Hand haltend, verlor er augenblicklich die Kontrolle über den schweren Wagen. Mit einer verzweifelten Lenkbewegung schaffte Mike es, das Fahrzeug noch einmal auf die Straße zu zwingen. Erleichtert wollte er schon aufatmen und setzte gleichzeitig seine Bemühungen fort, sein Handy aus der Hosentasche zu angeln. Dieses Unterfangen wurde zu seinem Verhängnis. Er hatte nicht damit gerechnet, dass die Reifen auf dem Asphalt der Straße eine völlig andersartige Haftung besaßen, als auf erdigem Untergrund.

Die Räder drehten auf dem Straßenbelag durch und brachten den Pick-Up zum Schlingern. Wild schoss das Fahrzeug über den Belag, um im selben Moment seitlich auszubrechen. Mike, voller Schreck, wollte nun mit beiden Händen das Steuer ergreifen, doch seine Hand, das Telefon umklammernd, steckte in der Hosentasche fest. Ein weiteres Mal versuchte er, mit nur einer Hand den Wagen in die Spur zu bringen.

Doch diese verzweifelte Lenkbewegung hatte zur Folge, dass sich das Fahrzeug quer stellte, einen Moment seitlich über die Straße rutschte und schließlich zur Seite kippte. Durch die hohe Bewegungsenergie überschlug sich das Fahrzeug mehrere Male. Das Letzte, was Mike Zeller in seinem Leben sah, war eine verwaschene Umgebung in der sich alle Farben zu einer Symphonie aus Strichen zu verlieren schien.

Noch ehe er begriff, was mit ihm geschah, brach ihm durch den heftigen Aufprall, der das Wagendach des Ford mit Wucht nach unten drückte, das Genick und es wurde schwarz um ihn.

Als das Fahrzeug schließlich zur Ruhe kam, hing Mike Zeller tot in den Gurten. Seine Hand umklammerte dabei immer noch das vibrierende und jaulende Handy.

**

Dunkle Erinnerungen

Walker Hill - Tennessee - etwas später.

Sam Douglas saß am Fenster und schaute hinaus in die Nacht. Es gab nicht viel zu sehen, da die Hauptstraße um diese Zeit ruhig dalag und nur wenige Autos sein Haus passierten.

Doch Sam interessierte sich nicht sonderlich für die nächtliche Aussicht. Er starrte in die Dunkelheit und sein Blick verlor sich in den Weiten seiner Vergangenheit.

Vor seinem geistigen Auge tauchten die Berge der afghanischen Provinz Helmand auf, die er über das Flugfeld von Lashkar Gah nur schemenhaft in der Mittagshitze ausmahen konnte.

Es war der zweite Juli 2009. Sein Schicksalstag!
Beginn der Operation Khanjar, bei der mehr als 4000 US-Soldaten und 650 afghanische Soldaten die größte Militäraktion seit 2002 starteten, um die Taliban aus dem Bezirk Helmand zu vertreiben.
Der Flughafen wimmelte von Allianztruppen. Er war mit seiner Einheit, der India Company, 3rd Bataillon, 6th Marines Guard, nach Marjah, und damit direkt an den Eingang der Hölle versetzt worden. Heute sollte es losgehen. Heute wollte man es den verdammten Taliban

so richtig zeigen. Hier in Helmand an den fruchtbaren Ufern des Hilmend Rud hatten die Aufständischen ihr Rückzugsgebiet, wo sie von der einheimischen Bevölkerung geschützt und logistisch unterstützt wurden. Doch das sollte sich nun ändern. Sergeant Causky stapfte schwer schnaufend heran und schrie schon aus einiger Entfernung: »Aufsitzen, aber dalli! Schwingt eure lahmen Ärsche in die Humvees. Wir haben eine Verabredung mit den Taliban, Arschgeigen, und ich will sie nicht warten lassen. Los, los, los!«

In diesem Moment hoben in unmittelbarer Nähe eine Reihe AH-64 Apache Kampfhubschrauber mit laut heulenden Triebwerken ab und wirbelten heißen Sand in die Gesichter der Männer. Laut fluchend suchten die Marines hinter ihren Fahrzeugen Schutz vor den mechanisch erzeugten Windböen. Nur Sergeant Causky stand wie ein Fels in der Brandung und hatte seine Hände in die Seiten gestemmt. Böse funkelten seine Augen unter dichten Augenbrauen hervor. Er sagte kein Wort, was bei dem Lärm auch völlig aussichtslos gewesen wäre und trotzdem erhob sich sein Squad und rannte eiligst zu den bereitstehenden Wagen.

Nicht einmal eine Minute später setzte sich die kleine Kolonne, bestehend aus fünf Humvees in Bewegung. Nach kurzer Zeit erreichten sie ein schwer bewachtes Tor und bogen ohne anzuhalten auf eine kleine Landstraße ein, die nach Süden führte. Sam saß auf dem Beifahrersitz des zweiten Wagens. Neben ihm, am Steuer starrte sein bester Freund Rick Carpa angestrengt nach vorne, sich bemühend den Abstand zum ersten Fahrzeug nicht zu groß werden zu lassen. Dabei kaute er unablässig auf mindestens drei Streifen Kaugummi. Sein Kiefer malmte, was Sam deutlich zeigte, wie sehr sein Freund versuchte mit seinem Stress fertig zu werden.

»Komm schon Ricky, so schlimm, wird es schon nicht werden«, versuchte er seinen Freund zu beruhigen.

»Was willst du von mir Duke?«, fragte Rick Sam, der schon seit seinen Kindertagen diesen Spitznahmen in gelassener Ergebenheit ertrug, obwohl damit sein Familienname ungehörig verunglimpft wurde. Selbst bei der Grundausbildung hatte es keine zwei Tage gedauert, bis ihn jedermann mit Duke ansprach, obwohl niemand aus seinem Heimatbezirk in seiner Kompanie Dienst tat.

Doch Sam hatte längst aufgegeben, gegen seinen Spitznamen zu protestieren. Ein starkes Holpern riss ihn aus seinen Gedanken und mit einem Ruck kam die Kolonne zum Stehen.

»Absitzen!«, *schallte die Stimme des Sergeants laut aus den Headsets. Fast gleichzeitig und wie zur Bestätigung des Befehls schlugen mit lauten Schlägen die ersten Geschosse in die gepanzerten Fahrzeuge ein. Die Männer brauchten nur wenige Sekunden, um herauszufinden, aus welcher Richtung der Feind angriff.*

Rick steuerte den Humvee dicht an eine Mauer heran, die auf der rechten Seite die Straße begrenzte. Geduckt sprangen die Soldaten aus dem Fahrzeug und suchten Deckung hinter dem schweren Gefährt.

Die anderen Wagen der kleinen Kolonne hatten es ihnen gleichgetan. Duke schaute vorsichtig über die Motorhaube, was sofort mit heftigem Beschuss des Gegners quittiert wurde. Hinter ihnen spritzte der Mauerputz durch die Einschläge der Geschosse, wie ein trockener Sprühnebel aus gekalktem Mörtel bedeckte er die Soldaten mit pudrigem, weißen Staub. Die Männer brachten ihre M-4 Sturmgewehre in Anschlag und erwiderten das feindliche Feuer der Heckenschützen. Die stoßweise abgefeuerten Gewehrsalven ließen die Luft vibrieren. Duke ließ sich auf den Boden gleiten und robbte unter dem Humvee nach vorne. Er legte sein Gewehr an und wartete auf den nächsten Beschuss des Feindes. Gleich darauf sah er das Mündungsfeuer, das aus dem Fenster eines circa dreißig Meter entfernten Hauses aufflackerte.

Sofort richtete er seine M-4 auf das Ziel und legte den Hebel um auf Dauerfeuer. Doch in diesem Moment geschah etwas Ungewöhnliches.

Das anvisierte Haus verschwamm vor seinen Augen, wurde fast nebelhaft wie ein Schemen. Gleichzeitig verstummten alle Geräusche und wurden durch einen neuen, durchdringenden, jaulenden Ton ersetzt. Duke schüttelte verwirrt den Kopf. Er kannte das Geräusch, doch hier in Lashkar Gah war dieses völlig irreal. Der auf- und abschwellende Ton war die Sirene eines Polizeiwagens, eines amerikanischen Patrol cars.

Ohne Vorwarnung wurde Sam „Duke" Douglas aus seinem Wachtraum gerissen. Die Kampfszene war einer weiteren einsamen qualvollen Nacht gewichen. Er beugte sich nach vorne und schaute verärgert die Straße hinunter. Er sah gerade noch die blinkenden Lichter eines Streifenwagens, der sich rasch in Richtung Knoxville entfernte. »Verdammte Cops«, murmelte Sam, drehte seinen Rollstuhl und rollte mit müden Bewegungen zum Schlafzimmer.

***

Verhängnisvoller Fund

Zehn Meilen westlich von Crossvielle Tennessee - ein Uhr morgens. Deputy Will Mac Callen war auf seinem Nachhauseweg. Er war heute nicht im Dienst und hatte den Tag genutzt, um seiner neuen Freundin Rosi Winters, ein Geburtstagsgeschenk in Knoxville zu kaufen. Eigentlich hasste er es einzukaufen, aber bei Rosi lag die Sache anders. Mit dem Enthusiasmus eines Schatzsuchers war er, allerdings ohne die geringste Idee, was er eigentlich kaufen wollte, durch sämtliche, einschlägigen Geschäfte gestreift. Er hatte mehrere kleine Geschenke gefunden, doch ein wirklicher „Hit" befand sich nicht in seiner Auswahl. Das war auch nicht nötig, da Will mit Rosi noch nicht lange genug zusammen war, um richtig teure Geschenke zu machen. Morgen früh würde er Rosi überraschen, wenn er im Potts wie jeden Tag in den letzten Jahren seit er bei der Polizei in Walkers Hill beschäftigt war, frühstücken würde.

Das Potts war eigentlich Potters Bar and Grill, doch für die Einheimischen war der Name in den lokalen Sprachschatz eingegangen und verankert. Niemand wusste mehr, wer der eigentliche Restaurantgründer gewesen war und ob dieser wirklich Potter geheißen hatte. Schon seit Generationen war „das Potts" im Besitz der Familie Eliot und Josh Eliot war der aktuelle Wirt.

Eigentlich hätte Will jetzt schon einen Happen vertragen können, wie immer, wenn er länger als gewöhnlich auf den Beinen war.

Sein Einkaufstag hatte er mit einer kleinen Kneipentour beendet. Dabei hatten ihn zwei ehemalige Kollegen begleitet, die immer noch in Knoxville Dienst taten. Will war dagegen schon vor Jahren zurück in seine Heimatgemeinde gezogen. Dort hatte er eine Anstellung im kleinen Sheriffsbüro von Walkers Hill bekommen.

Es war spät geworden, wie immer, wenn er seine alten Kollegen traf. Heute war es besonders spät, fast ein Uhr nachts und Will trat mehr aufs Gaspedal, um schneller nach Hause zu kommen. In einer leichten Linkskurve verringerte Will die Geschwindigkeit seines Fahrzeuges ein wenig. Diese Stelle war tückisch, da man fast nicht bemerkte, dass die Strecke einen langen Bogen beschrieb. Daher richtete er seine Konzentration ganz auf die nächtliche Straße. Er wusste nicht, warum er mit einem Male ein ungutes Gefühl hatte. Routinemäßig warf er einen schnellen Blick auf das Funkgerät, dessen Leuchtdioden in einem matten Grün leuchteten.

Er war mit seinem Dienstwagen unterwegs, was von seinem Boss Sheriff Ernest Gregory großzügig geduldet wurde. Der Sheriff wusste, dass er eine schnelle Aktivierung seiner Leute im Notfall bewerkstelligen konnte, wenn diese zu jeder Tageszeit in der Nähe ihrer Dienstwagen zu finden waren. Wills ungutes Gefühl bewahrheitete sich schneller, als er es erwartet hätte.

Am Ende der lang gezogenen Kurve erblickte er einen auf dem Dach liegenden Ford F-150 Pick-Up. Routinemäßig schaltete Will die Signallichter auf dem Dach des Polizeiwagens an und drückte danach zusätzlich den Schalter, der den Warnblinker aktivierte.

Von einer Sekunde zur anderen war Will Mac Callen von einem müden Zivilisten zu einem hellwachen Police Officer geworden. Gekonnt brachte er seinen Streifenwagen schräg vor dem Ford zum Stehen und sicherte damit auch gleich die Unfallstelle ab. Danach griff er sich die neben dem Fahrersitz verstaute Taschenlampe und sprang aus seinem Patrol car. Schnell lief er zu dem auf dem Dach liegenden Wagen und leuchtete in die Fahrerkabine.

Dort hing in dem Sicherheitsgurt kopfüber und irgendwie verdreht wie eine zerbrochene Marionette ein offensichtlich toter Mann. Aus seiner Nase war Blut in erheblichem Maß gelaufen und hatte seine Stirn mit einem Gespinst aus roten Linien überzogen. Leblose Augen starrten blicklos in die Nacht. Eingebettet in eine Gesichtslandschaft, eine einzige letzte Emotion festhaltend, den puren Unglauben der letzten Erkenntnis, dass hier die kalte Hand des Todes jeden Gedanken an eine Zukunft erbarmungslos beendete.

Will wandte sich voller Grauen ab. Er hatte schon mehrfach die Gestalten des Todes gesehen, doch dieser Tote hier berührte ihn auf unerklärliche Weise. Oberflächlich ließ er seinen Blick durch die Fahrzeugkabine schweifen, bemerkte dabei kleine Fläschchen, die ihn irgendwie an die Probeflakons von Avon erinnerten. Seine Mutter hatte früher eine Avonvertretung gehabt und der ganze Kosmetikschnickschnack hatte überall im Haus herumgelegen. Will war erstaunt über seinen Gedankengang, hatte er doch schon lange nicht mehr an diese Periode seiner Kindheit gedacht. Unwillig schüttelte er seinen Kopf, als wolle er die verhasste Vergangenheit hinausschleudern. Zu dieser Zeit, die er Mutters Avon-Periode nannte, hatte sein Vater die kleine Familie verlassen und extremer Geldmangel zwang seine Mutter, jegliche Arbeit anzunehmen. Avon war ein Zubrot gewesen. Doch seine Mutter nutzte die abendlichen Verkaufsbesuche in fremden Häusern, um das eine oder andere nette Schmuckstück in ihrem Avon Köfferchen ver-schwinden zu lassen, um es beim Pfandleiher zu versetzen.

Als man sie schließlich erwischte, heulte sie den Polizeibeamten die Ohren voll, was Will als schrecklich peinlich empfand, da sie ihn noch als Grund für ihre Diebstähle anführte, weil sie ihn ja ernähren musste.

So war er, mangels anderer Verwandter - sein Vater war nicht aufzutreiben - in einem Kinderheim gelandet und seine Mutter im Gefängnis, was in seinen Augen keinen großen Unterschied machte.

Ein lautes Knacken des sich abkühlenden Motorblocks des Unfallwagens brachte ihn in die Gegenwart zurück. Noch immer stand er an der gleichen Stelle und starrte ins Innere des Fahrzeuges.

Mit einem fast geknurrten: »Verdammt noch mal«, drehte Will sich zur Seite und begann die Unfallstelle nach weiteren möglichen Opfern abzusuchen. Er umrundete das Autowrack und leuchtete mit seiner Stablampe die nähere Umgebung ab. Auch hier lagen die kleinen Fläschchen verstreut herum, ansonsten war nichts Auffälliges zu sehen.

Will bückte sich und hob eines der Fläschchen auf und drehte es in seinen Fingern. Dann hielt er es sich unter die Nase und schnupperte daran um seine Vermutung von vorhin zu untermauern.

Tatsächlich! Ein leichter Duft von Rosen und anderen Blumen schien von dem Glasbehälter auszugehen, und wenn er es sich nicht einbildete, dann roch die ganze Unfallstelle nach diesem Zeug.

Er ging zurück zu seinem Streifenwagen und steckte dabei unbewusst das Fläschchen in seine Hosentasche. Dann ließ er sich auf den Fahrersitz gleiten und griff nach dem Mikrofon des Funkgerätes.

Noch ehe er den Knopf drückte, um seine Meldung abzusetzen, sprach er laut aus, was er gerade dachte: »Verfluchtes Avon!«

***

Vorfreude

Einige Tage später im Haus von Rosi Winters.

Selten hatte sie sich so gut gefühlt. Schon beim ihrem Erwachen, Stunden vor Sonnenaufgang hatte sie sich gewundert, dass sie keine Spur von Müdigkeit verspürte. Eine Weile hatte sie noch mit geschlossenen Augen im Dunkeln gelegen, und versucht die verlorene Spur des Schlafes wiederzufinden. Doch nach circa einer halben Stunde gab sie ihre Bemühungen auf und schwang sich aus dem Bett.

Ungewohnt leichten Fußes begab sie sich in die kleine Küche und schaltete die Kaffeemaschine ein.

Normalerweise war sie ein Morgenmuffel und schlurfte, mindestens die erste Stunde nach dem Aufstehen, müde und mürrisch durch die Welt.

Danach verschwand die Frühaufsteherin eine einfache Melodie summend ins Badezimmer. Gleich darauf rauschte das Wasser der Dusche und aus dem Gesumme wurde nun lautes Singen. Nur wenige Minuten später verließ sie das Badezimmer und tänzelte, nur mit einem Handtuch bekleidet, zurück zum Schlafzimmer. Auf dem Weg durch den kurzen Flur blieb sie kurz vor der Tür zum Keller stehen und flüsterte vielversprechend:

»Ich komme gleich meine Lieblinge. Wartet noch ein wenig, dann bin ich bei euch.«

Kiechernd lief sie weiter ins Schlafzimmer und zog sich rasch an.

Die Kleidung, die sie auswählte, wollte so gar nicht zu einer jungen, hübschen Frau passen. Sie schlüpfte in einen vor Schmutz starrenden, ihr viel zu großen, blauen Overall, und band einen breiten Ledergürtel um ihre Hüften. Derbe Arbeiterstiefel, dazu eine Baseballkappe bildeten das Unerwartete und absolut unmodische Ensemble. Doch auf modischen Schnickschnack kam es ihr im Moment nicht an. Zweckmäßigkeit war angesagt, auch wenn ihr Handeln in keinster Weise einem guten Zweck zum Ziel hatte. Doch wen kümmerte das schon? Vergnügt kehrte sie in die Küche zurück, nicht ohne vorher beim Vorbeigehen fröhlich gegen das Holz der Kellertür zu trommeln.

Sie schenkte sich eine Tasse dampfenden Kaffee ein und nippte vorsichtig daran. Dabei schaute sie auf die altmodische Porzellanuhr, die neben der Hintertür angebracht war. Viertel vor vier. Na, da hatte sie ja noch gute drei Stunden Zeit, ehe sie zur Arbeit musste.

Zeit, die sie mit ihren Lieblingen verbringen würde, dort unten in ihrem kleinem, kuscheligem Versteck. Sie ging um den Küchentisch herum zur Spüle und zog eine Schublade auf. Ihr entnahm sie ein langes Fleischmesser, das sie sich in den Gürtel steckte. Dann griff sie sich einen Apfel aus dem Obstkorb und biss herzhaft hinein. Der süße Saft rann ihr über das Kinn und tropfte ihr in den Kragen des Overalls und erinnerte sie daran, wie sie sich gestern mit ihren Lieblingen vergnügt hatte. Doch es war kein Apfelsaft gewesen, welcher klebrig an ihrem Kinn herabgeflossen war. Mit erwartungsvoll glitzernden Augen ging sie zur Kellertür und öffnete diese mit Schwung.

***

Was ist denn da los?

Die Leute auf dem Land waren keine Langschläfer. Das galt auch für Walkers Hill. Es war noch nicht einmal acht Uhr am Morgen, doch die Main Street brummte nur so vor Aktivität. Jedenfalls sahen es die Bewohner von Walker Hill so, und sie ließen sich durch nichts von ihrer Meinung abbringen. Wenngleich auch so mancher zugewanderte Großstädter, wie dieser vorwitzige Paolo Capriati, behauptete, dass nachts um drei Uhr auf dem Hauptfriedhof von Brooklyn mehr los sei. Paolo war vor circa drei Jahren in Walkers Hill aufgetaucht. Er hatte sofort Arbeit bei Murphys Tankstelle gefunden. Eigentlich war es mehr als nur eine Tankstelle. Neben den Kassen und Verkaufsraum war eine Autoreparaturwerkstatt angeschlossen, in dem Screw-Bill Murphy und Paolo arbeiteten.

Um die Tankstelle kümmerte sich Bills Sohn Harold, der Tankwart, Kassierer und Gebrauchtwarenhändler in Personunion war, also Mädchen für alles. Doch Screw-Bill war der Boss und das wusste jeder im Ort.

Harold stand in der Einfahrt zur Tankstelle und schaute angestrengt die Main Street hinunter. Er schirmte seine Augen mit der rechten Hand gegen die Morgensonne ab und kniff die Augen zu schmalen Schlitzen zusammen. Eine Stimme, die direkt hinter ihm erschallte, ließ ihn zusammenzucken.

»Was gibt es denn da zu sehen Junge?«, fragte Screw-Bill knurrig.

Unbemerkt hatte er sich an seinen Sohn herangeschlichen, um diesem einen Schrecken einzujagen. Er mochte solch' derbe Scherze und konnte noch Stunden später über einen „gelungen Streich" lachen.

»Das möchte ich zu gerne auch wissen, Dad. Vor dem Potts stehen eine Menge Leute. Da muss was passiert sein.«

Mit keinem Wort ließ er sich auf den morgendlichen Spaßanschlag seines Vaters ein, sondern drehte sich lächelnd zu ihm herum.

»Gut, das du schon da bist. Pass bitte ein paar Minuten auf den Laden auf. Ich lauf mal schnell hin und erkundige mich, was da los ist.«

Noch ehe Screw-Bill etwas erwidern konnte, war Harold schon losgelaufen. Kopfschüttelnd sah er seinem Sohn nach und beugte sich danach etwas nach vorne, um zu sehen, was da unten im Ort wohl geschehen war.

Als Harold nach einem kurzen Dauerlauf endlich vor dem „Potts", wie die Leute hier das kleine Restaurant nannten, ankam, hatte sich die Anzahl der hier versammelten Menschen fast verdoppelt.

Das Stimmengewirr war in seiner Lautstärke beträchtlich und die Aufregung schien wie eine unerklärliche Vibration jeden Einzelnen hier Anwesenden zu befallen. Harold schob sich durch die Menge und versuchte zu erkennen, was denn da vor dem Potts eigentlich los war. Wort- und Satzfetzen brandeten um ihn herum, doch was die Leute von sich gaben, verwirrte ihn mehr als das es Aufklärung bot.

–... na also so was! Pass auf, wo du hintrittst. – Was is'n passiert? – Zu? – Geschlossen? – Was soll das bedeuten – geschlossen? Das Potts ist immer offen, selbst an den Feiertagen. – Vielleicht ist Josh krank geworden oder so was ... – So ein Quatsch, gestern Abend war er noch in Ordnung. – Wo sollen wir denn jetzt frühstücken? – Hat jemand von euch schon mal die Farbe betrachtet mit dem „Heute geschlossen!", auf die Fensterscheibe gepinselt worden ist? – Was? Was soll denn an der Farbe so interessant sein? He? – Na ja, für mich sieht das doch sehr

nach Blut aus. – Du spinnst ja. He, Leute was meint ihr? Sieht das Geschreibsel von Josh Eliot nach Blut aus oder nicht? – Wohl zu viel CSI geguckt, der Spinner ... –

Mittlerweile hatte sich Harold ganz nach vorne geschoben und stand nun etwa einen halben Meter vor dem Schaufenster des Potts.

Von hinten drängten weiter Menschen in Richtung des Restaurants und er hatte Mühe seine Position zu halten, ohne gegen das Fenster gedrückt zu werden. Auf diesem waren die ungelenken Buchstaben mit einem rauen Pinsel regelrecht hingeschmiert worden. Auch schien die Behauptung eines der Umstehenden sich als richtig zu erweisen, dass Blut anstatt Farbe für die Aufbringung der Nachricht verwandt worden war.

Harold fragte sich gerade angewidert, wer denn so pervers sein konnte, ... als ihm der Atem, wie auch jede Gedankentätigkeit simultan stoppte und einer sprachlosen Überraschung wich.

Am unteren rechten Rand des Schaufensters schob sich von innen langsam eine blutige Hand empor und hinterließ eine schmierige Spur des Grauens. Hinter der Hand wurde der dazugehörige Arm sichtbar, dessen rot karierter Hemdsärmel in Fetzen über einer klaffenden, ausgefransten, länglichen Wunde baumelte.

Reflexartig wollte Harold zurückweichen, sich von der schrecklichen Szene entfernen zu der ihn alleine seine verflixte Neugier getrieben hatte. Die Menschen um ihn herum verhinderten allerdings, dass er sich von seiner derzeitigen Position wegbewegen konnte und so musste er mit ansehen, wie das Drama seinen Lauf nahm.

Mit einem dumpfen Geräusch fiel der Körper des Blutenden gegen das Schaufenster, was ein kollektives Aufstöhnen der Schaulustigen vor dem Potts zur Folge hatte. Längst waren die unsinnigen Diskussionen verstummt und dumpfem Entsetzen gewichen.

Das Gesicht des Blutenden drückte sich seltsam verzerrt gegen das Glas, um dann der Gravitation folgend nach unten wegzurutschen.

Gleich darauf war der blutende Mann nicht mehr zu sehen und nur die blutigen Schmierspuren auf dem Fenster zeugten davon, dass wirklich geschehen war, was der Verstand zu negieren versuchte.

Plötzlich waren die Stimmen wieder da. Die Menschen rund um Harold herum reagierten auf das Auftauchen des blutenden Mannes im Potts völlig unterschiedlich.

Einige rannten schreiend davon und rauften sich die Haare, andere blieben einfach geschockt stehen und starrten aus blicklosen Augen vor sich auf den Boden. Doch der größte Anteil der Leute plapperte darauf los, um den unmittelbaren Stress abzubauen. Dabei war es völlig belanglos, dass niemand dem oft sinnlosen Gerede zuhörte.

Harold versuchte noch immer sich von dem Schaufenster des Restaurants zu entfernen, als er einen heftigen Stoß in die Seite bekam.

Durch die Wucht des so unerwarteten Hiebes wurde er nach vorne gegen die Scheibe geworfen und prallte zu alledem mit der Stirn reflexlos hart gegen diese. Sekundenlang war ein hässliches, unheilvolles Knacken zu hören, dann brach das Glas des Schaufensters in Millionen Teile. Vor Harold zersprang die Welt in reflektierende wirbelnde Fragmente, die sich scheinbar schwerelos in der Luft drehten. Adrenalin erzeugte in seiner Wahrnehmung eine temporäre Eigendynamik, die dazu führte, dass er seine Umwelt wie auch sich selbst in extremer Zeitlupe erlebte.

So fiel er, seiner persönlichen Eigenzeit gerecht werdend, unendlich langsam durch den Schleier zerborstenen Glases in den Gastraum hinein. Unter sich erkannte er im Halbdunkel den blutenden Mann, der verkrümmt auf dem Boden lag. In geradezu hellseherischer Klarheit wusste er sofort, dass er auf den Verletzten stürzen würde. Mit einem letzten Versuch dies zu verhindern, riss er die Arme nach vorne, was natürlich auch viel zu langsam geschah, um noch etwas an dem Sturzergebnis verändern zu können.

Mit dem hässlichen Geräusch eines brechenden Knochens landete Harold auf dem am Boden liegenden Verletzten. Sofort rollte er zur Seite, um von dem Bedauernswerten wegzukommen. Noch in der Bewegung fiel ihm auf, dass sich noch weitere Personen im Raum aufhielten. Er hörte schweres Schnaufen und ein leises Jammern. Vorsichtig hob Harold seinen Kopf und schaute sich suchend in dem Halbdunkel um.

Zuerst betrachtete er den blutenden Mann, auf den er gefallen war und der sich dabei mindestens eine Rippe gebrochen hatte. Kannte er ihn? Nein, das, was er von dem Gesicht des Verletzten sehen konnte, war ihm völlig unbekannt. Dieser Fremde musste auf seinem Weg sonst wohin heute Morgen hier gestoppt haben, um vielleicht einen schnellen Kaffee zu trinken. Harolds Blick schweifte weiter durch den Gastraum und blieb einen Moment verwundert an einem Rollstuhl hängen, der irgendwie deplatziert zwischen umgefallenen Tischen stand. An der Rückenlehne hing ein alter Armeerucksack, dessen Wüstencamouflage irgendwie unpassend in dieser Umgebung wirkte.

Das ist doch Dukes Rollstuhl, dachte er, aber wo ist denn dann Duke.

Harold richte sich langsam auf, als ob er befürchten müsse, es würde alles noch schlimmer, wenn er sich hektisch bewege.

Merkwürdigerweise nahm er die Geräusche von draußen, nur gedämpft war, obwohl er nur gute anderthalb Meter von dem zerbrochenen Schaufenster entfernt stand. Vorsichtig, wie durch ein imaginäres Minenfeld schreitend, bewegte Harold sich in den Gastraum hinein und ließ dabei seinen Blick suchend hin und her schweifen. Er sah das Grauen und konnte es dennoch nicht begreifen.

Blutende, verstümmelte Menschen lagen zwischen den Tischen und Bänken. Die meisten waren tot, mussten tot sein, bei diesen grauenhaften Verletzungen. Der Mörder hatte keine Ausnahmen gemacht und jeden in seinem Mordwahn niedergemetzelt.

Jeden! Männer, Frauen und Kinder lagen teils übereinander mit offenen, ungläubigen, vor Entsetzen weit aufgerissenen und dennoch leblosen Augen.

Harold begann zu zittern. Erst ein wenig, dann immer mehr, bis schließlich seine Zähne klappernd aufeinanderschlugen. Er war nicht bereit gewesen, weil niemand für so etwas bereit sein konnte. Er war gestoßen worden und direkt in die Hölle gefallen.

Nein, nein, nein! Das konnte nicht wirklich geschehen. So etwas sah man nur in schlechten Filmen.

Aus seiner Kehle löste sich gurgelnd ein Ton, der von ganz tief unten, vom Boden seiner gequälten Seele zu kommen schien. Der Ton wurde lauter und gleichzeitig schriller. Aus Harolds Mundwinkeln tropfte blutiger Schaum, der aus einer zerbissenen Lippe und hervorgewürgter Luft komponiert war.

Er breitete fast wie ans Kreuz genagelt die Arme weit auseinander und legte seinen Kopf weit in den Nacken.

Ein letztes, fast ersticktes hohes C verließ seine Lungen, ehe er seinem Schock nachgab und in eine erlösende Ohnmacht glitt.

Den harten Aufprall seines Körpers auf den blutbesudelten Restaurantfußboden spürte er schon nicht mehr.

***

Verdächtige Gestalten

Er hatte sie gesehen, die Männer in Weiß.
Schon kurz vor Sonnenaufgang waren sie in der Stadt gewesen, überall, sogar vor seinem Haus. Sie hatten weiße Schutzanzüge getragen, Chemie Suits, mit verspiegelten Helmvisieren. So konnte niemand die Männer und Frauen identifizieren sollten diese unerwartet gesehen werden, was bei dieser frühen Stunde eher unwahrscheinlich war.
In ihren Händen trugen sie lange Stäbe, an deren oberen Ende ein kleiner Kasten angebracht war und unten am Ende des Stabes ein Sensor, etwa so wie bei einem Geigerzähler. Geigerzähler? War die Stadt, die Gegend etwa Opfer eines Atomunfalls geworden? Quatsch, da hätte er doch etwas davon mitbekommen. Mit den Messgeräten fuhren sie wie Schmetterlingssammler in der Luft herum und versuchten wohl auf diese Weise die nähere Umgebung zu scannen. Dann entfernten sich die Chemie-Typen nach links die Straße runter zur Stadtmitte.
Er lehnte sich etwas in seinem Rollstuhl nach vorne und sah gerade noch, wie drei oder vier von ihnen im Potts verschwanden.

Eine unbestimmte Unruhe machte sich in ihm breit, fast so, als ob sich eine Batterie auflud und elektrische Spannung durch seinen Körper schicken würde. Schon lange hatte er dieses Gefühl nicht mehr gespürt; seit Afghanistan nicht mehr und das Gefühl, mochte es noch so belebend sein, hieß ganz einfach Angst.
Duke lenkte seinen Rollstuhl vom Fenster weg und steuerte eine alte Holztruhe an, die schon seit Generationen im Familienbesitz war. Umständlich kramte er einen Schlüssel aus der Hosentasche und öffnete damit die Truhe.
Einige Minuten später verließ Duke das Haus. Es dämmerte bereits und fahles Licht kroch zwischen den Hügeln hervor. Der Himmel zeigte noch eine graue Bespannung, doch Duke wusste, dass sich der Hochnebel schon bald verflüchtigen würde.

Die Straße lag still da und er konnte nichts von den „Weißen" entdecken. Keine Spuren in seinem Garten oder sonst wo. Er drehte seinen Rollstuhl einmal um die eigene Achse und lauschte dabei angestrengt. Seine Augen tasteten die ihm so vertraute Nachbarschaft systematisch ab. Als er seinen Suchkreis beendet hatte, war er einerseits froh, nichts Verdächtiges gefunden zu haben. Auf der anderen Seite aber beunruhigte es ihn, dass keiner der weiß Verhüllten zu sehen war. Er hatte sich schon darauf eingestimmt mit den Kerlen ein paar Takte zu reden, doch nun war niemand mehr da. Duke packte seine kurzläufige Schrotflinte etwas fester und überlegte sein weiteres Vorgehen. Doch die Entscheidung wurde ihm abgenommen, als er den Wagen von Josh Eliot auf den Parkplatz des Potts rollen sah.

Ich muss ihn warnen, dachte er, wenn die Kerle noch in seinem Laden sind, kann alles Mögliche passieren.

Er verstaute seine Flinte hinten in dem an der Rückenlehne hängenden Rucksack und rollte dann so schnell seine Arme arbeiten konnten in Richtung des Potts.

Auf die Idee einfach den Sheriff anzurufen kam er nicht.

***

Gefährliche Eitelkeit

Ernest Gregory, der Sheriff von Walkers Hill wäre auch nicht in der Lage gewesen, Dukes Anruf entgegen zu nehmen. Er war im Moment zu überhaupt nichts in der Lage.

Er war mit seinen beiden Händen an einem Rohr gefesselt, das über seinem Kopf an einer Kellerdecke entlang führte. Er hing mehr, als das er stand, und die Schmerzen in seinen Armen waren nur noch ein dumpfes Pochen im Hintergrund seiner Wahrnehmungen.

Verzweifelte Gedanken krochen wie müde Würmer durch die Gänge seiner Erinnerungen. Wie war er nur in diesen Schlamassel geraten?

Er hatte nach seinem Deputy Will Mac Callen gesucht, der seit der Nacht, als er einen Unfall auf der Landstraße entdeckt hatte, verschwunden war. So war er zum Haus von Rosi Winters gefahren, von der er wusste, dass sie mit Will liiert war. Er hoffte, dass Rosi wusste, wo Will sich aufhielt. Der Sheriff machte sich keine großen Sorgen, da Will in den letzten zwei Jahren schon dreimal einige Tage unentschuldigt gefehlt hatte. Doch dieses Mal sollte er nicht so einfach davon kommen. Urlaubssperre und unbezahlte Überstunden würden Will zur Ordnung rufen und das nächste Mal würde er es sich genau überlegen, ob er noch einmal unentschuldigt blaumachen konnte.

Als er dann an Rosis Tür klopfte, hatte er schon einen geharnischten Spruch auf den Lippen, für den Fall, dass Will selbst öffnen würde.

Doch weder Will noch Rosi antworteten auf das Klopfen des Sheriffs, sondern eine reizende Blondine sperrte die Tür auf. Sie lächelte ihn so strahlend an, dass er für einen Moment völlig vergessen hatte, dass er wegen seines Deputys Will Mac Callen hier vor der Tür stand. Irgendwie kam ihm diese junge Frau bekannt vor. Doch so sehr er sich bemühte dieses bezaubernde Gesicht in seiner Gedankenkartei aufzuspüren, so scheiterte seine Suche vorerst, da er dem charmanten Anblick der Blondine fast seine gesamte Aufmerksamkeit zollte.

Nach einigen Augenblicken der Bewunderung hatte er schließlich doch noch nach Will gefragt und gleichzeitig überlegt, was diese Frau in Rosi Winters Haus zu suchen hatte.

Er hätte seinen Instinkten folgen und dieser Frage mehr Aufmerksamkeit schenken sollen, doch diese Frau machte ihm eindeutig schöne Augen.

So war er ihr und ihrem fröhlichem Geplapper gefolgt. Sie hatte ihn wie eine Spinne umgarnt, bis er nicht mehr fähig war, sich für etwas anderes als für sie zu interessieren.

Wie einfältig und gutgläubig war er gewesen, als ihn diese Bestie in Frauengestalt gefangen hatte. Seine männliche Eitelkeit war von einem hübschen Gesicht geblendet worden, das ihm vorgaukelte, er sei trotz seiner annähernd sechzig Jahre für manche Frauen immer noch attraktiv.

Schwerfällig richtete er sich ein wenig auf, um seine Arme zu entlasten. Dabei schaute er ungewollt auf die Leiche seines Deputys. Will, oder das, was einmal Will gewesen war, lag wie ein Stück Abfall in einer Ecke des Raumes. Die Bestie hatte ihm den Brustkorb geöffnet und wie ein Schlachter alle Organe herausgeschnitten. Der Sheriff hoffte, dass Will zu diesem Zeitpunkt nicht mehr gelebt hatte, denn alles andere war unvorstellbar. Will hatte noch gelebt, als er mit der Blonden den Keller betrat. Er hatte zu spät erkannt, dass er in eine Falle gelaufen war. Als er Will am gleichen Rohr baumeln sah, an dem er nun hing, war er zuerst für ein, zwei Sekunden sprachlos, ehe er reflexartig zu seiner Waffe griff.

Doch seine Hand hatte den Pistolengriff noch nicht einmal berührt, als ihn etwas mit großer Wucht am Kopf traf und ihn in das Land der Träume schickte. Nach einer Weile erwachte er mühsam und fand sich in der gleichen, aussichtslosen Lage, die Will das Leben gekostet hatte.

Seitdem war diese Frau immer mal wieder im Keller aufgetaucht, hatte ihm jedoch keinerlei Beachtung mehr geschenkt. Dafür beschäftigte sie sich sehr intensiv mit ihren anderen Gefangenen. Es waren noch mindesten drei weitere Personen in den Kellerräumen gefangen.

Sheriff Gregory vermutete dies anhand der Stimmen, die er aus den anderen Kellerräumen von Zeit zu Zeit hörte. Dabei war auch eine Frauenstimme, die, wie er vermutete Rosi Winters gehörte. Ihr widmete die Frau die meiste Zeit. Es war alles so abartig. Mal hörte er die Blonde singen, mal lachen und dann wieder unflätig fluchen. Rosi antworte ihr manchmal, doch meistens schien sie zu weinen oder vor Schmerzen zu stöhnen.

Heute Nacht, oder war es schon der beginnende Morgen, polterten schwere Stiefel die Treppe herunter. In den Stiefeln steckte die Blonde, die mit einem blauen Overall und breitem Ledergürtel wie ein junger Kanalarbeiter aussah. In dem Gürtel steckte ein langes Messer und Sheriff Ernst Gregory lief es eiskalt über den Rücken, als er die Verrückte direkt auf sich zukommen sah. Aus einem zur Fratze erstarrtem, lächelndem Gesicht funkelten irre Augen, die Schlimmes erahnen ließen. Mit einer unerwarteten Bewegung, die den Sheriff angstvoll zusammenzucken ließ, zog sie das Messer aus dem Gürtel.

***

Karibische Verwunderung

Harold Murphy lag gemütlich auf einer sehr bequemen Sonnenliege und schaute entspannt und ein wenig träge dem bunten Treiben rund um die von Palmen gesäumten Poolanlage zu. Über den samtblauen Karibikhimmel zogen kleine, weiße Wolken, wie Segelschiffe über das Meer. Vom nahen Strand strich eine laue Brise über ihn, wie der salzige Gruß des tropischen Meeres, das die Insel umspülte.

Braun gebrannte Urlauber tummelten sich an der Poolbar und genossen den ersten Drink des Nachmittags.

Harold überlegte, ob er sich nicht auch eine leckere Pina Colada, ein Longdrink aus Rum, Ananas und Kokosnuss, bestellen sollte. Wozu war er schließlich im Urlaub?

Mit Schwung erhob er sich von seiner Sonnenliege und ging, beschwingt durch leise aus verborgenen Lautsprechern erklingende Reggae Musik, zur Bar hinüber. Er kannte die Leute an der Bar, hatte er doch die meiste Zeit seines Lebens unter ihnen gelebt. Links stand mit einem leichten Sonnenbrand Tom Hauser, der Briefträger von Walkers Hill. Seine Sommeruniform, bestehend aus einer halblangen Hose mit farblich passendem Hemd und dem Aufdruck des US Postal Service klebte zwar verschwitzt an seinem Körper, doch dies schien seiner Laune nicht abträglich zu sein. Lachend, in der rechten Hand einen bunten Cocktail balancierend, erzählte er gerade mit ausgreifender Gestik eine seiner berühmtwitzigen Geschichten.

Seine Zuhörer schüttelten sich vor Lachen, was die allgemein gute Laune beurkundete. Unter den amüsierten Zuhörern befand sich zu Harolds großem Erstaunen auch Claudette Balzen. Sie, die erklärte Feindin von Tom Hauser, hätte sich normalerweise niemals dazu hinreißen lassen, auch nur einen Moment länger als unbedingt nötig in der unmittelbaren Nähe zu Tom Hauser zu sein. Doch heute schien wirklich alles anders. Selbst Claudettes Bekleidung unterschied sich von dem, was sie normalerweise zu tragen pflegte in erheblichem

Maße. Die sonst so biedere Frau, die scheinbar immer um Jahre der aktuellen Mode hinterherhinkte, war in einem sehr gewagten Bikini zu bewundern. Fast schon verwegen glitzerte diese, für sie ungewöhnliche Bekleidung durch ein fast durchsichtiges Strandkleid hervor.

Eine laute, ausgelassene Männerstimme lenkte Harold von der Betrachtung des Bikinis ab und richtete seine Aufmerksamkeit zur Bartheke.

Dort stand, was für sich wirklich ungewöhnlich war, Sam „Duke" Douglas und hatte eine Strandschönheit in der einen Armbeuge und ein Bier in der anderen. Er hatte bisher vermutet, dass Duke an den Rollstuhl gefesselt sei.

In einer Kneipe hatte Harold einem recht laut geführten Gespräch zugehört, das am Nachbartisch von ein paar Veteranen des Afghanistan Feldzuges geführt worden war. Sie waren dabei gewesen, als Duke durch eine in der Straße vergrabene Mine aus seinem Humvee direkt in seinen Rollstuhl gebombt worden war. Seitdem war er der tragische Held in der Gemeinde und von jedermann geachtet.

Doch hier an der Beach war Duke wieder der Alte, was Harold wirklich freute.

Noch ehe er diesem Gedanken der wunderlichen Heilung des Kriegsveteranen weiter vertiefen konnte, wurde er von einem lauten Trompetensignal abgelenkt.

Neben der Tiki-Bar stand auf einem Holztisch Josh Eliot, der Besitzer des Potts und wedelte mit den Armen um die Aufmerksamkeit der Strandbarbesucher zu erregen.

Gleichzeitig rief er mit lauter Stimme:

»Aufgepasst Leute! Herhören! Ich habe eine Überraschung für euch. Los kommt schon näher. Auf geht's, bewegt euch. Seit ihr denn gar nicht neugierig?«

Zögernd und zugleich gespannt, welche Überraschung Josh Eliot wohl für sie bereithielt, traten die Leute näher an den Tisch heran. Josh wedelte mit den Armen, um dann noch einmal kräftig in seine Trompete hineinblasen. Mit einem zufriedenen Grinsen registrierte er, dass nun auch der letzte Barbesucher gewillt war, herauszufinden, welche Attraktion er nun zu bieten hatte.

Mit einer eleganten Bewegung legte Josh die Trompete auf den Tisch und drehte sich geschmeidig zu einer Kühlbox herum, die ebenfalls auf der Tischplatte abgestellt war. Ohne besondere Eile, ja man konnte fast meinen er ließe sich extra Zeit um die Spannung noch zu steigern, schob er den Deckel der Eisbox zur Seite. Er griff in die Box, um dann mit einem Ruck etwas herauszuziehen und mit ausgestrecktem Arm über der Menge zu schwenken. Noch bevor Harold erkennen konnte, was Josh denn da seinen Zuschauern präsentierte, schrien diese panisch und erschrocken auf und versuchten rückwärtsgehend von diesem - was immer es auch war - wegzukommen.

Mit einem Male erkannte Harold, was der Wirt des Potts da herumschwenkte und dabei johlende Geräusche von sich gab, als sei er nicht ganz bei Sinnen. Es handelte sich um den Kopf eines Menschen.

Ja um Himmels willen dachte Harold, wie kommt Josh nur dazu, einen Menschenkopf für seine launigen Späße den Badegästen vor die Nase zu halten? Woher hat er nur diese grausige Attrappe?

Doch schon der nächste Blick zeigte ihm, dass es sich ganz und gar nicht um eine Attrappe handelte, sondern um einen echten, menschlichen Kopf. Aus dem ausgefransten Hals des Toten tropfte Blut, gerade so, als sei die Enthauptung erst vor wenigen Minuten geschehen.

Mit einer unerwarteten Bewegung schleuderte Josh den Kopf von sich und geradewegs auf Harold zu. Dabei kreischte er wie von Sinnen und man konnte die Worte, trotz seines lauten Rufens kaum verstehen, so verzerrt und schrill war seine Stimme. Solch hohe Oktaven, wie man sie niemals bei einem ausgewachsenen Mann erwartet hätte, entrangen sich seiner Kehle.

»So, hier habt ihr eure Überraschung. Hättet ihr nicht gedacht, wie? Ja, der gute Josh hat sich was für euch ausgedacht. Etwas ganz Besonderes. Habt ihr ihn erkannt? Bestimmt! Ja, er ist zurückgekommen! Eure Eltern haben immer mit ihm gedroht. Haben sie nicht immer gesagt, wenn ihr nicht brav seid, dann holt euch Mister Moto? Ja, genau, Mister Moto! Schon eure Großeltern haben sich vor ihm gefürchtet. Schaut ihn euch an, da liegt sein Kopf im Sand. Ich habe ihn zur Strecke gebracht. Jawohl, das habe ich! Der wird keine Kinder mehr um den Schlaf bringen. Niemals mehr, niemals mehr … .«

Mit den letzten Worten verdrehte er die Augen und kippte ohnmächtig vom Tisch und schlug ohne jegliche Reaktion seines Körpers auf dem sandigen Boden auf.

Harold schaute ein letztes Mal zu Josh, ohne allerdings auf den Gedanken zu kommen, dass er eigentlich nachschauen müsste, ob er sich verletzt hatte.

Stattdessen bückte er sich, um den Kopf von Mister Moto aufzuheben. Doch mitten in der Bewegung blieb er einfach hängen. Er konnte nicht mehr vor oder zurück. Gebückt stand er da, den Arm ausgestreckt um nach dem Kopf zu greifen und konnte sich keinen Millimeter mehr bewegen. Dafür spürte er kräftige Hände an seiner Schulter, die drückten und zogen. Harold war die Berührung der Hände unangenehm. Er hoffte zumindest, dass es sich um Hände handelte, da diese scheinbar unsichtbar waren, jedenfalls sah er rein gar nichts auf seinen Schultern und vor ihm stand auch niemand. Dafür war sein Blick auf den Kopf Mister Motos völlig frei und er sah jedes Fältchen des asiatischen Gesichtes. Fast schien es so, als ob der Tote ihm zulächelte und als das Rütteln an seinen Schultern zunahm, öffnete sich Mister Motos Mund und sagte mit einem italienischen Akzent:

»Hallo Harold! Aufwachen! Komm schon, du wirst doch nicht schlappmachen. Harold, HAROLD, HAROLD...«

***

Tödlicher Duft

Mister Smith hatte natürlich von dem Unfall an der Landstraße gehört. Das war nun schon einige Tage her und er wusste, dass Mike Zeller dabei ums Leben gekommen war. Dennoch war er in der Kleinstadt geblieben, in der Hoffnung, doch noch irgendwie an das Diebesgut heranzukommen. Er hatte sich bei den Bürgern von Walkers Hill als Geschäftsmann aus New York ausgegeben, wobei er allerdings im Dunkeln ließ, welche Geschäfte er tätigte.

Auf seiner Suche nach einem schönen Fleckchen für angeblich baldigen Ruhestand umgarnte er die Leute. Mit dem Hinweis, dass Walkers Hill ganz besonders reizvoll sei, hatte er sofort alle Lokalpatrioten auf seiner Seite.

So konnte Mister Smith davon ausgehen, dass er ohne jegliches Misstrauen der einheimischen Bevölkerung sich überall frei bewegen konnte. Dies hatte er die vergangenen Tage auch ausgiebig getan und versucht herauszufinden, wo das Diebesgut abgeblieben war. Ein Teil der Fläschchen wurde im Büro des Sheriffs aufbewahrt. Er hatte selbst gesehen, wie sorglos die Kiste in einem Regal, direkt neben der Kaffeeküche aufbewahrt wurde. Natürlich wusste keiner der Polizisten, wie wertvoll jedes einzelne der Fläschchen war, ja man schien sich nicht einmal für deren Inhalt zu interessieren. Mister Smith hatte sich bei einem unverbindlichen Besuch im Büro des Sheriffs vorgeblich für Verbrechensrate in der Gegend interessiert. Man wollte ja schließlich wissen, wo man seinen Ruhestand verbringen würde.

Bei dieser Gelegenheit hatte er einen schnellen Blick in den Karton werfen können. Entsetzt hatte er feststellen müssen, dass mehr als die Hälfte des Diebesgutes fehlte. Seit dem Unfalltag suchte Mister Smith unablässig nach dem so wertvollen Rest. So auch an diesen Morgen.

Er verließ die kleine Pension, in die er sich eingemietet hatte, so gegen acht Uhr früh. Sofort war ihm sofort der Menschenauflauf weiter unten an der Hauptstraße aufgefallen.

Spontan vermutete er, dass dieser Tumult etwas mit den Fläschchen, oder genauer mit deren Inhalt zu tun haben könnte.

Eiligen Schrittes gesellte er sich zu den aufgeregten Schaulustigen.

Gerade noch konnte er sehen, wie der Tankwart der hiesigen Tankstelle durch das Schaufenster des Potts ins Innere des Lokals stürzte. Er hatte ihn erst einmal gesehen, erkannte ihn aber gleich wieder.

Schon Sekunden, nachdem das Schaufenster geborsten war, nahm Mister Smith einem blumigen, sehr angenehmen Duft war. Sofort hielt er die Luft an und entfernte sich rückwärtsgehend von der Szenerie. Dabei beobachtete er gebannt das weitere Geschehen vor dem Restaurant. Er bemerkte nicht, dass er in der Zwischenzeit mitten auf der Hauptstraße stand und das Letzte, was er in seinem Leben hörte, war das laute Hupen eines Holztransporters.

***

Blutiges Erwachen

Duke war kurz nach Sonnenaufgang vor dem Potts angekommen. Vorsichtig rollte er so leise wie möglich die Holzrampe hinauf, die an der Seite der kleinen Terrasse extra für ihn angebracht worden war.

In den Sommermonaten stellte Josh Eliot hier Tische und Stühle auf, was die Gäste des Potts gerne annahmen und Josh einige Extradollars in die Kasse spülten. Doch zu dieser frühen Morgenstunde war die Veranda, die sich an der rechten Seite des Gebäudes befand, verlassen und leer. Josh hatte schlechte Erfahrungen mit den Jugendlichen der Gemeinde und räumte deshalb jeden Abend das Mobiliar in den Lagerraum hinter dem Haus.

Vorsichtig, auf jedes Geräusch achtend rollte Duke über die Terrasse zum Seiteneingang des Lokals. Er hoffte, dass nicht gerade einer der „Weißen" durch die Glastür nach draußen schaute. Endlich, nach bangen Minuten, war er neben dem Seiteneingang angekommen. Vorsichtig beugte er sich nach vorne und versuchte in den immer noch dunklen Gastraum zu schauen. Doch so sehr er sich auch anstrengte, er konnte nichts Auffälliges erkennen.

Der Gastraum war leer und weder Josh noch ein einziger „Weißer" waren zu sehen. Wenn nicht der Wagen Josh's hinter dem Lokal parken würde …

»Da stimmt was nicht«, murmelte Duke, »ich kann mich doch nicht so getäuscht haben?!?«

Er überlegte, ob er laut nach seinem Freund rufen, oder einfach im Lokal nachschauen sollte.

Beide Optionen waren gleich schlecht. Sollten die „Weißen" sich als gefährlich oder gewaltbereit entpup-pen, dann waren er, Josh und wahrscheinlich die ganze Stadt in ernsthafter Gefahr. Eine harmlose Erklärung, warum sich Fremde in Schutzkleidung hier aufhielten, konnte er sich nicht vorstellen. Das ganze Gehabe dieser „Weißen" war ihm von Anfang an suspekt gewesen. Doch alle Vermutungen halfen nichts. Er war mit der Absicht hierher gekommen, Josh zu warnen oder ihm zur Seite zu stehen.

Unmutig brummte Sam einen Fluch, als er an seine Behinderung dachte. Er konnte niemandem zur Seite stehen, ja er konnte überhaupt nicht stehen. Was sollte er schon als Krüppel ausrichten? Er schüttelte unwillig Kopf um diese sinnlosen, kontra-produktiven Gedanken zu verscheuchen und rollte vorsichtig dichter an die Seitentür.

Er streckte seine Hand nach der Türklinke aus und drückte nach einem kurzen Moment angestrengten Lauschens den Griff langsam nach unten.

Ein leises schabendes Geräusch kroch aus dem ungeölten Schlossmechanismus, gefolgt vom leichten Knarzen der Holztür. Duke verzog fast wie unter starken Schmerzen missbilligend sein Gesicht und hoffte gleichzeitig, dass sein Eindringen unbemerkt bleiben möge.

Zuerst sah es wirklich danach aus, als ob das Schicksal seinem Wunsch entsprechen würde, doch das Schicksal hatte Besseres zu tun als auf die Wünsche eines Rollstuhlfahrers zu Achten.

So war er fast bis zur Mitte des Gastraumes vorgedrungen, als ein heftiger Schlag gegen seinen Hinterkopf die Welt in einen schwarzen Abgrund stürzen ließ.

Unbestimmte Zeit später.

Eine Geräuschwelle brandete an die Ufer seiner paralysierten Wirklichkeit und ließ sein Innerstes erbeben. Widerwillig versuchte sein träger Verstand, einen Bezug zur Realität zu finden.

Weitere Wellen erreichten sein im Nirgendwo schwebendes Bewusstsein und zerfielen in einzelne, unabhängige akustische Marterwerkzeuge, die ihn wie traktierende Messerstiche schmerzvoll in die Realität zwangen. Wo war er? Duke versuchte die Augen zu öffnen, was ihm nicht sofort gelang.

Etwas Klebriges auf seinem Gesicht hatte seine Lider versiegelt. Verwirrt rieb er sich durchs Gesicht und im gleichen Moment schmeckte er die metallische, süßliche Komposition, die nur Blut erzeugen konnte. Blut? Welches Blut? Sein Blut?

Durch den Schleier seiner verklebten Augen schaute er sich um.

Er lag auf dem Fußboden des Gastraumes, direkt neben seinem Rollstuhl. Um ihn herum schien die Hölle sich in dem kleinen Lokal manifestiert zu haben.

Blutende Menschen lagen jammernd und sich unter Schmerzen windend auf den Tischen und Bänken. Andere regungslos, mit vor Grauen geweiteten Augen auf dem Boden. Ein Mann, der über und über mit Blut besudelt war, wankte bewaffnet mit einem langen Küchenmesser und einem kurzen Metzgerbeil durch den Raum und schrie lauthals:

»Mister Moto ist zurück und nun könnt ihr seiner Rache nicht mehr entkommen. Schaut nur her, wie er meine Hand führt ...«

Obwohl die Stimme des Irren hoch und verzerrt war, erkannte Duke, um wen es sich bei dem Rufer handelte. Das war Josh Eliot, der auf hilflose Menschen mit dem Beil einschlug und mit dem langen Messer zustach. Aber auch andere Menschen - waren es eigentlich noch Menschen? - wüteten hemmungslos und scheinbar ungezielt. Sie attackierten jeden, egal ob es sich um Männer oder Frauen handelte.

Zum Glück hatte Duke keine Kinder gesehen und er hoffte inständig, dass hier nur Erwachsene anwesend waren.

Bisher hatte noch niemand von ihm Notiz genommen und Duke überlegte, wie er einigermaßen ungeschoren aus der Gaststätte verschwinden konnte. Ihm war völlig klar, dass er hier nicht helfend eingreifen konnte. Dazu war er rein körperlich nicht in der Lage und selbst wenn, wie konnte er gegen scheinbar irrsinnige Männer und Frauen kämpfen? Nein, das kam überhaupt nicht in Frage.

Duke erinnerte sich, dass es hinter dem Tresen eine Luke gab, durch die man unter das Haus gelangen konnte.

Das Potts war ein altes Gebäude, das keinen Keller besaß und auf Stelzen errichtet war. Zwischen dem Erdreich und der Bodenplatte war circa ein Meter und man konnte sich unter dem gesamten Haus krabbelnd oder kriechend bewegen. Die einzigen Hindernisse stellten die Stelzen und Versorgungsleitungen dar.

Duke wusste, dass Josh außerdem einen Teil des flachen Raumes nutzte und dort Sachen lagerte, die er nicht jeden Tag brauchte. Um das Haus herum, sozusagen als Sichtschutz, war ein Holzgitter angebracht, das so dicht geflochten war, dass nur wenig Licht in diesen Pseudokeller drang.

Duke überlegte noch einige Sekunden und versuchte weitere Fluchtmöglichkeiten zu finden, doch es gab keine. Der einzige Weg dem Chaos zu entfliehen war, sich unter dem Haus zu verkriechen, bis sich die Lage beruhigt hatte oder ihm eine bessere Lösung einfiel.

Vorsichtig hob er den Kopf und schaute sich in dem Gastraum um. Im Moment war keiner der Tobenden in seiner Nähe. Dennoch musste er sich sehr behutsam bewegen. Zentimeterweise rutschte er über den mit Blut beschmierten Fußboden, bis er hinter seinem Rollstuhl anlangte. Hier verharrte er und ließ seinen Blick durch das Lokal schweifen. Erleichtert stellte er fest, dass bisher keiner der Anwesenden auf ihn aufmerksam geworden war.

Gerade in dem Moment, als er weiter auf den Tresen zurutschen wollte, fiel sein Blick auf einen Gegenstand, der, seitlich halb verborgen, unter einem der Tische lag.

Es handelte sich um seine Schrotflinte. Sie musste ihm aus den Händen gefallen sein, als er niedergeschlagen worden war und niemand hatte sich für die Waffe interessiert. Das war zwar recht merkwürdig, aber Duke konnte das nur recht sein.

So änderte er seine Fluchtrichtung, um an das Gewehr zu kommen.

In diesem Moment roch er zum ersten Mal den sinnesvernebelten Rosenduft und spürte, wie ihm sofort übel wurde. Er hatte eine starke Aversion zu Blumenaromen und Rosenduft war die schlimmste Variante.

Sofort hielt er die Luft an, um sich nicht übergeben zu müssen. Sein Magen rebellierte so heftig, dass Duke beinahe laut gestöhnt hätte. Eiligst kramte er ein Taschentuch aus seiner Hosentasche und hielt sich dieses vor Mund und Nase. Mit nur einem Arm - der andere hielt weiterhin tapfer das Taschentuch als provisorischen Filter vor seine Atemwege - zog sich Duke langsam und vorsichtig auf die Position der Waffe zu.

Das Geschehen um ihn herum nahm er nur noch peripher war und fokussierte sein Handeln jetzt auf das eine Ziel, das Gewehr an sich zu bringen.

Gerade als er den Gestank des Rosenduftes fast nicht mehr ertragen konnte, umfasste seine tastende Hand den Kolben der Pump Gun. Fast hastig riss er das Gewehr an sich. Danach nahm Duke sich noch die Zeit, um sich vorsichtig umzuschauen.

Die Irren tobten gerade im vorderen Teil des Gastraumes und er rechnete sich gute Chancen aus, die Klappe hinter dem Tresen ungesehen zu erreichen. Ein ohrenbetäubendes Klirren ließ Duke erschrocken zusammenfahren. Er rollte sich auf den Rücken und konnte zwischen Stuhl- und Tischbeinen hindurch gerade noch einen

Körper durch eines der großen Frontfenster stürzen sehen, begleitet und umwölkt durch tausende Glassplitter. Keine Sekunde vergeudend drehte er sich wieder auf den Bauch und war mit einem Male wieder ein Soldat im Kampfeinsatz. Instinkte steuerten sein Handeln. Er hätte später nicht mehr zu sagen vermocht, wie er hinter den Tresen durch die sehr schwere Bodenluke, vorbei an Versorgungsleitungen und abgestellten Kisten, unters Haus gekommen war.

Nun lag er direkt an dem Holzgitter und hätte die Straße sehen können, wenn nicht unzählige Beinpaare die Sicht versperrt hätten.

Er setzte sich ein wenig auf und versuchte eine bequeme Position zu finden. Nach einigem Hin- und Herrücken lehnte er sich an einen Holzpfosten.

Er legte sein Gewehr griffbereit neben sich, schloss die Augen und versuchte angestrengt den Gesprächen, die direkt über seinem Versteck geführt wurden, zu folgen. Dabei bemerkte er nicht, wie sein überanstrengter, untrainierter und verkrüppelter Körper in einen tiefen, fast bodenlosen Schlaf versank.

***

Angst und Stress

Sheriff Ernest Gregory konnte sein Glück kaum fassen. Er lebte noch!

Eine simple Türglocke hatte ihn gerettet. Vorerst jedenfalls, denn in einer lebensbedrohenden Situation, in der er sich zweifellos befand, zählte jede Minute, jede einzelne Sekunde.

Die blonde Bestie hatte schon ihr Messer zum Stoß erhoben, als es oben im Haus klingelte. Die Frau erstarrte mitten in der Bewegung und lauschte. Da klingelte es erneut, gleich dreimal hintereinander, gerade so, als habe der um Einlass Suchende nicht viel Zeit.

Die Blonde drehte sich, mit nun völlig veränderter Miene, um und eilte zur Treppe. Dabei ließ sie das Messer achtlos fallen.

Als ihre Schritte verklungen waren, schaute sich der Sheriff gehetzt nach einer Fluchtmöglichkeit um. Er blickte nach oben zu dem Rohr, an dem er gefesselt war. In etwa einem halben Meter Entfernung wurde dieses von einer gebogenen Gewindestange an der Decke gehalten. Hier hatte ein Laie einen recht unprofessionellen Job gemacht. Doch gerade dieser Umstand konnte dem Sheriff vielleicht das Leben retten.

Er schwang mit seinen Beinen hin und her, was ihm vor Schmerzen die Tränen in die Augen trieb, da das grobe Hanfseil bei jeder Bewegung seine wund geriebenen Handgelenke traktierten. So schwang er wie ein Pendel hin und her. Bei jeder Vorwärtsbewegung riss er, so gut er es vermochte, seine Arme nach vorne. Dieses Vorgehen brachte den Strick ins Rutschen. Nach der fünften oder sechsten Pendelbewegung stoppte das Seil an der Rohrbefestigung.

Sheriff Gregory wartete einige Sekunden und lauschte nach oben. Leise und gedämpft hörte er, wie sich die Frau mit einer Person angeregt unterhielt. Er konnte die gesprochenen Worte nicht verstehen, doch der Tonfall war ein heiterer. Er fragte sich, wie diese Frau es fertigbrachte, von einem Moment zum anderen, von einer mordenden Bestie zu einer netten Nachbarin zu transformieren.

Er knurrte unwillig, da er sich von seiner Flucht hatte ablenken lassen. Mit einer grimmigen Willensanstrengung zog er sich in einem Klimmzug nach oben und konnte mit einer schnellen Bewegung der rechten Hand das Rohr erreichen. Er umfasste die rostige Leitung mit solcher Anstrengung, dass seine Fingerknöchel weiß aus der sonst gut gebräunten Haut der Hand hervortraten. An einem Arm baumelnd zog er nun die linke Hand nach oben und das Hanfseil über die Rohrhalterung. Mit aller ihm verbliebener Kraft, die er aus purer Todesangst seinem Körper abrang, scheuerte er das Seil an den Zacken der Gewindestange. Schon nach wenigen Sekunden faserte der Strick aus und mit einem letzten Ruck riss das Hanfgeflecht.

Der Sheriff plumpste zu Boden und schlug hart auf. Dennoch stand er, ungeachtet der Schmerzen, die durch seinen Körper rasten, schnell auf und schaute sich um. Was sollte er nun tun? Fliehen? Aber was wurde dann aus den anderen Opfern hier unten im Keller? Nein, erst musste er hier heraus und schnellstens Hilfe holen. In seinem geschwächtem Zustand konnte er unmöglich gegen die Blonde bestehen.

Ratlos drehte er sich im Kreis. Sein Blick fiel auf das am Boden liegende Messer der Frau. Schnell hob er es auf und lauschte erneut nach oben. Dort war immer noch das Gespräch im Gange, was ihm nur recht sein konnte. Er schlich durch den halbdunklen Kellerraum und entdeckte hinter ein paar alten Obstkisten ein mit schwarzer Folie abgeklebtes Kellerfenster.

Eilig, aber darauf achtend keine lauten Geräusche zu verursachen, räumte er die Kisten beiseite und suchte nach einem Riegel oder einem Verschluss, mit dem das Kellerfenster zu öffnen war.

Schon hörte er von oben das Zuschlagen der Haustüre. Eile war nun geboten! Seine Finger tasteten an dem Holzrahmen des Fensters entlang und fanden einen verbogenen Nagel, der als Riegel diente. Er versuchte den Nagel zu drehen, aber das verdammte Ding saß felsenfest.

Der Sheriffs atmete nun so schnell, als sei er bei einem Dauerlauf. Angst und Stress setzten Adrenalin frei und sein Herz begann zu rasen. Mit zittrigen Fingern zog er das Messer der Frau aus seinem Hosenbund und klemmte die Klinge zwischen Rahmen und Nagel. Dann drückte er mit aller Kraft. Der störrische Nagel gab auf und bewegte sich in die gewünschte Richtung. Mit einem Knarren löste sich das Fenster vom Rahmen und schwang auf.

Helles Tageslicht ließ Sheriff Gregory blinzeln und er kniff die Augen zu. Halb blind für Sekunden griff er dennoch beherzt an den Fensterrahmen und zog seinen Körper durch die enge Luke.

Einen schrecklichen Moment lang glaubte er festzustecken, doch dann war er mit einem Male draußen.

Hinter sich hörte er Schritte auf der Kellertreppe. Eiligst richtete er sich auf und rannte, leicht wankend über das Grundstück. Erst wollte er zur Straße, wo er seinen Streifenwagen zurückgelassen hatte, dann besann er sich und rannte zum Wald, der direkt hinter dem Garten lag. Hier tauchte er ins Gebüsch ein und war vom Haus aus nicht mehr zu sehen. Doch trotz seiner Erschöpfung blieb er nicht stehen, sondern rannte, so schnell ihn seine Beine trugen Richtung Walkers Hill.

***

Erste Schüsse

Keine zwei Stunden, nachdem Harold Murphy, der Tankwart, durch das Frontfenster des Potts gefallen war, wurden die Medien und damit die Öffentlichkeit auf die Vorfälle in Walkers Hill aufmerksam.

Einer oder mehrere der Schaulustigen vor dem Potts hatten mit ihren Smartphones den grausigen Fensterfall Harold Murphys gefilmt und sogleich auf entsprechende Internetplattformen hochgeladen. Mit einer Geschwindigkeit, die nur im Netz möglich war, verbreiteten sich diese Filmchen in Windeseile. Weitere Szenen aus dem Inneren des Lokales folgten. Kurz darauf konnten die Internet User mitverfolgen, wie ein blutbesudeltes Opfer durch einen zivilen Helfer zuerst geborgen und danach wiederbelebt wurde.

Es handelte sich wohl um den Unglücklichen, der zuvor durch die Scheibe gefallen war. Der Helfer schaute sich für einen kurzen Moment wie suchend um, und blickte dann fast erschrocken, als er bemerkte, dass er gefilmt wurde. Sofort drehte er sich weg und widmete sich dem Verletzten am Boden. Deutlich hörte man diesen immer wieder sagen:

»Mister Moto! Es ist Mister Moto!«

Der Helfer rüttelte mit beiden Händen an den Schultern des am Boden liegenden Mannes. Mit einem deutlich hörbaren italienischen Akzent rief er:

»Hallo Harold! Aufwachen! Komm schon, du wirst doch nicht schlappmachen. Harold, HAROLD, HAROLD...«

Die Szenerie vor dem „Potts", hatte sich dramatisch geändert.

Einsatzkräfte der Polizei aus der Nachbargemeinde Crossville hatten das Lokal weiträumig abgesperrt. Von der Besatzung der Walkers Hill Police war nur eine verstörte Sekretärin geblieben, die vergeblich versuchte eingehende Anrufe besorgter Bürger zu beantworten. Der Sheriff und sein Deputy waren verschwunden und niemand wusste, wo sie abgeblieben waren. Hinter den Absperrungen standen Krankenwagen mit geöffneten Türen. Sanitäter trugen geschäftig und mit blassen Gesichtern blutende Menschen aus dem Lokal.

Notfallmediziner versorgten weitere Opfer innerhalb des Restaurants. Polizisten mit großen weißen Tüchern versuchten das Geschehen vor den Augen der neugierigen Gaffer, vor allem aber vor den Kameralinsen der Reporter, zu verbergen. Ein Gewirr aus Stimmen, laufenden Motoren und heulenden Sirenen der Rettungswagen, umbrandete den Ort des Schreckens. Plötzlich peitschten Schüsse und mehrere Schaulustige sackten blutend zusammen.

Schreiend warfen sich einige Menschen auf Boden, andere wiederum versuchten geduckt davonzurennen. Erneut klangen Schüsse auf, dieses Mal aber vonseiten der Cops. Die am Boden kauernden Menschen keuchten und manche schrien ihre Angst schrill in diesen gewalttätigen Morgen. Woher die Schüsse gekommen waren und wer diese abgefeuert hatte, war selbst den feuernden Polizisten völlig unklar. Sie schossen reflexartig und ohne Ziel. Es schien, als verspräche die eigene Waffe ihrem Besitzer durch bloßes Abfeuern eine trügerische Sicherheit.

Nach einer Weile, die wohl nur Minuten zählte, legte sich eine bleierne, traumatische Ruhe über die Straße. Selbst die am Boden Liegenden schienen erwartungsvoll die Luft anzuhalten.

**

Taliban-Phobie

Bürgermeister Wilbur Delinsky senkte sein Jagdgewehr und schaute grimmig hinüber zum „Potts".

Die verdammten Bastarde lagen auf dem Boden oder versuchten im Zickzacklauf zu entkommen.

Nein, ihn konnten sie nicht täuschen. Er wusste Bescheid. Der ganze Aufruhr dort drüben war nur ein Ablenkungsmanöver. In Wirklichkeit wollten sie nur ihn. Bürgermeister Delinsky war Ziel der Taliban.

Er hatte es schon geahnt, nein befürchtet, als der Gemeinderat ihn damals dazu gedrängt hatte, Sam „Duke" Douglas eine

Willkommensparade auszurichten, als dieser schwer verwundet aus dem Krieg zurückkehrte. Ein Spion musste den weltweit operierenden Terroristen gesteckt haben, dass er, der Bürgermeister von Walkers Hill einen Feind der Taliban wie ein Held feierte. Einen Soldaten, der wer weiß was für Untaten in Afghanistan verübt hatte. Und nun waren sie hier um ihn zur Rechenschaft zu ziehen.

Den Beweis seiner wirren Theorie erhielt er umgehend. Die da drüben vor dem „Potts" waren bewaffnet und feuerten nun in seine Richtung. Sein umnebelter Geist realisierte nicht, dass er es doch gewesen war, der zuerst geschossen hatte.

Ein unvermutetes Geräusch riss ihn aus seiner Grübelei.

Hinter ihm erklang ein leises Stöhnen.

Erschrocken und gleichzeitig zu allem entschlossen, fuhr er herum und brachte seine Jagdflinte in Anschlag.

Doch da war kein Terrorist, der ihm an den Kragen wollte.

Auf dem Fußboden lag, direkt neben seinem Schreibtisch, Wilma Zigora, seine Sekretärin. Über ihre Stirn lief ein roter Streifen aus getrocknetem Blut. Ohne lange zu überlegen, hastete Bürgermeister Wilbur Delinsky zu der am Boden liegenden Frau.

Er ließ sich auf die Knie sinken und legte die Flinte dicht neben seine Beine. Er beugte sich zu der Frau hinunter und wollte versuchen ihr aufzuhelfen, als er einen penetranten Geruch wahrnahm. Er hatte die Verletzte schon halb aufgerichtet, als er sich plötzlich erinnerte, diesen Duft schon einmal gerochen zu haben.

Ohne auf seine Sekretärin weiter zu achten, stand er völlig unmotiviert auf. Dabei ließ er die Frau einfach los, worauf diese zurück auf den Boden sank.

»Natürlich«, murmelte der Bürgermeister und schlug sich mit der flachen Hand an die Stirn. Diesen Duft hatte er diesen Morgen seiner Sekretärin geschenkt.

***

Politisches Schweigen

Im ganzen Land hatten die Nachrichtensender ihr Programm unterbrochen und sendeten Live die Geschehnisse in Walkers Hill.

Viele Szenen, die in späteren Sendungen unkenntlich gemacht wurden, schockierten das Land.

Blutende, ja sterbende Menschen brachten selbst hartgesottene Zuschauer aus der Fassung. Tränen flossen aus Mitleid und Sorge. Der 11. September 2001 war nicht vergessen. Das Trauma längst nicht verarbeitet. Wie eine schlechte Erinnerung lauerte diese Katastrophe unter einer dünnen Schicht Alltag, jederzeit bereit mit seinen grauenvollen Bildern als kollektive Angst erneut hervorzubrechen.

War das ein terroristischer Anschlag? Ein erneuter Angriff auf die USA? Oder waren da Verrückte am Werk? Spinner, die das System ins Wanken bringen wollten? Ewig Gestrige?

Die Fragen häuften sich und die Sprecher, Reporter, Kommentatoren stellten diese Fragen, während im Hintergrund die Livebilder aus Walkers Hill zu sehen waren.

Gleichzeitig waren Kamerawagen aller wichtigen Nachrichtensender vor dem Weißen Haus, dem Pentagon und vor dem Amtssitz des Gouverneurs Tennessees, Bill Haslam, in Nashville aufgefahren. Der Gouverneur war lange Jahre Bürgermeister von Knoxville gewesen und die Medien waren sehr gespannt, wie er mit dem Geschehen in Walkers Hill umgehen würde.

Die Sendemasten der Übertragungswagen ragten wie dürre Bäume in den Himmel, die Techniker hatten ihre Aufzeichnungsgeräte präpariert und die Reporter warteten auf eine offizielle Verlautbarung der Verantwortlichen im Staat. Doch weder vom Präsidenten, dem Gouverneur oder einem anderen Vertreter der politischen Schicht war bisher ein Kommentar gekommen. Man hüllte sich vorerst in Schweigen.

***

Erkannt

Einige hundert Meilen entfernt, verfolgte ein Mann gespannt die Livesendungen aus Walkers Hill. Er schaltete ungeduldig zwischen den Nachrichtensendern hin und her. Er hatte kurz etwas gesehen, das er unbedingt bestätigt haben wollte. Er hatte einen Mann erblickt, der eigentlich nicht mehr auf dieser Welt wandeln, sondern tot und kalt in einem Grab verwesen sollte.

Hatte er sich getäuscht oder war er schon vor Jahren getäuscht worden? Diese Frage ließ ihn nicht los. Einen Mann wie ihn führte man nicht hinters Licht, jedenfalls nicht ungestraft.

Bei CNN wurde er fündig. In einer kurzen Nahaufnahme sah er den Verräter, wie er sich gerade über einen mit Blut beschmierten Mann beugte und auf diesen einredete. Was er sagte, war nicht zu verstehen, da der Kommentator die Szene unnötigerweise mit dramatischen Worten beschrieb.

Doch der Mann brauchte nicht die Stimme des Helfers zu hören, um dessen Identität zweifelsfrei zu erkennen.

Mit einem Ruck riss er das Telefon von seiner Ladestation und tippte ungeduldig eine Zahlenfolge ein. Fast sofort wurde am anderen Ende der Verbindung abgenommen.

»Ja, hallo hier ist ...«

»Hallo Vito«, schnauzte der Mann, »komme sofort in mein Office und bringe Luigi mit.«

Damit unterbrach er die Verbindung. Grimmig wandte er sich wieder zu dem Flachbildschirm und zappte durch die Nachrichtenkanäle. Dabei schimpfte er im Selbstgespräch:

»Verdammter Carlo! Jetzt hast du ausgespielt. Du mieser Hund hast wohl geglaubt, einen Francesco Solano kann man für dumm verkaufen. Da irrst du und ich werde dir die Rechnung präsentieren. Ich werde dir ... .«

Was er diesem Carlo antun wollte, blieb ungesagt, da sich in diesem Moment die Tür öffnete und Vito Bertonie den Raum betrat.

Direkt hinter Vito folgte Luigi Campaniolo und stellte sich unsicher neben seinen Kumpan. Die beiden Männer schauten ängstlich in den Raum. Ihr schlechtes Gewissen war deutlich an ihrer Mimik abzulesen. Irgendetwas musste geschehen sein, dass der Boss so ungehalten war.

Nach einer ungemütlichen Minute, in der sie der Boss prüfend musterte, begann er schließlich, mit deutlich unterdrücktem Zorn zu erklären, warum er Vito und Luigi in sein Büro zitiert hatte.

***

Mit letzter Kraft

Unterdessen hatte Sheriff Ernest Gregory den Stadtrand von Walker Hill erreicht. Er zitterte vor Anstrengung und der Schweiß rann ihm in Strömen über den Körper. Seine Augen brannten und aus unzähligen kleinen Wunden sickerte Blut. Zögernd verließ er den Wald und trat hinaus auf die kleine Landstraße. Keine fünfzig Meter entfernt befand sich die Tankstelle der Murphys.

Die Beine des Sheriffs begannen unkontrolliert zu zittern. Doch noch wollte sich bei ihm kein Gefühl der Erleichterung einstellen.

Plötzlich hörte er das Brechen eines Astes aus dem nahen Wald. Dazu kam das fast hysterische Fluchen einer Frau. Panik verformte das Gesicht des Sheriffs zu einer Fratze.

Leicht wankend und steifbeinig setzte er seine Flucht fort. Er brauchte Hilfe. Hilfe gegen diese Bestie in Menschengestalt, die ihn verfolgte. So schnell er konnte, rannte der Sheriff zum Tankstellengelände. Die kurze Strecke dehnte sich in seiner Panik und das Ziel schien unerreichbar. Er wollte rufen, doch er brachte keinen Laut über die Lippen.

Alles lag verlassen da. Kein Auto stand an der Tanksäule, kein Tankwart war in Sicht. Selbst das Tor der Werkstatt war geschlossen.

Mit stolpernden Schritten erreichte der Sheriff schließlich den kleinen Verkaufsraum hinter den Zapfsäulen.

***

 **Unethische Allianz**

Zur gleichen Zeit - Knoxville, Tennessee

In der zweiten Etage des Verwaltungsgebäudes der Ethik Inc. füllte sich der Konferenzraum mit einer ausgesuchten Personengruppe der Sicherheitseinstufung Alpha-One. Ansonsten war das Stockwerk gänzlich geräumt worden. Nachdem die Anwesenden an einem Multimedia-Konferenztisch Platz genommen hatten, kehrte gespannte Ruhe ein. Ruhig und ohne das für ihn schon fast zur zweiten Natur gewordenen Selfmade Millionär Gehabe, betrat als Letzter der Gründer der Ethik Ink., Professor Julian Prisarius, den Raum.

Er nickte kurz in die Runde und trat dann an ein bereitstehendes Rednerpult. Ohne jegliche Einleitung, begann er zu sprechen:

»Wir wurden bestohlen!«, hallte seine kräftige Stimme durch den Raum. »Ja, wir wurden bestohlen«, wiederholte er, als ob vor ihm nicht herausragende Wissenschaftler, Genetiker und Humanbiologen sitzen würden, sondern eine unterprivilegierte Klasse, bestehend aus begriffsstutzigen Hilfsschülern.

»Aber es kommt noch schlimmer – das scheint eine Regel im Leben zu sein – es kommt immer schlimmer. Nicht nur, dass unser am strengsten geheim gehaltenes Forschungsprojekt durch den Diebstahl bloß gelegt wurde. Nein! Es wurde freigesetzt, und zwar hier ganz in der Nähe. In Walkers Hill regiert momentan das Chaos. Es hat schon eine Reihe von Todesfällen gegeben. Der Fortbestand unserer Firma steht auf dem Spiel. Die Öffentlichkeit, Presse und Politik wird uns in der Luft zerreißen. Wir müssen verhindern, dass man die Ethik Inc. als Urheber dieser Katastrophe verantwortlich machen kann. Die Entwicklung von People Motion Extreme, oder nach unserem Kürzel PME 1.3, wird vorübergehend eingestellt. Alle Proben verbringen wir zu einer externen Lagerstätte.«

Ungläubiges Gemurmel füllte mit einem Mal den Raum. Von wässriger Blässe bis hin zu ungesundem Bluthochdruck-Rot, zeigten sich alle Schattierungen auf den Gesichtern der Wissenschaftler. Nur

ein hagerer Mann, der unbemerkt in den Raum getreten war, ließ sich von der aufgeregten Stimmung nicht beeindrucken. Mit einem nicht einmal so lauten Räuspern, lenkte er die Aufmerksamkeit auf sich.
Köpfe ruckten herum, und Professor Prisarius schnaubte empört. Wie konnte es jemand auch nur wagen, eine Besprechung zu stören, die er leitete.
Er dachte gerade an eine geharnischte Schimpfkanonade, wurde jedoch von dem Fremden völlig ignoriert. Zu allem Überfluss stellte sich dieser Kerl auch noch neben ihn und begann in ruhigem, selbstsicheren Ton zu sprechen:
»Meine Herren, Professor, danken Sie Gott oder an wen Sie auch glauben mögen, für diese unerwartete Chance, Ihre Kreation unter realen Bedingungen zu testen. Was Besseres hätte Ihnen doch gar nicht passieren können.«
»Wer sind Sie überhaupt«, fuhr Professor Prisarius dazwischen, »und wie kommen Sie hier herein?«
»Lieber Professor.«
»Ich bin nicht Ihr lieber Professor! Also was wollen Sie hier?«
Der Mann lächelte entwaffnend und zog mit einer eleganten Bewegung ein Lederetui aus seiner Jackentasche. Er klappte das Etui auf und hielt es für jeden sichtbar nach oben.
»Mein Name ist Robert Page und ich bin als Agent bei der National Security Agency, also der NSA, tätig.
Damit bin ich vom Präsidenten der Vereinigten Staaten von Amerika, autorisiert, auch gegen Ihren Widerstand, Maßnahmen anzuordnen, um diese Krise zu bereinigen.«
»Woher wollen Sie wissen …«, fuhr der Professor dazwischen.
Noch ehe er seinen Satz vollenden konnte, trat eine Gruppe Bewaffneter in den Konferenzraum. Die in schwarze Overalls gekleideten Männer verteilten sich strategisch. Dann blieben sie reglos stehen und richteten ihre ebenfalls schwarzen Maschinenpistolen auf die anwesenden Wissenschaftler. Mit dem gleichen selbstsicheren Lächeln fuhr Agent Page mit seinen Ausführungen fort:
»Wie Sie sehen können, lieber Professor, habe ich von nun an hier das Kommando. Setzten Sie sich oder bleiben Sie stehen, das ist mir egal. Kommen wir zur Sache!«
Das maskenhafte Lächeln verschwand wie weggewischt aus dem hageren Gesicht des NSA Agenten:

»Was in Walkers Hill geschehen ist, kann jeden Einzelnen von Ihnen auf den elektrischen Stuhl bringen. Ich bin hier, um Sie davor zu bewahren. Dafür erwarte ich von Ihnen, uneingeschränkte Offenheit, und Zusammenarbeit.

Ihre Kreation ist von nationalem Interesse und darf nicht in falsche Hände geraten. Wir haben Ihr Institut schon seit geraumer Zeit unter Beobachtung. Somit sind wir über den Stand Ihrer Forschungen unterrichtet.

Wie schon eingangs von mir erwähnt, bietet sich Ihnen und uns, die einmalige Gelegenheit einer Feldstudie. Naturgemäß werden wir nicht viel Zeit zur Beobachtung haben. Jetzt schon hat die Presse und die Öffentlichkeit Wind von der Sache bekommen. Es ist nur eine Frage von Stunden, bis das FBI und die Staatspolizei in Walkers Hill auftauchen. Nun möchte ich Sie auffordern, eine vorbereitete Erklärung zu unterzeichnen.«

Ein weiterer Agent war unterdessen in den Raum getreten und legte vor jeden Wissenschaftler das entsprechende Dokument.

Widerstandslos unterzeichneten die Anwesenden die Papiere.

Selbst Professor Prisarius fügte sich scheinbar der Staatsmacht. Nur mühsam unterdrückte er ein Grinsen. Der Anlass seiner unerwarteten Heiterkeit war ein Gedanke, der sich blitzartig in seinem Hirn manifestiert hatte.

Mit den Idioten vom NSA werde ich eine Menge Geld verdienen!

***

Zeit ist ein wunderliches Ding. Wir können sie messen, berechnen und einteilen. Dennoch ist die Zeit ein Phänomen. Warten wir auf ein Ereignis, so dehnt sie sich und aus Minuten werden gefühlte Stunden. Klingelt allerdings der Wecker und wir wollen nur noch einige Minuten schlummern, wendet sich dieses Zeitempfinden. In Sekunden verstreicht eine Stunde.

***

Eine Leiche im Keller

Duke erwachte in seinem Versteck völlig orientierungslos und mit einem erschrockenen Aufschrei.

Eben noch hatte er nach draußen gespäht und hatte atemlos verfolgt, wie Menschen unter dem Beschuss eines Unbekannten getroffen zusammenbrachen, oder unter Panik wegrannten.

Er hatte vor Grauen und Hilflosigkeit seine Augen geschlossen und war, ohne es zu merken, in einen komatösen Erschöpfungsschlaf gefallen. Kein Geräusch, kein Geruch und auch nicht die unbequeme Liegestellung, hatten dies verhindern können.

Wie schon seit quälend langer Zeit träumte er von seiner Zeit in Afghanistan. Doch dieses Mal unterschied sich der Traum von allen vorhergehenden.

Duke lag hinter einer verfallenen Mauer, die früher, vor Monaten oder Jahren, zu einem Gehöft gehört haben mochte. Doch außer einigen Steinhaufen gab es hier nichts mehr, vom ewigen Staub einmal abgesehen.

Er war alleine, und so sehr er sich auch anstrengte, er konnte nirgendwo einen seiner Kameraden erspähen. Es war heiß, verdammt heiß, obwohl es erst elf Uhr am Morgen war.

Vorsichtig schob er sich höher, bis zur Mauerkrone, um einen schnellen Blick zu riskieren. Kaum tauchte sein behelmter Kopf hinter der Deckung auf, als keine zwei Zentimeter neben ihm die Mauer aufplatzte. Dreck und Steine flogen ihm um die Ohren. Sofort rutschte er zurück in den, mehr als fraglichen Schutz dieser Deckung. Er spuckte angewidert das körnige Gemisch aus Sand, Staub und Mörtel aus. „Verfluchter Scharfschütze", fluchte er und versuchte gleichzeitig seine Umgebung nach einem anderen, besseren Versteck abzusuchen. Doch es war hoffnungslos. Außer einigen kleinen Bodenwellen oder mit Dornen bewachsenen Steinhaufen war nichts Brauchbares zu sehen. Wie um sich abzulenken, zog er sein M-4 Sturmgewehr dichter an sich heran und entfernte das Magazin. Schnell überprüfte er, ob das dieses gefüllt war. Natürlich war es das. Erst vor einigen Minuten hatte er das leer geschossene Magazin durch ein geladenes ersetzt. Wo waren nur die anderen. Wieso lag er hier alleine. Er konnte sich nicht einmal daran erinnern, wie er hierhergekommen war.

Angestrengt lauschte er, noch immer hoffend, seine Kameraden zu finden. Doch außer dem ewigen Lied des Windes konnte er nichts vernehmen. Es war still, fast unheimlich still. Ihm war klar, dass er nicht allzu lange hier ausharren durfte. Sein Körper würde austrocknen. Ein kurzes Schütteln der Feldflasche bestätigte seine Befürchtungen. Er hatte höchstens noch einen halben Liter Wasser bei sich. Viel zu wenig in seiner Situation. Es gab nur zwei Optionen für ihn. Entweder konnte er versuchen im Zickzacklauf davonzurennen, oder er wagte einen Sturmangriff. Beide Optionen bargen ein hohes Risiko, da der gegnerische Scharfschütze sehr wachsam war.

Nach einem kurzen Durchatmen richtete er sich auf, rannte um die Mauer herum und begann im Laufen zu feuern. Er hielt im Zickzack auf die vermutliche Stellung des Scharfschützen zu und wunderte sich, dass er bisher noch nicht getroffen wurde.

Nach unendlichen zwanzig Metern erblickte er eine neue Deckung. Kurz bevor er den Mauerhaufen erreichte, spürte er einen harten Schlag am linken Arm. Durch den Treffer wurde er leicht nach links gerissen, was ihm wahrscheinlich das Leben rettete. Ein heißes Brennen an der linken Gesichtshälfte signalisierte seinem durch hohe Adrenalinausschüttung geschärftem Bewusstsein, dass eine weitere Kugel ihn nur knapp verfehlt hatte.

Mit einem gewaltigen Satz hechtete er hinter die zuvor erspähte Deckung. Er erwartete einen harten Aufprall auf dem mit Steinen und Unrat übersäten Boden. Als er jedoch aufschlug, vibrierte der Untergrund, um gleich darauf unter ihm einzustürzen.

Er fiel in ein schwarzes Loch, begleitet von zersplitternden Holzresten. Instinktiv ließ er sein Gewehr los und streckte die Arme nach vorne, um den zu erwartenden Aufprall abzumildern. Unvermutet landete er auf etwas Weichem. Gleichzeitig stieg ihm ein übelkeitserregender Geruch in die Nase, gepaart aus Fäulnis und Rosenduft. So schnell er es vermochte schob er sich von dem weichen Teil fort - was immer auch es war - und versuchte sich zu orientieren.

Langsam gewöhnten sich seine Augen an das Halbdunkel.

Er lag in einer Art flachen Keller und direkt neben ihm lag ein Mensch, nein, eine Leiche.

Der Brustkorb des Bedauernswerten war aufgerissen und fahle, aufgebrochene Rippenknochen ragten daraus hervor. Eine Welle von Übelkeit brandete durch seinen Körper. Dort lag ein Soldat, ein amerikanischer Soldat. War dieser da einer seiner Kameraden?

Duke musste sicher sein, und so rutschte er, wenn auch mit gehörigem Ekelgefühl, näher an die Leiche heran. Der Kopf des Toten war zur Seite geneigt. Duke griff nach vorne und drehte den Kopf der Leiche in seine Richtung. Mit einem trockenen Knacken brach die Wirbelsäule des Soldaten und der Kopf löste sich vom Rumpf und rollte auf Duke zu.

Mit einem kehligen Aufschrei versuchte er, rückwärts dem Schädel auszuweichen. Doch in dem Keller war es sehr eng und ein weiteres Zurückweichen war im Moment nicht möglich. Unrat, alte Kisten und andere nicht zu identifizierbare Gegenstände füllten den halbdunklen Raum.

Direkt vor Sam „Duke" Douglas rollte der Kopf aus und blieb mit dem Gesicht nach oben gerichtet liegen. Gebannt schaute Duke auf das mit Dreck und Blut verschmierte Gesicht. Nein, dies war keiner seiner Kameraden. Dennoch kam ihm das Gesicht des Toten bekannt vor. Ohne es zu wollen, formten sich auf Dukes Lippen Worte die er auch halblaut, wie mit letzter Kraft aussprach:

„Das kann nicht sein. Der sieht ja aus wie dieser Mister Moto."

Wie zur Bestätigung seiner Vermutung öffnete der Tote die Augen und dessen Mund sagte:

„Ganz recht Duke. Ich bin es! Mister Moto! Die Zeit ist gekommen, um Rache zu nehmen!"

Um ihn herum wurde es dunkel, gleichzeitig zuckte ein heller Blitz durch seine Augen und er hörte sich selbst schreien.

***

# Stechende Schmerzen

Claudette Balzen hatte von den gewalttätigen Ereignissen in Walkers Hill bisher nichts bemerkt, obwohl nur zwei Seitenstraßen ihr Haus von dem Restaurant Potts trennten.

Den ganzen Morgen hatte sie ihre Lieblingsserien im Fernsehen verfolgt. Da sie schlecht hörte, war ihr Fernseher immer auf höchste Lautstärke eingestellt. Ihre Nachbarn hatten es schon lange aufgegeben, sich über die ständige Lärmbelästigung zu beschweren.

Kurz nach elf Uhr hatte sie an diesem Morgen das Gerät ausgeschaltet. Sie erwartete Post und damit ihren Lieblingsfeind, den örtlichen Briefträger Tom Hauser.

Immer wieder befeuerte sie ihre Fehde mit Tom Hauser, indem sie ihn ständig bei der übergeordneten Poststelle anzuschwärzen versuchte. Das hatte zur Folge, dass sich Tom mindestens einmal die Woche wegen verspäteter Lieferungen, verschmutzter oder verknickter Briefe vor seinem Vorgesetzten rechtfertigen musste. Am Anfang waren diese Beschuldigungen gegen ihn aus der Luft gegriffen. Mittlerweile jedoch war Tom dazu übergegangen, die eingehende Post Claudettes zu malträtieren. Wenn sie schon meckerte und ihm das Leben zur Hölle machte, dann wollte er wenigstens auch seine Freude daran haben.

Mit einem Seufzer, dem sie ihrem schmerzenden Rücken schuldete, erhob sich Claudette aus ihrem überaus bequemen Fernsehsessel. Ihre Füße suchten routinemäßig die Hausschuhe und schlüpften in hinein. Mit einem leicht schlurfenden Schritt begab sie sich ins Badezimmer, um sich die Vormittagsmüdigkeit aus dem Gesicht zu waschen. Claudette wollte hellwach sein, wenn sie diesem verdammten Briefträger gegenübertrat. Nachdem sie ihr Gesicht mit kaltem Wasser benetzt hatte, tastete sie halb blind nach dem bereitgelegten Handtuch. Sie stieß dabei gegen ein kleines Glasröhrchen, das sie unachtsamerweise auf dem Waschbecken abgestellt hatte. Das Röhrchen rutschte von der schmalen Porzellankante des Waschbeckens. Mit einem leisen Klirren zerbrach der Flacon.

Claudette bemerkte erst, dass das Fläschchen zerbrochen war, als ein schwerer Rosenduft das Badezimmer auszufüllen begann.

Ungehalten über ihr Missgeschick fluchte sie sehr undamenhaft. Erst gestern hatte sie den Flacon von Wilma Zigora, der Sekretärin des Bürgermeisters geschenkt bekommen. Wilma hatte mit einem Augenzwinkern verraten, dass sie einige der Fläschchen aus dem Büro des Sheriffs hatte mitgehen lassen.

Claudette war das egal gewesen, und so hatte sie mit Freude das kleine Geschenk entgegengenommen.

Diese harmlose Episode hatte sie längst vergessen. Auch jetzt dachte Claudette nicht mehr daran, obwohl ihr kleines Geschenk erst vor einer Minute zerbrochen war. Vielmehr fokussierte sich ihre ganze Aufmerksamkeit auf das erwartete Eintreffen des verhassten Briefträgers. Die Chemikalie aus dem Flacon drang über die Schleimhäute von Mund und Nase ein. Die Substanz verteilte sich sofort und effektiv in der Blutbahn, um schon nach Sekunden das Gehirn zu erreichen. Dort veränderte die Chemikalie das Bewusstsein der Frau.

Claudettes Ärger verwandelte sich in rasenden Zorn.

Dieses Mal würde der verdammte Tom Hauser bezahlen müssen. Sie würde ihm das freche Grinsen aus dem Gesicht schneiden. Sollte er nur kommen, sie würde bereit sein. So bereit wie noch nie in ihrem Leben.

Ungestüm rannte sie in die Küche. Vergessen waren die Rückenschmerzen. Noch nie in ihrem Leben hatte sie sich so voller Energie gefühlt. Es war gerade so, als habe sich die Uhr des Lebens zwanzig oder dreißig Jahre zurückgestellt.

In der Küche riss sie hastig die Besteckschublade auf. Ihre Hände wühlten im Messerfach herum, selbstständig tastend auf der Suche nach dem geeigneten Mordwerkzeug.

Dass sie sich dabei mehrfach schnitt, bemerkte Claudette nicht. Selbst als ihre blutenden Hände ein großes Tranchiermesser aus der Schublade zogen, war ihre Aufmerksamkeit nur auf die blinkende Klinge fixiert.

Reflexartig wischte sie die Hände an ihrem rosafarbenen Hausanzug ab. Hässlich rote Schlieren zogen sich über den flauschigen Stoff und bildeten ein bizarres Muster. Mit einem grimmigen Gesichtsausdruck und einer angespannten Körperhaltung wartete Claudette Balzen am Küchenfenster auf das Erscheinen von Tom Hauser. Schon seit Tagen hatte dieser unter einer starken Migräne zu leiden. Die verdammten Kopfschmerzen hatten seine heutige Tour erheblich verzögert, da Tom immer wieder sein kleines Postauto angehalten hatte, um einige Minuten die Augen zu schließen. Mit diesen kurzen Entspannungsübungen versuchte er, den Schmerz so gut es ging unter Kontrolle zu halten.

Tom hatte seine Lieferroute heute in den Außenbezirken Walkers Hills begonnen. In den ruhigen Wohngegenden, die durch Wiesen und kleine Waldstücke aufgelockert war, hoffte er, nach und nach seine Migräne loszuwerden.

Tom schaute auf die Uhr und stellte fest, dass er schon ziemlich spät dran war. Mit einem Seufzer startete er den Motor, setzte den Blinker und fuhr los.

Wie alle US amerikanischen Postzustellwagen befand sich auch in diesem das Steuer auf der rechten Seite. So konnte jeder Postbote auf der rechten Fahrbahn direkt an den entsprechenden Briefkasten heranfahren und im Sitzen seine postalischen Güter bequem ausliefern. Am Anfang seiner Dienstzeit war ihm dieses steuern auf der „Beifahrerseite", noch sehr merkwürdig vorgekommen. Doch nach so vielen Jahren beim US-Postal Service war es ihm zur zweiten Natur geworden.

Mit müden Kopfwehaugen lenkte er sein Gefährt um die nächste Kurve. Das zweite Haus auf der rechten Seite gehörte Claudette Balzen. Sofort verstärkte sich seine Migräne und Tränen vernebelten ihm die Sicht. Mit der linken Hand wischte er sich über die Augen, während er sein Tempo langsam verringerte.

Heute hatte er zwei Briefe für Claudette. Mit der linken Hand griff er in den kleinen Plastikcontainer, der neben seinem Sitz stand. Gekonnt ertastete er die beiden Briefe, die schon vorsortiert an vorderster Stelle lagen. Er griff die Umschläge und diese wechselten dann zur rechten Hand. Dabei ließ er für eine Sekunde das Lenkrad los.

Ein Stein, der am Fahrbahnrand nur auf ihn gewartet hatte, rettete ihm letztendlich das Leben. Während er die Post von einer Hand zur anderen wandern ließ, erreichte das rechte Vorderrad den besagten Stein. Er war nicht groß, nur etwa wie ein mittelmäßiger Apfel. Doch dies genügte dem Schicksal, um Tom Hauser zu retten. Der Reifen traf bei nur geringer Fahrt auf den Stein, versuchte diesen zu überrollen, glitt jedoch seitlich davon ab. Durch dieses kleine Hemmnis veränderte sich die Fahrtrichtung des Postautos spontan. Wie durch Geisterhand lenkte der Wagen nun in Richtung Straßenmitte.

Der Briefträger, dessen Arm schon aus dem Wagen ragte, um die Briefe, in den am Straßenrand stehenden Briefkasten zu stecken, trat reflexartig auf das falsche Pedal. Der Wagen beschleunigte, vom Fahrer ungewollt. Im gleichen Moment, ja in der gleichen Sekunde, verspürte Tom Hauser einen scharfen Schmerz im rechten Arm. Verstört schaute er auf diesen und musste erstaunt feststellen, dass ein großes Messer in seinem Unterarm steckte.

Ein lauter, weiblicher, hysterischer Schrei ließ ihn herumfahren. Er sah Claudette Balzen mit vor Zorn verzerrtem Gesicht einige Meter hinter dem Postwagen stehen. Ohne eine vernünftige Erklärung für diese irrationale Situation zu suchen, trat Tom dieses Mal mit voller Absicht auf das Gaspedal. Leicht schlingernd setzte sich der Wagen in Bewegung, ehe Tom, nur mit der linken Hand lenkend, sein Fahrzeug wieder unter seine Kontrolle brachte. Sein rechter Arm hing immer noch aus dem Seitenfenster und eine stark blutende Wunde hinterließ die Spur seiner Flucht auf dem Asphalt. Mit ängstlichen Augen beobachtete Tom, wie die zur Furie mutierte Frau seinem Auto hinterher rannte. Dabei schrie sie unartikuliert, war wie von Sinnen.

Das kleine Postauto war wirklich nicht auf Geschwindigkeit ausgelegt. Trotzdem reichte die Beschleunigung, um Claudette Balzen davonzufahren. Erst nachdem Tom Hauser in die nächste Straße einbog, atmete er erleichtert auf. Doch sein Arm erinnerte ihn mit heftigen Schmerzimpulsen daran, dass er noch nicht außer Gefahr war. Der Blutstrom, der aus einer verletzten Ader oder Vene rann, zeigte ihm, dass er nun rasch handeln musste.

Kurz überschlug er die Möglichkeiten, die ihm zur Verfügung standen. Das Krankenhaus war zu weit entfernt, der Doktor eventuell nicht zu Hause. Egal, er musste schnellstens versorgt werden. Die Tankstelle fuhr ein Geistesblitz durch seinen Kopf. Die hatten einen kleinen Store und dort gab es Verbandsmaterial zu kaufen. Außerdem war er nur noch zwei Straßen von diesem Ort der erhofften Rettung entfernt.

***

 ## Ankunft in der Provinz

Roger Thorn war nur mit einer kleinen Bordtasche aus dem Flugzeug gestiegen. Er war direkt aus der FBI-Zentrale in Washington zum Flughafen gefahren.

Es kam des Öfteren vor, dass er ohne Vorbereitungszeit einige Tage verreisen musste. So hatte er aus gelernter Routine immer einen Notfallkoffer, wie er es nannte, in seinem Büro deponiert.

Ein Anruf und die danach folgende Konsultation bei FBI Direktor Mueller hatten genügt, alle aktuellen Fälle zu delegieren und ins Flugzeug zu steigen.

Nach einem Zwischenstopp in Nashville war er schließlich auf dem Mac Ghee Tyson Airport in Alcoa, einem Vorort von Knoxville gelandet.

Als er den Flughafen verließ, um zur gegenüberliegenden Alamo Autovermietung zu gehen, umschmeichelte die provinziale Umgebung seine Sinne. Hier lebten die Menschen in einem ruhigeren Lebensrhythmus.

Roger, gerade aus der Hektik der Hauptstadt kommend, konnte nicht anders, als ein paar Mal tief einzuatmen. Selbst der allgegenwärtige Kerosingeruch änderte nicht viel an der sauerstoffhaltigen Landluft.

Ehe er den Schalterraum des Autovermieters betrat, ließ Roger sich die Zeit, die Umgebung zu mustern. Er wusste nicht genau was ihn bewog, die Leute im Check-out Bereich genauer zu sondieren. Wie schon so oft in seinem Leben vertraute er voll und ganz seinen Instinkten.

Zuerst fiel ihm auch nichts Besonderes auf. Hier war die ganze Palette typischer Landbevölkerung zu sehen. Leger gekleidet und eins bis zwei Jahre hinter der aktuellen Mode herhinkend, wurden Familienangehörige abgeholt. Auch suchend um sich blickende Einzelreisende standen an der Bordsteinkante, die auf ihre Abholer warteten, wie eine Gruppe Soldaten, die einen müden Eindruck vermittelten. Dazwischen fuhren träge einige Taxis und Zubringerbusse, der Autovermietungen.

Alles normal soweit, signalisierte dieses Bild.

Roger wollte sich schon umwenden, und zum Alamo Schalter gehen, als er aus den Augenwinkeln heraus zwei Gestalten sah, die nicht ins Gesamtbild passen wollten. So richtete er seine Aufmerksamkeit den beiden Männern zu, die auf der anderen Straßenseite heftig miteinander diskutierten. Sie trugen legere, graue Straßenanzüge und unter den Jacken schauten Poloshirts aus der neuesten Kollektion von Ralph Lauren hervor. Modisch abgestimmte Slipper der Edelmarke Lois Vuitton und Sonnenbrillen aus dem Hause Prada vervollständigten den Eindruck wohlhabender Großstädter.

Roger beschlich das ungute Gefühl, dass er mit diesen Burschen noch Ärger bekommen würde. Er prägte sich die Gesichter der Männer ein und beschloss erst einmal abzuwarten. Schließlich ließ sein Auftrag keine Zeitverzögerung zu. Er musste sehen, dass er schnellstens nach Walkers Hill kam.

Im Flugzeug hatte er die spärlichen Informationen, die in dem wenig aussagekräftigen Dossier des FBI Direktors zu finden waren, studiert. Unterschwellig war eine hohe Dringlichkeit der Untersuchung herauszulesen, ohne dass direkt darauf hingewiesen wurde.

Nach circa zwanzig Minuten und einem ermüdenden Small Talk mit dem Alamo Angestellten stieg Roger in den Zubringerbus, der ihn zum Parkplatz der Firma bringen sollte.

Die beiden eleganten Männer von vorhin hatte er längst vergessen.

***

 **Seltsames Erwachen**

Als Josh Eliot erwachte, wusste er nicht, wo er war. Ein düsteres Halbdunkel umgab ihn und es stank erbärmlich nach verfaulten Essensresten. Josh versuchte sich zu bewegen, doch seine Hände ertasteten undefinierbare, weiche Dinge. Auch seine Beine schienen eingeklemmt zu sein.

`Mein Gott, wie bin ich nur in diese Lage geraten`, dachte er. Der süßliche Verwesungsgeruch reizte seinen Magen, und er konnte nicht an sich halten. Mit einem gequälten Würgen erbrach er seine letzte Mahlzeit, was der schon vorher von allerlei Gerüchen gesättigten Luft noch eine saure Duftnote hinzufügte.

Josh hielt es hier, wo immer er sich auch befand, nicht mehr aus. Er musste diesem ekligen Gefängnis entkommen. Erneut versuchte er durch Tasten herauszufinden, wie sein widerliches Gefängnis beschaffen war. Wenige Zentimeter über seinem Kopf ertastete er Metall. Mit dem Mut der Verzweiflung stemmte er sich dagegen.

Nach zwei, drei vergeblichen Versuchen bewegte sich das Metall mit einem knirschenden Geräusch nach oben. Licht fiel in sein Verlies und er wusste mit einem Male, wo er war.

Josh richtete sich zu einer sitzenden Haltung auf und schüttelte verwundert den Kopf. Er war in seinem eigenen Müllcontainer gefangen gewesen. Er fragte sich, wie in aller Welt er wohl hier hin gekommen war.

Steifbeinig kletterte er aus dem übel riechenden Behälter und versuchte gleichzeitig einen Sinn in diese merkwürdige Situation zu bringen. Wer warf denn einen Wirt in den Abfall? Die Frage an sich war schon sehr skurril.

`Na, da muss ich aber erst mal unter die Dusche`, dachte Josh und schaute dabei, wie zur Bestätigung seiner Worte, an sich herunter. Was er sah, verschlug ihm die Sprache. Sein T-Shirt, seine Hose, seine Schuhe und selbst seine nackten Arme waren voll von getrocknetem Blut. Was für Blut? Sein Blut? Schnell tastete er seinen Körper ab, konnte jedoch keine relevante Verletzung finden. Also, von wem war das Blut und wie war es an ihn gekommen? Erneut, wenn auch mit deutlichem Zögern, schaute er sich seinen Körper an, streckte abwechselnd Arme und Beine vor, und entdeckte schreckliche Details. Haare verschiedenster Färbung, Knochensplitter und Hautreste klebten an ihm.

Voller Ekel schüttelte sich Josh Eliot und hätte sich am liebsten die Kleider vom Leib gerissen. Doch das konnte er hier nicht tun. Schließlich stand er direkt hinter seinem Lokal, und es konnte jeden Moment jemand nach hinten in den Hof kommen.

Er überlegte, wie er ungesehen durch die Stadt und zu seinem Haus gelangen konnte. Wenn ein Mitbürger oder gar der Sheriff ihn so antraf, würde er Fragen ausgesetzt sein, die er im Moment nicht beantworten konnte.

Durch das Lokal konnte er in keinem Fall. Dort waren immer einige Leute. Schon früh am Morgen, wenn er aufschloss, standen die ersten Gäste vor der Tür und so kamen und gingen sie den ganzen Tag. Abends musste er meistens den einen oder anderen daran erinnern, dass auch er einmal das Bedürfnis nach Schlaf verspürte. Er war gut im Geschäft, auch wenn er manchmal wünschte, einfach den Laden abzuschließen und angeln zu gehen. Dieser Weg war also versperrt. Blieb noch die Option über den hinteren Zaun zu steigen, doch wenn die alte Miss Francis ihn so wie er war, erblickte, würde sie bestimmt sofort einen Herzinfarkt bekommen.

Blieb nur der Weg seitlich an seinem Restaurant vorbei. Dort war er den Blicken aller ausgesetzt, die gerade zufällig sein Lokal betreten oder verlassen wollten. Sein Truck stand unmittelbar neben der kleinen Terrasse, die an warmen Tagen regen Zuspruch fand.

Vorsichtig spähte Josh um die Hausecke und verspürte Zufriedenheit, niemanden zu erblicken. Weder auf der Straße noch auf der Terrasse waren Menschen. Das war zwar ungewöhnlich, selbst für Walkers Hill, aber Josh hatte keine Zeit sich über diesen Umstand zu wundern.

Er lief geduckt an der Terrasse vorbei, was an sich ein großer Blödsinn war. Schließlich war es egal, ob man einen blutverschmierten Mann aufrecht oder in geduckter Haltung begegnete.

Schnell erreichte er seinen Wagen und stieg ein. Nun machte es sich bezahlt, dass er nie sein Auto abschloss und sogar den Schlüssel stecken ließ. Er schloss die Fahrertür und starte sofort den Motor. Mit einem satten Brummen erwachte der Achtzylinder und Josh schaltete auf D.

Vorsichtig ließ er den Truck zur Straße rollen. Es war nicht auszudenken, wenn er in seiner Situation, wie auch immer diese war, einen Unfall bauen würde. So rollte er an den Straßenrand und schaute nach rechts und nach links. Als er seinen Blick nach links richtete, glaubte er nicht, was er sah.

Vor seinem Lokal lagen auf der Straße und dem Bürgersteig tote Menschen. Der Asphalt war dunkel vor geronnenem Blut. Das große Frontfenster seines Lokals war zertrümmert, und wenn er sich nicht täuschte, lagen auch im Gastraum weitere Tote. Auf der Straße standen verstreut Polizeiwagen, mit offenen Türen und zwei Krankenwagen. Ansonsten war kein lebendes Wesen zu sehen.

Noch ehe Josh eine Reaktion auf dieses unwirkliche Bild zeigen konnte, zerriss ein peitschender Knall die Stille, die über diesem Ort des Grauens lag.

***

Schüsse, Tote und Verletzte

Am frühen Morgen hatten sie die Nachricht erhalten, dass es im benachbarten Ort Walkers Hill ein Blutbad gegeben hatte. Die Sekretärin des dortigen Sheriffs bat verzweifelt um Unterstützung.

So waren der stellvertretende Sheriff Sergeant Tom Wissler und vier weitere Deputys in ihre Patrolcars gesprungen um von Crossville aus nach Walkers Hill zu rasen. Es war eine rasante Fahrt. Mit jeder Meile, die sie näher an den vermeidlichen Tatort brachte, erhöhte dich der Pulsschlag der Männer. Keiner konnte sich vorstellen, was sie erwartete. Gleichzeitig hatte die Sekretärin des Sheriffs zwei Krankenwagen nach Walkers Hill geschickt.

Im Abstand von nur zwei Minuten trafen die Beamten und die Sanitätsfahrzeuge vor dem Potts ein. Die Polizisten sprangen aus ihren Wagen, in der Absicht, erst einmal den Tatort zu sichern und die erhebliche Schar der Schaulustigen in einen respektablen Abstand zum Geschehen zu bringen. Sergeant Tom Wissler drängte sich durch die Mauer der Neugierigen, vorbei an einem blutüberströmten Mann, der am Boden saß. Tom schaute kurz nach dem Mann, der von einem anderen gehalten wurde. Nach kurzem, visuellem Check erkannte Tom, dass dieser Mann nur leicht verletzt war.

Das typische klackende Geräusch einer Spiegelreflexkamera ließ den Sergeant ärgerlich herumfahren. Tatsächlich fotografierte ein unverfrorener Journalist, der an seinem Presseausweis zu erkennen war, die Szenerie. Die verdammten Reporter waren wie Aasgeier. Kaum geschah ein Unglück, waren sie zur Stelle und selten waren sie alleine. Ein kurzer Rundblick bestätigte seine Vermutung, denn Sam erblickte mindestens vier Leute dieser von ihm so ungeliebten Berufsgruppe.

Mit einer lauten, grimmigen Stimme rief er zu seinen Deputies:

»Schafft mir die Leute weg. Wie soll man denn hier arbeiten?«

Damit drängte er sich an weiteren Schaulustigen vorbei, die so dicht zusammenstanden, als wäre hier ein Schlussverkauf. Er schubste gerade recht unsanft einen Mann zur Seite, als er den ersten Toten erblickte. Direkt hinter dem zerbrochenen Schaufenster lag die blutüberströmte Leiche eines Mannes. Tom hatte selten einen so grausam zugerichteten Menschen gesehen. Der Mörder hatte den Mann förmlich zerhackt. Unzählige breite Wunden am ganzen Körper erzählten eine grausame Geschichte.

Toms Magen rebellierte, doch er blieb standhaft stehen. Mit erzwungener Selbstkontrolle versuchte er zu erkennen, ob noch weitere Opfer zu beklagen waren. Von seinem Standort aus konnte er mindestens sieben brutal zugerichtete Menschen erkennen. Als er sich schon vor Grauen umwenden wollte, erblickte er unter einem Tisch liegend, zwei Kinder, die nicht älter als zehn Jahre sein konnten.

Der Sergeant sah nur das Blut, das ihre kleinen Körper besudelt hatte, ehe er sich voller Grauen abwandte. Ein saurer Geschmack stieg seiner Speiseröhre empor und verbreitete sich in seinem Mund. Er schluckte heftig und schob sich erneut durch die Schaulustigen, die immer noch vor dem Restaurant ausharrten. Er winkte einen Deputy herbei. Doch ehe er sein Anliegen aussprechen konnte, sagte dieser:

»Da vorne auf der Straße liegt noch ein Toter. Ich vermute, der ist von einem Laster überfahren worden, so wie der ausschaut.«

Das gerade begonnene Gespräch wurde jäh unterbrochen, als Gewehrschüsse peitschten und ein Mann in ihrer unmittelbaren Nähe getroffen zusammensackte.

Wilde Panik entstand und weitere Menschen fielen getroffen zu Boden. Nach nicht einmal einer Minute waren die Schaulustigen von dem Tatort verschwunden. Acht Menschen hatten allerdings schwere oder gar tödliche Verletzungen davongetragen. Die Polizisten hatten sofort reagiert und mit ihren Waffen zurückgeschossen, dennoch konnten sie nicht verhindern, dass der Schütze eine blutige Ernte gehalten hatte. Auf ein Zeichen von Sam stürmten die Polizisten, wild um sich schießend, zur gegenüberliegenden Straßenseite. Dort stand eine Reihe zweistöckiger Gebäude. Woher die Schüsse nun wirklich gekommen waren, wusste keiner der Männer zu sagen.

So drangen sie gemeinsam in das nächstgelegene Haus ein, indem sie einfach die Eingangstür eintraten. Nach rascher, aber gründlicher Untersuchung stellten sie fest, dass sich niemand in diesem Haus aufhielt. Es folgte das zweite und dritte Gebäude. Doch nirgends trafen sie auf einen Menschen. Erst beim vierten Versuch, es war, wie sich schnell herausstellte, das Rathaus, hörten sie verzweifelte, wenn auch leise Hilferufe.

Dennoch durchsuchten die Beamten zuerst das untere Stockwerk und den Keller, wenn auch die Rufe aus dem ersten Stock zu kommen schienen. Gerade, als die Polizisten vorsichtig sichernd die Treppe nach oben schlichen, hörten sie einen weiteren Schuss. Sofort zogen sie sich zurück und gingen in Deckung.

Das ganze Haus lag in völliger Stille da. Selbst die leisen Hilferufe hatten aufgehört. Nach einigen Minuten wagten sich die Männer aus ihren Verstecken und begannen erneut mit dem Anstieg.

Ein lautes Brummen, wohl von einem dieser hier in der Gegend beliebten Pick-Up Trucks, drang gefolgt von quietschenden Reifen von der Straße herein. Dann verlor sich das Geräusch allmählich. Ein ängstlicher Gaffer, so vermutete Tom, hatte wohl genug von dem grausamen Schauspiel, hatte die Nerven verloren und war davongerast.

Vom oberen Stockwerk her hörten sie das ärgerliche Fluchen eines Mannes. Kurz darauf erschien dieser am oberen Treppenabsatz und schwenkte zielsuchend ein Gewehr hin und her. Noch ehe der Mann die Polizisten entdeckte, streckte ihn ein Beamter mit einem gezielten Schuss nieder.

***

Gespenstige Ruhe

Roger Thorn fuhr auf einer Landstraße, die sich in sanften Kurven durch eine bewaldete Landschaft schlängelte. Es war mittlerweile später Nachmittag, und die Sonne schickte ihre Strahlen schräg durch das Astwerk der Bäume. Nur noch wenige Meilen trennten ihn von dem Städtchen Walkers Hill.

Bewaldete Hügelgruppen erklärten, warum die Gründer der Kleinstadt diesen Namen für ihre Gemeinde gewählt hatten. Für einen Großstädter wie ihn wirkte die ländliche Gegend wie ein Versprechen auf ruhige Tage. Es war fast undenkbar, dass gerade hier unsagbare Gewaltakte stattgefunden hatten. Mord oder gar Mordserien verband man eher mit den Namen der amerikanischen Mega Citys. Es fühlte sich glaubhafter an, wenn in den Nachrichten von New York und dem Stadtteil Bronx oder von Los Angeles und South Central im Zusammenhang mit einer Bluttat berichtet wurde. Aber hier auf dem Land ... ?

Dennoch wusste er es besser. Erst vor einigen Monaten war er bei verdeckten Ermittlungen auf eine schier unglaubliche Verschwörung gestoßen. Eine Gruppe Nazis hatte versucht, mit einem Putsch die Vereinigten Staaten von Amerika, unter ihre Gewalt zu zwingen. Auch dieses Unterfangen hatte in einer ländlichen Gegend begonnen. Nur mit viel Glück und einer Gruppe besonderer Menschen konnte dieser Staatsstreich verhindert werden.

Roger fuhr aus seiner Grübelei hoch, als er von einer Chrysler C300 Limousine mit hoher Geschwindigkeit überholt wurde. Er konnte gerade noch aus den Augenwinkeln heraus den Beifahrer erkennen. Dann war das elegante Fahrzeug auch schon hinter der nächsten Kurve verschwunden. Rogers geübter Blick hatte sofort erkannt, dass der Beifahrer einer der eleganten Männer vom Flughafen war.

Leise schrillten seine inneren Alarmglocken. Diese Leute passten ganz und gar nicht hierher. Sollten sie etwas mit den Vorfällen in Walkers Hill zu tun haben?

Doch ehe Roger zu einem gedanklichen Ergebnis oder zu einer Vermutung gelangte, erreichte er die Stadtgrenze der Kleinstadt.

Auf den ersten Blick schien die Welt hier noch in Ordnung zu sein. Alles war ruhig und friedlich. Kleine, nette Einfamilienhäuser mit gepflegten Vorgärten säumten die Straße. Es fehlte eigentlich nur der freundlich lächelnde Großvater, der seine Nachmittage auf der Veranda vor dem Haus verbrachte. Damit wäre die Postkartenidylle perfekt. Aber da war kein freundlicher Großvater und auch sonst war kein Mensch auf der Straße zu sehen. Das war mehr als seltsam. Normalerweise hätte Roger schon von Weitem die Sirenen von Polizei und Krankenwagen hören müssen.

Doch hier war nichts als Stille. Keine Schaulustigen bevölkerten die Straßen, keine Polizei, die den Verkehr regelte. Nichts! Roger fuhr langsamer und schaute sich gespannt und suchend um. Nach weiteren hundert Metern entdeckte er einen großen Lastwagen, einen Holztransporter, der halb schräg am Fahrbahnrand abgestellt worden war. Es sah gerade so aus, als habe der Fahrer es sehr eilig gehabt, sein Fahrzeug zu verlassen. Im Schritttempo passierte Roger den Truck und schaute suchend nach vorne.

Gute fünfzig Meter weiter standen zwei Krankenwagen und drei, nein, vier Polizeiautos ungeordnet auf der Straße. Doch auch hier war keine Menschenseele zu sehen. Alles wirkte verlassen, fast wie bei einem Filmset, bei dem die Akteure gerade eine Pause einlegten. Die Szenerie, die sich Roger hier darbot, war alles andere als eine Fiktive.

Er war so sehr mit seinen Beobachtungen beschäftigt, dass er fast einen mitten auf der Straße liegenden Mann übersehen hätte. Hastig kurbelte er am Lenkrad und fuhr um die Leiche herum. Dass der Mann tot war, konnte Roger sofort erkennen. Eine große, schon fast getrocknete Blutlache umgab den Leichnam, dessen Oberkörper massiv deformiert war. Wahrscheinlich hatte der Holztransporter den Bedauernswerten auf dem Gewissen.

Schon nach wenigen Metern entdeckte Roger weitere Leichen. Wie achtlos weggeworfene Puppen lagen tote Körper auf dem Asphalt verstreut. Das Surreale dieses Anblicks ließ dem FBI Agenten einen Schauer über den Rücken laufen.

Plötzlich fühlte sich die Luft irgendwie zäh an und alle Instinkte forderten Roger auf, diesen Ort der Mordlust unverzüglich zu verlassen. Er schaute noch einmal über den Vorplatz des Restaurants Potts, sah die zersplitterte Scheibe, ohne jedoch ins Innere sehen zu können.

Roger wusste, dass einige Beamte der Mordkommission bald eintreffen würden. Auf seinem Weg vom Flughafen hierher hatte er noch einmal Verbindung zu seinem Vorgesetzten in Washington aufgenommen, um mehr über seinen Einsatz zu erfahren. Viel neue Informationen hatte Roger allerdings nicht erhalten. Es wurde ihm nur mitgeteilt, dass weitere Einsatzkräfte der Polizei, aus Knoxville, auf dem Weg waren. Man hatte ihm jedoch nahegelegt, so kooperativ wie möglich mit den Ermittlungsbehörden vor Ort umzugehen. So beschloss Roger, den Tatort vorerst nicht zu betreten. Er wollte sich nicht den Vorwurf anhören, er hätte Spuren zertrampelt.

Daher folgte er seinem Instinkt und ließ den Wagen langsam anrollen. Es würde nichts schaden, wenn er sich die Umgebung erst einmal genauer anschaute. Vielleicht hatte er ja Glück und traf auf ein Paar Augenzeugen, die ihm berichten konnten, was hier vorgefallen war.

***

Ein Gefühl von Gefahr

Vito und Luigi stritten, wie fast immer. Seit sie das Büro ihres Bosses, Francesco Solano, verlassen hatten, war der Ton schärfer geworden. Gegenseitig beschuldigten sich die beiden, ihren Boss durch unbotmäßiges Verhalten aufgebracht zu haben. Nur deshalb mussten sie nun in die Provinz reisen. Dass sie dabei einen Mord begehen sollten, spielte für die Männer eigentlich keine Rolle.

Es war nicht der erste Auftrag dieser Art, den sie ohne zu fragen, ausführten. Es war ihnen dennoch nicht einerlei, einen ehemaligen Freund, der zum Verräter geworden war, ins Jenseits zu befördern.

»Ich verstehe einfach nicht«, jammerte Luigi auf dem Weg zum Flughafen, »wie Carlo uns nur so hintergehen konnte.«

»Er ist halt schon immer ein verdammter Drecksack gewesen«, antwortet Vito im Brustton vollster Überzeugung.

»Nein, Vito, das kannst du so nicht sagen. Er war doch immer wie ein Bruder zu dir.«

»Wie ein Bruder? Du spinnst doch! Wie kannst du denn so was sagen? Wenn das einer hört, setzt mich der Boss auch auf die Abschussliste.«

»Ach ja, auf einmal willst du nicht sein Freund gewesen sein? Du warst ja sogar Trauzeuge, als seine Schwester geheiratet hat.«

Vito schaute, mit grimmigem Gesicht, auf seinen Kumpan und sagte daraufhin nur:

»Ach halt doch einfach nur dein Maul.«

Doch daran hielten sich beide selbstverständlich nicht. Es gab einfach kein Thema, das ungeeignet für einen Streit, oder zumindest für eine Diskussion gewesen wäre.

Am Airport in Knoxville wurden die beiden von einem „Freund der Familie", abgeholt. Etwas abseits des Airports, auf einem kleinen Parkplatz, erhielten sie von ihrem Abholer ein Auto und zwei nicht registrierte Pistolen mit der dazugehörigen Munition. Ohne besondere Freundlichkeit verabschiedeten sie den Mann und fuhren los.

Während dieses Treffens hatten sich Vito und sein Kumpan Luigi zurückgehalten und kaum ein Wort gesprochen. Jedoch kaum auf der Landstraße ging das Gemecker wieder los.

»Schau dir nur die verdammten Hinterwäldler mit ihren verdreckten Pick-up Trucks an. Die stinken bis hierher,« knurrte Vito.

»Nun mach mal halblang«, antwortete Luigi, »das sind doch ganz normale Leute.«

Doch Vito ließ sich nicht von seiner vorgefassten Meinung abbringen:

»Ich kann es einfach nicht glauben, dass ausgerechnet Carlo sich in dieser Scheißgegend verstecken soll.«

»Warum denn nicht? Ich finde es ganz schön hier.«

»Ganz schön«, äffte Vito seinen Partner nach, »ich glaube, der Kuhdung hat dir das Gehirn vernebelt.«

»Ach ja? Hast du Idiot denn bisher nur eine verdammte Kuh gesehen?«

Die schier endlose Diskussion dauerte, bis die beiden Gangster Walkers Hill erreichten. Von einer Sekunde zur anderen wurden die beiden zu eiskalten Profis. Mit wachem Blick fuhren sie langsam in den Ort hinein. Jeder überprüfte seine Straßenseite. Sie umkurvten den Holzlaster und erreichten kurz darauf die Stelle, wo sich der in den Nachrichten gezeigte Amoklauf abgespielt hatte.

Der Anblick der Leichen berührte die Gangster nicht im geringsten. Es war ihnen schlicht egal, wer dort umgekommen war, und Tote hatten sie in ihrer Verbrecherlaufbahn schon mehr als genug gesehen. Dass Einzige, was ihnen ein unangenehmes Gefühl der Gefahr vermittelte, war das Fehlen jeglicher Menschen. Walkers Hill schien eine Geisterstadt zu sein.

Sie beschlossen, die Nebenstraßen abzusuchen, um einen Einwohner dieser Kleinstadt zu finden, den sie dann befragen konnten. Unglücklicherweise lenkten sie ihr Fahrzeug in die Richtung, wo Claudette Balzen ihren enormen Zorn immer noch nicht befriedigt hatte.

***

Rosis Martyrium

Rosi Winters lebte noch. Sie hatte die unendlichen Stunden grausamster Folter überstanden.

In der Zeit, in der Ruhezeit, wie sie es nannte, hatte Rosi versucht auszuruhen und gleichzeitig überlegt, wie sie sich aus dieser misslichen Lage befreien konnte. Sie selbst hatte die Bestie in Menschengestalt in ihr Haus gelassen.

Vor circa drei Monaten hatte Rosi beschlossen, ein Fremdenzimmer zu vermieten. Sie hatte sich vorgenommen, durch die Vermietung eines ihrer Zimmer etwas Geld zur Seite zu legen. Bisher hatte sie kaum eine Rücklage, und am Haus, dass sie von ihrer Tante geerbt hatte, war einiges zu richten.

Also hatte Rosi eine Kleinanzeige beim örtlichen Werbeblatt gebucht. Schon am nächsten Tag stand eine attraktive Blondine vor ihrer Tür, die sich mit dem Namen Sally Parks vorstellte.

Die junge Frau hatte eine gewinnende Art und schon nach einer Tasse Tee, hatte Rosi beschlossen, Sally das Zimmer zu vermieten. In den ersten Tagen empfand Rosi die Gesellschaft sehr erfrischend und angenehm. Nur Will, mit dem sie schon seit einigen Monaten eine liebevolle Partnerschaft erlebte, konnte die Blondine nicht leiden. Er hatte wohl ein berufsbedingtes Gespür und misstraute der Fremden. Sally kam aus New York und wich immer geschickt den Fragen aus, warum sie in die Provinz gezogen war.

Zuerst hatte Rosi ihrer Mieterin sogar noch geholfen, einen Job im einzigen Friseur-Salon in Walkers Hill zu bekommen. Es dauerte jedoch nicht lange bis Sally - falls sie denn wirklich so hieß - ihr wahres Gesicht zeigte.

Täglich nahm sie sich mehr heraus, benutzte Rosis Sachen, ließ ihre Wäsche überall herumliegen und versuchte ganz offen mit Will zu flirten. Mehrfach hatte Rosi schon versucht, Sally aus ihrem Haus zu weisen, jedoch ohne Erfolg. Sie beharrte darauf, dass der geschlossene Mietvertrag eingehalten wurde.

Gerade Will brachte dann vor ein paar Tagen das Verhängnis mit ins Haus.

An seinem freien Tag war er zu Freunden gefahren und hatte Rosi verschwiegen, dass er bei dieser Gelegenheit ein Geburtstagsgeschenk für sie kaufen wollte.

Am nächsten Morgen wollte er Rosi zum Frühstück abholen. Prompt begegnete er Rosis Mieterin, die, nur mit ihrer Unterwäsche bekleidet, ungeniert in der Küche saß und an einer Teetasse nippte. Keck zwinkerte sie Will zu und setzte sich aufreizend in Positur. Mit einem erleichterten Aufatmen hörte er, wie Rosi die Treppe herunterkam.

Will drehte sich erwartungsvoll in Richtung Flur und zog aus seiner Hosentasche, die kleine Ampulle, die er gestern Nacht am Unfallort vor der Stadt verbotenerweise mitgenommen hatte. Als er seinen Autoschlüssel einstecken wollte, hatte er das Fläschchen ertastet. Erfreut hatte er sich erinnert und es machte sich gut, Rosi schon zum Frühstück ein kleines Präsent zu schenken.

So hielt er Rosi den vermeintlichen Parfüm Flacon mit ausgestrecktem Arm und einem Lächeln entgegen. Noch ehe Rosi das morgendliche Geschenk entgegennehmen konnte, ergriff Sally den Flacon, bevor Will auch nur reagieren konnte.

Sie trippelte einige Schritte nach hinten, hielt ihre Beute nach oben und rief gespielt jubelnd:

»Ein Geschenk! Wie süß! Will, du bist ja ein richtiger Gentleman.«

Mit einem verschlagenen Glitzern in ihren Augen öffnete sie den Verschluss des Fläschchens und hielt dieses an ihre Nase. Zuerst schnupperte sie vorsichtig, lächelte gleich darauf verzückt, und sog dann mit einem tiefen Atemzug eine gehörige Portion in ihre Nase. Danach verschloss sie den Flacon wieder. Es dauerte nur Sekunden, bis die Chemie ihren Geist erobert hatte. Abrupt drehte sie sich um und lief die Treppe hinauf. Wills Geschenk hielt sie dabei so fest umklammert, dass die Fingerknöchel sich weiß verfärbten.

Damit hatte Rosis Martyrium begonnen.

Sally hatte mit unglaublicher Brutalität Will und sie einige Minuten später überwältigt und danach in den Keller geschafft.

Rosi kam es vor, als sei all dies vor einer Ewigkeit geschehen. Seitdem hatte sie unmenschliche Qualen erlitten. Die Bilder der Grausamkeiten füllten ihren Verstand, und am ganzen Körper spürte sie die ihr zugefügten Misshandlungen. Gerade noch rechtzeitig bemerkte sie, wie ihre Gedanken abzudriften versuchten.

Mit einer verzweifelten Kraftanstrengung richtete Rosi sich auf, was ihr sofort eine Kaskade aus Schmerzen brachte. Ihr Körper rebellierte und sehnte sich nach Entspannung und Schlaf. Doch der Schmerz brachte auch Mut und Überlebenswillen zum Vorschein. Nein, sie würde nicht aufgeben. Sie musste einen Weg finden, sich zu befreien, damit sie es dieser Schlampe heimzahlen konnte.

Rosi schaute sich in dem kleinen, halbdunklen Keller um.

Das hier waren ihre Sachen, die verstaut in Kisten und Regalen lagerten. Da musste doch etwas zu finden sein, was ihr half, sich zu befreien. Angestrengt versuchte Rosi sich zu erinnern, was für Gegenstände sich in diesem Kellerraum befanden. Doch ihr wollte einfach nicht einfallen, was in den Kisten verpackt war.

So konzentrierte sie sich als Erstes auf ihre Fesselung. Ihr waren die Hände mit einem derben Strick auf dem Rücken zusammengebunden. Ein weiterer Strick fixierte sie an einem alten Holzregal.

Rosi tastete, soweit es ihr möglich war mit den Fingern den Knoten ihrer Fesslung ab. Dann zog sie mit einem Ruck an dem Seil, in der Hoffnung, dieses zerreißen zu können. Doch dieser Versuch schlug fehl. Das Seil hielt stand, nur das Regal hatte sich bewegt.

DAS REGAL HATTE SICH BEWEGT!!!

Plötzliche Hoffnung stand mit einem Male im Raum wie ein strahlender Engel.

Rosi zerrte erneut an ihrer Fessel, und tatsächlich, das Regal bewegte sich, zwar störrisch, aber es bewegte sich.

Mit aller Kraft und Entschlossenheit warf sich die Gefangene nun nach vorne, nicht darauf achtend, dass diese Aktion ihre Arme nach hinten riss. Die Schmerzen, die sie verspürte, spornten sie noch mehr an. Das Regal begann zu wanken und gab ächzende Geräusche von sich. Kisten und allerlei Gegenstände fielen polternd zu Boden. Ein in dieser Situation irrwitziger Gedanke schoss ihr durch den Kopf:

`Das kann ich später wieder aufräumen.`

Mit einem knurrenden Laut, der wohl als ein missglücktes Lachen ihrer Kehle entsprang, zerrte sie mit aller Kraft an dem Strick. Blut rann über ihre Hände, und abgeschürfte Hautfetzen klebten an dem widerspenstigen Hanfseil. Völlig außer Atem hielt sie einen Moment inne und lehnte sich an das Regal.

Plötzlich fiel ihr etwas ins Genick. Rosi zuckte erschrocken zusammen, doch nach einem kurzen Moment erkannte sie, was auf sie gefallen war. Es handelte sich um den zweiten Strick, der sie am Regal gefesselt hatte. Durch das stete Hin und Her hatte sich der Haken gelöst, an dem das Seil verknotet war.

Rosi wäre vor Erleichterung fast auf die Knie gesunken. Doch der Gedanke, die blonde Furie könnte plötzlich auftauchen, ließ die Erleichterung in pure Angst umschlagen. Rosis Herzschlag erhöhte seine Frequenz und aufputschendes Adrenalin durchströmte ihren Körper.

Schnell stellte sie fest, dass sie ihre, hinter dem Rücken gefesselten, Hände nicht befreien konnte. Das Problem ignorierend, lief Rosi zu der Kellertür. Sie drehte sich um und ertastete den Türgriff. Einen kurzen Moment befürchtete sie, dass die Tür verschlossen sein könnte. Doch das Glück schien ihr hold, und die Kellertür öffnete sich mit einem leisen Knarren.

Rosi schob sich angestrengt lauschend in den Gang und bewegte sich vorsichtig in Richtung Treppe. Als sie dabei unvermutet auf die verstümmelte Leiche ihres Freundes Will entdeckte, verschlug es ihr fast den Atem. Voller Trauer erkannte sie, dass ihm nicht mehr zu helfen war. Abrupt drehte sie sich zur Seite und schlich zur Treppe. Sie hielt kurz inne und lauschte erneut. Erleichtert, keinen Laut zu vernehmen, erklomm sie die Stufen. Auch die obere Tür, die sie in den schmalen Hausflur brachte, war unverschlossen.

Sie betrat ihre Wohnung, die friedlich und irgendwie unangemessen normal wirkte. Rosi überlegte kurz, wie ihre Flucht nun weitergehen sollte. Eine Option wäre, in die Küche zu gehen, um dort zu versuchen, ihre Fessel mit einem Küchenmesser zu lösen. Was aber, wenn sie dabei die Blonde überraschen würde? Nein! Sie musste aus dem Haus verschwinden und draußen Hilfe finden.

Nach einem prüfenden Blick aus dem Flurfenster öffnete Rosi die Vordertüre und trat ins Freie. Ohne noch lange zu zögern, lief sie, so schnell ihr ausgelaugter Körper es zuließ, die Straße hinunter, die direkt zum Zentrum von Walkers Hill führte.

***

Unerwarteter Angriff

»In dem Scheißkaff muss doch jemand wohnen«, fluchte Vito. Ausnahmsweise stimmte ihm Luigi nickend zu.

Langsam rollte ihr Wagen durch die Seitenstraßen von Walkers Hill.

Luigi hatte das Seitenfenster geöffnet und zündete sich genüsslich eine Zigarette an.

Dabei fiel sein Blick in einen gepflegten Vorgarten. Zu seinem Erstaunen malträtierte dort eine unattraktive Frau mittleren Alters einen Busch. Viel war von dem Gewächs nicht mehr zu erkennen. Trotzdem schnitt die Frau, mit grimmigem Gesichtsausdruck und einer großen Heckenschere bewaffnet, wild an den verbliebenen Ästen herum. Vito war ebenfalls auf die Frau aufmerksam geworden und stoppte den Wagen vor ihrem Grundstück.

»Komm, lass uns die Tante mal befragen. Vielleicht kennt sie Carlos ja«, sagte Vito und stieg auch schon aus. Luigi folgte ihm ergeben. Am Gartenzaun angekommen rief Vito:

»Hallo Missis, dürfen wir Sie mal was fragen?«

Doch die Frau reagierte nicht auf Vitos Anruf, sondern schnippelte weiter an dem bedauernswerten Busch herum. Doch Vito ließ sich nicht so einfach ignorieren.

Er ging zu einem kleinen Gartentor, öffnete dieses ungefragt, und marschierte quer über den gepflegten Rasen. Luigi folgte ihm brav, wie ein treues Hündchen.

Vito baute sich vor der Frau auf, und Luigi stellte sich neben ihn. Noch ehe die Männer erneut die Frau ansprechen konnten, rümpfte die Frau angeekelt ihre Nase. Dann bedachte sie Luigi mit einem ärgerlichen Blick:

»Wie können Sie es wagen, in meiner Gegenwart zu rauchen. Schämen Sie sich, junger Mann. Was sagt denn Ihre Mutter zu so einem Verhalten?«

Luigi fühlte sich mit einem Male in seine Jugendzeit zurückversetzt. Er erlebte unerwartet das flaue Gefühl, das er immer bekommen hatte, wenn seine Lehrerin in rügte. Außerdem, so jung war er nun wirklich nicht mehr, und mit seiner Mutter hatte er schon lange nicht mehr gesprochen. Ehe Luigi sich in weiteren nutzlosen Gedanken verlieren konnte, ergriff Vito erneut das Wort: »Hören Sie mal, wie sprechen Sie denn mit uns? Ich glaube, Sie sind nicht ganz dicht in der Birne. Wir wollten Sie nur um eine Auskunft bitten und Sie fahren uns an, als ob wir kleine Jungs wären.«

Herausfordernd war Vito einen Schritt näher an die Frau getreten, was er besser nicht getan hätte. Erschrocken registrierte er, wie diese Person die Heckenschere anhob und in seine Richtung schwenkte. Dann stieß sie die doppelte Klinge nach vorn.

Nur der glückliche Umstand, dass Vito seine Pistole in einem Schulterhalfter verwahrt hatte, rettete ihm das Leben. Die Klinge riss sein Jackett auf, prallte an der Waffe ab und wurde nach links abgelenkt. Dort streifte die Schere nur noch harmlos Vitos Arm.

Dieser sprang reflexartig zur Seite und rammte Luigi. Der war von dieser Aktion so überrascht, dass er nicht mehr ausweichen konnte.

Die beiden Männer fielen gemeinsam in ein Beet aus Rosen. Sofort verhakten sich die Dornen der edlen Blumen in den Jacken und Hosen der Gangster. Umständlich versuchten sie sich schnell zu erheben, da sie die merkwürdige Frau mit der Heckenschere hinter sich wussten.

Die kam auch schon fluchend näher und schwang das gefährliche Gartenwerkzeug wie eine Sense hin und her.

Vito und Luigi krabbelten auf allen Vieren eiligst aus dem Gefahrenbereich. Sobald sie sich sicher glaubten, sprangen sie auf die Beine und flüchteten zum Gartentor.

Die Gangster eilten hindurch und rannten zu ihrem Auto. Ohne zu zögern, sprangen sie in den Wagen und glaubten sich in Sicherheit. Doch da hatten sie die Rechnung ohne Claudette Balzen gemacht.

Sie war den Männern gefolgt und hielt ihre Heckenschere wie eine Lanze vor sich. Selbst als sich der Wagen anschickte davonzufahren, gab sie nicht auf. Mit einem wilden Schrei rannte sie neben das Fahrzeug und warf die Heckenschere durch das noch immer offene Fenster des Beifahrers. Der schrie erschrocken auf und hielt sich seine linke Hand. Dort hatte ihn die Schere getroffen, ehe sie gegen die Windschutzscheibe prallte und dort stecken blieb.

Ein breiter Riss bildete sich im Glas und breitete sich rasch verästelnd aus.

Das Fahrzeug beschleunigte, ungeachtet dieses Angriffs und fuhr davon. Zurück blieb eine Frau, die immer noch nicht wusste, worauf sie ihren brennenden Zorn richten konnte.

***

Verdammte Horror Picture Show?

Duke war sich seiner mehr als misslichen Lage durchaus bewusst. Seit dem Morgengrauen war er schon unterwegs und seit vielen Stunden lag er hier unter dem Haus.

Er bemerkte besorgt, wie seine Kräfte schwanden, und immer wieder versank er in beängstigende Wachträume. Dennoch wollte er hier ausharren, genährt von der Hoffnung, herauszufinden, was mit seiner Stadt geschah.

Er lachte kurz und kratzig auf, als er seinen letzten Gedanken repetieren ließ. Was konnte er, der Krüppel, schon ausrichten? Wie sollte er agieren, wo er doch keine zwei Schritte zu gehen vermochte?

Dennoch lag er hier in einer sicheren Position und der Tatort lag vor und über ihm. Hier würden sich in Kürze die Verantwortlichen des Massakers einfinden. Da war er sich ganz sicher. Bis dahin musste er sich in Geduld üben.

Mühsam richtete Duke sich ein wenig auf, um seine Glieder zu strecken. Seine Gelenke schmerzten höllisch vom langen Liegen. Sein Mund schien trocken wie die Wüste. Er brauchte etwas zum Trinken. Aber woher sollte er etwas Trinkbares bekommen? Hinauf in das Lokal konnte er vorerst nicht. Dort lagen die bedauernswerten Opfer, und vielleicht warteten dort noch immer ein oder mehrere irrsinnige Mörder auf weitere Opfer. Es war zwar seit einiger Zeit kein Geräusch mehr von oben zu vernehmen, aber das war kein sicheres Kriterium.

Duke schaute sich in dem halbdunklen Raum suchend, doch ohne viel Hoffnung, um, als sein Blick auf einige Flaschenkisten heften blieb. Genau! Wie hatte er nur so dumm sein können? Dort, bei der Luke lagerte Josh doch seine Vorräte.

Mit viel Mühe drehte sich Duke um und robbte zu den Getränkekisten. Kurze Zeit später lehnte er an einem Holzbalken und öffnete eine Flasche Coke. Gierig trank er in großen Zügen einige Schlucke der koffeinhaltigen Limonade und spürte sofort die belebende Wirkung des Getränks.

Duke griff sich noch zwei Flaschen aus dem Kasten und machte sich auf den mühevollen Rückweg zu seinem Observationsplatz. Noch ehe er dort eintraf, hörte er Motorengeräusche. Er hielt inne und lauschte angestrengt. Zuerst hörte er das Brummen eines Trucks. Er war sich sicher, dass dies der Wagen seines Freundes Josh Eliot sei. Wie konnte das nur sein? Josh war völlig ausgeflippt und hatte Menschen umgebracht. Konnte er in diesem Zustand fahren. Oder hatte er, Duke, die Sachlage falsch eingeschätzt und Josh hatte sich nur verteidigt?

Es konnte aber auch sein, dass Josh sich besonnen hatte und nun vor den Konsequenzen floh. Alles war möglich.

Noch ehe Duke sich auf eine der Optionen festlegen konnte, hörte er erneut ein Fahrzeug, das sich seiner Position näherte.

Sofort rutschte er auf dem Bauch liegend zurück zu seinem Beobachtungsposten. Er konnte gerade noch erkennen, wie eine Chrysler Limousine langsam die Straße entlang rollte. Kurz darauf war der Wagen aus seinem Sichtbereich verschwunden.

Betrübt registrierte Duke, dass noch immer die Leichen der bedauernswerten Menschen vor dem Potts lagen. Es musste sich doch jemand um dieses Massaker kümmern, es musste doch jemand kommen.

Ein weiteres Fahrzeug näherte sich langsam, blieb einen Moment haltend stehen, um sich dann ebenfalls zu entfernen.
Duke begann, sich aufzuregen.
`War das hier eine Touristenattraktion? Konnte hier jeder einfach mit seinem Auto direkt an den Ort des Verbrechens heranfahren, vielleicht noch ein schnelles Foto schießen, um danach zur nächsten Attraktion weiterzuziehen? War das hier die verdammte Horror Picture Show?`

***

Um Jahre gealtert

Josh Eliot lenkte seinen Truck durch die verlassenen Straßen von Walkers Hill. Sein Kopf brummte und er versuchte sich zu erinnern, was mit ihm geschehen war.
Er fühlte sich wie nach einer durchzechten Nacht, und in seinem Mund hatte er den ekelhaften Geschmack von Blut und Verwesung.
Einige Minuten später erreichte er sein Haus, dass etwas außerhalb von Walkers Hill am Ende einer kleinen Seitenstraße stand.
Ruckartig hielt er den Wagen an, was zur Folge hatte, dass sein Magen zu rebellieren versuchte. Ein mächtiger Rülpser verließ seinen Mund, als Josh sich aus seinem Fahrzeug schwang. Für einen Moment spielte sein Kreislauf mit seinem Gleichgewicht und Josh musste sich an der Fahrzeugtür festhalten. Mit einem gepressten Fluch auf den Lippen kommentierte er seinen Schwächeanfall und ging dann langsam, wie ein alter Mann, auf sein Haus zu.
Drinnen angekommen führte ihn sein Weg direkt ins Badezimmer. Dort stellte er sich ans Waschbecken, um sich kaltes Wasser ins Gesicht zu spritzen. Er drehte den Wasserhahn auf und schaute in den Spiegel. Was er dort sah, ließ ihn erneut taumeln. Ein blutverschmiertes, zerkratztes, krankes Gesicht schaute ihm da entgegen. Auch seine Kleidung war mit Blut und anderen, undefinierbaren Flecken besudelt.
Was war nur geschehen? Mit gehörigem Ekel zerrte er regelrecht

sein T-Shirt über den Kopf, kickte die ebenfalls blutigen Schuhe in eine Ecke und entledigte sich seiner Hose. Dann drehte er sich um, stieg aus seinen Boxershorts und betrat die Dusche. Erst Minuten später traute er sich, erneut in den Spiegel zu schauen. Er tastete nach einem Handtuch und trocknete sich oberflächlich ab, ehe er den vom Wasserdampf beschlagenen Spiegel sauber wischte. Was er erblickte, war keineswegs erfreulicher. Zwar waren das Blut und all die anderen Spuren verschwunden, doch sein Erscheinungsbild war seit dem heutigen Morgen um mindestens zehn Jahre gealtert.

Nackt, wie er war, schlurfte er in die Küche und fand dort auf dem Küchentisch seine Kaffeetasse von heute früh. Die Tasse war noch halb gefüllt, mit nunmehr kaltem Kaffee. Josh war das egal, und so nahm er einen herzhaften Schluck des bitteren Getränkes. Dann ließ er sich auf einen Stuhl fallen. Dort saß er noch, als einige Stunden später jemand an seine Tür klopfte.

***

Hektische Betriebsamkeit

Mit entnervendem Sirenengeheul kündigte sich die Hilfe aus Knoxville an. Der Sheriff dort hatte alle verfügbaren Einheiten entsandt und zugleich jeden entbehrlichen Detektiv der Mordkommission und Forensik angefordert.

Zwölf Wagen, darunter neun Patrol cars, jagten in die Stadt. Mit quietschenden Reifen stoppten die Polizisten circa zwanzig Meter vor dem Restaurant Potts. Wie eingeübt sprangen die ersten Beamten aus ihren Fahrzeugen und sicherten die Umgebung. Eine zweite Gruppe ging, jede Deckung ausnutzend, langsam auf den Ort des Verbrechens zu. Die restlichen Polizisten verteilten sich entlang der Straße. Nur einige Augenblicke später trafen Krankenwagen und Notärzte ein und parkten ihre Rettungswagen direkt hinter den Polizeiwagen. Blinklichter blitzten in den Spätnachmittag und verliehen der Szene eine hektische Betriebsamkeit.

Weitere Fahrzeuge brausten heran, und schnell konnte man an den Satellitenantennen auf den Dächern der Kleinbusse erkennen, dass die Medienwelt eingetroffen war. Es schien gerade so, als sei die staatliche Macht endlich in der Lage, für Sicherheit und Ordnung in Walkers Hill zu sorgen. Wie gesagt, es hatte den Anschein, jedenfalls in den ersten zwei Minuten. Dann fielen aus unvermuteter Richtung Schüsse.

***

Verdammte Terroristen

Sergeant Tom Wissler von der Crossville Police beugte sich über den Schwerverletzten.

Der Mann war von einem seiner Deputies niedergestreckt worden und lag nun mit einem Bauchschuss am oberen Treppenabsatz des Rathauses. Tom wusste, dass der Mann die nächsten Minuten nicht überleben würde.

Seine Verletzung war einfach zu schwer. Er kniete sich neben den Schwerverletzten, der mit schwacher Stimme zu sprechen versuchte. Tom rutschte etwas näher an den Verletzten und beugte sich noch tiefer zu ihm hinab. Er wollte hören, was der Mann zu sagen hatte. Auch seine acht Deputies rückten näher an den Sterbenden heran.

»Die Terroristen sind in der Stadt«, hauchte er. »Ich habe es schon lange geahnt. Dieser verdammte Duke hat sie uns auf den Hals gehetzt.«

Ein kratziges Husten entrang sich seiner Kehle, ehe er fortfuhr: »Sie haben sich verkleidet. Traut keinem, sonst ... .«

Wieder schüttelte ein Hustenanfall den Mann. Tom griff dem Sterbenden unter das Genick und hob ihn in eine halb sitzende Haltung. Damit, so hoffte er, konnte dem tödlich Verletzten das Atmen erleichtern. Dabei rutschte dem Mann etwas aus der Hosentasche, was niemand bemerkte.

Eine kleine Glasampulle rollte auf den Treppenabsatz und blieb direkt am Schuh eines Beamten liegen. Ein weiterer Hustenanfall folgte und ein Schwall schaumigen Blutes spritzte auf die Uniformen der Umstehenden. Reflexartig wichen die Beamten zurück.

Das Unvermeidliche geschah.

Einer der Polizisten trat auf das Fläschchen, das mit einem leichten Knirschen zerbrach.

Keiner der Männer bemerkte dies, bis zu dem Moment, als ein starker Rosenduft ihr Schicksal besiegelte.

Es dauerte nur Sekunden, bis die Substanz die Gehirne der Polizisten beeinflusste.

Eine synchrone Vision heraufziehender Gefahr steuerte die Beamten, und es bedurfte keiner Worte mehr, um ihren Kampfwillen zu aktivieren. Die letzten Worte des sterbenden Bürgermeisters von Walkers Hill waren Befehl genug. Einstudierte Verhaltensweisen der polizeilichen Ausbildung ersetzten nachfragende Gedanken.

Sergeant Tom Wissler ließ den Schwerverletzten einfach los und stand auf. Seines mitfühlenden Haltes beraubt, kippte der Verwundete nach hinten weg und blieb reglos liegen. Niemand bemerkte, wie Bürgermeister Wilbur Delinsky mit weit aufgerissenen, angstvollen Augen starb.

Der Sergeant verteilte unterdessen seine Männer strategisch an den Fenstern. Mit brennenden Augen blickte er hinunter auf die Straße und sein vernebelter Geist hatte nur noch einen Gedanken:

`Wir werden die verdammten Terroristen zur Strecke bringen!`

***

Heftiger Beschuss

Duke wurde von dem unerwarteten Feuerüberfall völlig überrascht. Er hatte das Eintreffen der Polizei mit einem Aufatmen registriert und überlegte, wie er seinen Aufenthalt unter dem Haus erklären sollte. Hinzu kam noch die erschwerte Erklärungsnot, die seine Bewaffnung betraf.

Doch noch ehe er weiter über seine Situation nachdenken konnte, pfiffen ihm, im wahrsten Sinne des Wortes, die Kugeln um die Ohren.

Krachend zersplitterte das Holz rechts und links neben ihm und riss faustgroße Löcher in die gitterartige Holzverkleidung, hinter der er lag. Duke schob sich, so schnell es sein verkrüppelter Körper zuließ, rückwärts, bis er hinter einem Stützbalken Deckung fand. Doch der Balken deckte ihn nicht vollständig vor herumschwirrenden Holzschrapnellen ab.

Immer wieder wurde er von den nadelspitzen Splittern getroffen, die jedoch in den meisten Fällen, ohne Schaden anzurichten, in seiner Kleidung stecken blieben. Nur an Gesicht und Händen bekam er einige Kratzer ab, was er jedoch im Moment durch den stressbedingten Adrenalinausstoß nicht bemerkte. Das heftige Feuergefecht vor dem Potts war in der ganzen Stadt zu hören.

All die Bürger, die nach der letzten Schießerei ängstlich in ihre Häuser geflohen waren, konnten ihrer Neugierde nicht widerstehen.

Vereinzelt sah man Gesichter hinter Fenstern, die mit schreckgeweiteten Augen und zugleich sensationslüsternen Mienen zu dem Schauplatz der Gewalt blickten.

Andere trieb deren irrationale Neugier oder auch die schlechte Sicht auf den Ort des Geschehens vor ihre Häuser und sogar auf die Straße. Fast sofort wurden sie von einem gefährlichen Kugelhagel begrüßt.

Manche rannten geduckt zurück in den Schutz ihrer Wohnungen, andere ließen sich fallen und versuchten bäuchlings in irgendeine Deckung zu kriechen.

Weiter oben, die Straße hinauf, stoppte Roger Thorn seinen Wagen an der Einmündung einer Seitenstraße. Ihm verschlug es fast die Sprache, als er das Feuergefecht keine hundert Meter von seiner

Position verfolgte. Er erkannte, dass die Polizisten aus Knoxville der Lage nicht Herr werden konnten. Er selbst war bei einer Schießerei dieses Ausmaßes auch keine Hilfe für die bedrängten Polizisten.

Entschlossen griff er zum Telefon und wählte eine Nummer in Washington. Sofort wurde am anderen Ende sein Gespräch entgegengenommen.

Roger hatte die interne Notfallrufnummer der FBI-Zentrale angewählt. Ein Operator leitete sein Gespräch nach einer kurzen Codewortkontrolle weiter zum Operationscenter. Hier koordinierten Spezialisten alle laufenden Operationen des FBI landesweit. Roger brauchte nicht einmal eine Minute, um zu berichten, was sich im Moment in Walkers Hill abspielte.

Der zuständige Kontroller winkte eiligst seinen Supervisor heran, der das Gespräch mit Roger mithörte. Auf zwei Datenmonitoren wurden alle möglichen Informationen über den aktuellen Vorfall in Walkers Hill aufgerufen.

Angestrengt scannten die Spezialisten die spärlichen Informationen. Sie prüften, welche Ressourcen und mögliche Einsatzkräfte im Bereich Knoxville – Walkers Hill zur Verfügung standen. Schnell wurde klar, dass hier nur die Nationalgarde helfen konnte, die unweit von Crossville stationiert war.

Roger wurde instruiert, vor der Stadt die Soldaten in Empfang zu nehmen. Dort sollte er dem verantwortlichen Offizier die aktuelle Lage schildern.

Mit gerunzelter Stirn beendete Roger das Gespräch. Wie sollte er zur anderen Seite der Stadt gelangen? Der verabredete Treffpunkt befand sich auf der östlichen Seite von Walkers Hill. Doch der einzige Weg dorthin führte über die Hauptstraße. Roger kannte die Gegend nicht; auch mit seiner Suche bei Google Earth hatte er keinen Erfolg und fand keine Ausweichroute. Jedenfalls nicht mit dem Wagen.

Roger hielt kurz inne und schaute erneut auf die kleine Landkarte auf seinem Smartphone. Natürlich! Die Lösung seines Problems war denkbar einfach. Er musste sich zu Fuß auf den Weg machen und im Schutz der Häuser die Stadt durchqueren. So konnte er die gefährliche Zone umgehen. Doch wie gefährlich sein Weg sein würde, konnte Roger zu diesem Zeitpunkt noch nicht ahnen.

***

Ein ungewöhnliches Hobby

Yavuz Kozoglu erwachte mit Mühe und doch voller Unruhe. Ein Traum aus Gewalt und Tod hallte in ihm nach. Schlaftrunken setzte er sich auf und rieb sich die Augen. Er schaute sich in dem kleinen Zimmer um und verstand zuerst nicht, wo er sich befand. Seine Gedanken suchten träge nach einem Weg zu seinem Bewusstsein. Er gähnte ausgiebig und streckte sich dabei. Gleichzeitig erinnerte er sich. Erst im Morgengrauen des heutigen Tages war er mit seinem Mietwagen in Walkers Hill eingetroffen. Nach einem langen, anstrengenden Flug war er von Deutschland kommend zuerst auf dem New York JFK Airport gelandet. Mit einem Zubringerflug und einer Wartezeit von mehr als vier Stunden, erreichte er völlig erschöpft Knoxville. Zum Glück hatte Yavuz ein Zimmer in der einzigen Pension in Walkers Hill gebucht. Damit hatte er einen Zielpunkt und musste nicht auch noch nach einer Übernachtungsmöglichkeit suchen.

Mit einem letzten herzhaften Gähnen erhob er sich und trottete zum Badezimmer. Unter der Dusche verschwanden die bruchstückhaften Erinnerungen an seinen Traum. Dafür meldete sich sein Magen. Vergeblich versuchte Yavuz sich zu erinnern, wann er zuletzt gegessen hatte. Er würde die Wirtin fragen, ob sie ihm ein Lokal empfehlen konnte.

Nachdem er seine Morgentoilette, eigentlich war es eine Spätnachmittagstoilette, beendet hatte, zog er sich rasch an. Er griff nach seinem Handy, das auf der Ladestation gelegen hatte. Erstaunt stellte er fest, dass es schon halb sechs am Abend war. Yavuz rechnete schnell nach und entschied sich, erst einmal seine Frau Adela in Deutschland anzurufen. Immerhin war es dort schon kurz vor Mitternacht. Schon nach dem dritten Rufton nahm sie ab. Yavuz berichtete kurz von seinem Flug, und das er bisher noch nichts erlebt hatte. Adela wusste soweit auch nichts Neues, und so plauderten sie eine Weile über die Kinder. Yavuz beendete schließlich das Telefonat mit lieben Grüßen und versprach, sich bald wieder zu melden.

Mit einem bedrückten Gefühl schaltete er das Handy aus und steckte das Gerät in seine Hosentasche. Dann griff er sich eine dünne

Freizeitjacke, schloss die Zimmertür sorgfältig ab und ging die Treppe hinunter. In der großen Diele blieb er unschlüssig stehen. Es war still im Haus. Kein Laut war zu hören, außer vielleicht dem beruhigenden Ticken einer altertümlichen Standuhr. Er wartete lauschend noch eine Minute, dann rief er:

»Ist jemand Zuhause?«, ehe er begann, hinter den angrenzenden Türen nach der Pensionswirtin zu suchen.

Er fand eine aufgeräumte Küche, ein kleines Wohnzimmer, dass alle Stilrichtungen der letzten hundert Jahre zu vereinen schien. Direkt daneben grenzte ein antiquiertes Speisezimmer an, bestehend aus einer großen Tafel mit zwölf Stühlen und einem Monster von Wandschrank. Einige kleine Tische, Bilder aus vergangenen Tagen und mächtige Bodenvasen vervollständigten das gutbürgerliche Ambiente. Hinter einer weiteren Tür, die zum Keller führte, lag ebenfalls nur Schweigen. Resigniert stellte Yavuz fest, dass er alleine war. Es war zu schade. Gerne hätte er mit der Wirtin geplaudert und dabei mit seinen Nachforschungen begonnen.

Yavuz hatte ein Hobby. Ein sehr spezielles Hobby.

Er war sozusagen ein Hobby-Anthropologe in der Fachrichtung Psychologische Anthropologie. Das hörte sich gewaltig an, war aber ganz einfach. Er interessierte sich für sogenannte "Lokale Mythen."

In vielen Teilen der Welt erzählten sich Menschen Geschichten. Manche davon waren historisch belegt, andere nicht. Doch diese Geschichten blieben meist auf die jeweilige Region begrenzt. Es gab Heldengeschichten, tragische Ereignisse, glückliche Wendungen scheinbarer Tragödien und unheimliche Gespenstergeschichten. Das Paranormale, das doch so oft nur flüsternd weitergegeben wird und dennoch in vielen Generationen als Ortsgeheimnis weiterlebt, war es, was ihn interessierte.

So hatte er vor einigen Jahren begonnen, solche Ereignisse zu hinterfragen und als Fallakten zu dokumentieren. Alleine aus diesem Grund war er nach Walker Hill gereist.

Die Idee zu seinem ungewöhnlichen Hobby war ihm bei der TV-Serie "X-Files", gekommen. Seitdem hortete er, wie elektrisiert, seine eigenen X-Files. Er hatte schon eine beachtliche Sammlung zusammengetragen, was ihn aber nur darin bestärkte, seiner Leidenschaft weiter zu frönen. Nur einem Zufall war es zu verdanken, dass er von "Mister Moto", hörte.

Ein befreundeter Geschichtenjäger hatte bei einer Rundreise durch die Vereinigten Staaten in einem Frühstücksrestaurant zufällig ein Gespräch am Nachbartisch verfolgen können. Eine Mutter hatte ihrem widerspenstigen, zornigen Sohn, der bestimmt nicht älter als acht Jahre alt war, ungewöhnlich gedroht.

»Mach' nur so weiter, mein Junge! Dann wird dich Mister Moto holen!«

Sofort hörte der Junge mit seinem Geschrei und Rumgehampel am Tisch auf. Erschrocken blickte er zu seinem Vater, der nur bestätigend nickte. Als der Vater nach einer Weile seinen Sohn zur Toilette begleitete, fasste sich der Mithörer ein Herz, und fragte die Frau, wer denn dieser Mister Moto sei. Sie blickte sich sichernd im Lokal um, und überlegte gleichzeitig, ob sie diesem Fremden am Nachbartisch von Mister Moto erzählen sollte. Schließlich entschloss sie sich, dem Fremden Auskunft zu geben. Es konnte nichts schaden, da ihre Heimatgemeinde, und damit der Einflussbereich Mister Motos, weit genug entfernt waren. Also begann sie mit leiser, ja fast verschwörerischer Stimme, zu erzählen:

»Vor langer Zeit, so um die Jahrhundertwende, kam ein asiatischer Wanderarbeiter in die kleine Gemeinde Walkers Hill in Tennessee.

Die Meinungen gehen bis heute auseinander, ob er Chinese oder Japaner gewesen war. Aber das spielt eigentlich auch keine Rolle.

Er nannte sich Mister Moto. Niemand erfuhr jemals seinen Vornahmen, und wenn man ihn danach fragte, gab er keine Auskunft. Er war fleißig und arbeitete mal hier, mal da. Mit der Zeit gehörte Mister Moto zum Ortsbild, wie etwa der Krämer oder der Friseur. Dennoch fand Mister Moto nie Anschluss in der Gemeinde. Er blieb immer allein. Ja, er wohnte nicht einmal im Ort. Ein Farmer vermietete ihm eine kleine Hütte, die in einem Seitental am Waldrand stand.

Dann, eines Tages, Mister Moto lebte nun schon seit einigen Jahren in Walkers Hill, ereigneten sich schlimme Dinge. Zuerst entdeckte ein Schäfer ein geköpftes Schaf, das zudem völlig blutleer war. Man fand keinen einzigen Tropfen Blut neben dem Kadaver.

Einige Tage später lag ein Rind am Straßenrand. Es war ebenfalls geköpft worden und wie bei dem Schaf fand man auch hier kein Blut. Die Menschen, meist einfache Bauern und Landarbeiter, begannen sich zu fürchten. Sie drängten den Sheriff und den Bürgermeister, etwas zu unternehmen. Doch die Verantwortlichen wussten auch keinen Rat. So beschlossen sie, eine Bürgerwehr aufzustellen.

Einige Tage geschah nichts Ungewöhnliches und die Menschen begannen sich wieder um ihre Alltagsdinge zu kümmern. Die Bürgerwehr patrouillierte weiterhin, doch der eine oder andere vorher sehr entschlossene Mann, begann sich zu fragen, was für einen Sinn es machte, nach etwas zu suchen, das augenscheinlich nicht zu finden war. Doch die langsam wieder einkehrende Normalität wurde erneut gestört.

An einem Morgen fand der Sheriff einen menschlichen Kopf direkt vor seiner Haustüre. Der Kopf war in Richtung Haustüre aufgestellt worden, und es sah fast so aus, als würde der dazugehörige Körper unter der Holzveranda stehen. Doch bei näherem Hinsehen war zu erkennen, dass der Hals des Opfers mit einem glatten Schnitt abgetrennt worden war. Wiederum war kein Blut zu finden. Zudem fehlte der Körper der Leiche.

Ein kurzer Blick des Sheriffs genügte, um festzustellen, dass es sich bei dem Toten um einen Fremden handelte und nicht zu den Bürgern von Walkers Hill gehörte. Wahrscheinlich war er ein Rumtreiber gewesen, von denen es in diesen Tagen nicht wenige gab.

Der Sheriff rief die Bürgerwehr zusammen und ließ nach der Leiche suchen.

Einige Stunden später ereignete sich schon die nächste Tragödie.

Drei Kinder, zwei Mädchen und ein Junge, im Alter von acht bis zehn Jahren galten als vermisst. Ganz Walkers Hill verfiel in kollektive Panik. Männer bewaffneten sich und ihre Frauen versteckten sich mit ihren Kindern in den Häusern. Systematisch durchsuchte die Bürgerwehr den Ort. Man musste die Kinder unbedingt finden. Ein kleiner Trupp aus Reitern durchsuchte auch den Wald in dem Tal, an dessen Rand Mister Motos kleines Haus stand.

Als die Männer die Umgebung erfolglos abgesucht hatten, beschlossen sie, nun Mister Motos Haus in Augenschein zu nehmen.

Ungefragt drangen sie in das Holzhaus ein, wo sie schon von Mister Moto erwartet wurden. Dieser war mit einem orientalischen Schwert bewaffnet, dass er mit grimmiger Miene in seiner rechten Hand hielt.

Er schrie laut, dass niemand seine Ehre besudeln dürfe, und er nicht dulden würde, dass jemand in sein Haus eindringe.

Den Männern war es egal, und ein beherzter Bauer schlug Mister Moto einfach nieder. Dann stürzten sich alle auf den Asiaten und ließen

ihrem Frust und der angestauten Angst freien Lauf. Sie schlugen und traten nach dem am Boden Liegenden, bis der sich nicht mehr rührte.
Dann durchsuchten sie das Haus. Kurz darauf hielt einer der Männer eine Kinderhose und einen Mädchenrock triumphierend in die Höhe.

Der Fall war klar. Mister Moto steckte hinter allem. Die Männer banden dem noch immer Bewusstlosen die Hände und schafften ihn nach draußen. Dann schlangen sie ein weiteres Seil um seine Hüften und knoteten dieses an den Sattel eines Pferdes. Danach saßen sie auf und ritten zurück zur Stadt.

Ihr Gefangener erwachte unter Schmerzen. Steine und Sträucher rissen seine Kleidung in Fetzen, als er hinter den Reitern hergeschleift wurde. Völlig zerschunden, kaum noch am Leben, wurde er vor dem Büro des Sheriffs losgebunden und in den Dreck geworfen.

Schon Minuten später hatte sich eine johlende Menge eingefunden, die lautstark den Henkerstrick forderten.

Mit schwacher Stimme versuchte Mister Moto seine Unschuld zu beteuern, doch es nutzte nichts. Der Sheriff beugte sich dem Volkswillen und schnell war ein Seil über den Ast eines nahestehenden Baumes geworfen.

Man zerrte Mister Moto zu dem Baum und legte ihm die Schlinge um den Hals. Mit wackligen Füßen und einem zerschrammten, blutenden Körper stand er vor der heulenden Menge. Doch als er sich unerwartet gerade aufrichtete, verstummten die Leute. Mit fester Stimme begann Mister Moto zu sprechen:

"Ich weiß, dass ihr mich umbringen werdet. Doch ihr könnt mir meine Ehre nicht nehmen. Was ihr mir heute antut, werde ich euch eines Tages heimzahlen. Ich verfluche euch alle bis in die letzte Generation. Wenn ihr es nicht erwartet, komme ich zurück und übe Rache."

Weiter kam er nicht. Einige wütende Männer zogen an dem Strick, und damit Mister Moto in die Höhe. Es dauerte noch eine ganze Weile, bis sich der Gehängte nicht mehr bewegte. Nach und nach gingen die Schaulustigen nach Hause.

Die Nacht brach herein, und die Leiche Mister Motos hing noch immer am Baum. Am nächsten Morgen aber war sie verschwunden. Keiner hat jemals wieder Mister Moto gesehen. Die verschwunden Kinder wurden zwei Tage später in einer Schlucht tot aufgefunden. Sie waren wohl beim

Spielen abgestürzt. Seit dieser Zeit jedoch ist Mister Moto und sein Fluch immer noch jedem Einwohner von Walkers Hill bekannt.«

Damit beendete die Frau ihren Bericht. Sie schaute nach ihrem Mann und dem Jungen, die gerade von der Toilette zurückkehrten. Einige Zeit später verließ die Familie das Restaurant ohne jeglichen Gruß.

Yavuz hatte von Deutschland aus versucht, mehr über Mister Moto und seinen Fluch herauszufinden. Als einzigen Anhaltspunkt fand er einen Bezug auf weitere mysteriöse Vorfälle in der Kleinstadt.

So ereigneten sich nach dem Lynchmord an Mister Moto weitere Morde im Laufe der folgenden Jahrzehnte, die sämtlich unaufgeklärt blieben. Auch verschwanden immer wieder Bürger der Stadt, und nur wenige tauchten wieder auf. Auch hier wurde die Mär des Mister Moto gerne als hilflose Erklärung herangezogen.

Diesem Bündel an ungeklärten Sachverhalten und dem örtlichen Mythos wollte Yavuz nachgehen, und wenn möglich weitere Fakten und Informationen sammeln.

Als er das Haus verließ, auf der Suche nach einem Frühstück und möglichen Gesprächspartnern, wusste er nicht, dass der Augenblick seiner Reise seit den Zeiten Mister Motos nie so gefährlich wie im Moment gewesen war.

So schlenderte er unbefangen durch ein ruhiges Wohnviertel in Richtung Hauptstraße.

***

Zeugenschutz

Hinter dem Fenster der Tankstelle von Screw-Bill Murphy, saß dessen Angestellter Paolo Capriati, dessen bürgerlicher Name eigentlich Carlo Rossini lautete.

Er schaute hinaus zur Straße auf der seit Stunden fast keine Bewegung zu sehen war. Paolo hatte ein Geheimnis, das nach den Vorfällen am Morgen vor seiner Aufdeckung stand. Er war gefilmt worden und das war fatal. Noch hoffte er, dass die Leute in New York dieses Video nicht gesehen hatten. Doch er baute nicht darauf.

Mit "Den Leuten" meinte er niemand anders als die Mafia. Er selbst war, noch vor nicht so langer Zeit, Mitglied der ehrenwerten Gesellschaft, genauer gesagt der Solano Familie, gewesen.

Doch einiges in seinem Leben war schief gelaufen. Sehr schief. Schon mit zwölf Jahren war er von einem Straßendealer angeheuert worden und verrichtete Botendienste. Wenige Jahre später rückte er in der Hierarchie der Familie weiter nach oben und wurde zum Soldaten. Er durchlief einige weitere Stationen, doch im Grunde seines Herzens war ihm sein Verbrecher-Dasein zutiefst zuwider. Er sehnte sich mehr und mehr nach einem "normalen" Leben und beneidete so manches Erpressungsopfer, wenn er Schutzgelder für seinen Boss eintrieb. Doch er sah keinen Weg, der ihn aus der Organisation führen konnte, ohne dass er dabei umgebracht wurde.

Ausgerechnet eine Serie von Morden, inszeniert von den Verrückten des kolumbianischen Kartells und als Bandenkrieg publiziert, eröffneten Carlo einen Ausweg.

Bisher hatte er es gut verstanden, nie selbst einen Mord zu begehen. Das war eher ungewöhnlich, wenn man etwas bei der Mafia werden wollte. Er spielte seinen Gangsterkumpanen immer den "harten Kerl" vor und verbreitete Gerüchte, die dies untermauerten. Er heftete sich sogar Straftaten an seine Verbrecherweste, die er nie begangen hatte. So lavierte er sich ungeschoren durch die New Yorker Unterwelt, immer mit dem flauen Gefühl im Magen, eines Tages aufzufliegen und bestenfalls als Lügner und Feigling bloßgestellt zu werden.

Was ihn dann erwartete, wollte er sich erst gar nicht vorstellen. Als er dann eines Tages mit einigen anderen Mitgliedern der Solano Familie in einen Hinterhalt geriet, beschloss er auszusteigen. In einer kleinen Seitenstraße wurden sie von einem Lastwagen blockiert, der scheinbar Ware auslud. Carlo stieg zu seinem Glück aus und lief zum Führerhaus des LKW, um mit dem Fahrer ein paar unfreundliche Worte zu wechseln. Kaum war er an der Fahrerkabine angekommen, die natürlich leer war, hörte er von hinten ein Fahrzeug heranrasen.

Alarmiert drückte sich Carlo zwischen zwei Müllcontainer und schaute sichernd nach allen Seiten. Er sah nur ausschnittsweise, was hinter dem Lastwagen geschah. Mehrere Südamerikaner sprangen aus einem dunklen SUV und eröffneten aus Maschinenwaffen das Feuer auf das Fahrzeug der Mafia. Die Männer im Wagen hatten nicht den geringsten Ansatz einer Chance. Zu seinem Glück dauerte der Feuerüberfall nicht einmal eine Minute, ehe die Latino Gangster in ihren Wagen sprangen und rückwärtsfahrend aus der engen Gasse verschwanden.

Gleichzeitig hatte sich der Lkw-Fahrer hinters Steuer geklemmt und verließ eher gemächlich den Tatort. Woher der Fahrer plötzlich gekommen war, konnte Carlo im Nachhinein nicht sagen.

Als die Polizei eintraf, saß er noch immer zwischen den Containern.

Carlo hatte die Zeit genutzt, um eine Entscheidung zu treffen. Er ergab sich den Polizisten und verlangte mit einem Beamten des FBI zu sprechen. Natürlich sollte das Gespräch an einem neutralen Ort stattfinden und nicht in einem Polizeirevier.

Der Polizeibeamte, ein junger Mann Mitte Zwanzig, verstand sofort und setze Carlo in seinen Patrol Car. Der Cop wies ihn an, sich ruhig zu verhalten. In Minutenfolge trafen weitere Streifenwagen ein, doch keiner der Beamten warf auch nur einen Blick in den Wagen ihres jungen Kollegen. Carlo verhielt sich ruhig und versuchte so unsichtbar wie möglich auf dem Rücksitz des Polizeiwagens auf den jungen Beamten zu warten. Es dauerte seine Zeit, bis der Polizist endlich in das Fahrzeug stieg und ohne ein Wort den Tatort verließ. Erst einige Querstraßen weiter entspannte er sich, drehte sich zu seinem Fahrgast halb herum und sagte:

»Sie haben echtes Glück, dass Sie an mich geraten sind. Ich hoffe, ich mache keinen Fehler damit, Ihnen zu helfen. Ich habe mit einem Freund gesprochen, der beim FBI arbeitet. Ihn treffen wir gleich.«

Damit konzentrierte er sich wieder auf den Verkehr. Carlo war aufgeregt, und fragte den Cop, wie es nun weiter gehen würde. Doch dieser stellte sich taub und ließ alle Fragen seines Fahrgastes unbeantwortet. Schließlich bog er in eine Tiefgarage ein und fuhr zwei Stockwerke nach unten. In der Nähe der Aufzugstüren wartete bereits ein Mann im grauen Straßenanzug. Der Polizist stoppte kurz und ließ Carlo aussteigen. Dann nickte er dem Anzugsträger zu und fuhr davon.

In den nächsten Tagen wechselte Carlo jeden Tag seine Unterkunft, immer von FBI Agenten begleitet, die für sichere Wohnungen sorgten. Ein Verhör folgte dem anderen, doch Carlo schwieg, bis er die schriftliche Zusicherung in Händen hielt, die ihm Zeugenschutz garantierte. Danach begann er, den Beamten die Struktur der Solano Familie zu erklären. Er nannte Namen, Straftaten und die dazugehörigen Opfer. Offiziell war er für tot erklärt worden. Carlo existierte nun nicht mehr. Immer wieder drehte er seinen neuen Führerschein, auf dem neben seinem Bild, sein neuer Name stand. Von jetzt an war er Paolo Capriati.

Nach circa zwei Wochen wurde er nachts in einen SUV mit verdunkelten Fenstern gesetzt und aus der Stadt gebracht.

Mehrfach wechselten Fahrer und Fahrzeuge. Um die Mittagszeit des nächsten Tages erreichte er schließlich sein Ziel. In einer Kleinstadt, namens Walkers Hill wurde ihm ein bescheidenes Haus zugewiesen. Ein Umzugswagen stand vor der Tür, und einige Arbeiter schleppten gebrauchte Möbel ins Haus. Bewundernd stellte Carlos, nein Paolo - er musste da wirklich aufpassen - fest, dass das FBI wirklich gute Arbeit leistete.

Für den unverhofften Zuschauer in Form eines Nachbarn oder Passanten, sah es so aus, als fände ein ganz normaler Einzug statt. Gebrauchte Möbel waren für diesen Zweck der Verschleierung bestens geeignet.

Im Haus wurde er von seinem neuen Kontaktmann begrüßt und mit allen nötigen Informationen versorgt. So war er bereits bei der örtlichen Gemeindeverwaltung angemeldet worden und für den kommenden Morgen hatte er schon ein Vorstellungsgespräch als Automechaniker.

Viele Jahre waren seither vergangen und Carlo, alias Paolo, fühlte sich in Walkers Hill heimisch. Ihm ging es gut, und er hatte sein früheres

Leben beinahe völlig verdrängt. Nein, er wollte sich sein neues Leben nicht mehr nehmen lassen, koste es, was es wolle. Falls tatsächlich einer seiner früheren Kumpane hier auftauchte, dann würde er alles Nötige tun, um sein Leben in Walkers Hill zu beschützen. Auf den Gedanken, seinen FBI Kontakt zu informieren kam er dabei nicht.

Das gleichmäßige Brummen eines Automotors ließ ihn aus seinen Gedanken aufschrecken. Langsam rollte eine Chrysler Limousine in die Auffahrt der Tankstelle.

***

Zuflucht

In den hinteren Räumen der Tankstelle hatte sich in den letzten Stunden eine illustere Gesellschaft zusammengefunden.

Der Raum, der an "normalen" Tagen ein Zwischending aus Büro und Lagerraum repräsentierte, war zur Zuflucht geworden.

Nach und nach waren die Opfer der unheimlichen Chemikalie hier eingetroffen. Zuerst hatte Paolo den mehr geschockten als verletzten Sohn des Inhabers der Tankstelle, Harold Murphy, aus dem blutigen Umfeld des Potts hierher und damit in Sicherheit gebracht.

Harold hatte sich gewaschen und seine blutbefleckte Kleidung gewechselt. Dabei hatte er erst zögernd, dann immer aufgeregter von seinen Erlebnissen und seinem doch so realem Traum erzählt.

Screw-Bill Murphy hatte reglos dem Bericht seines Sohnes gelauscht und war dabei immer blasser geworden. Die Erwähnung des alten Geistes namens Mister Moto, trieb ihm sogar Schweißperlen auf die faltige Stirn. Noch ehe er sich eingehender mit seinen vererbten Ängsten auseinandersetzen konnte, taumelte ein blutender Mann in den kleinen Laden der Tankstelle und brach dort vor Erschöpfung zusammen.

Erst auf den zweiten Blick erkannten sie, dass es sich bei dem Bedauernswerten um ihren Sheriff Ernest Gregory handelte.

Sofort schleppten sie den Verwundeten in das Office-Lager und legten ihn vorsichtig auf einen schnell abgeräumten, großen Holztisch. Sie entfernten die spärlichen Reste seiner Kleidung und untersuchten seine Wunden. Mit einem Autowaschschwamm säuberten sie den Sheriff und verbanden die meist harmlosen Rissverletzungen, die er sich bei seiner Flucht im Wald zugezogen hatte. Seine mentale Verfassung war weitaus bedenklicher.

Wie im Fiebertraum brabbelte er unzusammenhängende und unverständliche Worte, ehe er mit einem gequälten Schrei das Bewusstsein wieder erlangte. Mit vor Panik weit aufgerissenen Augen, schnellte er von seiner provisorischen Liegestatt auf und schlug wild um sich. Nur mit Mühe konnten sie den Tobenden halten und schließlich beruhigen. Nach einer Weile und durch viele sanfte Worten entspannte sich der Sheriff.

Er setzte sich, gestützt von Paolo, auf und ließ die Beine vom Tisch gleiten. Er sah an sich herab und bemerkte, dass sein nackter Körper an vielen Stellen mit Pflastern und Mullbinden bedeckt war. Er schaute seine Helfer dankbar an, verbarg dann sein Gesicht in den Händen und begann haltlos zu schluchzen.

Vater Murphy setzte sich zu dem geschundenen Mann und legte seinen Arm um dessen Schultern. Leise sprach er auf den ansonsten so stattlichen Mann ein, als ob er ein Kind zu trösten versuchte.

Betreten von dieser unerwarteten Nächstenliebe, verließen Harold und Paolo das Büro.

Harold setzte sich auf einen Stuhl und griff nach einem Schokoriegel. Währenddessen füllte Paolo die Kaffeemaschine mit Wasser und löffelte Pulverkaffee in einen Papierfilter. Er hatte das Gefühl, dass der Kaffeeverbrauch in nächster Zeit erheblich ansteigen würde.

Gerade als ein aromatischer Duft die üblichen Gerüche einer Tankstelle zu verdrängen begann, stolperte der nächste Verletzte in den Verkaufsraum.

Mit einer fast vorwurfsvollen Geste stellte sich Tom Hauser, der örtliche Briefträger, vor den Verkaufstresen und hielt vor Paolo seinen blutenden Arm in die Höhe.

»Langsam wird es hier voll«, murmelte er??sarkastisch und dann etwas lauter:

»Na Mister Hauser - wohl vom Hund gebissen worden?«

Der Angesprochene schüttelte heftig den Kopf und begann mit fast schriller Stimme zu antworten:

»Vom Hund gebissen? Ha, wenn's nur das wäre. Die Irre hat mir in den Arm gestochen. Hier ist das Messer.«

Wie eine Trophäe hob er ein blutverschmiertes Messer in die Höhe.

»Ich kann nur von Glück sagen, dass ich so schnell reagiert habe. Sonst hätte die mich umgebracht, die blöde Kuh. Die war ja schon immer bekloppt, aber jetzt reicht es. Kannst du mir ein Pflaster geben oder so was, ehe ich den Sheriff anrufe.«

»Den brauchst du nicht anzurufen, der ist schon hier«, knurrte Harold von seinem Stuhl her.

»Tom, wer ist denn die Irre, die dich gestochen hat?«, fragte nun Paolo und kam mit einem Mullverband um den Tresen herum.

»Na, die bescheuerte Claudette Balzen. Doch dieses Mal hat sie es zu weit getrieben. Das lass' ich mir nicht gefallen!«

Das Verbinden des Arms war gleich geschehen, und Tom Hauser ging nach hinten, um nach dem Sheriff zu sehen. In seiner gesunden Hand dampfte ein Becher mit frisch gekochtem Kaffee. Seitdem waren einige Stunden vergangen. Aus der Ferne hatten sie Sirenen und Schüsse vernommen, dann war es wieder ruhig geworden.

Mehrfach hatte der Sheriff versucht, sein Büro und auch die Stadtverwaltung anzurufen. Doch niemand nahm seine Anrufe entgegen. Als er nach einer Weile versuchte, den Sheriff der Nachbargemeinde anzurufen, stellte er fest, dass die Leitung tot war.

Sofort bemühten sich die Männer mit ihren Handys weitere staatliche Stellen zu kontaktieren, was ebenfalls misslang. Auch die Handynetze waren abgeschaltet. Dies deutete darauf hin, dass etwas im Gange war. Das FBI, die Nationalgarde oder sonst eine staatliche Organisation würde kommen, um die Ordnung in der Stadt wieder herzustellen.

So beschlossen die Männer, erst einmal in den Räumen der Tankstelle abzuwarten. Dass ihre Sicherheit eine trügerische Illusion war, zeigte sich, als eine Chrysler Limousine in die Auffahrt der Tankstelle rollte.

***

Helfender Stein

Roger Thorn bewegte sich durch die Seitenstraßen von Walkers Hill sehr wachsam. Er suchte ständig die Umgebung nach verdächtigen Bewegungen und Geräuschen ab, als befände er sich in Feindesland. Doch bisher war nichts geschehen, und er zweifelte bereits, ob er nicht übertrieben vorsichtig handelte. Er war froh, dass hier alles so ruhig war, und niemand versuchte, ihn aufzuhalten oder gar angriff. Doch gerade diese scheinbar friedliche Ruhe zerrte an seinen Nerven. Die ganze Zeit hatte er das Gefühl, dass er aus den Häusern heraus beobachtet wurde.

Er bog um die nächste Straßenecke, blieb kurz stehen und schaute sich wieder sichernd um. Sein Blick wanderte über gepflegte Vorgärten und die dahinterliegenden Häuser.

Auch hier war alles ruhig, nicht einmal ein Hund bellte.

Roger wollte schon in die Straße einbiegen, als ein Fleck auf dem ansonsten gleichmäßigen Asphaltgrau der Seitengasse seine Aufmerksamkeit erregte.

Er schaute sich noch einmal sichernd um, ehe er mit wenigen Schritten zu dem Fleck eilte. Dort angekommen ging er in die Hocke. Sein geschulter Blick ließ ihn sofort erkennen, dass es sich hier um einen Blutfleck handelte.

Das Blut war erst leicht angetrocknet, doch ehe er weitere Überlegungen anstellen konnte, meldete sein Instinkt eine drohende Gefahr. Sofort stellten sich seine Nackenhaare und ein sekundenschnelles Frösteln durchlief seinen Körper. Reaktionsschnell ließ Roger sich fallen und rollte mit angezogenen Beinen zur Seite.

Nicht zu früh, wie er gleich darauf erschrocken feststellte.

Mit einem hässlichen Geräusch prallte die Schneide einer Axt auf den Asphalt und verfehlte Roger nur um wenige Zentimeter. Mit zwei weiteren schnellen Drehungen gelang es Roger, aus der Gefahrenzone zu entkommen. Dabei versuchte er, seinen Angreifer zu erkennen.

Sein Erstaunen hätte ihm fast das Leben gekostet, denn der unerwartete Anblick ließ ihn eine Sekunde verharren.

Eine Frau, eine Hausfrau mittleren Alters, schwang die Axt und stürzte nun mit einem wilden Aufschrei auf ihn zu. Roger hatte keine Zeit auf die Beine zu kommen, um eine sichere Distanz zu dieser Furie aufzubauen.

So krabbelte er rückwärts, so schnell er konnte. Ihm war jedoch klar, dass er dieses Rennen niemals gewinnen konnte. Es war nicht einmal Zeit genug, seine Pistole aus dem Schulterholster zu ziehen.

Ein resignierter Gedanke formte sich in seinem Geist. So würde er also enden. Erschlagen und zerstückelt von einer amerikanischen Hausfrau, auf den Straßen einer unbedeutenden Kleinstadt. Was für ein ruhmloser Abschluss eines Lebens.

Roger sah schon die Axt auf sich zurasen, als sein Schicksal sich noch einmal gnädig zeigte.

Etwas traf mit großer Wucht den Kopf der mörderischen Frau und ließ sie taumeln. Der von ihr geführte Axthieb veränderte seine Schlagparabel und streifte Rogers Schulter nur leicht. Vom eigenen Schwung wurde die Frau nach vorne gerissen und geriet ins Stolpern.

Roger nutzte die unerwartete Chance und sprang auf. Zwei, drei eilige Schritte brachten ihn aus der Schlagdistanz der Axt. Mit einer fließenden Bewegung zog er nun endlich seine Waffe und richtete diese auf seine Angreiferin.

In diesem Moment hörte er eine Stimme, die in einem europäischen Akzent sagte: »Ich glaube, die hat genug.«

Roger schaute kurz nach hinten und erkannte einen dunkelhaarigen Mann, der einen roten Backstein in Händen hielt, wie man ihn zur Einfriedung von Blumenbeeten verwendete.

Ein metallenes Scheppern veranlasste Roger, sich wieder der Frau zuzuwenden. Diese hatte das Beil fallen gelassen und hielt sich mit beiden Händen den Kopf. Blut sickerte zäh durch ihre Finger, ehe sie wie vom Blitz getroffen zusammenbrach.

***

Ausschau

Einige Querstraßen weiter stand ein Mann Wache. Er sah von oben herab ein scheinbar friedliches Bild. Doch er wusste, dass dies nicht der Fall war. Er befand sich am höchsten Punkt der Stadt, was jedoch nicht bedeutete, dass er und seine Schutzbefohlenen in Sicherheit waren.

Der Turm der Kirche zur Heiligen Frau war ein schlankes Gebilde, das kaum genug Raum für eine Treppe bot.

Der besorgte Wächter war ein Spätberufener. Erst im Alter von zweiundvierzig Jahren hatte er zu Gott gefunden. Sein Leben davor war voller Gefahren und Tod gewesen, pflegte er immer zu sagen. Doch das wusste seine hiesige Gemeinde nicht. Er selbst verdrängte seine Vergangenheit mit Alltäglichkeiten und rituellen Handlungen.

Er war zum Geistlichen geworden, zum katholischen Pfarrer von Walkers Hill. Hier in der Provinz hatte er endlich Ruhe gefunden vor der Bösartigkeit der Welt.

Doch heute früh war das Böse in seine Stadt gekommen. Seiner täglichen Routine folgend war er nach dem Morgengebet zu dem nahegelegenen Restaurant Potts spaziert.

Er liebte es, mit Zeit und Ruhe durch den kleinen Ort zu laufen. Es geschah nicht selten, dass er mit Passanten ein wenig plauderte. Mütter, die ihre Kinder in die örtliche Schule oder zum Kindergarten brachten, winkten ihm freundlich zu - und so mancher Rentner unterbrach seine Gartenarbeit gern für ein Schwätzchen.

An diesem Morgen jedoch hatte in den Straßen von Walkers Hill eine merkwürdige Atmosphäre geherrscht. Pfarrer Carl Morris spürte eine innere Spannung, wie sie seit Langem nicht mehr in ihm war. Er konnte sich nicht erklären, warum sich sein über viele Jahre geschulter und fast vergessener Instinkt, der ihn vor jeder Gefahr warnte, heute meldete.

Fast unbewusst beschleunigte er seine Gangart und seine rechte Hand tastete wie selbstverständlich zur rechten Hüfte, ohne jedoch die Waffe zu finden, die dort über Jahre hinweg zur Ausrüstung von Carl Morris gehört hatte.

Der Pfarrer begann bei der schnellen Gangart, die er nun erreicht hatte, schwer zu schnaufen. Er hatte nicht nur sein Leben, sondern auch seinen Lebensstil verändert. Dieses "neue" Leben hatte ihm einige Pfunde zu viel auf die Hüften platziert, was er heute nicht zum ersten Mal bedauernd bemerkte. Als er schließlich zur Main Street kam, wusste er, dass ihn sein Instinkt nicht getäuscht hatte.

Eine Menschenmenge hatte sich vor seinem Frühstücksrestaurant versammelt und er hörte Glas brechen. Wie erstarrt betrachtete er die Szenerie und versuchte, sich einen Reim auf die Situation dort unten zu machen. Dann erlebte er den ganzen Wahnsinn mit, der sich in diesem sonst so ruhigen Ort zutrug. Als es schließlich zu einem unkontrollierten Schusswechsel kam, war Pfarrer Morris klar, was er tun musste.

Er wandte sich um und rannte zurück in Richtung seiner Kirche. Auf dem Weg lagen die Schule und der Kindergarten. Er musste die Kinder in Sicherheit bringen und verhindern, was er als Polizist in der Kleinstadt Columbine erlebt hatte.

Dort waren in der High School zwölf Schüler und ein Lehrer ermordet und vierundzwanzig weitere Menschen verletzt worden. Carl war erst einige Monate in dieser Kleinstadt als Polizeibeamter angestellt gewesen, als sich diese unsägliche Tragödie abspielte. Vorher hatte er in Chicago seinen Dienst verrichtet und dort an so manchem Tatort das Böse dieser Welt gesehen. Als er jedoch mit seinen Kollegen die Schule stürmte, fiel sein mentaler Schutzwall. Die toten Kinder brachten ihn derart aus der Fassung, dass er nicht an sich halten konnte und unter Tränen zusammenbrach.

Columbine sollte heute und hier nicht geschehen, dieses Mal wollte er stark sein.

So evakuierte Pfarrer Morris sämtliche Schüler und Lehrer aus dem Kindergarten und der Schule in seine Kirche. Er verbarrikadierte die Türen, beruhigte unter Mithilfe der anwesenden Lehrer die Kinder und stieg hinauf in den Glockenturm.

***

Ausgegraben

Duke befand sich noch immer in dem Verschlag unter dem Potts. Sein Verstand begann sich immer mehr zu verwirren. Mal erkannte er die hiesige Realität, mal weilte er eingebildet in Afghanistan und kämpfte im Krieg. Der letzte Schusswechsel in Walkers Hill hatte ihn zurück in den Krieg katapultiert. Noch während er hinter einem hölzernen Stützbalken in Deckung lag, verabschiedete sich sein Verstand ins Irrationale.

Erneuter Beschuss der Taliban zwang ihn, sich in eine Mulde zu drücken. Der stakkatomäßige Lärm des gegnerischen Maschinengewehrfeuers wollte nicht enden. Unsichtbare Luftschwingungen machten es unmöglich zu entscheiden, ob man vor Angst zitterte oder durch den Eindruck dieser ganzen Situation. Die Luft war geschwängert von beißendem Staub und ätzendem Kordit. Die entnervende Hitze begünstigte nur noch den Wunsch, den ausgelaugten Körper nicht mehr bewegen zu müssen..
Einfach nur aufgeben. Einfach nur noch sterben.
Ein entsetzlicher Schrei rüttelte Duke aus seiner enervierenden Lethargie. Er blickte zur Seite und sah einen Soldaten seiner Einheit, der verzweifelt darum bemüht war, seinen zerschossenen Unterkiefer an seine ursprüngliche, von der Natur vorbestimmte Stelle, zu drücken. Natürlich misslang dieses Unterfangen.
Duke spähte kurz über den Muldenrand und wollte sich schon über die kleine Erhebung schieben, als direkt vor ihm die Erde explodierte. Sofort rutschte er zurück in seine leidlich sichere Deckung.

Dort betastete er schnell sein Gesicht und stellte erleichtert fest, dass er nur einige kleine Risswunden davongetragen hatte.
Er drehte sich zur Seite, um nach seinem Kameraden zu schauen. Dabei hob er leicht den Kopf, was er sofort bereute. Erstens sah er, dass der Soldat von weiteren Treffern förmlich zerfetzt worden war, und zweitens büßte er seine Sorge um den Kameraden mit einem heftigen Schlag gegen seinen Helm.

Ein Projektil hatte seinen Helm gestreift. Zum Glück nur gestreift. Hastig und voller Panik, begann er mit bloßen Händen zu graben. Er brauchte eine bessere Deckung. Er musste tiefer liegen.
So kratzte und schabte er den Sand und kleine Steine unter und vor sich zur Seite. Er grub sich förmlich selbst ein.

Sein Körper in der Gegenwart tat es seinem fernen Geist nach. Auch hier unter dem Restaurant, gefangen in dem halbdunklen Verschlag, wühlten sich seine Hände in die Erde. Duke spürte nicht, wie seine Finger zu bluten begannen und die Luft sich mit übel riechendem Staub vermischte. Er grub und grub. Seine Hände und Arme arbeiteten wie besessen. Plötzlich fassten seine Hände ein glattes, merkwürdig geformtes Objekt. Es steckte fest im Boden, doch Duke kratzte mit seinen Fingern so lange um den Gegenstand, bis dieser sich lockerte. Gleichzeitig stieg sein Geist aus der Wahnvorstellung empor.

Mit vor Staub und Dreck verschleierten Augen starrte er auf das Ding, dass er da in Händen hielt.

Ein erschreckter Aufschrei verließ seine Kehle. Duke warf das Ding von sich, dass sich ein- zweimal überschlug, um dann in circa einem Meter vor ihm zur Ruhe zu kommen. Er wischte sich seine Augen sauber, ehe er sich getraute, einen weiteren Blick auf das von ihm ausgegrabene Objekt zu werfen.

Sein Erschrecken war berechtigt gewesen. Dort vor ihm lag ein Totenschädel und schaute scheinbar grinsend zu ihm herüber. Fragende Gedanken rasten durch seinen Kopf, halfen ihm dennoch nicht zu verstehen, warum hier unter dem Potts ein Totenschädel vergraben lag.

***

Erste Hilfe

Yavuz Kozoglu und FBI Agent Roger Thorn knieten neben der bewusstlosen Frau. Sie hatten sich kurz einander vorgestellt, und jeder hatte sich seine Gedanken über seinen neuen zufälligen Bekannten gemacht.

Roger dachte: Ist es denn zu fassen? Ein Tourist rettet mir das Leben.
Yavuz hingegen: Hätte nicht gedacht, mal einem FBI Agenten kennenzulernen. Scheint ein netter Kerl zu sein. Aber an seiner Kampftechnik muss er echt noch arbeiten.
Sie beugten sich vorsichtig über die Frau, die aus der von Yavuz geworfenem Stein verursachten Wunde heftig blutete. Die Frau war immer noch ohne Besinnung, aber scheinbar im stabilen Zustand. Beim Untersuchen der Wunde stellten die beiden Männer einen unangenehmen Geruch fest, der von der Ohnmächtigen auszugehen schien.
Sofort richteten Yavuz und Roger sich wieder auf und verzogen angeekelt die Nasen. Dann berieten sie, was nun zu tun sei.
»Als Erstes«, sagte Roger, »müssen wir die Dame von der Straße bringen. Am besten in ein Haus.«
»Warum rufen wir keinen Krankenwagen?«, fragte Yavuz, der natürlich noch nichts von der Katastrophe in der Stadt wusste.
»Das erkläre ich dir gleich«, antwortete Roger, ehe er durch den Vorgarten des nächsten Grundstückes auf ein kleines Haus zulief.
Er überquerte eine Holzveranda und klopfte an die Haustüre. Als sich nach erneutem Klopfen niemand meldete, versuchte er die Türe zu öffnen. Unerwartet leicht schwang die Tür auf, und Roger wollte schon ins Haus gehen, als er leicht taumelnd zurücksprang.
Ein Schwall übel riechender Luft erreichte ihn und drohte ihm den Atem zu nehmen. Es stank nach Verwesung und Rosen, die am Verfaulen waren. Angewidert verließ Roger rasch die Veranda und eilte hustend durch den Garten zur Straße.
»Dort kann keiner hinein. Es stinkt erbärmlich in diesem Haus. Das ist der gleiche Geruch, der von der Frau ausgeht.«

»Claudette Balzen heißt sie wohl«, antwortete Yavuz.

»Wie kommst du denn darauf, mein Freund?«, fragte Roger.

»Naja, wenn die Frau stinkt wie das Haus, dann wohnt sie wohl auch dort. Auf dem Klingelschild neben dem Gartentor steht Claudette Balzen. Also ... ?«

»Wer ist denn hier eigentlich der Kriminalist ... ?«, knurrte Roger halb beleidigt, halb belustigt, was Yavuz nur mit einem breiten Lächeln beantwortete. Sein neuer Freund schien wirklich ein intelligenter Bursche zu sein.

Nach kurzer Zeit fanden sie ein Haus, dessen Türe nicht abgeschlossen war. Auch wenn niemand zuhause war, beschlossen sie, die Frau dort vorerst im Wohnzimmer zurückzulassen. Sie trugen die Bewusstlose ins Haus und lagerten sie auf einem breiten Sofa. Roger schaute nach einer Möglichkeit, um die Frau erst einmal zu fesseln. Was später mit ihr geschehen sollte, war im Moment noch nicht klar. In der Zwischenzeit versorgte Yavuz, so gut es eben ging, die Kopfwunde der Frau.

Kurze Zeit später trat Roger ins Zimmer. Er hatte ein Seil und einen breiten Schal gefunden. Der FBI Agent setzte Claudette auf einen Stuhl und fesselte sie daran. Dann besah er sich sein Werk und wollte schon gehen.

Yavuz hielt ihn am Arm fest und meinte:

»Ich glaube, wir sollten einen Warnhinweis zurücklassen. Immerhin ist die Lady recht gewalttätig.«

Roger stimmte sofort zu und suchte in der Küche nach einem geeigneten Stück Papier.

Kurz darauf verließen die beiden Männer das Haus. Ohne weiter darüber gesprochen zu haben, war beiden klar, dass sie gemeinsam einen Weg durch die Stadt suchen würden. Als sie die Straße hinabgingen, drehte sich Yavuz ein wenig zu Roger und fragte:

»Also, was ist denn hier eigentlich los?«

***

Gedemütigt

NSA Agent Robert Page klappte sein Handy wütend zu. Soeben hatte er erfahren, dass sich das FBI in Walkers Hill herumtrieb und zu allem auch noch die Nationalgarde mobilisiert hatte.

Fluchend lief er in dem von ihm requirierten Konferenzraum der Firma Ethik Inc. auf und ab. Wie sollte er da noch ein Beobachterteam in die Stadt schicken? Er musste eine Lösung finden, und zwar schnell! Zusätzlich brauchte er noch das Laborteam der Ethik Inc. Doch diese Leute waren in keinster Weise militärisch geschult.

Robert Page hasste es mit Zivilisten zusammenzuarbeiten. Der Ärger schlug ihm auf den Magen und er zog eine kleine Pillendose aus seiner Jacketttasche. Er schob sich zwei Tabletten in den Mund und zerkaute diese. Während er noch kaute, eilte einer seiner Männer in den Raum. Er trat an Agent Page heran und sagte mit leiser Stimme:

»Professor Prisarius macht Ärger. Wir konnten ihn gerade noch davon abhalten, mit Senator Haigh zu telefonieren.«

»Mit Haigh? Das fehlt uns noch. Der alte Sack wartet doch nur darauf die NSA fertig zu machen. Wieso wussten wir nicht, dass der Professor solche Verbindungen nach Washington hat? Also gut. Bringen Sie den Professor zu mir. Ich werde ihn schon beruhigen. Schließlich brauchen wir seine Firma, oder zumindest seine Forschungsergebnisse.«

Ohne weiteren Gruß verließ der NSA Mann den Konferenzraum.

Schon kurze Zeit später betrat der Professor in Begleitung zweier Agenten den Raum. Mit vor Wut rot angelaufenem Gesicht stürmte er auf NSA Agent Robert Page zu, der abwartend am Fenster stand.

»Wie können Sie es wagen, mich so in meinem eigenen Haus zu behandeln!«, schrie er aufgebracht.

»Mein lieber Professor«, versuchte Page den Mann zu beruhigen. Doch gerade dieser Versuch lief konträr zur Stimmung des Firmenchefs.

»Ich bin nicht Ihr lieber Professor! Ich verbitte mir dieses Anbiedern! Verlassen Sie sofort meine Firma, sonst ...«

Er kam nicht mehr dazu, seine Drohung weiter auszuführen. Unbewusst oder durch seinen Zorn geleitet, war er sehr dicht an den NSA Agenten herangetreten, der plötzlich seinen rechten Arm vorschnellen ließ und den Professor bei der Kehle packte. Mit nur einer Hand drückte Page zu, was zur Folge hatte, dass der Blutfluss zum Gehirn seines Gegners stark behindert wurde. Sofort lief das Gesicht des Professors, das eben noch stark gerötet gewesen war, blau an. Dann wurden ihm die Knie weich und er sackte kraftlos zusammen. Mit einem dumpfen Laut fiel der Firmenchef zu Boden. Page hatte inzwischen den Hals seines Gegenübers losgelassen und wischte sich mit einem Taschentuch und angeekelter Mine seine Hand ab. Dann zog er einen Stuhl heran und setzte sich neben den am Boden liegenden Mann.

Der Professor war nur kurz benommen und setzte sich mit einem Ächzen auf. In ihm brannte eine mörderische Wut. Noch nie in seinem Leben war er so gedemütigt worden. Er besann sich kurz und beschloss zum Schein mit diesem verfluchten NSA Agenten zusammenzuarbeiten. Gleichzeitig überlegte er sich, wie er es diesem miesen Kerl heimzahlen konnte. Da würde sich schon was finden. Er hatte ja schließlich genügend Stoffe in seinem Labor, um einem Gegner das Leben zur Hölle zu machen.

***

Suchtbedingt

Vito und Luigi stritten schon wieder. Luigi hatte ein Taschentuch um seine linke Hand gebunden. Der Riss, den die geworfene Heckenschere auf seinem Handrücken hinterlassen hatte, blutete schon längst nicht mehr. Dafür war seine Ehre zutiefst verletzt. Zum wiederholten Male versuchte er, seinen Partner dazu zu bewegen, Rache an der Hausfrau zu üben.

»Vito lass uns zurückfahren. Ich werde es der Schlampe zeigen. Niemand behandelt mich so.«

Der Angesprochene antwortete leicht genervt, doch auch seine Ehre war beschmutzt, um so erstaunlicher war, dass sein Ton noch geduldig klang:

»Wir haben einen Auftrag Luigi. Der Boss hat das sehr klar gemacht. Außerdem können wir uns keinen Ärger mit den hiesigen Bullen erlauben.«

»Was? Welchen Ärger denn? Hast du nicht gesehen, dass sich die Leute in diesem beschissenen Kaff selbst abmurksen? Polizei, dass ich nicht lache. Ich will dieses Miststück umlegen!«

»Ach ja? Und wenn uns in der Zwischenzeit Carlo durch die Lappen geht? Wie willst du das dem Boss erklären? Etwa so - wir mussten da erst noch diese Hausfrau umlegen, deshalb blieb keine Zeit uns um Carlo zu kümmern?«

Luigi öffnete das Seitenfenster und spuckte hinaus. Dann zündete er sich eine Zigarette an. Missmutig stellte er fest, dass dies seine "Letzte" war. Er wandte sich zu seinem Partner um und meinte mit verdrießlicher Stimme:

»Okay, okay, dann erledigen wir halt erst Carlo. Fahr aber zuerst zu der Tanke an der Main Street. Meine Kippen sind alle.«

Kurz darauf bogen sie in die Auffahrt von Murphys Tankstelle. Das Gelände schien verlassen. Nur ein Postauto stand seitlich geparkt. Die Garagentore der Werkstatt waren geschlossen und im Laden brannte kein Licht.

»Scheiße, die haben geschlossen«, maulte Luigi.

»Naja, das ist ja auch kein Wunder, bei dem Schlamassel unten vor dem Diner«, kommentierte Vito ungefragt.

»Ich geh trotzdem mal schauen, ob vielleicht doch einer da ist«, antwortete Luigi und öffnete die Wagentür.

Behände stieg er aus, blieb kurz stehen, und schaute sich misstrauisch um. Irgendetwas stimmte hier nicht. Sein Instinkt schlug Alarm, doch so sehr sich Luigi auch bemühte, er konnte nichts Verdächtiges wahrnehmen. Jahrelange Erfahrung, die er in den Straßen New Yorks gesammelt hatte, ließ ihn professionell handeln.

Er zog seine Pistole aus der Jacke und bewegte sich nach allen Seiten sichernd auf die Eingangstür der Tankstelle zu.

Noch immer rührte sich nichts. Kein Laut war zu hören, selbst die Schießerei unten in der Stadt hatte aufgehört.

Dicht vor dem dunklen Schaufenster des Ladens blieb Luigi stehen und versuchte mit zusammengekniffenen Augen zu erkennen, ob sich jemand im Kassenraum aufhielt. Doch alles schien ruhig und friedlich, wie an einem Bilderbuch-Sonntagvormittag.

Gerade dieser Umstand machte den Gangster nervös. Am liebsten wäre er zum Wagen zurückgekehrt, doch er konnte sich vorstellen, wie Vito ihn auslachen würde.

Nein, er wollte sich nicht dem Spott seines Kollegen aussetzen.

So schob er sich noch ein Stück nach vorne und legte seine Hand auf den Türgriff. Langsam drehte er den Knauf und hoffte im Geheimen, dass die Tür verschlossen sei.

Sein Hoffen war vergebens, und die Tür sprang mit einem leisen Klacken auf. In dem Vertrauen auf einen dusseligen Tankwart, der vergessen hatte, die Tür abzusperren, schob sich Luigi mit schussbereiter Waffe in den halbdunklen Verkaufsraum.

Er hielt seine Pistole mit beiden Händen und zog die Arme gestreckt nach vorne. Nach wie vor hörte er keinen Laut. Als er die Türe passiert hatte, schwang diese zurück in ihre Ausgangsposition. Das lenkte den Gangster für eine Sekunde ab. Mit geschockter Verwunderung registrierte er, wie etwas Hartes seinen Hinterkopf traf und er ohne Reaktion in eine tiefe Finsternis stürzte.

Vito hatte seinen Kumpan belustigt beobachtet, wie dieser sich dem Tankstellenstore genähert hatte. Auch sein Eindringen löste nur schmähliche Gedanken in ihm aus. Das würde eine schöne Geschichte abgeben, wenn er seinen Kumpeln in New York berichten würde, wie sich Luigi in der Provinz Zigaretten besorgte. Nach guten fünf Minuten allerdings, begann sich Vito dann doch Sorgen zu machen.

Er griff nach seiner eigenen Waffe und stieg mit einem derben Fluch auf den Lippen aus dem Wagen. Seinem Kumpel ähnlich, bewegte auch er sich nun mit aller Vorsicht auf den Laden zu. Leise rief er dessen Namen, erhielt jedoch keine Antwort. Vito überlegte, was nun zu tun sei. War Luigi in eine Falle gelaufen? Lauerte hinter der Tür ein Verrückter, was ja nach dem Erlebnis mit der Hausfrau nicht gerade auszuschließen war. Oder versteckte sich hier ihr ehemaliges Bandenmitglied Carlo?

Einen Moment blieb er unschlüssig stehen, ehe er langsam rückwärts gehend zum Wagen zurückkehrte. Noch einmal rief er Luigis Namen. Doch auch dieses Mal erfolgte keine Reaktion. Vito überlegte kurz, wie er nun handeln sollte. Schnell kam er zu dem Entschluss, dass es besser wäre, erst mal zu verschwinden. Er stieg, immer die Tür des Ladens im Auge behaltend, in seinen Wagen. Dann startete er den Motor und fuhr unbehelligt davon. Erst als er mehrere hundert

Meter zurückgelegt hatte, atmete er erleichtert auf. Er stoppte am Straßenrand und schaute in den Rückspiegel. Die Straße lag ruhig da, und wie zuvor war keine Menschenseele zu sehen. Vito fuhr erneut an und bog in die nächste Seitenstraße ein. Er war zu einem Entschluss gekommen. Den Wagen würde er irgendwo in der Nähe abstellen und warten, bis die Nacht hereinbrach. Im Schutze der Dunkelheit wollte er sich dann an die Tankstelle heranschleichen.

Wahrscheinlich rechnete niemand damit, dass er zurückkehren würde. Um Luigi machte er sich nicht allzu große Sorgen. Er war zäh, auch wenn er immer nur herumjammerte. Mit seinen Überlegungen zufrieden, suchte Vito nun nach einem passenden Versteck, wo er ungestört bis zur Nacht warten konnte.

***

Höhe Zweiundvierzig

Eine Kolonne aus sieben Fahrzeugen, bestehend aus vier Trucks und drei Geländewagen, bog kurz vor der Stadtgrenze von Walkers Hill rechts in einen Waldweg ein.

Sie fuhren schnell, ja beinahe rücksichtslos. Schwere Motoren heulten auf, als die Fahrer der LKW gewaltsam zurückschalteten. Nach circa zweihundert Metern hielt die Kolonne an. Männer in weißen Chemie Suits sprangen von den Ladeflächen der Lastwagen, während ganz in Schwarz gekleidete Personen die SUVs verließen.

Die "Schwarzen" waren mit kurzläufigen Maschinenpistolen bewaffnet, die lässig an ihren Schultern baumelten. Die "Weißen" zogen unmarkierte Plastikcontainer von den Ladeflächen der Trucks. Nach wenigen Minuten waren sie abmarschbereit. NSA Agent Robert Page, natürlich auch in Schwarz gekleidet, hob die Hand, und die Gruppen formierten sich. Durch das spärliche Unterholz bewegten sich beide Gruppen auf den Stadtrand von Walkers Hill zu.

Die ganze Aktion verlief fast geräuschlos. Keiner der Männer sprach auch nur ein Wort. Nach einigen Minuten erreichten sie den Waldrand. Nur wenige Schritte entfernt standen die ersten Häuser und vermittelten eine fast idyllische Provinzillusion. Es war still. Zu still. Nichts regte sich, kein Auto fuhr, keine Kinder spielten, kein Anwohner pflegte seinen Garten. Ein unangenehmes Gefühl der Gefahr brandete unsichtbar gegen die angespannten Sinne der Männer. Unsicherheit kroch durch ihr Bewusstsein und so manches Nackenhaar stellte sich ungewollt auf.

Auch Agent Page spürte ein undefinierbares Angstgefühl. Er hatte mit Chaos und Tod gerechnet. Er war darauf gefasst gewesen, sich gegen von der Droge manipulierte, aggressive Menschen zur Wehr zu setzen. Doch was er hier sah, war das moderne Bild einer Geisterstadt.

Unschlüssig blieb er am Waldrand stehen, unbewusst in Deckung vor ... ja, wovor denn eigentlich? Er schalt sich selbst einen Narren. Dies war eine amerikanische Kleinstadt in der Provinz und nicht ein feindlicher Staat. Das hier war die USA, und doch ... . Wenn er seine Mission erfolgreich durchführen wollte, dann musste er jetzt handeln. Es konnte nicht mehr lange dauern, bis die Nationalgarde hier eintraf. Bis dahin sollten sie fertig sein und alles erledigt haben.

Mit einer barschen Geste winkte er seine Squad Leader zu sich heran und gab Anweisung, wie sie weiter vorgehen sollten.

Kurz darauf verließen sie den Wald und betraten eine schmale Wohnstraße. Nach etwa hundert Metern stoppten die "Weißen" und öffneten ihre mitgebrachten Container. Messgeräte und Sonden kamen zum Vorschein. Mehrere Trupps, bestehend aus vier bis fünf Mann, verteilten sich und drangen in die Vorgärten der Siedlung ein. Dabei wurden sie von je zwei bewaffneten "Schwarzen" begleitet.

Agent Page stand in der Mitte der Straße und schaute sich, noch immer beunruhigt, um. Mit einem Mal glaubte er, eine Bewegung hinter einem der Fenster wahrgenommen zu haben. Doch als er das besagte Fenster genauer in Augenschein nahm, erkannte er zu seiner Erleichterung, dass nur eine Katze auf der Fensterbank saß. Als er vor Entspannung geräuschvoll ausatmete, zerbrach das friedliche Bild mit dem Knall eines abgefeuerten, großkalibrigen Gewehres.

Gedankenschnell ließ er sich fallen, und rollte zwei bis dreimal mit gestecktem Körper über den Asphalt. Diese hundertfach geübte Verhaltensweise sollte ihn aus der Schussbahn eines Scharfschützen bringen. Noch wusste er nicht, wem der Schuss gegolten hatte. Trotzdem sprang er auf und lief dann schnell und in geduckter Haltung, eine mögliche Deckung suchend, in den nächstbesten

Vorgarten. Er sprang hinter einen prächtigen rot und pink blühenden Rhododendronbusch. Ein kurzer Blick genügte Agent Page, um festzustellen, dass all seine Leute ebenfalls in Deckung lagen. Hinter einer Hausecke zu seiner Rechten zeigte sich kurz ein Mann, um sogleich wieder zu verschwinden. Kurz darauf hörten sie ihn lauthals rufen:
»Aufgepasst Männer. Fremde in Höhe zweiundvierzig.«

Agent Page drehte sich auf den Rücken und befahl, mittels seines Headsets, schnellstens Richtung Ortszentrum vorzustoßen. Er wollte vermeiden, dass sich die Bürgerwehr, so vermutete er, in Stellung brachte und seiner Gruppe das Leben schwer machen konnte.

Mindestens ein militärisch Geschulter musste sich bei der Bürgerwehr befinden, was er schon alleine durch die Standortbestimmung "Höhe zweiundvierzig" schließen konnte.

Die Ziffer sagte nichts weiter aus, sie war nur die aktuelle Hausnummer des Grundstückes, in dessen Garten er Deckung genommen hatte. Ehe ein weiterer Schuss fallen konnte, rannten die Einsatzgruppe der NSA Agenten die Straße hinunter - Richtung Ortsmitte. Doch Agent Page hatte sich getäuscht, als er dachte, damit der örtlichen Schutztruppe zu entkommen. Aus den Gärten rechts und links hörte er Rufe und hastige Schritte. Er schaute sich nach einem Punkt um, an dem er und seine Männer fürs Erste Stellung beziehen konnten. In etwa hundert Metern befand sich eine Straßenkreuzung. Wenn sie diese überquerten, konnte die Gruppe in den direkt anschließenden Garten eindringen und dort Deckung suchen.

Hinter sich hörte er heftiges Atmen, ausgehend von den Ethik Inc. Mitarbeitern, die alles andere gewohnt waren, nur keine unvorhersehbare Krisensituationen, mit denen sie es hier zu tun hatten. Schnell informierte er seine Männer noch im Laufen über das angestrebte Ziel. Keine Minute später überquerten sie die Straße und sprangen über einen niedrigen Zaun. Die NSA Beamten organisierten schnell und effektiv einen Verteidigungsring. Dabei wiesen sie die Ethik Inc. Leute an, sich in den hinteren Teil des Gartens zurückzuziehen. Aber genau dieser Befehl führte dazu, dass sie noch mehr in Bedrängnis gerieten, nur konnte Agent Page das nicht schon vorher ahnen.

***

Nur raus

Duke musste raus aus diesem Verlies. Im ersten Moment hatte er geglaubt, hier ein sicheres Versteck vor dem tobenden Wahnsinn dort oben im Gastraum des Potts gefunden zu haben. Doch die Umstände hatten sich geändert. Der Terror hatte sich nach draußen verlagert, das hatte er am eigenen Leib erfahren. Der Beschuss hatte seine dürftige Deckung zerfetzt und ihm mehr als klar gemacht, dass er hier unten nicht sicher war.

Sein mental schlechter Zustand, gepaart mit seinen irrationalen Tagträumen, deren Qual er fast nicht mehr ertrug, wurde von dem Geschehen rings herum nur noch verschlimmert.

Der Gipfel aber war der Fund des Totenschädels gewesen. Dieses Ereignis hatte ihn beinahe um den eh schon angekratzten Verstand gebracht.

Raus hieß die Devise, nur raus! Aber wie? Nach vorne durch das zerschossene Gitter und damit auf die Straße war keine Option. Ebenso wenig wollte er nicht noch einmal in das mit Blut besudelte Restaurant. Er war sich nicht einmal sicher, ob die verstümmelten Leichen noch immer dort lagen. Blieb ihm nur der Weg, der ihn zu der Rückseite des Hauses führen sollte. Allerdings musste er dort das Gitter entfernen oder zerstören.

Mit Grimm dachte er dabei an seine nutzlosen Beine. Aber er würde auch dieses Hindernis meistern. Die neue Aufgabe entfachte den Soldaten in ihm. Eine lange vergessene Aufregung machte sich in ihm breit, und es schien fast, als ob neue Energie seinen Körper durchströmte.

Duke wälzte sich herum, griff nach seiner Waffe und robbte in den hinteren Teil des Halbkellers. Dabei kam er an einigen, hier gelagerten Getränkekisten vorbei. Erneut erbeutete er zwei große Flaschen Cola. Die eine öffnete er sofort und ließ das koffeinhaltige Getränk durch seine Kehle laufen. Dann schob er die Flaschen in die Seitentaschen seiner Armeehose.

Ohne eine weitere Verzögerung rutschte er weiter auf die rückwärtige Seite des Hauses zu. Es dauerte nicht lange, bis er dort ankam.

Wie von ihm vermutet, fand er das gleiche Holzziergitter wie vorne am Haus vor.

Er trank noch einen Schluck Cola, ehe er sich daran machte, einen Durchlass in dem Gitter zu schaffen. Doch die dünnen, über kreuz angebrachten Holzlatten hatten es in sich. Dadurch, dass sie verstrebt waren, verteilte sich die Druckbelastung. Dies hatte zur Folge, dass Duke zuerst vergebens versuchte, die Latten zu entfernen.

Nach einer Weile probierte er dann, einzelne Latten aus dem Gefüge zu reißen. Schon bald hatte er ein genügend großes Loch in die Verstrebung gebrochen. Er trank noch einmal einen großen Schluck aus seiner Colaflasche und schob sich dann durch die Lücke ins Freie.

Das Licht des Spätnachmittags blendete ihn zuerst, weckte aber gleichzeitig seine Unternehmungslust.

Die Schrotflinte mit beiden Händen haltend, robbte er, sich auf seine Ellenbogen abstützend, in Richtung der Müllcontainer. Bei seinem Weg über den Hinterhof kam er sich ziemlich hilflos und ungeschützt vor. Er bildete sich ein, von tausend Augen beobachtet zu werden. Dieses Gefühl spornte ihn aber an, sich so schnell wie möglich zu bewegen.

Er verfluchte erneut seine nutzlosen Beine, die er hinter sich herziehen musste. Endlich erreichte er die Müllcontainer. Es stank hier erbärmlich, doch Duke konnte es sich nicht aussuchen. Eine kurze Pause und ein weiterer Schluck aus der Flasche, ließen ihm Zeit, sein weiteres Vorgehen zu überdenken.

Er hatte keinen Rollstuhl, da dieser noch mitten im Lokal stand. Also musste er zuerst nach Hause, um dort seinen alten Rollstuhl, den er zum Glück nicht weggeschmissen hatte, zu holen. Danach konnte er sich aufmachen und herausfinden, was in seiner Stadt geschah.

Duke überlegte weiter, wie er am sichersten zu seinem Haus gelangen konnte. Er durfte nicht gesehen werden, da einige schießwütige Leute unterwegs waren. Blieb also nur der Weg hinter den Häusern.

Er musste mindestens vier oder gar fünf Gärten durchqueren, ehe er sich daran machen konnte, die Main Street zu überqueren, an deren gegenüberliegenden Seite sein Haus stand. Mit einem grimmigen Gesicht, das seine Entschlossenheit widerspiegelte, kroch er auf den Begrenzungszaun des Grundstückes zu.

***

# Verfolgte und Verfolger

Roger und Yavuz duckten sich hinter eine kleine Mauer. Sie hatten einen Schuss gehört, der unweit ihrer jetzigen Position abgefeuert worden war. Zu ihrem Glück waren sie wohl nicht das Ziel des Schützen. Keine Minute später hörten sie einen Mann etwas rufen, doch sie konnten die Worte nicht verstehen.

Kurz darauf rannte ein großer Trupp in unterschiedlicher Kleidung die Straße hinunter und auf sie zu. Es handelte sich um ganz in schwarz gekleidete Männer mit Sturmhauben, die mit Maschinenpistolen bewaffnet waren. Der zweite Teil der Truppe trug weiße Chemie Suits und schleppte Plastikcontainer mit sich. Ohne auf ihre Umgebung zu achten, rannten sie an Roger und Yavuz vorbei. Fast gleichzeitig hörten die beiden, wie rechts und links der Straße eine weitere Gruppe Männer durch die Gärten, ebenfalls Richtung Stadtmitte, rannten. Sie hielten sich parallel zu den anderen Truppen.

Yavuz raunte Roger ins Ohr:

»Sind das deine Leute?«

»Nicht dass ich wüsste«, antwortete Roger.

»Wir warten erst mal, wohin die wollen.«

In der Zwischenzeit hatten die Uniformierten eine Querstraße erreicht und überqueren diese. Danach verschwanden sie in einem angrenzenden Garten. Es dauerte noch einige Minuten, ehe die Verfolger der Uniformierten ebenfalls an ihnen vorbei gerannt waren.

Roger hob vorsichtig den Kopf und vergewisserte sich, dass kein Fremder mehr in ihrer Nähe war. Er gab Yavuz ein Zeichen und beide pirschten durch die gepflegten Vorstadtgärten dem Waldrand entgegen.

***

Blutige Blumen

Er hatte eine Lücke im Zaun gefunden. Es war ein alter Zaun aus Maschendraht, der schon ziemlich verrostet war. Das alles hätte ihm nichts genutzt, wenn da nicht eine Stelle direkt hinter den Containern gewesen wäre, die leicht verbogen war.

Duke drückte den Zaun etwas nach oben und schob sich unter den Maschen hindurch in den nächsten Garten. Seine Kleidung hatte Risse bekommen und seine Hände bluteten aus kleinen Schnitten.

Nun musste er erst ein Stück in den Garten hinein robben, da ihm eine kleine Mauer an der rechten Seite im Weg war.

Das Gras und das Unkraut standen hoch und das lag daran, dass der Besitzer dieses Grundstückes letztes Jahr gestorben war. Seitdem stritten sich die Erben um den Grund, doch keiner pflegte den Garten. Manchmal spielten hier Kinder, und Jugendliche trieben sich an diesem Ort herum, um Drogen zu konsumieren.

Duke wusste es nicht genau, und es interessierte ihn auch nicht.

Er glaubte, von Weitem einen Schuss zu hören, doch er blieb ruhig liegen und lauschte. Eine Weile umgab ihn nur das Summen lästiger Fliegen, die seinen Kopf umschwirrten. Dann jedoch hörte er Stimmen, die aus dem nächsten Garten kamen. Vorsichtig und voller Neugier kroch Duke nun geradeaus, und nicht wie vorher von ihm beabsichtigt nach rechts, seinem Haus entgegen.

Nach kurzen fünf Minuten erreichte er den nächsten Zaun, dem sich eine circa dreißig Zentimeter hohe Mauer anschloss. Für einen normalen Erwachsenen stellten weder Zaun noch Mauer ein Hindernis dar. Doch für ihn war es eine Herausforderung.

Vorsichtig brachte sich Duke in eine seitlich sitzende Haltung. Nun konnte er durch den löchrigen Holzzaun schauen. Erst war seine Sicht durch struppiges Gebüsch beeinträchtigt, dann aber hielt er erschrocken die Luft an. Da waren sie wieder, die Männer in Weiß. Das waren die Kerle, die er erst heute früh gesehen hatte. Er konnte gar nicht glauben, dass es nicht länger her war. Sie waren ins Potts eingedrungen, und in dem Moment war das Chaos losgebrochen. Danach hatte das Morden begonnen. Sie waren schuld, diese Verbrecher. Wegen ihnen hatte er auf der Lauer gelegen.

Doch das sollten sie büßen. Duke zog seine kurzläufige Schrotflinte heran und ließ den Verschluss aufklappen. Er griff in eine seiner Taschen, die seine Armeehose reichlich anzubieten hatte und zog eine Handvoll Schrotpatronen heraus. Schnell lud er die Waffe und legte die übrige Munition auf den Mauersims. Dann schaute er wieder durch die Büsche zu den Weißen hinüber.

Sie sammelten sich und wühlten in Plastikcontainern herum. Wut braute sich in seinem Magen zusammen, wie ein Gewitter im Spätsommer. Er musste verhindern, dass diese Leute weiteres Unheil über die Gemeinde brachten. Was Duke allerdings nicht sah, waren die Agenten des NSA. Diese hielten sich weiter vorn auf, und beobachteten die kleine Seitenstraße und die daran angrenzenden Grundstücke.

Duke holte noch einmal tief Luft, steckte den Lauf seiner Flinte durch den Zaun und betätigte nach kurzem Zielen den Abzug.

Die Schrotkugeln zerfetzten als Erstes die Blätter des Busches, hinter dem Duke saß. Dann rasten sie weiter und trafen in kaum zehn Metern Entfernung einige der Ethik Inc. Leute völlig unerwartet. Schreie vermischten sich mit dem Nachhall des Schusses zu einem einzigen Laut des Schmerzes.

Sofort nach dem Schuss duckte sich Duke und lud sein Gewehr nach. Er schaute erneut durch seinen, von ihm geschaffenen, Schusskanal im Busch und sah blutende Männer durch den Garten taumeln. Andere waren zusammengebrochen oder versuchten, in Deckung zu gehen.

Duke schoss erneut und dieses Mal gezielter. Er traf gleich drei Männer, die unglücklicherweise in die gleiche Richtung fliehen wollten. Wie hingezaubert öffneten sich blutige Blumen auf ihren weißen Anzügen. Die Getroffenen taumelten und brachen vor Schock zusammen.

Als Duke seine Waffe zum dritten Mal lud, hörte er Gewehrfeuer. Zuerst glaubte er, dies gelte ihm, doch fand er schnell heraus, dass weiter vorn im Garten von Unbekannten geschossen wurde. In das Gewehrfeuer mischte sich plötzlich das hässliche Stakkato, das Maschinenpistolen verursachten.

Er zog sich am Zaun empor, um besser sehen zu können. Mit wackligen Beinen stand er sehr unsicher auf, nur gehalten von seiner linken Hand, die sich in den Zaun gekrallt hatte. Doch so sehr er sich auch anstrengte, er konnte nicht erkennen, wer da gegen wen kämpfte.

Bei dem Versuch sich wieder zu setzen geschah es dann.
Duke wankte wie ein Blatt im Wind, aber seine Hand ließ den Zaun nicht los. Plötzlich verlor er das ohnehin schwache Gleichgewicht und schlug, sich halb um seine Achse drehend, mit dem Rücken gegen den Zaun. Exakt in diesem Moment streifte ihn eine Kugel, die ihm glühend heiß über den Rücken fuhr.

***

Ein Flacon im Gras

Ihnen waren die Kugeln nur so um die Ohren geflogen. Roger hatte Yavuz in letzter Sekunde hinter eine Hausecke gezogen. Noch immer krachten Gewehrschüsse und kurze Garben der Maschinenpistolen.

Ein Krieg schien ausgebrochen zu sein. Die beiden Männer atmeten heftig, so sehr rauschte das Adrenalin durch ihre Körper.

Roger tippte Yavuz auf die Schulter und verdeutlichte ihm mit Gesten, dass sie zwischen den Häusern hindurch verschwinden konnten. Auf ein kurzes Signal des FBI Beamten rannten sie geduckt zwischen zwei Gebäuden hindurch und gelangten so zur Rückseite der Häuserreihe. Schnell schauten sie sich um, ehe sie nach rechts liefen. Vor ihnen tauchte völlig unverhofft ein bewaffneter Mann mittleren Alters auf, der vor Überraschung den Mund weit aufsperrte. Ehe er aber zu einer Aktion starten konnte, versetzte Roger ihm im vollen Lauf einen Schwinger. Wie vom Blitz getroffen fiel der Mann in ein Blumenbeet und rührte sich nicht mehr.

Yavuz stoppte kurz und griff sich das Gewehr des Bewusstlosen.

Dann folgte er Roger, der schon den Zaun zum nächsten Grundstück überwunden hatte. Sie rannten über gepflegte Rasen, sprangen über Blumenbeete und stolperten über herumliegendes Kinderspielzeug.

Es war der reinste Hindernislauf, bei dem sie immer wachsam ihre Umgebung im Auge behalten mussten. Als erneut Schüsse die Luft vibrieren ließen, hatten die beiden Männer den Waldrand erreicht. Schwer atmend lehnten sie sich an die Bäume und rangen um Sauerstoff.

Yavuz blickte zurück zum Wohngebiet, aus dem sie gerade erst mühevoll entkommen waren. So hatte er sich seinen Urlaub nicht vorgestellt, und er wusste, dass er seiner Frau auf keinen Fall etwas von diesen Vorfällen erzählen durfte. Niemals wieder würde sie ihn dann alleine weglassen. Auf der anderen Seite fand er, war dies alles sehr spannend. Wer hatte schon Gelegenheit, ein solches Abenteuer zu erleben? Er fühlte sich in einen Actionfilm versetzt und hoffte nur, heil aus dieser Geschichte herauszukommen. Ob er jedoch seinen Nachforschungen nachgehen konnte, war mehr als ungewiss. Doch Yavuz beschloss für sich, erst mal abzuwarten, was noch geschehen würde. Roger klopfte ihm auf die Schulter und sagte:

»Auf gehts, wir müssen noch ein ganzes Stück durch den Wald. Ich möchte gerne vor der Nationalgarde am verabredeten Treffpunkt sein.«

Yavuz nickte nur, packte sein erbeutetes Gewehr, das er vorher an einen Baum gestellt hatte, und folgte Roger.

Nach nur wenigen Minuten blieb Roger lauernd stehen. Er schlich zu einer Buschgruppe und zeigte Yavuz, was er da entdeckt hatte. In etwa fünfzig Metern Entfernung standen Gelände- und Lastwagen auf einem kleinen Waldweg.

Vorsichtig näherten sie sich den Fahrzeugen. Kein Laut war zu hören, kein Mensch zu sehen. Schließlich überprüften sie die abgestellten Wagen und schlussfolgerten, dass dies die Transportmittel der beiden Gruppen, schwarz und weiß, waren. Sich ihrer Sache völlig sicher, hatten diese Leute ihre Fahrzeuge ohne Wachen einfach im Wald geparkt.

Roger drängte zur Eile und so liefen sie schnellen Schrittes den Waldweg entlang, bis sie auf die Bundesstraße trafen. Sie bogen links ab, und nach circa dreihundert Metern hielt Roger endlich an.

Yavuz sprang über einen Graben und setzte sich dann schnaufend auf die Böschung, der Straße zugewandt.

Während der FBI-Beamte sein Smartphone aus der Tasche zog und gleich darauf zu telefonieren begann, schloss Yavuz kurz die Augen. Er versuchte sich ein wenig zu entspannen. Dabei fühlte seine Hand etwas Glattes, Kühles im Gras. Erstaunt öffnete er seine Augen und schaute zu dem ertasteten Gegenstand hinunter. Eine kleine Glasflasche, ja eigentlich sah es wie ein Parfümprobefläschchen aus, lag dort vor ihm. Er kannte solche Proben von dem Schminktisch seiner Frau. Verwundert hob er das Fläschchen auf und drehte es betrachtend zwischen den Fingern. Keinerlei Etikett oder eine sonstige Bezeichnung verriet, welche Flüssigkeit sich in dem Flacon befand. Eine klare, wasserartige Substanz sagte nichts über sich aus.

Neugierig hob Yavuz das Fläschchen an seine Nase und roch daran. Mit angeekeltem Gesicht unterbrach er sofort diesen Versuch, der Natur der Flüssigkeit auf den Grund zu gehen. Er hatte genau den gleichen Geruch an der irren Frau wahrgenommen.

Ein Gedanke formierte sich in seinem Gehirn zu einem Verdacht. Was, wenn dieses Zeug in der Flasche eine Art Droge wäre? Konnte es sein, dass diese wild gewordene Hausfrau dadurch in eine Art Amokrausch gefallen war? Er würde dies mit Roger besprechen müssen. Kurz darauf gesellte dieser sich zu ihm und ließ sich ebenfalls am Böschungsrand des Grabens nieder.

»Es wird noch circa eine Viertelstunde dauern, ehe die Einheit der Nationalgarde bei uns ist.«

»Na dann haben wir ja noch ein wenig Zeit zum Ausruhen. Roger, schau mal, was ich im Gras gefunden habe.«

Yavuz hielt Roger den Flacon hin, der misstrauisch das Fläschchen anschaute. Dann nahm er fast zögerlich das Glasgefäß und drehte es, wie zuvor Yavuz, in den Fingern. Dann hob er den Flacon an seine Nase und roch vorsichtig. Angewidert verzerrten sich auch seine Gesichtsmuskeln.

Sofort legte er das kleine Behältnis vor sich ins Gras. Dann zog er einen durchsichtigen Plastikbeutel aus seiner Jackentasche und verstaute darin das Fläschchen. Mit einer entschlossenen Bewegung steckte er dann den Beutel in die Innentasche seiner Jacke.

Yavuz besprach mit Roger seinen Verdacht. Beide konnten ja nicht wissen, dass sie exakt an der Stelle saßen, an der sich der Unfall von Mike Zeller, dem diebischen Lagerarbeiter von Ethik Inc., ereignet hatte.

Das kleine Fläschchen, welches Yavuz gefunden hatte, war nur ein kleiner Teil einer Charge der gestohlenen Droge und bei der Bergung des Unfallwagens übersehen worden. Doch der unscheinbare Inhalt dieser Flacons war für das Chaos in Walkers Hill verantwortlich.

***

# Apokalyptische Bilder

Die blonde Bestie in Menschengestalt war wütend. Sie hatte ein Opfer verloren, dass nach ihrem Verständnis alleine ihr Eigentum, ja ihre Kreation war.

Der Sheriff war durch den Wald gerannt und hatte schließlich in dem Shop der Tankstelle Zuflucht gefunden. Dies hatte sie mit einem merkwürdigen, wütenden Knurren kommentiert, das nichts Menschliches mehr an sich hatte.

Verborgen durch dichtes Gebüsch, lauerte sie nun direkt am Waldrand. Doch so sehr sie auch hoffte, der Sheriff blieb in dem Store und machte keine Anstalten, den Tankstellenbereich zu verlassen.

Immer wieder griff sie in die weite Tasche ihres Overalls und holte einen kleinen Glasflacon hervor. Sie öffnete den Verschluss und schnupperte verzückt, ehe das Objekt ihres Rausches erneut in den Tiefen der Hosentasche verschwand.

Visionen einer archaischen Welt veränderten ihre Wahrnehmungen. Nebelschwaden zogen in Bonbonfarben an ihr vorbei, während der Himmel Blut regnen ließ. Fleischige Blüten schoben sich aus einem in stetigem Fluss befindlichen, hautfarbenen Boden. Ihre Bewegungen schienen all ihre sexuellen Fantasien widerzuspiegeln. Dann zerfielen die Blüten in Sekundenschnelle und eitrige Flüssigkeit bedeckte den mittlerweile mit bleichem Gewürm bedeckten Waldboden. Aus dem Gewürm schoben sich nun in unendlicher Qual verformte Gesichter, deren Münder schrille Schreie ausstießen.

Die blonde Bestie schlug ihre Hände vors Gesicht, um die apokalyptischen Bilder aus ihrer Wahrnehmung zu verbannen. Nach einer Weile - Sekunden, Minuten, Stunden - nahm sie die Hände herunter.

Der Wahnsinn hatte der Realität den Vortritt gelassen. Der Wald sah wieder aus, wie ein Wald aussehen sollte. Sie erhob sich aus einer kauernden Haltung und schaute durch eine Buschgruppe hindurch, hinunter zur Tankstelle. Es begann bereits zu dämmern. Sie wollte noch so lange hier ausharren, bis die Dunkelheit ihr Schutz gewähren würde. Dann aber war die Zeit gekommen, um ihr Opfer, den Sheriff von Walkers Hill, aus seinem Unterschlupf hervorzuzerren.

Ein grausames Lächeln entstellte ihr Gesicht furchtbar, als sie sich ausmalte, was sie mit ihrem Opfer alles anstellen würde. Ihre Augen, die jegliche Menschlichkeit verloren hatten, starrten voller animalischer, mordlüsterner Gier zur Tankstelle hinüber.

***

Überlebenswille

Rosi Winters war am Ende ihre Kräfte. Seitdem sie aus ihrem eigenen Haus geflüchtet war, irrte sie ziellos umher. Immer wieder schwanden ihr die Sinne und sie stürzte ohne jeglichen, abfangenden Reflex zu Boden. Aus Schürfwunden, die ihren ganzen Körper bedeckten, wie die Inseln eines Korallenriffes, blutete sie beständig.

Bei jedem Auftauchen aus den Ohnmachten, die ihrer Erschöpfung geschuldet waren, verwirrte sich ihr Geist mehr und mehr. Bald würde sie einfach liegen bleiben; ihr Körper hatte den Wunsch, diesen Kampf zu beenden. So sehnsüchtig sie sich auch in den wenigen wachen Momenten nach Ruhe sehnte, ihr Überlebenswille trotzte diesem Wunsch.

Mit fast übermenschlicher Anstrengung schleppte sie sich weiter, ohne zu wissen, wohin sie wollte. Irgendwann hatte sie die Straße verlassen und war einem Geräusch gefolgt, dass sie unter normalen Umständen leicht als eine Schießerei identifiziert hätte. Doch ihre stumpf gewordenen Sinne orientierten sich einfach nur noch an phonetischen Wahrnehmungen.

So stolperte sie durch die Gärten, die hinter den Häusern angelegt waren. Immer lauter wurden die Geräusche, und verzweifelt versuchte Rosi sich zu erinnern, was dieses permanente Knallen bedeutete.

Wie eine lebende Tote schlurfte sie weiter und geriet erneut ins Taumeln. Mit ausgestreckten Armen versuchte sie, einen weiteren Sturz zu verhindern. Plötzlich verfingen sich ihre Beine an etwas Undefinierbarem. Mit erschrecktem Aufstöhnen verlor sie nun vollends das Gleichgewicht und fiel. Doch dieser Sturz unterschied sich von den Vorangegangenen.

Sie prallte nicht auf harten Boden, sondern landete auf etwas Weichem. Verwundert versuchte sie zu erkennen, worauf sie da gefallen war. Erstaunt erkannte sie ein Gesicht. Sie lag auf einem Mann. Sie lag auf Sam "Duke" Douglas.

***

 **Begrenzte Zuflucht**

Wilma Zigora hatte den Rausch des Parfüms abgeschüttelt.

Am Morgen hatte ihr Bürgermeister Wilbur Delinsky dieses Zeug, einfach so und ohne Anlass, geschenkt.

Sie hatte das kleine Fläschchen nur kurz geöffnet und höflichkeitshalber einmal daran gerochen. Scheinbar war diese nette Geste von ihr missverständlich von ihrem Chef interpretiert worden.

Fast ärgerlich hatte er ihr den Flacon aus der Hand genommen und danach geöffnet. Mit einem: »Riecht wohl nicht gut?«, führte er das Behältnis an seine Nase und sog eine mächtige Portion in seine Lungen. Dann taumelte er kurz, ehe sich sein Puls schlagartig beschleunigte. Ein Kaleidoskop aller möglichen Emotionen bewegte die Gesichtsmuskulatur des Bürgermeisters. Wilma bestaunte das mimische Schauspiel mit weit aufgerissenen Augen und einem offenen Mund - nicht verstehend, was sie da sah. Ihr Verhalten erregte sofort das Missfallen des Bürgermeisters.

Er griff mit einer Hand hinter sich und fasste den Briefbeschwerer, einen bronzenen Reiter, und schlug diesen gegen die Stirn seiner Sekretärin. Wie eine Marionette, deren Fäden durchtrennt waren, fiel Wilma in sich zusammen. Die Welt stürzte in eine bodenlose Schwärze.

Unbestimmte Zeit später erwachte sie mit rasenden Kopfschmerzen.

Laute Schussgeräusche hatten sie aus ihrer Ohnmacht gerissen.

Ohne es zu wissen, stöhnte die Frau voller Schmerz. Ihr Blick klärte sich und sie sah den Bürgermeister mit einem Gewehr auf sich zukommen. Dann beugte er sich zu ihr herab und ließ dabei sein Gewehr achtlos fallen.

Fast schon behutsam hob er ihren Kopf an, doch keine Sekunde später, nachdem er unverständlicher Weise geschnüffelt hatte wie ein Hund, zog er seine Hand zurück.

Wilma plumpste zurück auf den Büroboden. Aus den Augenwinkeln heraus sah sie gerade noch, wie der Bürgermeister nach seinem Gewehr griff und dann das Büro verließ.

Nun begann auch sie, prüfend die Luft durch ihre Nase strömen zu lassen. Sofort bemerkte sie den widerlichen Geruch verfaulender Rosen. Mit großer Anstrengung richtete sie sich auf ihre Knie auf. Dann versuchte sie, dem ekelhaften Geruch zu entkommen.

Sie rutschte quer durch das Zimmer, doch der Geruch blieb. Überlegend blieb sie einen Moment in kniender Position. Dann schaute sie an sich herunter und bemerkte einen handgroßen leicht verwaschenen Fleck auf ihrem Kleid. Mit dem Zeigefinger rieb sie über den Fleck und führte dann ihren Finger an die Nase. Sofort verstärkte sich der Gestank.

Scheinbar hatte der Bürgermeister etwas von dem Parfüm über sie gegossen. Ein würgendes Gefühl kletterte ihre Kehle empor. Sie unterdrückte den Brechreiz und hielt die Luft an. Dann griff sie nach unten und packte den Stoff ihres Kleides mit den Händen. In geübter Weise zog Wilma sich ihr Kleid über den Kopf und warf es angeekelt von sich. Dann rutschte sie, nur mit ihrer Unterwäsche bekleidet, zur Zimmertür hinüber.

Dort angekommen schaute sie vorsichtig in den angrenzenden Flur hinaus. Niemand war zu sehen. Am Türrahmen haltend, richtete Wilma sich auf. Nach einer kleinen Verschnaufpause schlich sie, noch immer mit wackligen Beinen, durch den Flur in Richtung Damentoilette.

Unangefochten erreichte sie die Tür und schlüpfte in den gekachelten Raum. Als sie endlich am Waschbecken angekommen war, taumelte sie vor Erleichterung.

Sofort drehte Wilma das Wasser auf und wusch sich Gesicht und Hände. Gerade, als sie überlegte, wo sie andere Kleidungsstücke finden konnte, zerriss erneut Gewehrfeuer die Stille.

Voller Angst, nicht wissend was um sie herum geschah, flüchtete sie in eine Toilettenkabine.

Ihr Unterbewusstsein signalisierte ihr, dass es hier, in dieser räumlich begrenzten Zuflucht, sicher sei. Sie setzte sich auf die Toilettenbrille, schlang ihre Arme schützend um ihren Körper und verharrte in dieser Stellung, bis abnehmendes Licht den nahenden Abend ankündigte.

***

 **Stilles Gebet**

Auch die Polizisten vor dem Haus, die aus Knoxville kommend ihren Kollegen in Walkers Hill zur Hilfe geeilt waren, sahen sich fürs Erste zur Untätigkeit verdammt.

Nach dem heftigen Beschuss aus dem Haus der Stadtverwaltung, war nun seit einigen Stunden, zumindest hier auf der Mainstreet, Ruhe eingekehrt.

Versuche einzelner Polizisten hatten allerdings gezeigt, dass die unbekannten Gegner sehr wachsam waren. Jede sichtbare Bewegung wurde sofort mit gezieltem Beschuss kommentiert.

Einem Reporter, der irgendwann die Nerven verloren hatte, war diese Wachsamkeit zum Verhängnis geworden.

Der Mann war plötzlich aus seiner Deckung gesprungen und wollte sich zwischen zwei Häusern davonmachen. Er war noch keine zehn Schritte gerannt, als ihn ein einzelner Schuss zu Fall brachte. Aus einer großen Wunde an seinem Hals spritzte das Blut und ließ den vor Schock und Schmerz schreienden Mann nach nur einer Minute das Bewusstsein verlieren.

In einen Übertragungswagen des regionalen Nachrichtensenders Knoxville "News Canal five", hatten sich der zuständige Reporter, sein Kameramann und drei Bürger von Walkers Hill geflüchtet. Der Fahrer des Ü-Wagens hatte es nicht geschafft. Keine zwei Meter vor dem Wagen lag er in einer Blutlache. Sein Rumpf war von mehreren

Treffern einer großkalibrigen Waffe förmlich aufgerissen worden. Der Mann hatte keine Chance. Sein toter Körper lag leicht seitlich auf dem Asphalt und sein rechter Arm reckte sich fast anklagend dem Übertragungswagen entgegen. Sein Mund stand nach einem letzten Schrei der Verzweiflung oder des Schmerzes immer noch offen. Seine Augen spiegelten ungläubige Überraschung und die Erkenntnis, sich niemals wieder zu erheben. Jedenfalls interpretierte sein ehemaliger Kollege so den Zustand der Leiche.

Der Kameramann, John Wells, musste immer wieder nach draußen schauen, während er versuchte, die Satellitenanlage ins Laufen zu bekommen. Im Innersten wusste er, dass die Parabolantenne auf dem Dach des Ü-Wagens durch den Beschuss Schaden genommen hatte. Doch es machte ihn verrückt, so hilflos hier herumzusitzen. Die Handys hatten ebenfalls versagt. John vermutete, dass eine der Polizeibehörden, vermutlich das FBI, im Stadtgebiet von Walkers Hill die Funkmasten abgeschaltet hatte. Keine Information sollte nach draußen gelangen.

Die Situation im Inneren des Ü-Wagens verschärfte sich allmählich. Die Leute begannen zu jammern und was noch schlimmer war, zu streiten. Emotionen kochten hoch und unsinnige Diskussionen vergifteten jegliche Rationalität.

John starrte hinaus auf die Straße und versuchte gleichzeitig alle Anwesenden zu ignorieren.

Das Bild, das sich ihm bot, hatte an Schrecken nichts verloren. Überall lagen tote Menschen in ihrem Blut. Es hatte auch Verletzte gegeben, doch niemand konnte sie bergen. Nach und nach hatten die Schmerzensschreie aufgehört. Wahrscheinlich waren die bedauernswerten Opfer dieser sinnlosen Gewalt in der Zwischenzeit gestorben. John Wells schloss seine Augen und begann leise, fast lautlos, zu beten. Er rief einen Gott an, der seinen Blick von Walkers Hill abgewandt hatte. Doch John sah in ihm Hoffnung. Vielleicht die letzte Hoffnung in seinem Leben.

***

Weißes Licht

Keine zehn Meter von John entfernt, öffnete Patrick Mortenson, den alle nur Patsy nannten, mühsam seine Augen. Sein Blickfeld war eingeschränkt, da sein Kopf seitlich auf dem groben Asphalt lag. Patsy konnte sich nicht bewegen. Nicht seinen Kopf, nicht seine Arme und auch nicht seine Beine. Genau genommen konnte er sich nur noch auf seine Augen verlassen.

In einer surrealen Landschaft breitete sich ein roter See vor ihm aus. Er wusste nicht, dass dieser See sein eigenes Blut war. Hinter dem krassen Rot ragte verschwommen ein undefinierbares Gebirge auf. Formen und Farben verschwammen vor seinen Augen. Dann jedoch erkannte er inmitten des Gebirges ein Gesicht. Ein zerbrochenes Gesicht, denn Teile, große Teile fehlten einfach. Da war nur noch ein Auge, eine Wange und ein ausgefranster Rand, wo eigentlich die Stirn sein sollte. Patsy überlegte.

Er kannte das Gesicht. Er hatte es schon einmal gesehen, irgendwann, irgendwo …

Seine Gedanken drifteten ab und zeigten ihm Bilder, schöne Bilder. Als Letztes sah er seine Mutter, die ihn liebevoll anlächelte. Sie schien etwas sagen zu wollen, doch kein Laut drang zu ihm durch. Er wollte nach ihr rufen, doch sein Mund bewegte sich nicht. Resigniert schloss er seine Augen, doch das Bild seiner lächelnden Mutter blieb. Langsam versank er in einen komatösen Zustand und ein friedliches weißes Licht überblendete das Bild seiner Mutter. Es kam immer näher, umhüllte ihn mit Liebe und trug ihn fort. Mit einem letzten, erleichterten Seufzer verließ Patrick Mortenson diese Welt.

***

Das kann nicht sein!

»Au! Was zur Hölle!«

Duke zuckte vor Schmerz und Überraschung zusammen. Er rollte herum und schaute direkt in Rosi Winters Gesicht, die nun neben ihm lag.

»Rosi, wo kommst du denn auf einmal her?«

»Das wollte ich dich auch gerade fragen. Was ist denn hier los?«

Dabei zeigte sie über die Mauer, und fast gleichzeitig hörten sie weitere Schüsse. Ihre taube Erschöpfung war wie weggewischt. Ihr Körper hatte aus geheimen Quellen neue Energie geschöpft.

»Wenn ich das nur wüsste, Rosi. So geht es schon den ganzen Tag. Erst das Massaker im Potts, dann die Schießerei auf der Mainstreet, und dann tauchten die Weißen auf.«

»Was? Ich versteh' überhaupt nichts! Wovon redest du denn da?«

»Sag mal Rosi, wo bist du denn gewesen?«

»Wo ich war, Duke? Das kann ich dir sagen. Ich war in der Hölle!«

Nun war es Duke, der Rosi mit Unverständnis anschaute.

In den folgenden Minuten berichtete Rosi, was sie in den letzten zwei Tagen erlebt hatte.

Während Duke ihr fassungslos zuhörte, erinnerte ihn sein Rücken mit einem brennenden Schmerz daran, dass er vor wenigen Minuten wohl einen Streifschuss abbekommen hatte. Dabei musste er wohl sein Gesicht schmerzhaft verzogen haben, denn Rosi unterbrach ihrem Bericht und schaute Duke besorgt an:

»Habe ich dir sehr wehgetan, als ich auf dich gefallen bin?«, fragte sie.

Duke schüttelte den Kopf, deutete mit seiner rechten Hand über seine Schulter und bat:

»Kannst du mal meinen Rücken betrachten? Ich glaube, mich hat da eine Kugel gestreift.«

»Ohjeh«, murmelte Rosi, »dann dreh dich mal auf den Bauch.«

Duke nickte und wälzte sich herum. Zum Vorschein kam ein zerfaserter Riss in seinem Hemd, unter dessen ausgefransten Rändern ein blutiger Streifen auf seiner Haut zu erkennen war.

Rosi beugte sich über Duke und zog den Stoff vorsichtig auseinander. Die Blutung hatte fast aufgehört. Um besser sehen zu können, rutschte sie ein wenig näher an ihn heran. Ein weiterer Schuss aus dem Nachbargarten erschreckte sie. Reflexartig ließ Rosi sich fallen und landete erneut auf Duke. Mit ihren Ellenbogen voran fiel sie auf seine Oberschenkel. Erstaunt und ungläubig registrierte Duke dabei einen Schmerz in seinen Beinen. Doch das war nicht möglich. Seine Beine waren gelähmt und ohne jegliches Gefühl. Er konnte keinen Schmerz fühlen, dennoch spürte er Rosi, die sich nun langsam von seinen Beinen herunter schob.

***

Bösartige Heiterkeit

Die Augen des alten Mannes funkelten böse. Er hatte sich das Schauspiel vor dem Potts und später den Schusswechsel auf der Mainstreet ohne Emotion angesehen. Dazu hatte er sogar das Fenster in seinem Esszimmer geöffnet, damit er auch hörte, was dort vor sich ging. Nebenbei lief das Radio, wie jeden Tag und in den Nachrichten hatten sie kurz von dem Zwischenfall in Walkers Hill berichtet. Ja, einen Zwischenfall hatten sie es genannt, diese ignoranten Idioten. Der Alte lachte trocken. Wenn die wüssten, was er wusste. Er schüttelte mit einem bösen Grinsen den Kopf. Er wusste, was hier geschah. Einmal hatte es ja so kommen müssen. Mister Moto rächte sich. Seine Nachbarn hatten ihm von der Straße aus genau dies zugerufen. Sich vor der Schießerei in Sicherheit bringend, hatten sie erstaunlicherweise die Zeit gefunden, kurz bei ihm haltzumachen. Geschockt und außer Atem hatten sie berichtet, was der junge Murphy, Harold hieß er wohl, gesagt hatte.
Mister Moto! Es ist Mister Moto!
Er selbst hatte Mister Moto sein ganzes Leben herausgefordert, wie schon sein Vater vor ihm. Ja, sein Vater! Voller Stolz nahm der Alte eine fast gerade, militärisch anmutende Haltung ein. Sein Vater hatte für Ordnung gesorgt. Er hatte die Stadt sauber gehalten. Er hatte das

Gesindel aus seiner Stadt vertrieben oder, wenn die Penner unwillig gewesen waren, hatte er sie beseitigt.

Auch Mister Moto hatte sich geweigert, die Stadt zu verlassen. Doch sein Vater war schlau gewesen und hatte den verdammten Asiaten in eine Falle gelockt. Dabei hatte ein umherziehender Vagabund sein Leben lassen müssen, was nicht schade war. Es gab schließlich genügend von diesen Lumpen, die sich herumtrieben.

Der Alte lachte erneut, bis ihm ein trockener Husten die bösartige Heiterkeit von den Lippen wischte. Ja, sein Vater hatte dem Sheriff den Schädel des Tramps vor die Tür gelegt. Und er war es auch, der die Kinderkleidung in der Hütte von Mister Moto versteckte. Der Plan seines Vaters war aufgegangen und der Mob hatte Mister Moto gehängt. Noch in der Nacht hatte sein Vater den Asiaten abgeschnitten und diesen unter einem Haus verscharrt. Das Haus befand sich damals noch im Rohbau, und so war die geheime Beerdigung unbemerkt vonstattengegangen. Der Alte lachte erneut, denn Mister Moto hatte seine letzte Ruhe genau an dem Ort gefunden, wo der Tod heute reiche Ernte gehalten hatte.

***

Mister Moto! Es ist Mister Moto!

Roger grübelte schon eine Zeit, warum nicht schon längst Hilfe in Walkers Hill eingetroffen war.

Seitdem er in der Stadt angekommen war, hatte nicht ein einziges Fahrzeug die Stadtgrenze passiert. Das konnte nur bedeuten, dass außerhalb der Stadt jemand die Bundesstraße gesperrt hatte. Doch warum war noch niemand hier? Ein Verdacht formte sich in Rogers Kopf, der jedoch noch zu unklar war, um ihn aussprechen zu können. So schaute er voller Ungeduld zum wohl hundertsten Mal auf seine Uhr. In der Zwischenzeit hatte sich Yavuz mit seinem Smartphone über die Ereignisse in Walkers Hill informiert. Auf den Webseiten der großen Nachrichtenagenturen hatte er so gut wie nichts gefunden. Nur durch Zufall fand er eine lokale Webseite aus Knoxville.

Auf deren Videoseite fand er, wonach er gesucht hatte. Wacklige Aufnahmen, wohl von Handykameras gefilmt, zeigten den Vorplatz des Restaurants Potts. Nur undeutlich, oftmals völlig verschwommen, sah er Leute aufgeregt umherrennen. Dann ein kurzer Schwenk durch das zerbrochene Frontfenster des Lokals, in dem nur Schatten von Personen, die auf dem Boden lagen, zu sehen waren. Dann ein erneuter Schwenk auf einen Helfer, der einen mit Blut beschmierten Mann, der auf dem Bürgersteig lag, in seinen Armen hielt.

Plötzlich richtete sich der wohl bisher Ohnmächtige auf, und sagte kaum verständlich einige Worte, die Yavuz zuerst nicht verstand. Er hielt das Video an, stellte sein Telefon auf volle Lautstärke und schaute sich die Szene noch einmal an. Was er beim zweiten Anschauen des Videos hörte, verschlug ihm fast den Atem. Aus den unsichtbaren Lautsprechern des Smartphones sagte eine Stimme leise:

»Mister Moto! Es ist Mister Moto!«

Yavuz fuhr elektrisiert auf und sagte aufgeregt zu Roger:

»Das musst du dir anschauen. Ein alter Fluch hat sich heute erfüllt.«

Damit drückte er dem verständnislosen Roger sein Telefon in die Hand.

***

Hilfe kommt!

Roger hatte recht mit seiner Vermutung. Etwa fünf Meilen in jede Richtung hatten die State Trooper die Zugangsstraße nach Walkers Hill gesperrt. Verärgerte Autofahrer drehten genervt auf der kleinen Landstraße um. Andere wiederum, stritten mit den Beamten, weil sie nach Hause, nach Walkers Hill wollten. Natürlich verstanden die Beamten, dass sich die Menschen Sorgen um ihre Liebsten machten. Dennoch ließen sie niemanden passieren. Einige ganz Schlaue versuchten, über Feld- und Waldwege die Stadt zu erreichen. Doch auch hier warteten State Trooper und blockierten den Weg. Als es langsam zu dämmern begann, näherte sich ein großer Konvoi der Straßensperre, bestehend aus Militärlastwagen, sogenannten

Humvees, die extrem stark im Gelände waren. Begleitet wurden sie von leichten Stryker Radpanzern. Ein tiefes Brummen der schweren Motoren erfüllte die Luft und vermittelte schon von weitem den Eindruck geballter Macht. Willig fuhren die wartenden Wagen, die sich noch immer vor der Absperrung stauten, so weit wie möglich an den Straßenrand. Niemand wollte den schweren Fahrzeugen im Weg stehen. Einige Autofahrer klatschten sogar Applaus, und andere salutierten den Soldaten auf den Transportern. Diese gehörten zur 110 Tactical Squadrons der Tennessee National Guard, die direkt dem Gouverneur Bill Haslam unterstellt war. Gouverneur Haslam war früher Bürgermeister von Knoxville gewesen und kannte daher die Gegend und Walkers Hill besonders gut. Nur eine Direktive aus Washington hatte ihn veranlasst, so lange zu warten. Schließlich gab er eigenverantwortlich seiner Nationalgarde den Befehl zum Ausrücken.

Er wusste, dass er handeln musste. Sollten doch die Bürokraten, oder wer auch immer für den Wartebefehl verantwortlich war, sich zum Teufel scheren. Hier ging es um seine Leute. Etwas Ungeheuerliches schien in Walkers Hill vor sich zu gehen. Deshalb hatte er gehandelt, auch wenn seine Berater vor einer überhasteten Reaktion gewarnt hatten.

Die Soldaten des Konvois zeigten ernste, angespannte Gesichter, als sie die Straßensperre passierten. Sie wussten nicht, was auf sie zukam. Niemand wollte auf Amerikaner schießen.

Doch nach der neuesten Satellitenauswertung war mit Kampfhandlungen zu rechnen.

Natürlich waren sie gut ausgerüstet. So trug jeder Mann eine Kevlar Schutzweste, Helm und die üblichen Waffen. Als sogenannte Primärwaffe setzten die Soldaten das Sturmgewehr M16 ein. Die Sekundärwaffe, zum eigenen Schutz oder als letzter Lebensretter bekannt, war eine SIG Sauer P228 Pistole, die am Gürtel befestigt war.

Als die Kolonne den Waldrand erreichte, reduzierten sie ihre Geschwindigkeit. Langsam rollten die Fahrzeuge der nun nur noch vier Meilen entfernten Stadtgrenze entgegen.

***

# Das Geständnis

In dem Laden der Tankstelle herrschte eine nachdenkliche Stimmung. Vor wenigen Minuten hatte sich Paolo Capriati offenbart. So etwas sollte ein Mensch im Zeugenschutz eigentlich niemals tun. Doch Paolo hatte keine Wahl, als den Menschen, denen er vertraute, reinen Wein einzuschenken.

Seit gut drei Jahren lebte er hier und arbeitete als Automechaniker in der Garage von Murphys Tankstelle. Schnell hatten Screw-Bill Murphy und sein Sohn Harold sich an Paolos unbekümmerte, manchmal witzige Art gewöhnt. Außerdem war er immer hilfsbereit und keine Überstunde war ihm zu viel. Auch im Ort kannte man ihn bald, was nicht zuletzt seinem lockeren Mundwerk zuzuschreiben war. Doch heute war der Tag der Wahrheit. Das Auftauchen seiner ehemaligen Kumpane ließ ihm keine Alternative. Er wollte hier bleiben, bei den Menschen, die ihn als Fremden vorbehaltlos aufgenommen hatten. Nur mit seinem Geständnis und der Hoffnung, dass seine Freunde ihm Verständnis entgegenbrachten, konnte er bleiben. Mit schwerem Herzen rief er die Männer zusammen. Sie nahmen ihre Stühle und setzten sich in den Verkaufsraum. So konnten sie die Straße im Auge behalten, während Paolo ihnen seine Geschichte erzählte. Den gefangenen Gangster ließen sie gefesselt im Nebenraum zurück.

»Als Erstes«, begann er, »möchte ich mich bei euch allen bedanken, dass ihr mich, einen Fremden so herzlich in eure Gemeinschaft aufgenommen habt. Als Zweites möchte ich mich entschuldigen. Ich habe euch belogen. Auch wenn es notwendig war, habe ich mich immer dafür geschämt. Doch heute sollt, nein müsst ihr die Wahrheit erfahren.«

In der nächsten halben Stunde erzählte Paolo seine Geschichte. Er ließ nichts weg und fügte auch nichts Beschönigendes hinzu. Als er geendet hatte, herrschte für einen Augenblick Stille in dem Raum. Jeder ließ das eben Gehörte auf sich wirken. Dann aber stand Screw-Bill Murphy, Paolos Boss auf, ging zwei Schritte auf diesen zu und sagte nur: »Komm her!«

Dann breitete er seine Arme fordernd aus. Paolo sprang überrascht auf und eilte in die Arme des alten Mannes. Dieser drückte ihn so heftig, dass Paolo fast die Luft wegblieb. Mit tränenerstickter Stimme sagte er dann: »Du brauchst nicht mehr wegzurennen, mein Junge. Du bist zu Hause.«

»Genieße deine letzten Stunden!«, schrie Luigi aus dem Nebenraum: »Dann werden wir dir die Rechnung für deinen Verrat präsentieren.«

Ohne ein Wort zu verlieren, ging Harold Murphy in das Hinterzimmer. Beim Vorbeigehen klopfte er Paolo freundschaftlich auf die Schulter. Kurz darauf hörten sie ein dumpfes Geräusch und ein Poltern. Mit einem schiefen Grinsen kehrte gleich darauf Harold zurück.

»Jetzt haben wir erst einmal Ruhe. Wir sollten sehen, dass wir etwas zum Essen finden. Mir knurrt schon der Magen.«

Doch Harold sollte sich täuschen. Die Ruhe hielt nicht lange.

***

Anpirschen

Die Dämmerung hatte eingesetzt. Vito schaute sich noch einmal sichernd in der ruhigen Nebenstraße um. Doch niemand war zu sehen. Alles war ruhig, fast zu ruhig für seinen Geschmack. Selbst das Feuergefecht, ausgetragen von ihm unbekannten Parteien, war scheinbar zu Ende. Nur einmal hatte er eine Bewegung gesehen. Eine blonde Frau war auf der anderen Straßenseite Richtung Stadt marschiert. Sie hatte merkwürdig ausgesehen. Nicht nur ihr grimmig nach vorne gestreckter Kopf war ungewöhnlich, sondern auch ihre Kleidung. Wie ein Bauarbeiter war sie bekleidet mit einem befleckten Overall und an den Füßen trug sie derbe Schuhe. Vito war in seinem Sitz nach unten gerutscht und so der Aufmerksamkeit der Blonden entgangen. Er stieg aus seinem Wagen und griff noch mal zur Sicherheit an die am Gürtel befestigte Waffe. Dann schloss er leise die Wagentür. Dicht an die Gartenzäune gedrängt ging er nun schnellen Schrittes in Richtung Tankstelle. Gute hundert Meter davor überquerte er rasch die Main Street. Er konnte die Tankstelle, welche ohne Beleuchtung im Dunkeln lag, schon gut erkennen. Zwei Häuser vor seinem Ziel verließ er den Gehweg und sprang behände über ein Gartentor in den dahinter liegenden Vorgarten.

Durch Büsche gedeckt schlich Vito weiter. Nachdem er einen weiteren Zaun überwunden hatte, bemerkte er fast unbewusst eine Bewegung schräg vor ihm. Vorsichtig schlich er weiter und versuchte dabei zu erkennen, was er da sah. Eine undeutliche Silhouette verschwamm vor ihm fast mit dem Schatten eines Baumes. Vito blieb hinter einem Busch stehen und spähte angestrengt nach vorne. Ja, er hatte sich nicht getäuscht. Dort stand jemand, der Richtung Tankstelle schaute.Leise und sehr behutsam schob sich Vito weiter im Garten nach vorne. Hinter einem weiteren Busch hielt er an. Erneut versuchte er zu erkennen, wer sich dort am Baum versteckte. Nun bewegte sich der Schatten, und er konnte sich nicht erklären, was, oder besser wen er dort sah. Doch dann erkannte er die Person. Es war diese merkwürdige blonde Frau, die vorher an seinem Wagen vorbeigeeilt war. Unschlüssig kratzte sich Vito am Kopf und überlegte, wie er nun vorgehen sollte.

***

Ein Blick durchs Fenster

Sie spürte den Blick Vitos. Still, fast regungslos, stand sie da, obwohl ihr Körper vor Aufregung zu vibrieren schien. Vor sich sah sie das Ziel, in dem sich eines ihrer Opfer verkrochen hatte. Hinter sich spürte sie einen Feind, den sie zu gerne erledigen würde. Angestrengt lauschte sie und versuchte herauszufinden, wo genau sich ihr potenzieller Gegner befand. Sie wusste, er war da, und sie wusste, dass sie reagieren musste, auf die eine oder andere Art. Es galt zu entscheiden, was wichtiger war.

Unerwartet hörte sie Stimmen, die aus der Richtung der Tankstelle kamen. Zwei Männer unterhielten sich. Allerdings so leise, dass sie kein Wort verstehen konnte.

Gleichzeitig spürte sie, wie sich ihr unsichtbarer Gegner hinter ihr zurückzog. Zwar hörte sie keine Schritte oder gar das Knacken eines Astes, dennoch war sie sich sicher, wieder alleine in dem Vorgarten zu sein.

Sie wartete noch einige Minuten, dann drückte sie sich durch die Büsche. Kurz stand sie völlig ungedeckt auf der asphaltierten Einfahrt der Tankstelle, ehe sie mit einem kurzen Spurt in den Schatten des Tores eintauchte.

Sie drückte ihren Rücken an die Hauswand und lauschte erneut. Die Männer unterhielten sich noch immer. Allerdings konnte sie wiederum nichts verstehen, was aber auch unnötig war.

Vorsichtig bewegte sie sich zur Rückseite des Gebäudes. An der Hausecke blieb sie erneut stehen und lauschte einige Sekunden. Als sie sicher war, dass sich niemand hinter dem Haus aufhielt, riskierte sie einen kurzen Blick. Sie hatte sich nicht getäuscht.

Der Hinterhof, angefüllt mit alten Autoreifen, demolierten Kotflügeln, Stoßstangen und sonstigem Schrott, lag verlassen vor ihr.

Ohne weiteres Zögern schlich sie weiter und stoppte erst vor der Hintertür des Ladens. Erneut lauschte sie einen Moment, ehe sie sich ein wenig streckte, um durch ein kleines vergittertes Fenster neben der Tür zu schauen. Zuerst sah sie nicht viel, da der Raum im Dunkeln lag. Doch nach und nach konnte sie schemenhaft die Konturen der Einrichtung erkennen. Der Raum schien verlassen. Der Sheriff und weitere Personen, die sich sonst noch im Laden aufhielten, mussten vorne im Verkaufsraum sein.

Angestrengt versuchte sie darüber nachzudenken, ob es Sinn machte in die Tankstelle einzubrechen. Wenn der Sheriff noch dort drinnen war, was sie nicht mit Sicherheit sagen konnte, dann würde es schwer werden, ihn zu überwältigen. Besonders, wenn sich noch andere Personen im Raum befanden. Trotz ihres Wahnsinns konnte die Blonde immer noch ihre Möglichkeiten abschätzen.

Gerade, als sie sich von dem vergitterten Fenster zurückziehen wollte, bemerkte sie eine Bewegung in dem dunklen Raum. Keine zwei Meter vom Fenster entfernt, saß jemand auf einem Stuhl. Sie hatte die Person, vermutlich handelte es sich um einen Mann, bisher nicht bemerkt. Angestrengt versuchte sie, trotz der Dunkelheit in dem Zimmer, mehr zu erkennen. Erneut bewegte sich der Mann auf dem Stuhl. Sie glaubte nun zu sehen, dass dieser gefesselt war.

Ein Gefühl der Erregung durchströmte ihren Körper und weckte wohlige Erinnerungen. Sie hatte ihre Beute auch gefesselt, und dann hatte sie mit ihnen gespielt. Ihr Spiel, das sie so liebte. Sie erschuf neue Freuden, sie erschuf neue Leiden. Oh, könne sie nur einfach in den dunklen Raum gehen und ihre Leidenschaft an diesem Gefesselten ausleben. Entsagungsvoll seufzte sie kurz und zog sich von dem Fenster zurück.

Gier und Vorsicht rangen miteinander. War dies eine Falle, eine Falle für sie? Doch wer sollte schon wissen, dass sie ausgerechnet hierher kommen würde. Wenn es keine Falle sein sollte, dann teilte jemand ihre Leidenschaft. Ohne dass sie es selbst bewusst registrierte, zog sie ein kleines Fläschchen aus der Hosentasche. Mit einer geübten Bewegung öffnete sie den Verschluss und hielt sich den Flacon an ihre Nase. Drei- bis viermal sog sie den aufsteigenden Duft in ihre Lungen und einem Junkie gleich, verspürte sie sofort eine tiefe Erleichterung.

Die Chemikalie verrichtete sofort ihre Aufgabe und steuerte neurale Rezeptoren an. Sie verschloss die kleine Flasche und steckte sie wieder in die Hosentasche.

In der Zwischenzeit entfaltete die Droge ihre Wirkung. Ihre Wahrnehmungen verstärkten sich und ihre Sinne registrierten eine Person in ihrer unmittelbaren Nähe.

Verärgert über diese erneute Störung suchte sie ihre Umgebung nach einem Verfolger ab. Sicher war es derselbe Kerl, den sie schon vorher im Garten bemerkt hatte. Nur ihren übersteigerten Sinnen folgend, schlich sie zur Grundstücksgrenze und schaute über den Zaun. Doch sie konnte niemanden entdecken, auch wenn ihre Sinne ihr das Gegenteil vermittelten. Ihr Jagdinstinkt war geweckt, und fürs Erste vergaß sie, weshalb sie eigentlich hierher gekommen war.

Mit einer geschmeidigen, ja fast kraftvollen Bewegung, flankte sie über den Zaun. Herausfordernd schob sie ihren Kopf nach vorne und knurrte:

»Wo du dich auch versteckst, ich finde dich!«

**

Vergebliche Hoffnung

Die Irren vom Heimatschutz oder der Bürgerwehr von Walkers Hill hatten ihn verwundet. Ihn, den NSA-Agenten Robert Page. Die Scham, von irgendeinem Provinzdeppen angeschossen worden zu sein, schmerzte ihn mehr, als die eigentliche Verwundung. Er war so stolz gewesen, hatte sich in der Gruppe der US Elite gesehen.

Mitleidig und nicht wenig überheblich hatte er immer schon auf einfache Beamte der Ermittlungsbehörden geschaut.

Er stand viel höher, hatte Macht, die er gerne präsentierte und eine steile Karriere wartete auf ihn. Davon war er total überzeugt. Man würde noch von ihm hören, ja von ihm sprechen. Das System der Macht schien gerade wie für ihn geschaffen. Dieser Auftrag hier sollte ihn auf der Leiter weiter nach oben bringen. Der neue Kampfstoff, den die Ethik Inc. kreiert hatte, würde ein neues Kapitel in der Kriegsführung aufschlagen.

Robert Page fühlte bei diesem Gedanken fast eine Art Vaterstolz, obwohl er mit der Entwicklung dieser Chemikalie nichts zu tun hatte. Dennoch würde er es sein, der diese neue Innovation seinen Vorgesetzten vorstellen würde.

Eine grässliche Schmerzwelle unterbrach seine abschweifenden Gedanken. Seine Hüfte schien über erstaunlich viele Nervenenden zu verfügen, die nun alle auf einmal ihre Warnimpulse zu dem Schmerzzentrum seines Gehirns abfeuerten. Gequält stöhnte er auf und sah ungewollt zu der klaffenden Wunde an seiner rechten Seite. Was er dort erblickte, war so schrecklich, dass sein Magen revoltierte.

Er beugte sich unter Krämpfen nach vorne, was eine weitere Schmerzwelle initiierte, und erbrach sich. Sein Mageninhalt spritzte über seine Hose und versickerte teilweise in dem gepflegten Rasen, auf dem er lag. Keuchend ließ er sich wieder auf die linke Seite seines Körpers sinken. Vorsichtig atmete er ein und aus, in der Hoffnung auf diese Weise sein Schmerzen zu lindern. Erneut wagte er einen Blick auf die Schusswunde. An seiner Hüfte klaffte ein ausgefranstes Loch von mindestens zehn Zentimetern im Durchmesser. Langsam heraussickerndes Blut überdeckte teilweise gnädig die ausgefransten

Ränder seines Fleisches. Fahl zeigte sich dazwischen eine zersplitterte Knochenfläche, die wohl ein Teil seines Hüftknochens darstellte.

Roger Page schaute sich noch einmal suchend um, doch er konnte keinen seiner Männer entdecken. Erschöpft ließ er den Kopf hängen.

Eine hoffnungslose Depression überspülte ihn, als er registrierte, dass er warten musste, bis er gefunden wurde. Sein Headset lag unerreichbar circa zwei Meter von ihm entfernt, und ein leises quakendes Geräusch signalisierte ihm, dass seine Männer mit ihm sprechen wollten.

Plötzlich hörte der NSA-Agent Stimmen und auf sich zukommen Personen. Neue Hoffnung keimte in ihm, und im Geiste sah er schon, wie seine Männer die grässliche Wunde versorgten.

Ein Schmerzmittel würde ihn von der Qual befreien, und er konnte ... Doch noch eher Robert Page überlegen konnte, was er als Nächstes tun wollte, standen zwei Zivilisten vor ihm. Mit grimmigen Gesichtern schauten sie auf ihn herab. Der eine deutete mit seiner Flinte auf Robert und fragte seinen Begleiter:

»Soll ich dem noch eine verpassen?«

***

Rutschpartie

Sie hatten es bis zur Main Street geschafft. Durch Gärten hindurch, deren Hindernisse von einem gesunden Menschen als solche so gut wie nicht wahrgenommen wurden, waren sie mühevoll gerutscht, gekrabbelt, gerobbt. Rosi hatte anfangs versucht, Duke zu helfen. Doch die Marter und die Qualen, die sie erlebt und überlebt hatte, forderten ihren Tribut. Immer wieder brach sie zusammen und musste minutenlang ruhen, ehe sie weiter konnte.

Duke schaute besorgt zu Rosi, gleichzeitig überlegend, wie er ihr helfen konnte. Es gab nur eine Alternative, stellte er nach einer Weile fast hoffnungslos fest. Sie mussten zu seinem Haus. Vorher konnte er Rosi nicht helfen. Dort hatte er Verbandszeug, Energydrinks und vor allem etwas zu Essen. Mit einer kleinen Mahlzeit im Magen würde es ihnen schon bald besser gehen. Duke schaute die Straße hinunter, konnte allerdings, bedingt durch seine liegende Haltung, nicht sehr viel sehen. Alles schien ruhig, so als ob die hereinbrechende Nacht alle Kampfhandlungen in Walkers Hill zum Erliegen gebracht hätte.

Rosi kauerte neben ihm. Sie hatte die Augen geschlossen und schien zu schlafen. Duke wusste es besser. Sie war so sehr erschöpft, dass eine Ohnmacht ihrem gemartertem Körper eine Erholungspause verschafft hatte. Er überlegte, ob es sinnvoll sei, bei ihr auszuharren, bis sie wieder erwachte. Doch er verwarf diesen Gedanken. Sein Haus war keine zwanzig Meter entfernt. Dort wartete Hilfe, dort stand sein alter Rollstuhl, der ihn wieder mobil machen würde. Ein letzter Blick auf Rosis zusammengesunkenem Körper bestärkte ihn in seiner Entscheidung.

Ohne weiteres Zögern brach er auf. Das Gewehr mit beiden Händen vor sich haltend, stemmte Duke sein Gewicht auf seine mittlerweile aufgeschürften Ellenbogen. Dann zog er seinen Körper nach, um dann die Prozedur zu wiederholen. Als er sich vom Bürgersteig schob, prallten seine Schienbeine auf die Kante des Bordsteins. Ein Schmerz, der nicht hätte existieren dürfen, schoss mit einer längst vergessenen Erinnerung, durch seine Beine.

Verblüfft blieb er halb auf der Straße liegen und drehte sich zur Seite. Ungläubig schaute er nach unten zu seinen Beinen. Doch diese lagen völlig regungslos auf dem Asphalt, als sei nichts geschehen. Konnte er sich getäuscht haben? Nein! Bestimmt nicht! Er hatte den Schmerz gespürt, da war er sich sicher. Duke beschloss, sich erst später mit diesem unerwarteten Phänomen auseinander zu setzen. Dennoch wirbelten seine Gedanken in seinem Kopf herum, während er über die Straße robbte. Mit Erstaunen stellte er auf einmal fest, dass er schon auf der gegenüberliegenden Straßenseite angekommen war.

Er drehte sich, um nach Rosi zu schauen. Sie lag noch immer besinnungslos auf dem Bürgersteig. Sich selbst zur Eile drängend schob Duke sich die letzten Meter bis zu seinem Haus. Der schwerste Teil seiner Rutschpartie kam nun. Nie hätte er vermutet, dass die Rampe, die zu seiner Haustüre führte, so schwierig zu erklimmen sei.

Völlig außer Atem gelangte er schließlich bis an die Haustüre. Hier blieb er erst einmal für einige Minuten liegen und verschnaufte. Dann zog er sich am Türgriff nach oben und drehte den Türgriff. Abgeschlossen!

Er verfluchte sein eigenes Sicherheitsbedürfnis und kramte in der linken Hosentasche nach seinem Schlüssel. Doch da war nichts. Verdammt! Der Schlüssel befand sich doch immer in seiner linken Hosentasche. Voller Angst setzte Duke sich in eine Ecke des Türrahmens und durchsuchte fast panisch seine Hosentaschen.

Beinahe hätte er erleichtert laut gejubelt, als seine Finger den Schlüssel in einer Seitentasche ertasteten. Sofort zog er ihn hervor und schob ihn, nicht ohne Mühe, in das Schlüsselloch. Ein kurzer Dreher, und die Tür schwang auf. Zufrieden zog er den Schlüssel aus dem Schloss und verwahrte diesen nun an seinem gewohnten Platz. Dann rutschte er in den Hausflur.

Es dauerte keine fünf Minuten, bis Duke in seinem alten Rollstuhl saß. Um Rosi besorgt, rollte er schnell zum Fenster und blickte zur anderen Straßenseite. Die Stelle, wo Rosi eigentlich liegen sollte, war aber von hier aus nicht einzusehen. Ein Busch in seinem Vorgarten versperrte aus dieser Perspektive die Sicht.

So rollte er schnellstens zur Haustüre. Unterwegs holte er noch vorsorglich eine Flasche Wasser aus der Küche. Dann drehte er um und begab sich erneut in den Flur. Dort fuhr er erschreckt zusammen. Vor ihm stand auf wackligen Beinen Rosi.

Als sie ihn sah, lächelte sie, und kam auf ihn zugestolpert. Wortlos riss sie ihm die Flasche Wasser aus der Hand, öffnete diese und trank dann mit gierigen Schlucken. Danach schloss sie ihre Augen, und Duke befürchtete schon, sie würde erneut in Ohnmacht fallen. Stattdessen blickte sie ihn aber mit einem undefinierbaren Blick an und ein kleines Lächeln umspielte ihre Lippen. Mit kratziger Stimme sagte sie:

»Lass uns mal schauen, was du in deinem Kühlschrank hast. Ich sterbe vor Hunger.«

***

Ein Ermittlungsansatz

Das Gefühl etwas geahnt zu haben, vom Schicksal zur rechten Zeit an den rechten Ort gebracht worden zu sein, auch wenn dieser Ort nicht der angenehmste war, durchströmte Yavuz. Warum sollte er sonst hier an einem Straßengraben sitzen, tausende Kilometer von seinem Heimatort entfernt, und einem FBI Agenten erklären, wer Mister Moto war, oder besser gewesen war.

Roger schaute Yavuz ungläubig an, doch auch er hatte die Worte gehört. Danach hatte er Roger die Geschichte des Mister Moto erzählt, und auch von dem Fluch, den dieser ausgestoßen hatte. Yavuz konnte allerdings nur vermuten, dass im örtlichen Sprachgebrauch Mister Moto immer noch das Synonym für das Böse galt. Ob sich jedoch der Fluch seither erfüllt hatte, wusste er nicht. Aus diesem Grund war er schließlich nach Walkers Hill gekommen.

Er wollte herausfinden, was es mit dem örtlichen Mythos auf sich hatte.

Nach dem Roger sein Telefonat beendet hatte, wollte er gerade etwas zu Yavuz sagen, als ein tiefes Motorenbrummen durch den Wald hallte. Die beiden Männer sprangen auf und stellten sich gut sichtbar an den Straßenrand. Kurz darauf sahen sie Lichter der sich nähernden Fahrzeuge.

Roger winkte mit beiden Armen, um auf sich aufmerksam zu machen. Ein Humvee, der die Kolonne anführte, hielt neben den Männern. Roger trat an das Fahrzeug heran und ein Nationalgardist schwang sich aus dem Wagen.

»Sie sind wohl der angekündigte FBI Agent?!«, fragte der Soldat.

»So ist es«, antwortete Roger. »Mein Name ist Agent Roger Thorn. Ich nehme an, Sie sind der leitende Offizier dieser Operation?«

»Entschuldigen Sie meine Unhöflichkeit Agent Thorn. Ich hätte mich erst vorstellen müssen. Colonel James Harper.«

Damit streckte er seine Hand aus und Roger ergriff diese mit ernstem Gesicht. Nachdem auch Yavuz vorgestellt war, - Roger hatte ihn als externen Berater betitelt - unterrichtete Roger den Colonel. Er versuchte die unklare Lage, die in der Stadt herrschte zu beschreiben.

Danach wies er auf die gefundene Chemikalie hin, die seiner Ansicht nach zu der Katastrophe geführt hatte. Den Fluch des Mister Moto ließ er unausgesprochen. Roger übergab die Ampulle, die Yavuz im Gras gefunden hatte. Daraufhin winkte der Colonel einen Soldaten herbei, den er beauftragte, die Flüssigkeit im nächsten Forensiklabor untersuchen zu lassen.

Nach einer kurzen Einweisung seiner Soldaten setzte sich der Konvoi wieder in Bewegung. Roger und Yavuz hatten darauf bestanden, die Soldaten zu begleiten. Zurück blieb ein Trupp, bestehend aus acht Soldaten, der hier zur Sicherung der Straße verbleiben sollte.

***

Von klein auf

Der alte Mann saß immer noch am Fenster und schaute die Mainstreet hinunter.

Inzwischen war es dunkel geworden. Die Straßenbeleuchtung hatte sich automatisch eingeschaltet und vermittelte einen Anschein der Normalität. Aber doch nur einen Anschein, denn wenn man genauer hinschaute, sah die Sache völlig anders aus. Noch immer lagen die Opfer verstreut auf der Straße und auf dem Bürgersteig. Noch immer lagen Polizisten in Deckung und warteten auf eine Gelegenheit, das Bürgermeisteramt zu stürmen. Vielleicht warteten sie auch nur darauf nach Hause zu gehen, zu ihren Familien. Sicher wartete keiner darauf zu sterben. Der alte Mann lachte leise und humorlos. Er wusste, dass es nicht so ruhig bleiben würde. Der Staat musste reagieren und mehr Bewaffnete schicken, ob Polizei, FBI, die Nationalgarde oder sogar das Militär. Ihm war das egal. Er war nur gespannt, wann der nächste Akt der Tragödie beginnen würde, und mehr Tote und Verletzte auf der Straße lagen.

Ja, mit dem Tod kannte er sich aus, auch wenn kein Einwohner von Walkers Hill dies jemals vermutet hätte. Er hatte den Tod in die Stadt gebracht, wie schon zuvor sein Vater. Von ihm hatte er gelernt, der Natur nachzuhelfen. Wie er war sein Vater schon der Hausarzt seiner

Stadt gewesen. Jedermann in Walkers Hill hatte ihnen vertraut und so mancher Patient sähe es gerne, wenn er heute noch praktizieren würde. In all seinen Jahren als Arzt der Gemeinde, hatte er für Ordnung gesorgt, genau so, wie er es von seinem Vater gelernt hatte.

Schon früh hatte sein Vater ihn unterwiesen, wann und wie man einen Menschen ins Jenseits beförderte. Damals war er erst zehn Jahre alt. Der alte Mann konnte sich noch genau an "sein erstes Mal", erinnern.

Eine alte Frau war erkrankt und die Familie hatte nach einem Arzt gerufen. So war er mit seinem Vater zu einer abgelegenen Ranch gefahren. Als sie dort ankamen, wartete dort die Familie der Kranken auf der Veranda. Schon beim ersten Blick war zu erkennen, dass hier Armut herrschte und die Leute kein Geld für Medizin erübrigen konnten. Mit sorgenvollen Gesichtern sahen sie dem Doktor und seinem Sohn entgegen. Dieser winkte nur beschwichtigend und ging ins Haus. Als eine dürre Frau in einem schäbigen Kleid ihnen folgen wollte, schüttelte sein Vater nur den Kopf und sagte:

»Bleib nur draußen, Kind. Ich kümmere mich schon um deine Mutter.«

Daraufhin schob er seinen Sohn ins Haus und schloss die Tür. Dann überprüfte er die wenigen Räume und stellte sicher, dass sie mit der Kranken alleine waren. Zu seinem Sohn gewandt flüsterte er:

»Ich zeige dir nun einen Akt der Nächstenliebe. Doch du darfst niemals jemanden davon erzählen. Versprichst du mir das?«

Sein Sohn nickte nur. Dann folgte er seinem Vater in eine kleine Kammer. Dort lag auf einem schmalen Bett eine alte Frau, der das Atmen schwerzufallen schien. Der Doktor setzte sich auf die Bettkante und schaute die Frau ernst an.

»Mach deinen Frieden mit Gott«, sagte er, »denn du wirst ihm gleich begegnen.«

Die alte Frau schaute den Doktor ängstlich und ratlos an. Doch ehe sie auch nur antworten konnte, hielt der Doktor eine Spritze in der Hand. Mit einer geübten Bewegung zog er den Arm der Frau zu sich heran und injizierte ihr den Inhalt der Spritze. Sofort erschlaffte ihre Muskulatur, dabei röchelte sie mit vor Entsetzen weit geöffneten Augen. Nur wenige Sekunden später war es vorbei. Plötzlich stank der ganze Raum nach Fäkalien. Die Tote hatte sich, was nicht unüblich war, noch einmal erleichtert. Kot und Urin flossen aus dem Leichnam.

Der Doktor stand auf, als habe er nichts bemerkt, fasste seinen Sohn an der Hand, und verließ das Haus. Draußen setzte er ein trauriges Gesicht auf, und verkündete der Familie:

»Sie ist in Frieden von uns gegangen.«

Trauer, aber auch Erleichterung war auf den Gesichtern der Bauern zu erkennen. Sie hatten ein Familienmitglied verloren, brauchten aber auch kein Geld für teure Medizin auszugeben. Auf die bange Frage, was der Doktor ihnen für seine "Dienste", berechne, schüttelte dieser nur den Kopf.

Auf dem Nachhauseweg erklärte er seinem Sohn die Notwendigkeit, dafür zu sorgen, unwertes Leben zu beenden. Der alte Mann dachte oft an die Lektionen seines Vaters. Auch wenn es ihm anfangs noch graute, Menschen ins Jenseits zu schicken, hinterfragte er nie, ob dies rechtens sei.

Er vertraute dem Urteil seines Vaters mehr als allem, was die Gesetzgebung je vorgegeben hatte. So war es bis heute.

Er stand auf, um sich aus der Küche etwas zum Trinken zu holen. Dabei kam er an seinem alten Schreibtisch vorbei. An dessen rechter Ecke stand ein medizinischer Glasbehälter. In einer in den Jahren trüb gewordenen Flüssigkeit schwamm ein menschliches Herz. Der alte Mann blieb kurz stehen, tätschelte das Behältnis fast liebevoll und murmelte:

»An mir hast du dich nie rächen können, Mister Moto. An mir nicht.«

***

Grimmige Entschlossenheit

Agent Page lag im Staub einer Garage. Sie hatten ihn hierhergeschleift und einfach in den Dreck geworfen.

Als er im Garten die Flinte auf sich gerichtet sah, hatte er geglaubt, sein letztes Stündchen habe geschlagen.

Nun lag er hier, was seine Lage auch nicht verbessert hatte. Immerhin hatte die Wunde aufgehört zu bluten. Dennoch schmerzte ihn die Verletzung.

Vorsichtig, jede Bewegung mit Bedacht ausgeführt, schaute er sich um. Niemand schien in der Nähe zu sein, was bedeutete, dass diese Leute seinen Zustand als hoffnungslos einstuften. Sie hatten ihn nicht einmal befragt. Niemand schien es zu interessieren, wer oder was er war. Das schmerzte ihn beinahe mehr als seine grässliche Wunde. All die Mühen, die er die letzten Jahre auf sich genommen hatte, um eine vorzeigbare Position in der Gesellschaft einzunehmen, endeten hier, auf dem verschmutzten Boden einer Garage.

Bittere Tränen des Selbstmitleides wollten seine Augen füllen, als er durch ein Geräusch abgelenkt wurde. Er hörte lautes Rufen, rennende Schritte, die sich rasch seiner Position näherten. Nur bruchstückhaft konnte er einzelne Wortfetzen verstehen.

»... kommen aus Knoxville ... Lastwagen und Panzer ... müssen in den Wald ... können sie umgehen ... verdammte Bastarde ...«

Dann wurden die Stimmen, wie auch die rennenden Schritte, leise, ehe sie ganz verstummten.

Agent Page fragte sich, wer da wohl aus Knoxville kam? Das Militär? Nein eher die Nationalgarde. Wie war das möglich. Er hatte doch den Befehl an die State Trooper gegeben, die Stadt abzuriegeln. Irgendjemand mit entsprechender Kompetenz hatte entschieden einzugreifen.

Page fluchte vor sich hin und überschlug gleichzeitig seine Möglichkeiten. Wenn man ihn hier mit seinen Männern aufgriff, war seine Karriere gestorben und wahrscheinlich würde man ihn auch noch vor Gericht stellen. Er wusste, dass er Grenzen überschritten hatte, indem er eigenmächtig eine Aktion gestartet hatte, die keine rechtliche Absicherung genoss. Niemand würde ihm helfen. Also musste er sich selbst helfen. Dabei dachte er in erster Linie an sich und nicht an seine Männer.

Mit grimmiger Entschlossenheit schaute er sich in der Garage um. Als Erstes musste er wieder handlungsfähig werden. An einem Haken, direkt über der Werkbank entdeckte er silbriges Panzerband. Das würde im Moment genügen. Er rutschte bis zu einem Metallregal und zog sich daran in die Höhe. Seine Wunde an der Hüfte schmerzte höllisch. Dieses Mal war es der Schmerz, der ihm Tränen in die Augen trieb. Mit sparsamen Bewegungen schaffte er es schließlich, die Werkbank zu erreichen. Dort fand er auch eine Packung Putzwatte in einer verschlossenen Plastikverpackung.

Die Watte wurde im Normalfall zum Polieren von Autos verwendet. Doch nun würde sie als Verbandsmaterial herhalten müssen. Er öffnete die Packung und griff sich das Panzerband vom Haken. Er riss einige Streifen ab und klebte diese an die Kante der Werkbank. Dann drückte er die Watte auf die Wunde. Mit der anderen Hand fixierte er die Watte mit den Klebstreifen. Danach nahm er erneut das Panzerband und wickelte es, so fest er konnte, mehrere Male um seinen Körper.

Vorsichtig versuchte er einige Schritte. Nach kurzer Zeit hatte er herausgefunden, wie er sich bewegen musste, um dem Wundschmerz möglichst wenig ausgesetzt zu sein. Danach durchsuchte er die Garage nach einer brauchbaren Waffe. Seine Wahl fiel auf ein kurzes Beil, und er umklammerte den Griff, als ob sein Leben davon abhing.

Humpelnd verließ er die Garage, die nur unweit von der Straße gelegen war. Lauernd schaute er sich um, konnte jedoch keinen verdächtigen Laut vernehmen. Er orientierte sich kurz und entschied, dass er zuerst zurück zu den im Wald abgestellten Fahrzeugen gehen wollte. Mit vorsichtigen, langsamen Schritten, das rechte Bein leicht nachziehend, machte er sich auf den Weg.

Eine Aura von Tod

Noch nie in seinem Leben hatte Vito sich vor einer Frau gefürchtet. Doch dieses Mal sah es anders aus. Die Blonde, die jetzt hinter der Tankstelle lauerte, ließ ihn frösteln. Er hatte schon einige, sehr gefährliche Männer in seinem Leben getroffen. Sie waren kalt und unberechenbar. Raubtiere in Menschengestalt, die sich mit einer Aura von Tod umgaben. Es war gefährlich, sehr gefährlich, sich mit ihnen abzugeben. Wer ihren Unwillen erregte, war geliefert. Immer hatte er gewusst, wie er sich verhalten musste, um nicht selbst Gefahr zu laufen, umgebracht zu werden. Mit der Zeit hatte er einen Sinn entwickelt, der ihn warnte, wenn es gefährlich wurde. Und dieser Sinn hatte bei der blonden Frau reagiert, und alle Alarmglocken in ihm aktiviert.

Kalte Überlegung, trainiert in den langen Jahren seiner kriminellen Karriere, machte seinen gefährlichen Emotionen Platz. Er musste die Blonde eliminieren, ehe er sich daran machen konnte, seinen Kumpan zu befreien. Doch dazu musste er die Frau von der Tankstelle weglocken. Er wollte vermeiden, dass die Leute dort aufgescheucht wurden und ihre Wachsamkeit verstärkten.

So schlich er zuerst durch den Garten bis an die Grundstücksgrenze und wartete, bis die Frau ihn registrierte. Er hatte noch nicht herausgefunden, wie sie es anstellte, ihn zu bemerken. Doch das war im Moment nebensächlich. Kurz darauf sah er, wie sie in seine Richtung blickte.

Sofort zog er sich ein Stück in den Garten zurück. Erneut wartete er auf die Reaktion der Frau. Es dauerte nicht lange, bis sie auftauchte.

Sie flankte über einen Gartenzaun und blieb geduckt, ja fast lauernd wie ein wildes Tier, stehen. Mit einer tiefen, knurrenden Stimme, die dennoch in ihrer Lautstärke eher einem Flüstern nahekam, hörte sie Vito dennoch deutlich:

»Wo du dich auch versteckst, ich finde dich!«

Mach nur, dachte Vito und wechselte lautlos ins nächste Grundstück. Dort verbarg er sich hinter einem Kompostbehälter. Als er sich bückte, hätte er beinahe eine Gartenhacke umgestoßen. Der Stiel, kaum länger als einen Meter zwanzig, war an den Plastikcontainer angelehnt. Offenbar hatte, wer auch immer hier die Gartenarbeit erledigte, die Hacke hier abgestellt, oder einfach nur vergessen. Vito war das egal. Er griff sich das Gartenwerkzeug wie einen Baseballschläger, hob ihn leicht an und wartete.

Seine Geduld wurde auf die Probe gestellt. Vorsichtig schob er sich nach oben und versuchte die Blonde im Dunkel des Gartens zu finden. Suchend taxierten seine Augen jeden Schatten, jeden Busch und jeden Baum. Insgeheim fragte er sich, war er nun der Jäger oder der Gejagte?

Er verscheuchte den nutzlosen Gedanken und konzentrierte sich erneut auf die dunklen Schatten.

Plötzlich nahm er eine Bewegung war, und dann sah er sie. Keine zehn Meter entfernt stand sie hinter einem Busch und schaute sich suchend um.

Vito überschlug seine Möglichkeiten und versuchte einzuschätzen, ob ein spontaner Angriff auf diese Distanz erfolgreich sein konnte. Er kam zu dem Schluss, dass die Frau für einen Angriff zu weit entfernt war. Also musste er sie näher an sich heranlocken. Dies barg natürlich das Risiko, dass sie ihm zu nahe kommen konnte.

Leise drehte er sich um und überprüfte den Garten nach einem weiteren Versteck. Dabei fiel sein Blick auf die offen stehende Haustüre des Gebäudes, in dessen Schatten er sich verbarg. Erst jetzt schaute er sich das Haus genauer an. Hinter den Fenstern des zweistöckigen Gebäudes war kein Licht. Auch sonst schien es verlassen zu sein.

In Vito reifte ein Plan. Er würde die Blonde ins Haus locken und sie drinnen eliminieren. Kurz schaute er noch einmal in den Garten und fand sofort die Stelle, an der die Frau immer noch stand. Dann drehte er sich um, und lief, nun nicht mehr auf seine Lautlosigkeit achtend, hinüber zu der Eingangstür. Hinter sich hörte er das Geräusch brechender Äste. Vito stürmte durch den Eingang des Hauses und blieb kurz stehen, ehe er sich ein Versteck suchte.

***

Unter Beschuss

Ein nie gekanntes Gefühl der Macht durchströmte Yavuz. Er hielt ein Gewehr in der Hand und fuhr mit einem Trupp Soldaten in eine Stadt, in der scharf geschossen wurde.

In der Anwesenheit dieser Männer fühlte er sich sicher, da es den Anschein hatte, dass sie wussten, was zu tun war. Adrenalin peitschte seinen Körper und seinen Geist in einen euphorischen Rausch. Er fühlte sich so lebendig, wie bisher noch nie in seinem Leben. Übersteigerte Wahrnehmungen ließen Töne und Bilder surreal wirken.

Sein Herz schlug hart gegen seinen Brustkorb, seine Augen sonderten unerwartet Tränen ab. Verwirrt wischte er über die feuchten Wangen und schaute sich im Wagen um. Er hoffte keiner der Soldaten, oder gar Roger bemerkten seine Aufregung. Der Wald lichtete sich und die ersten Häuser von Walkers Hill säumten die Straße. Wie eine Gespensterstadt, ja fast wie eine Filmkulisse, boten sich die stillen Straßen den Männern dar. Nichts regte sich. Keine Bewegung. Lautlos. Leblos. Dennoch lag etwas in der Luft. Es war eine Spannung zu spüren, geboren aus Angst, Blut und Tränen.

Atemlos beobachteten die verängstigten Bürger von Walkers Hill, hinter den häuslichen Gardinen versteckt, die Ankunft der Nationalgarde. Kam hier die Rettung vor all den Wahnsinnigen, die die Stadt in einen Ort des Schreckens verwandelt hatten? Oder brachten die Soldaten noch mehr Gewalt und Tod?

Mit leicht verschwommenen Blick schaute Yavuz angestrengt nach vorne. Es dauerte nicht lange, da erreichte die Kolonne den Abschnitt der Straße, an der das Unvorstellbare geschehen war.

Langsam, fast schleichend, rollte der schwere Geländewagen an der Spitze des Konvois zwischen die Fahrzeuge, die dort, in der Unordnung eines Notfalles, vor dem Restaurant Potts parkten. Das zweite Fahrzeug, in dem sich Yavuz und Roger befanden, folgte wenige Meter dahinter.

Die Szenerie lag in einer beunruhigenden Stille vor ihnen. Yavuz blickte aus dem Fenster und konnte das Grauen nicht fassen, das dort, nur wenige Meter von ihm entfernt, wie Bilder aus einem Horrorfilm wirkten. Sein Verstand wollte nicht akzeptieren, was seine Augen sahen. Tod, Blut und Verstümmelungen ließen ihn würgen. Seine Menschlichkeit versuchte die Augen zu schließen, doch sein Gewissen wollte jede Einzelheit speichern.

Verrückte Bilder drängten in seinen Geist und zeigten kaleidoskopisch Erlebnisse vergangener Jahre.

Vergnügungsparks, die lachenden Gesichter seiner Kinder, die manchmal ernsten Augen seiner Frau.

Doch nur einen Bruchteil einer Sekunde wurde er von seinen unverständlichen Emotionen abgelenkt.

Harte Schläge trafen das Fahrzeug auf der linken Seite. Der Fahrer scherte hektisch aus der bisherigen Fahrtrichtung. Ein starkes Holpern bewies, dass er über etwas gefahren war. Yavuz wollte nicht wissen, was es gewesen war. Doch ehe er darüber nachdenken konnte, hielt der Geländewagen mit einem Ruck an, und die Türen wurden von den Soldaten aufgerissen. Sie sprangen aus dem Fahrzeug und suchten mit angeschlagenen Waffen Deckung.

Unvernünftiger Weise sprang auch Yavuz aus dem Wagen, rannte im Zickzack einige Meter, und hechtete hinter ein Polizeifahrzeug. Scheinbar gleichzeitig peitschten weitere Schüsse und rissen, direkt neben seinem Kopf, Metall in Fetzen. Reflexartig zog er den Kopf zwischen die Schultern und atmete tief durch.

Er verstand sich selbst nicht mehr. Was machte er denn hier? Was hatte er hier zu suchen? Wieso war er aus der vermeidlichen Sicherheit des Humvees gesprungen, hinein in eine ungewisse Situation?

Er hielt sein Gewehr, das im Vergleich zu den Waffen der Soldaten wie ein Spielzeug anmutete, fest umklammert.

Weitere Schüsse peitschten und wurden sogleich von den in Deckung liegenden Soldaten erwidert. Als Yavuz den Eindruck hatte, dass der oder die Schützen ihn nicht mehr im Visier hatten, ging er in die Hocke und schlich gebückt um das Patrol car. Dann ließ er sich auf seine Knie sinken und spähte über den Kofferraum des Fahrzeuges hinüber zu einem zweistöckigen Haus. Von dort, so vermutete er, wurden sie beschossen.

Tatsächlich blitzte Mündungsfeuer aus den Fenstern des Hauses. In jedem Stockwerk schienen Schützen auf der Lauer zu liegen. Sogar auf dem Flachdach des Gebäudes war Bewegung zu erkennen.

Langsam schoben sich die Fahrzeuge des Konvois, scheinbar unbeeindruckt von dem feindlichen Beschuss, weiter. Wie im Lehrbuch gruppierten sie sich schützend um das Potts. Schon nach wenigen Minuten bildeten die LKW eine Wagenburg.

Im Sichtschutz der Lastwagen sprangen Soldaten aus den Fahrzeugen. Sie hoben Kisten von den Ladeflächen der Lkws, trugen Stoffsäcke und andere Gegenstände zwischen die Häuser, die Yavuz auf den ersten Blick nicht identifizieren konnte. Lange Zeltbahnen wurden ausgerollt und Metallstangen zusammen gesteckt. Dies geschah im Sichtschutz der Trucks.

Währenddessen positionierten sich andere Soldaten unter den Fahrzeugen und richteten ihre Waffen in Richtung des zweistöckigen Hauses. Ein kurzer Befehl genügte, und ihre Waffen spuckten Blei. Den Feuerstoß nutzend packten die übrigen Soldaten die Stangen und hatten diese binnen kürzester Zeit zu einem Zeltskelett zusammengefügt.

Gleich darauf wurden die Zeltbahnen über das Gestänge gezogen. Nach einigen schnellen Handgriffen war ein Sichtschutz geschaffen. Nun konnten die Helfer darangehen den Tatort zu sichern und Verletzte, so es noch welche gab, zu bergen. Doch das Zelt stellte keinen Schutz gegen den Beschuss dar.

Schon kurz nach der Errichtung des Zeltes stanzten feindliche Kugeln Löcher in den Stoff. Ein heftiges Feuergefecht entbrannte. Die Nationalgardisten versuchten durch Sperrfeuer, den Helfern die Möglichkeit zu bieten, ihre grausige Arbeit zu verrichten.

In der Zwischenzeit machten sich weitere Trupps bereit, das Haus, in dem sich die feindlichen Schützen verborgen hielten, zu stürmen. Dazu hatte man folgende Taktik gewählt.

Zwei Trupps, bestehend aus jeweils acht Soldaten, plus einem Truppführer, sollten die Erstürmung durchführen. Der erste Trupp war schon zuvor circa hundert Meter vor dem Einsatzziel abgesetzt worden. Er sollte hinter der Häuserreihe Stellung nehmen, und in das besagte Objekt von der Rückseite aus eindringen. Der zweite Trupp war kurz vor dem Tatort auf der gleichen Straßenseite abgesetzt worden, und sollte das Haus von vorne erstürmen. Dazu bekamen die Soldaten Unterstützung von ihren Kameraden, die unter den Fahrzeugen Stellung bezogen hatten. Soweit war die Planung aus militärischer Sicht effektiv ausgerichtet.

Doch selbst die beste Planung nutzt nichts, wenn Ereignisse eintreten, mit denen niemand rechnete.

Der Trupp, der hinter den Häusern vorrückte, geriet unerwartet unter Beschuss. In mindestens sechs Positionen lagen Schützen, verborgen hinter den natürlichen Deckungen, die häusliche Gärten darboten.

Sofort zogen sich die Nationalgardisten zurück und sammelten sich zwischen zwei Häusern. Sie wussten nicht, wer sie da beschossen hatte. Reine Vermutungen brachten nichts. Deshalb sicherten sie erst einmal ihre Position.

Der Truppführer nahm per Funk Verbindung mit seinem Führungsoffizier auf. Ohne lange zu zögern, ordnete dieser den Rückzug an. Solange die Lage im Rathaus nicht geklärt war, wollte er nicht in ein weiteres Feuergefecht verwickelt werden. Diese Entscheidung, so stellte sich im Nachhinein heraus, rettete viele Leben.

Yavuz indes kauerte immer noch hinter dem Polizeiwagen und verfolgte das Feuergefecht. Ihm war es ganz recht, wenn er nicht bei der Bergung der Opfer zuschauen musste.

Er hatte genug Blut für heute, wahrscheinlich für sein ganzes Leben, gesehen.

Plötzlich materialisierte sich ein Gedanke in seinem Gehirn. Er musste das unglaubliche Geschehen hier dokumentieren. Schnell zog er sein Smartphone aus der Tasche und schaltete die Kamera ein. Zuerst zitterten seine Hände so stark, was der Situation, in der er sich befand, zuzuschreiben war.

Er atmete einige Male tief ein und aus und versuchte sich zu beruhigen. Dann schob er das Handy vorsichtig aus der Deckung und begann zu filmen. Als das Feuergefecht für einen Moment an Heftigkeit verlor, schwenkte Yavuz das Smartphone und filmte die Straße hinunter.

Plötzlich hielt er inne. Er glaubte, sich getäuscht zu haben. Was er eben auf seinem Display gesehen hatte, war verrückt. Noch einmal richtete er die Kamera auf ein Haus, welches etwa fünfzig Meter entfernt an der Straße stand.

Es war ein altes Haus, und stand nach vorne versetzt. Hohe Fenster beherrschten einen Vorbau. Hinter einem dieser Fenster stand völlig ungedeckt eine Person. Yavuz zoomte das Fenster heran, und erkannte, dass dort ein alter Mann auf das Geschehen hinunter sah. Doch nicht alleine die Tatsache, dass er dort ohne Schutz stand, und jederzeit von einer verirrten Kugel getroffen werden konnte, erstaunte Yavuz. Nein, es war die Tatsache, dass der Alte lachte. Sich im wahrsten Sinne des Wortes vor Lachen schüttelte.

Was für ein Irrer, dachte Yavuz und wusste in diesem Augenblick nicht, wie recht er hatte.

***

Pure Mordlust

Vito tastete sich durch das dunkle Haus. Nur spärlich wurde das Innere von dem wenigen Licht der Straßenlaternen erhellt und durchdrang nur mühsam die Vorhänge an den kleinen Fenstern. Es war ruhig. So ruhig, dass er glaubte seinen eigenen Herzschlag zu hören. Tastend und bedacht, möglichst lautlos seine Umgebung zu erkunden, erreichte er schließlich die Küche. Dunkle Schatten zeichneten Küchenutensilien wie Scherenschnitte vor dem dämmrigen Hintergrund. Vito erspähte einen Messerblock, der seitlich auf einer Anrichte stand. Achtlos legte er die Gartenhacke ab, die ihm hier im Haus zu unhandlich erschien. Er huschte hinüber und zog aus dem Block ein großes Tranchiermesser und ein kurzes Fleischbeil. Das Messer steckte er sich in den Gürtel, und das Beil hielt er in der linken Hand. Mit seiner Rechten umfasste er den kühlen Stahl seiner Pistole.

So bewaffnet inspizierte er die weiteren Räume des Hauses. Im Obergeschoss fand er zwei Schlafzimmer, nur getrennt von einem gemeinsamen Badezimmer in der Mitte. Es folgte ein weiterer kleiner Raum, der allem Anschein nach eine Abstellkammer war.

Vito überlegte, wo wohl die beste Stelle war, um die unheimliche Frau zu überwältigen, nein, ins Jenseits zu befördern!

Doch die Entscheidung wurde ihm abgenommen. Die Eingangstür wurde leise geöffnet.

Vito spürte sofort die Anwesenheit der Frau. Etwas Böses betrat das Haus, und Vitos Nacken begann zu kribbeln. Vorsichtig ging er in die Hocke, besorgt darum, dass seine rheumatischen Gelenke ein

Knacken von sich geben würden. Doch diese Sorge war zum Glück unbegründet..

Angestrengt versuchte er, durch das Treppengeländer hindurch, seine Gegnerin zu erspähen. Seine Augen brannten vor Anstrengung, dennoch war die Frau nirgendwo zu sehen. Ein leichtes Scheppern und ein unterdrückter Fluch, zeigten Vito, dass die Blonde es ihm gleichtat, und das Haus absuchte. Er spürte förmlich den Zorn, der die Frau in eine Furie verwandelt hatte.

Ein unangenehm fauliger Blumengeruch, signalisierte ihm, dass sie sich der Treppe näherte. Vito schaute sich um, suchend nach einer Idee, wie er seine Gegnerin auf der Treppe attackieren konnte. War sie erst einmal am Boden, verletzt oder gar ohne Bewusstsein, konnte er dieser Schlampe den Rest besorgen. Seine Schusswaffe wollte er nur ungern benutzen, da sich die Tankstelle, in der sein Kumpan gefangen war, in Hörweite befand. Die Typen dort sollten nicht vorzeitig gewarnt werden. Es würde eh schwer genug werden, Luigi zu befreien.

Etwa in zwei Metern den Gang runter stand eine beachtliche Bodenvase, die Vito sich gut als Wurfgeschoss vorstellen konnte. Dafür müsste er allerdings seine bisherige Position verlassen, und damit den Vorteil aufgeben, die Treppe unter Beobachtung zu behalten. Zwei Meter waren dagegen keine riesige Entfernung und ein schnelles Hin und Her würde nicht einmal eine halbe Minute dauern.

Ohne einen weiteren Gedanken an seine rheumatischen Beschwerden zu verschwenden, richtete sich Vito halb auf. Diese Gelegenheit nutzte das Gelenk schamlos aus und ließ ein trockenes Knacken erklingen.

Vito zerbiss einen Fluch zwischen den Zähnen, und hoffte, dass dieses arthritische Geräusch von seiner Gegnerin nicht wahrgenommen wurde.

Doch seine Hoffnung war trügerisch. Den von Drogen geschärften Sinnen der Frau entging nichts. Sofort fuhr ihr Kopf herum und sie richtete ihre Aufmerksamkeit zur Treppe hin aus. Ein Knurren entstieg ihrer Kehle, bar jeder Menschlichkeit. Mit angespanntem und nach vorn geneigtem Körper, schlich die blonde Bestie auf die Treppe zu. Dabei pendelte ihr Kopf leicht hin und her, gerade so, als ob sie dem Rhythmus einer unhörbaren Melodie folgen würde. An der ersten Treppenstufe hielt sie inne, lauernd und vorsichtig.

Vitos Gelenke hatten sich nach dem verräterischen Knacken

still verhalten. Er war durch den kurzen Gang geeilt, hatte sich die erstaunlich schwere Bodenvase gegriffen, und kehrte danach eilig zu seinem Beobachtungspunkt zurück.

Nur mit Mühe konnte er verhindern, dass ihm ein erleichtertes Schnaufen entfuhr. Doch gleich darauf erfasste ihn jene seltsame innere Aufgeregtheit, die er nur zu gut aus früheren Stresssituationen kannte.

Sein Herz begann, wild in seinem Brustkorb zu toben. Seine Haut wurde kalt, obwohl sich Schweißperlen auf seiner Stirn bildeten. Sein Rückgrat versteifte sich, und Vito glaubte für eine furchtbare Sekunde, sich nie mehr bewegen zu können.

Dann verflog die Panikattacke so schnell wie sie gekommen war. Noch während er versuchte sich zu entspannen, drang ein ekelhafter Geruch an seine Geruchsrezeptoren, die in der Riechschleimhaut eingebettet sind. Sofort erzeugte sein Gehirn eine Ekelreaktion und veranlasste Vito, durch den offenen Mund zu atmen. Gleichzeitig sprangen ihn alte Erinnerungen wie Raubtiere an.

Bilder grausiger Erlebnisse tauchten vor seinem geistigen Auge auf. Längst vergessen geglaubte Szenen seines Verbrecherlebens bedrängten seine Seele. Ein Würgreiz verengte seine Kehle.

Der Geruch, der von unten herauf die Treppe erklomm, war der Odem des Todes.

Nur mit Gewalt konnte sich Vito aus dieser absurden Gefühlsaufwallung lösen. Gerade noch rechtzeitig. Das leise Knarren einer Treppenstufe verriet ihm die Nähe seiner Gegnerin. Beherzt ergriff er die Bodenvase und wartete auf das Auftauchen der Frau.

Ohne besondere Vorsicht, jedoch in angespannter, erregter Haltung, stieg die Blonde die Treppe hinauf. Mit vor Irrsinn flackernden Augen schaute sie nach oben. Wie ein Tier hatte sie Witterung aufgenommen und spürte die Angst ihres Opfers. Ja, dieser da oben würde ihr nächstes Opfer werden. Daran hegte sie nicht den geringsten Zweifel. Stufe um Stufe kam sie ihm näher. Gleich würde sie ihre Mordlust befriedigen können. Gleich war es so weit.

Gierig streckte sie ihren Kopf nach vorne. Blasiger Speichel tropfte ihr aus dem halb offenen Mund. In diesem Moment nahm sie einen Schatten war, der direkt auf sie zuflog. Instinktiv versuchte sie sich zu ducken. Doch ihre Reaktion kam zu spät. Etwas Schweres, Hartes traf ihren Körper und ihren Kopf und zerbarst in tausende, messerscharfe

Splitter. Sie taumelte zuerst, dann fiel sie rückwärts. Krachend schlug sie auf die harten Kanten der Holztreppe. Ein brennender Schmerzimpuls jagte durch ihren Körper. Noch ehe sie einen Laut von sich geben konnte, überschlug sie sich und prallte so noch mehrere Male heftig auf, begleitet von einer Wolke aus spitzen Scherben.

Ein letzter Dreher, ein letztes Knirschen, ein harter Aufprall beendete ihren Sturz. Am Fuße der Treppe entspannte sich der geschundene Leib in einer kurzen Ohnmacht. Vito konnte sein Glück kaum fassen. Er hatte seine Angreiferin schnell und effizient außer Gefecht gesetzt. Jetzt würde er ihr den Rest geben.

Mit kalter Professionalität, die er sich in seiner bisherigen Laufbahn angeeignet hatte, würde er nun das Leben dieser irren Frau beenden.

Mit schnellen Schritten eilte er die Treppe hinunter. Beinahe wäre er auf den Scherben, die über die ganze Treppe verstreut waren, ausgerutscht. Mit rudernden Armen brachte sich Vito ins schon fast verlorene Gleichgewicht. Hastig hielt er sich am Treppengeländer fest, wobei sein Blick auf die am Boden liegende Frau fiel.

»Na warte, du Schlampe. Dir besorg ich's«, grummelte er, während er die letzten Stufen nach unten zurücklegte.

Doch es sollte anders kommen. In dem Moment, als Vito sich über die bewusstlose Frau beugte, hüllte ihn ein betäubender Duft ein. Erschrocken atmete Vito die verhängnisvolle Chemikalie ein.

Die Viole, welche die Blonde in ihrer Hosentasche verstaut hatte, war beim Sturz zerbrochen. Im schwindelte, und gleichzeitig verwirrte sich sein Verstand. Er vergaß sein mörderisches Vorhaben, richtete sich auf, taumelte ein wenig und wankte dem Ausgang entgegen.

***

Unbekannte Geräusche

Luther Brown war einer der wenigen afroamerikanischen Einwohner von Walkers Hill. Bei einem seiner geliebten Road Trips war er vor circa einem Jahr durch das kleine Städtchen gekommen. Hier hatte er seinen Traum vom idyllischen Landleben gefunden.

Mit einem Lächeln auf seinem breiten Gesicht war Luther durch die Stadt geschlendert, und hatte sich mit einigen, sehr netten Menschen unterhalten. Sein Entschluss war schnell gefasst. Da er sich kurz vor seinem Ruhestand befand, konnte er es sich leisten, nach einem netten kleinen Haus mit Garten Ausschau zu halten.

Luther Browns Profession war den Bürgern von Walkers Hill weitestgehend unbekannt. Er war bis zu seiner Pensionierung der leitende Pathologe des forensischen Institutes in Chicago gewesen. So hatte Luther eine Menge Leichen in seinem Leben gesehen. Zeitlebens hatte er sich darum bemüht, seine Gefühle vor den Mitmenschen zu verbergen. Niemals hatten seine Kollegen bemerkt, dass ihm jede neue Leiche, jeder Tote auf dem Seziertisch, Unbehagen bereitete. Der Tod war normal in seinem Metier, doch nicht für ihn. Der Tod zeigte ihm jeden Tag, wie sterblich er war.

So war ihm der Tag seiner Pensionierung wie ein Schritt in die Freiheit vorgekommen. Das ruhige Landleben hatte Luther den Frieden gegeben, den er sich so lange gewünscht hatte. Mit seiner Frau Eleonore lebte er in einem gemütlichen Haus, das von einem sehr gepflegten Garten umgeben war. Hier hielt er sich oft auf und freute sich an seinen floralen Erfolgen.

Auch seine Nachbarn, meist Bürger des gehobenen Mittelstandes, hatten ihn und seine Frau herzlich in ihre Gemeinschaft aufgenommen. Alles war gut, und sein Ruhestand war angenehm. Fast schon hatte er das Leben in der Großstadt vergessen, aber ganz vergaß er nie ...

Seine Träume führten ihn ab und zu nach Chicago zurück, und das war kein Zuckerschlecken für ihn. Eleonore wusste immer, wenn er schlecht geträumt hatte. An diesen speziellen Tagen bereitete sie ihm ein reichliches Frühstück und dachte sich eine Beschäftigung aus, die ihren Mann von den Traumerlebnissen ablenken sollte.

Luther war seiner Frau dankbar, ließ sich aber nie anmerken, dass sie ihm eine hausgemachte Therapie verpasste.

Als das Grauen in Walkers Hill Einzug gehalten hatte, war dies von Luther zuerst nicht bemerkt worden. Er war am Morgen schweißgebadet erwacht. Müde und zerschlagen setzte er sich auf, und ließ seine Beine über der Bettkante baumeln.

Das ruhige, gleichmäßige Atmen seiner Frau zeugte davon, dass sie noch fest schlief. Leise verließ er das Bett und begab sich ins Badezimmer. Dort stellte er sich unter die Dusche und versuchte, mit heißem Wasser die Spuren seiner Traumreise in die Vergangenheit wegzuspülen.

Als er schließlich, nur in einen Bademantel gekleidet, in die Küche ging, bemerkte er ein Geräusch, das er zunächst nicht einzuschätzen vermochte.

Doch seine Sinne waren noch immer mit den Bildern aus seinem Traum zu beschäftigt, um unbekannte Geräusche zu beachten. So machte er sich daran, das Frühstück vorzubereiten. Es war so eine von unzähligen Gewohnheiten seiner Ehe, dass derjenige, der zuerst erwachte, das Frühstück zubereitete.

In seinen Gedanken gefangen, setzte Luther den Kaffee auf. Dann deckte er den Tisch, und holte gleich darauf aus dem übergroßen Samsung Kühlschrank Eier und Speck. Er stellte eine Pfanne auf den Herd und erhitzte etwas Butter. Nachdem er vier Eier aufgeschlagen hatte, legte er die Speckstreifen in die heiße Pfanne.

Sofort breitete sich ein angenehmer Duft in der Küche aus, vervollkommnet noch durch das Aroma des frischen Kaffees. Aus dem Kühlfach holte Luther noch vier Weißbrotscheiben und steckte diese in den Toaster.

Gerade als das geröstete Brot aus dem Toaster sprang, betrat Eleonore mit noch verschlafenen Augen und einem Lächeln auf den Lippen die Küche.

»Du bist aber schon früh auf den Beinen«, begrüßte sie Luther, und hauchte ihm einen Kuss auf die Wange.

Doch noch ehe er antworten konnte, drang ein weiteres undefinierbares Geräusch in die friedliche Frühstücksatmosphäre.

Luther drehte sich zum Fenster, und versuchte herauszufinden, was dort draußen vor sich ging. Erstaunt sah er einige seiner Nachbarn auf dem Bürgersteig. Sie schienen ihm extrem aufgeregt und unterhielten sich sehr gestenreich. Einige der Frauen weinten, Männer drohten mit den Fäusten. Autos wurden hektisch aus den Garagen gefahren und brausten in Richtung Mainstreet davon.

Luther zog den Gürtel seines Bademantels fest und stürmte aus der Küche. Etwas Schlimmes musste sich ereignet haben. Sofort dachte er an die Terrorangriffe des elften Septembers, und ihm wurde ganz flau im Magen. Barfuß rannte er durch seinen Vorgarten auf die Gruppe seiner Nachbarn zu. Noch ehe er diese erreichte, rief er:

»Was ist denn los? Hat es einen Anschlag gegeben?«

***

Dimensionen entfernt

Agent Page hatte für lächerliche zweihundert Meter durch ein beschauliches Wohngebiet gefühlte Stunden gebraucht.

Immer wieder war er nach Deckung suchend von Busch zu Busch, von Mülltonne zu Mülltonne gehumpelt. Seine Hüfte war zu einem einzigen brennenden Schmerz mutiert. Mehrfach hatte sein Kreislauf versucht, seinen Dienst einzustellen. Nur seinem eisernen Willen verdankte er es, noch auf den Beinen zu sein. Diese verdammte Bürgerwehr war mehrfach in der Straße aufgetaucht, was ihn zu schmerzhaften Aktionen nötigte, um in Deckung zu gehen. Ärger mischte sich mit Hilflosigkeit, Hoffnung und Zukunftsängsten.

Er bemerkte, wie sehr er an Kraft verlor, wie das Leben förmlich aus ihm heraustropfte. Seine Hüfte war nass von seinem Blut. Nie hatte er sich vorstellen können, einmal in solch einer hoffnungslosen Lage zu sein. Er selbst hatte in seiner Laufbahn schon wiederholt Befehle erteilt oder gar selbst ausgeführt, die unmittelbar mit dem Tod der Betroffenen endete. In all den Jahren hatte er dabei nicht einen Funken von Mitleid verspürt. Seine Karriere und das unbeschreibliche Gefühl von Macht waren ihm Motivation genug. Was kümmerten ihn da andere. Das war deren Karma, deren Schicksal. Doch nun war er der Betroffene. Er fühlte sich von der Welt betrogen. Nun würde er für sein Vaterland sterben. Vor lauter Selbstmitleid krampfte sich sein Magen so heftig zusammen, sodass er nur noch mühsam Luft bekam.

Agent Page schleppte sich mühsam weiter, und kam schließlich am Ende der Straße zu einem etwas in die Jahre gekommenen Haus.

Er wusste, dass er nicht mehr in der Lage sein würde, den Wald zu erreichen. Selbst wenn er mit eisernem Willen die Distanz bis zum Waldrand bewältigen konnte, gab es dort keine Hilfe für ihn.

Sein Verstand reagierte träge, als er versuchte, seine noch verbleibenden Optionen zu bewerten.

Agent Page schleppte sich durch einen recht einfallslosen Vorgarten, der zu dem einfachen Haus passte, bis hin zur Eingangstüre. Er fiel regelrecht gegen das Holz der Tür und versuchte sein verwundetes Bein zu entlasten.

So lehnte er mehrere Minuten an dem Türblatt und sammelte Kraft. Dann hob er die rechte Hand, ballte diese zur Faust und klopfte, so fest er eben konnte. Viel brachte er nicht zustande, und es würde an ein Wunder grenzen, wenn sein Klopfen jemand drinnen im Haus hörte.

Das Wunder war nicht weit und doch Dimensionen entfernt.

Er wusste nicht, wer er war. Er wusste nicht, wo er war. Er wusste nur, dass er hier weg wollte.

Er stand in einer weiten Ebene, über der sich blutrote Wolken türmten. Aus den Wolken fielen dicke Tropfen in Zeitlupe zu Boden. Die Tropfen waren ebenfalls rot, in einer Art und Konsistenz, wie es nur Blut, menschlichem Blut, zu eigen war.

Die Ebene selbst war leicht hügelig und in variierenden Abtönungen aus fahlem Gelb und schmutzigen Grau eingefärbt. Alles war in Bewegung, und der scheinbar feste Untergrund wogte wie eine ölige See in unendlicher Langsamkeit. Aus dem Boden wuchsen irgendwie unfertig scheinende Figuren, und sanken nach kurzer Verweildauer zurück in den unruhigen Grund. Menschliche Anatomien schienen als Vorbilder dieser Gebilde zu dienen. Hände, missgestaltet und vor Schmerz gekrümmt, schoben sich aus dem Boden. Gesichter formten sich im sandigen Material der Ebene, starrten mit blicklosen Augen zu ihm herüber. Zahnlose Münder schrien ihre Pein in tiefen Oktaven und ließen die Luft erzittern. Bäche aus Blut entsprangen dem Boden und versickerten wenige Meter weiter. Salvador Dali selbst schien hier Regie zu führen, und seine "Metamorphosis of Narcissus", erwachte zur grausigen Realität. Ein dumpfes stakkatoähnliches Geräusch ließ die Landschaft vibrieren. Dazu gesellte sich eine schwache Stimme, die nicht zu dieser surrealen Welt zu passen schien. Bitte helfen Sie mir. Öffnen Sie doch die Tür. Haben Sie keine Angst. Ich will Ihnen nichts antun. Hallo, ich bitte Sie...

Welche Tür sollte er öffnen? Hier war keine Tür. Wie konnte er helfen, wenn er sich selbst nicht helfen konnte?

Wie ein schlechter Bühneneffekt schob sich direkt vor ihm eine rudimentäre Tür aus dem Boden. Sie wankte Hin und Her und schien nicht aus festem Material zu bestehen.

Er wusste, dass er nun handeln musste, schon seiner Angst folgend, er könnte die Gelegenheit versäumen, diese merkwürdige Welt zu verlassen. Mühsam bewegte er seine Beine, die sich nur langsam aus dem unsicheren Grund lösten. Wie durch einen trügerischen Sumpf watete er auf die Tür zu. Ständig befürchtete er, dass diese wieder im Boden versinken würde. Die Zeit schien sich zu dehnen, und aus Sekunden wurden Stunden oder Tage, vielleicht sogar Wochen oder Jahre.

Endlich stand er vor dem Gebilde, dass nur noch mit Mühe und großer Fantasie als Tür zu erkennen war. Da er nirgendwo eine Klinke oder gar einen Griff finden konnte, ließ er sich einfach gegen das Türblatt fallen.

Es war wie ein Sturz in die Unendlichkeit. Sein Körper fiel durch die Tür hindurch, und einen schrecklichen Moment glaubte er, einem Trugbild gefolgt zu sein. Doch die Landschaft verblasste, dann wurde es dunkel, fast schwarz um ihn, ehe er einen heftigen Schmerz an seiner linken Schulter spürte.

Mit dem Schmerz kam das Licht mit so greller Helligkeit zurück, dass er es fast nicht ertragen konnte. Er blinzelte mehrfach sehr schnell. Tränen füllten seine Augen und ließen seine Umgebung nebelhaft verschwimmen. Er setzte sich auf, was seine Schulter mit einer neuen Schmerzwelle kommentierte, und rieb sich die Augen. Seine Sicht wurde klar, und mit einem Mal begriff er, wo er war. Im selben Gedankenzuge wusste er auch, wer er war.

Er war Josh Eliot, der aus seinem eigen Lokal geflüchtet war, nachdem er dort die Hölle auf Erden erblickt hatte.

***

 ## Wie kann das sein?

Der alte Mann hatte sich einen Stuhl ans Fenster gerückt. Das lange Stehen hatte ihn ermüden lassen. Das Adrenalin, das noch vor wenigen Stunden,belebend durch seine Adern gerauscht war, hatte seine Kraft verloren.

Mit zitternden Knien hatte er sich gesetzt. Schon lange war er nicht mehr so gut unterhalten worden. Schon lange hatte er nicht mehr so ausgiebig gelacht. Besser als jede Fernsehsendung war er durch die Ereignisse, die sich unmittelbar vor seinem Fenster abspielten, unterhalten worden. Er hatte das Gefühl genossen, Menschen sterben zu sehen. Lange hatte er darauf verzichten müssen.

Er war alt geworden und hatte seine Arztpraxis aufgegeben. Nur widerwillig hatte er den Umstand, dass seine körperlichen Kräfte ihn verließen, akzeptiert. Jahre der Untätigkeit, den einfache Geister als den wohlverdienten Ruhestand bezeichneten, waren in trister Langeweile vergangen. Nur noch selten klingelte jemand an der Tür, und sein Telefon schwieg beharrlich. Niemand brauchte ihn mehr, den einst so hoch geschätzten Doktor Roderick Jensen.

Er war einst eine Institution in Walkers Hill gewesen, wie schon sein Vater zuvor. Doch diese Zeiten waren vorüber. Eine neue Generation war herangewachsen, die zu den Spezialisten nach Knoxville fuhren. Nach ihm hatte sich kein Arzt mehr in der Gemeinde angesiedelt. Scheinbar lohnte es sich nicht mehr, als Landarzt zu arbeiten.

Mit seinen Patienten hatte Doktor Jensen auch seine Opfer verloren. Seine Tarnung, die ein ganzes Leben lang gehalten hatte, war nutzlos geworden. Er hatte schon seit langer Zeit niemanden mehr getötet. Das vermisste er so sehr ...

Mit diesen Gedanken war er unvermittelt eingenickt. Zusammengesunken saß er auf dem Stuhl, und es war erstaunlich, dass sein alter Körper in dieser Stellung Ruhe fand.

Mit einem Mal schreckte er auf. Mit schmerzenden Gliedern setzte er sich zurecht, und schalt sich selbst einen Narren, weil er auf einem unbequemen Stuhl schlief und nicht in seinem Bett. Es war längst

Nacht, und es war ruhig geworden auf der Straße. Ruhig allerdings nur im akustischen Sinn. Es wurde nicht mehr geschossen.

Im Halbschatten der Straßenlaternen sah er einige Sanitäter und Soldaten, vorsichtig bedacht jegliche Deckung wahrzunehmen, die zielbestimmt umherliefen.

Völlig ohne Vorwarnung traf ihn der Schock. Er holte tief Luft, hielt diese in seiner Lunge, bis diese brannte. Dann ließ er sie schlagartig, mit dem Ton eines verbrauchten Ventils, entweichen.

Jensen beugte sich nach vorne, um besser sehen zu können. Tatsächlich, dort stand Mister Moto, verkleidet als Sanitäter, und unterhielt sich mit einem Zivilisten. Wie konnte das sein? Das war doch unmöglich.

Hastig stand Doktor Jensen auf, wobei sein Blick auf das Herz fiel, das ruhig in seiner Konservierungsflüssigkeit schwamm. Das war Mister Motos Herz, trotzdem stand er keine fünfzig Meter von seinem Haus entfernt.

Eine kurze, aber heftige Panikattacke ließ den alten Mann taumeln. Er tappte zwei, drei kleine Schritte durch das Zimmer und hielt sich schwer atmend am Schreibtisch fest. Dann hangelte er sich um das schwere Möbel herum. Mit einem tiefen Seufzer ließ er sich in den schweren Ledersessel fallen, der hinter dem Schreibtisch stand.

Ohne überlegen zu müssen, beugte er sich nach unten und zog eine Schublade auf. Seine Finger tasteten nach einem kleinen Holzhebel, der versteckt unter der Lade angebracht war. Nur widerwillig gab der Hebel dem Druck nach. Er war schon seit Jahren nicht mehr bewegt worden.

Mit einem kratzigen Knirschen schwang die rechte Seitenwand des Schreibtisches auf, und ein schmales Geheimfach wurde sichtbar.

Mit zittrigen Händen zog der Doktor einen schmalen Ordner aus dem Versteck und legte diesen vor sich auf die lederne Schreibunterlage.

Einen langen Moment starrte er den Ordner an, und drohte dabei in den Abgrund alter Erinnerungen zu stürzen.

Mit einer unbeholfenen, fast zittrigen, Bewegung klappte er die Akte auf. Ein tabellarisches Deckblatt lag obenauf. Doch Doktor Jensen brauchte dieses Verzeichnis nicht.

Schon oft hatte er die Unterlagen seines Vaters studiert, und seine eigenen hinzugefügt. Jeder Fall ein Blatt, oftmals mit einem oder mehreren Fotos versehen. Jeder Fall ein Mord. Alle Fälle zusammengefasst, ergaben das Dokument zweier Serienkiller. Eine Auflistung selbstgefälliger, pseudo-gerechter Selbstjustiz.

Doch solche Gedanken waren Doktor Jensen fremd. Natürlich! Wie sonst hätte er all die Jahre ein Doppelleben führen können? Für die Bevölkerung Walkers Hill's war er schon immer, der "gute Doktor" gewesen, wie auch schon sein Vater zuvor.

Fahrig, fast schon ungeduldig blätterte er die eng beschrifteten Seiten durch, bis er den Fall "Moto", gefunden hatte. Er rückte seine Brille zurecht, und schaute sich das alte, schon brüchig gewordene Foto an, welches den Leichnam Mister Motos abbildete. Sein Vater selbst hatte die Aufnahme gemacht, ehe er die Leiche vergraben hatte.

Das war der gleiche Mann, den er dort drüben auf der Straße gesehen hatte. Entschlossen packte Doktor Jensen den Ordner und ging zum Fenster.

***

Die Lust am Abenteuer

Luther Brown hatte sich in den Kleinkrieg, der im Moment in Walkers Hill herrschte, hineinziehen lassen. Seit er letzten Morgen neugierig, und nur mit seinem Bademantel bekleidet, das Haus verlassen hatte, war viel geschehen.

Zuerst hatte er sich zu der kleinen Gruppe, bestehend aus seinen unmittelbaren Nachbarn, begeben und deren aufgeregte Gespräche verfolgt. Neugierig hatte er zugehört, ohne jedoch den Sinn des "Gehörten" zu verstehen. Worte wie Massaker, Mord, Überfall und Terroristen schwirrten umher. Dazu kamen Begriffe wie: Schusswechsel, Leichen, Invasion. Luther verstand die Welt nicht mehr. Schließlich fragte er laut in die Runde:

»Wovon redet ihr hier eigentlich?«

»Na, von dem Überfall auf das Potts«, rief einer seiner Nachbarn mit sich überschlagender Stimme.

»Überall liegen Tote, und einige Nachbarn, die im Potts zum

Frühstück waren sind tot! Außerdem hat man heute früh irgendwelche Kerle in weißen Chemieanzügen beobachtet, die auf der Main Street unterwegs waren. Das ist ein Anschlag sage ich euch«, schrie der Mann nun fast. Panik, aber auch Widerstandswillen war in seiner Mimik zu lesen. Die Diskussion ging noch eine Weile hin und her, bis ein Nachbar, den Luther nur vom Sehen kannte, forderte:

»Wir müssen unser Viertel vor den verdammten Terroristen schützen. Jedenfalls so lange, bis Verstärkung von außen kommt. Unsere Familien sind in Gefahr. Jeder, der eine Waffe hat, soll diese holen. Wir treffen uns hier in, sagen wir mal, zwanzig Minuten wieder. Dann besprechen wir, wie wir unsere Stadt schützen können.«

Ein beifälliges Gemurmel bestätigte die Aufforderung des scheinbar befehlsgewohnten Nachbarn.

Die Gruppe löste sich auf, und auch Luther eilte zurück zu seinem Haus. Eine nie gekannte Aufregung erhob sich in seiner Gefühlswelt, und ohne viel über mögliche Konsequenzen nachzudenken, rüstete sich Luther, um gegen einen noch unbekannten Feind anzutreten.

Schnell unterrichtete er seine Frau davon, dass es eine Schießerei in der Stadt gegeben hatte, und er nun mit den Nachbarn ihre Wohngegend absichern wollte. Eleonore war von dieser Idee nicht sehr angetan, unterschätzte dabei allerdings das Gefahrenpotenzial. Mit einem Seufzer, mit dem schon so manche Mutter ihre Söhne zum Spielen aus dem Haus gelassen hatte, gab sie Luthers Begehren nach.

Dieser zog aus einer Schachtel, die er aus dem Keller geholt hatte, eine 38iger Spezial, von deren Existenz Eleonore bisher nichts geahnt hatte. Mit verschwörerischem Blick drückte Luther ihr die Waffe in die Hand. »Nur zur Sicherheit. Du weißt ja, wie man mit einer Waffe umgehen muss.«

Sie nickte nur und steckte den Revolver in die Tasche ihres Morgenmantels. Vor einigen Jahren hatte sie an einem Schusswaffentraining teilgenommen. Luther hatte darauf bestanden, da Raubüberfälle in Chicago damals drastisch angestiegen waren. Widerstrebend hatte sie damals eingewilligt, den Kurs zu besuchen. Schon nach dem ersten Trainingsabend hatte sie überrascht festgestellt, dass ihr der Gedanke gefiel, sich im Notfall wehren zu können.

So verließ Luther Brown mit dem Segen seiner Frau das Haus. Draußen warteten schon die Männer aus der Nachbarschaft, bewaffnet mit Flinten und Handfeuerwaffen. Es war schlimmer geworden, als

Luther es sich hätte vorstellen können. Tatsächlich waren im Lauf des Tages Bewaffnete aus dem nahen Wald gekommen und durch ihre Siedlung marschiert. Begleitet wurden sie von Männern und sogar Frauen in weißen Chemieanzügen, die irgendwelche Gerätschaften schleppten. Versteckt hinter den Häusern, beobachtete die selbst ernannte Bürgerwehr die fremden Eindringlinge.

Luther erinnerte sich, wie einer seiner Nachbarn "von den Kerlen in weißen Chemieanzügen" gesprochen hatte. Noch während er überlegte, ob es sich bei den Bewaffneten auf der Straße um die gleichen Leute handelte, erklangen Schüsse. Schnell entbrannte ein heftiges Feuergefecht. Luther rannte durch Gärten, warf sich hinter Büsche, robbte auf allen Vieren und sprang gleich darauf wieder auf, um zur nächsten Deckung zu gelangen. Dabei vergaß er völlig, dass er schon Mitte sechzig war, und sich somit im sogenannten "gesetztem Alter" befand. Es war etwas in ihm erwacht, dass er schon sein ganzes Leben, wenn auch nur unbewusst, vermisst hatte.

Die Lust am Abenteuer, dass Menschen dazu brachte, gefährliche Dinge zu tun. Soldaten, Polizisten, Stuntman oder Bergführer im Einsatz waren nur einige Beispiele, bei der sich Männer und Frauen bewusst der Gefahr aussetzten. Luther wusste nun warum. Er fühlte sich so lebendig, wie noch nie zuvor.

Wildes Geschrei unterbrach seine Gedanken, und schon kurz darauf sah er, wie die Eindringlinge sich in einen Garten am Ende der Straße flüchteten. Luther ging hinter einem Blumenkübel in Deckung und legte sein Gewehr an. Um ihn herum peitschten Schüsse. Ohne lange über sein Handeln nachzudenken, feuerte er ebenfalls in Richtung des Gartens. Der Tag verflog so schnell, und Luther konnte kaum glauben , dass sich schon die Dämmerung am Himmel zeigte.

Sie hatten Gefangene gemacht, und diese in Garagen gefesselt zurückgelassen. Es hatte auch Verwundete gegeben, allerdings nur auf Seiten des Gegners. Es war reines Glück, das die Männer der Bürgerwehr bisher ungeschoren davongekommen waren.

Den ganzen Tag über war es in der Stadt zu Schusswechseln gekommen. Ein Bürgerkrieg schien hier in Walkers Hill ausgebrochen zu sein. Mit einigen Männern war Luther aufgebrochen, um zu erkunden, was außerhalb ihres Wohnviertels vor sich ging. In einem weiten Bogen waren sie um die Stadt herumgelaufen und hatten in sicherer Entfernung zum Potts die Main Street überquert. Durch

Gärten hindurch waren sie schließlich hinter das Rathaus gelangt. Auch von dort wurde geschossen, momentan zum Glück nur in Richtung Stadtmitte.

Doch noch ehe die Männer überlegen konnten, was nun zu tun sei, rannte eine Gruppe Uniformierter geradewegs auf sie zu. Keiner dieser Leute hatte aber bemerkt, dass sich Luther und sein Trupp hinter dem Rathaus befanden.

Einer seiner Begleiter verlor die Nerven und begann in Richtung der Uniformierten zu feuern. Die fremden Soldaten warfen sich in Deckung und erwiderten den Beschuss. Doch das Feuergefecht dauerte nur Minuten. Dann zog sich die fremde Gruppe überraschenderweise plötzlich zurück.

Luther lehnte sich schnaufend an einen Baum. Die Euphorie, die er noch am Morgen verspürt hatte, war verflogen. Er fühlte sich müde und wäre am liebsten nach Hause gegangen. Doch das war im Moment zu gefährlich. Wer wusste schon, wer hier wen bekämpfte. An jeder Ecke konnten Bewaffnete lauern. Unsicher blickte er sich um.

Inzwischen war die Nacht hereingebrochen, und seine Umgebung bestand nur noch aus bedrohlichen Schatten. Im Moment war es seltsam still, und Luther versuchte zu erkennen, wo seine Begleiter abgeblieben waren. Doch so sehr er sich auch anstrengte, er konnte niemanden in seiner Nähe erkennen. Leise rief er nach seinen Mitstreitern, doch es erfolgte keine Antwort.

Langsam begriff Luther, dass er alleine war. Ein unbestimmtes Gefühl, das dem der Angst sehr ähnlich war, begann sich in ihm auszubreiten. Noch einmal rief er leise nach seinen Nachbarn. Doch auch bei diesem Versuch wartete er vergeblich auf eine Antwort. Luther überlegte, wohin er gehen konnte. Dabei blickte er sich suchend um. Er war noch nicht lange genug in der Stadt, um einen großen Bekanntenkreis zu besitzen. Doch dann fiel ihm dieser Veteran ein.

Sie hatten schon einige Male in der Stadt miteinander gesprochen. Dieser Mann wohnte nicht weit von hier entfernt und würde bestimmt zu Hause sein. Schließlich saß er in einem Rollstuhl. Unbewusst nickte Luther, wie zur Bestätigung seines eigenen Gedankens. Leise schlich er durch die Gärten und klopfte einige Minuten später an Dukes Haustür.

***

Ich schneide dir den Hals ab!

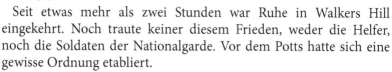

Seit etwas mehr als zwei Stunden war Ruhe in Walkers Hill eingekehrt. Noch traute keiner diesem Frieden, weder die Helfer, noch die Soldaten der Nationalgarde. Vor dem Potts hatte sich eine gewisse Ordnung etabliert.

Große Sichtblenden aus Zeltbahnen boten eine trügerische Sicherheit. Hinter den Planen war ein Team aus Sanitätern, unter Mithilfe einiger Soldaten damit beschäftigt, die Verwundeten zu versorgen. An der Seite des Restaurants hatte man die Toten in Leichensäcken abgelegt. Ansonsten war das Innere des Lokals unangetastet geblieben, um den Kriminaltechnikern die Möglichkeit zu geben, das Massaker zu dokumentieren. Diese Untersuchung stellte eine wichtige Hilfe dar, wenn später der Fall von den Ermittlungsbehörden geklärt werden würde. Doch wann das sein könnte, war jetzt noch nicht abzusehen.

Helle, auf Stativen installierte, Lampen leuchteten die Szenerie aus. Etwas seitlich des Restaurants war eine Erholungszone eingerichtet worden, um die Männer mit Essen und Trinken zu versorgen. Damit wurde auch eine Atmosphäre von Normalität geschaffen, soweit es möglich war. Auch dieses Areal war mit einem Sichtschutz aus Planen abgeschirmt.

Yavuz saß am Rand des Versorgungsbereiches. Er brauchte Luft, frische Luft. Direkt vor dem Potts lag ein unbestimmter Odem, der nach Tod roch. Von seinem Platz aus konnte er die Straße nach oben beobachten, und damit auch das Haus mit dem verrückten Alten am Fenster. Er wusste nicht warum, aber dieser alte Mann beunruhigte ihn mehr, als die unsichtbaren Heckenschützen.

Er kaute eher unbewusst auf einem Sandwich herum, das mit Truthahn und Käse belegt war. Vor ihm stand eine dampfende Tasse Tee. Langsam begriff er, dass er hier etwas erlebte, das so grauenhaft war, dass man es kaum beschreiben konnte. Er dachte an seine Frau und seine Kinder. Dabei bemerkte er nicht, wie sich ein Mann neben ihm niederließ. Erst als dieser ihn ansprach, schreckte Yavuz aus seinen Gedanken auf. Er reagierte mit einem einfachen Kopfnicken, da er nicht registriert hatte, was der Mann sagte. Außerdem hatte er den Mund noch voll Sandwich. Er schaute in das freundlich lächelnde Gesicht eines Asiaten. Dieses Lächeln irritierte Yavuz im ersten Moment, angesichts dessen, was sich hier abgespielt hatte. Der Asiate, in der Uniform eines Sanitäters, streckte ihm seine ausgestreckte Hand entgegen und sagte:

»Hallo, ich bin Kim. Wer bist du? Ein Opfer oder ein Ermittler?«

Yavuz legte den Rest seines Sandwiches auf einen Pappteller und reichte dem freundlichen Mann seine Hand. Während dieser fast schon automatisierten Geste, überlegte Yavuz, was er dem Asiaten namens Kim antworten sollte.

Schließlich schüttelte er die Hand seines Gegenübers und antwortete: »Hi, ich bin Yavuz. Eigentlich bin ich ein Tourist aus Deutschland. Im Moment aber bin ich ein Berater des FBI.« »Oh, wow! FBI? Interessant! Wie kommst du denn dazu, Berater des FBI zu sein?« »Sagen wir mal, Zufall«, grinste Yavuz.

»Ist Yavuz ein deutscher Name«, fragte Kim, der in ein Sandwich biss. »Nein«, antwortete Yavuz und schüttelte dabei seinen Kopf.

»Der Name ist türkisch. Ich bin aber in Deutschland geboren.«

»Also bist du nun Türke oder Deutscher?«

»Beides«, grinste Yavuz und wollte gerade seine Herkunft erklären, als er aus dem Augenwinkel heraus eine Bewegung wahrnahm.

Instinktiv drehte er seinen Kopf und erblickte einen alten Mann, der auf ihn und seinen neuen Bekannten Kim zu rannte. Der Mann war schon recht nah und schrie nun etwas. Zuerst konnte Yavuz nicht recht verstehen, was der Mann da rief. Doch schon in der nächsten Sekunde verstand er die Worte, und sogleich raste eine erhebliche Adrenalindosis durch seinen Organismus.

Sofort war Yavuz wieder hellwach, und seine Sinne schienen die Szene zu verlangsamen. So hörte er, was der Heranstürmende rief, verarbeitete diese Information und reagierte fast ohne Zeitverlust. Der Alte schrie: »... und wenn du auch dem Grab entstiegen bist, mich kannst du nicht schrecken. Dann bring ich dich eben noch einmal unter die Erde, wie einst mein Vater. Mich täuschst du nicht, Mister Moto. Mich nicht! Ich schneide dir den Hals ab!«

Er hatte schon fast den Tisch erreicht, und schwang ein langes Haushaltsmesser wie ein Schwert über seinem Kopf. Kim schaute nur unverständig auf den Alten und schien vor Schreck erstarrt zu sein.

Yavuz sprang auf und hechtete dem Alten entgegen. Niemals hätte er sich vorstellen können, dass er eine solche Aktion zustande bringen würde. Er rammte den Mann mit seinem ganzen Körpergewicht. Zusammen gingen sie zu Boden. Dabei rutschte dem alten Mann das Messer aus der Hand und fiel klirrend auf den Asphalt. Mit erstaunlicher Kraft versuchte der Alte, sich unter Yavuz hervor zu winden. Er schrie immer noch, doch seine Worte waren unverständlich verzerrt.

Mit einem gezielten Faustschlag beendete Yavuz schließlich das Gerangel. Der Alte erschlaffte unter ihm. Vorsichtig erhob sich Yavuz, ohne den alten Mann aus den Augen zu lassen. Nach hinten rief er:

»Kim, ich brauche Handschellen. Wir müssen den Kerl erst mal unter Kontrolle bringen.«

**

 **Angst und Hoffnung**

Sheriff Ernest Gregory saß auf einem klapprigen Bürostuhl in Murphys Tankstelle. Er war hin- und hergerissen zwischen Pflichterfüllung und Angst. Peinigende Angst. Erst allmählich begriff er unbewusst, dass er einer sadistischen Killerin entkommen war.

Sein Körper reagierte nicht, wie vielleicht zu erwarten gewesen wäre, mit Erleichterung, sondern mit einer depressiven Eigenschuldzuweisung.

Wie konnte es sein, dass er hier untätig herumsaß, währenddessen weitere bedauernswerte Menschen von der blonden Bestie gefoltert oder gar ermordet wurden.

Auch unten vor dem Potts herrschte Anarchie. Harold Murphy und dessen Mechaniker Paolo hatten ihm geschildert, was in dem Restaurant geschehen war. Zumindest die Ereignisse, die sich am Morgen und frühen Vormittag des vergangenen Tages dort abgespielt hatten. Was danach geschah, war völlig unklar.

Man sah von der Tankstelle nur eine unbestimmte Anzahl von Fahrzeugen, und das auch nur, wenn man sich auf die Straße begab.

Der Sheriff hatte dies bisher nicht fertiggebracht. Seine Angst beherrschte ihn zu sehr. Bei jedem Schussgeräusch, dass aus der Stadt, seiner Stadt, heraufhallte, zuckte er zusammen. Seine Aufgabe war es zu helfen. Den Bürgern von Walkers Hill Sicherheit zu geben. Der Sheriff schüttelte den gesenkten Kopf, und er fragte sich, ob er jemals wieder in der Lage sein würde, sein Amt auszuüben.

Während der Sheriff vor sich hin grübelte, standen Paolo und Harold vor der Tür und unterhielten sich leise. Sie wussten, dass die Tragödie, die Walkers Hill heimgesucht hatte, noch nicht vorüber war. Besorgt schauten die Männer Richtung Stadtmitte. Die momentane Ruhe, die dort unten herrschte, beruhigte sie nicht. Im Gegenteil! Ein Gefühl heraufziehender Bedrohung lag wie ein Schatten über ihnen.

Im Büro der Tankstelle schliefen der Vater Harolds und der Briefträger Tom Hauser unruhig und zusammengesunken auf alten Holzstühlen. Der Tag und all seine Aufregungen forderten ihren Tribut.

Im hinteren Lagerraum saß noch immer Luigi; gefesselt auf einem weiteren Stuhl. Er konnte nicht fassen, dass Vito ihn so kläglich im Stich gelassen hatte. Unzählige Male hatte er seinen Kumpan schon verflucht. Zum Zeitvertreib durchdachte er die unterschiedlichsten Szenarien, die immer mit der Ermordung Vitos endeten. Der Kerl sollte leiden, wie noch nie in seinem Leben. Er würde ihm heimzahlen, dass er ihn in eine solche Lage gebracht hatte.

Schon seit Stunden kümmerte sich niemand mehr um ihn. Die Männer in der Tankstelle schienen ihn vergessen zu haben.

Aus Gesprächsfetzen reimte sich Luigi eine Version zusammen, was in diesem Ort geschah. Doch es interessierte ihn eigentlich nicht, wer in diesem Kaff auf wen schoss. Es konnte nur gut für ihn und Vito sein, wenn hier das Chaos herrschte. Dadurch war es leicht, diesen Verräter Carlos umzulegen. Mochte er sich auch Paolo nennen, er hatte seinen ehemaligen Gangsterkollegen zweifelsfrei erkannt. Der Mistkerl war dort draußen, in einem der Räume weiter vorn. Scheinbar hatte er sich das Vertrauen dieser Dorftrottel erschlichen und spielte nun den Biedermann.

Luigi knurrte voller Zorn und versuchte sich erneut von seinem Knebel zu befreien. Doch das breite Klebeband hielt und seine Bemühungen waren vergebens. Plötzlich hörte er ein Geräusch, das von der Hintertür zu kommen schien. Gespannt lauschte er. War das

Vito, der ihn zu befreien suchte? Hoffnung stieg in ihm auf, mit der Vision verbunden, die Männer hier in dieser verfluchten Tankstelle allesamt umzubringen.

Er verspürte einen mächtigen Bewegungsdrang, doch er zwang sich dazu, völlig ruhig zu bleiben. Auf jeden Fall durfte er den Männern in der Tankstelle keinen Grund geben, nach ihm zu schauen.

Nun hörte er ein schabendes Geräusch und gleich darauf ein leises Klicken. Ein leichter Windhauch zeigte ihm, dass sich die Tür öffnete. Er hielt die Luft an und hoffte, dass die Tür sich ohne ein verräterisches Geräusch aufschieben ließ. Ungeduld marterte seine Nerven, und Sekunden dehnten sich zu Ewigkeiten.

***

 **Erneutes Anschleichen**

Es war tatsächlich Vito, der mit großem Geschick die Hintertür der Tankstelle öffnete.

Benommen war er aus dem Haus getaumelt, schwankend wie ein Betrunkener. Unbändiger Hass, den er in diesem Moment auf niemand Bestimmtes fokussieren konnte, hatten sein bewusstes Denken zur Seite geschoben. Gleich einem tollwütigen Hund, lief ihm Schaum aus seinem offenen Mund. Er hyperventilierte stark, während sein Körper versuchte, die zerstörerische Chemie zu bändigen. Das schnelle, fast hastige Atmen half ihm dabei. Er würgte, beugte sich nach vorne, bis er schließlich unter heftigen Krämpfen seinen Magen leerte. So stand er einige Zeit gebeugt im Vorgarten des Hauses. Nach und nach lichtete sich seine Verwirrung. Er wischte sich seinen Mund mit dem Ärmel seiner teuren, ziemlich derangierten Anzugsjacke ab.

Als er sich nach einigen Minuten aufrichtete, schlug sein Herz so hart gegen seinen Brustkorb, als habe er gerade einen schnellen Spurt hinter sich. Er gönnte sich noch einige Minuten der Erholung, ehe er den Entschluss fasste, Luigi zu befreien. Schnell gelangte er erneut zu der Grundstücksgrenze des Tankstellengeländes.

Hier wartete er und lauschte. Er musste sich vergewissern, wo sich seine Gegner aufhielten. Keinesfalls wollte er in eine Falle laufen, wie schon sein Kumpan Luigi.

Das Glück schien ihm hold, sodass er es kurz darauf wagte, über die freie Fläche zu spurten, die direkt hinter das Tankstellengebäude führte. Dort angekommen, schlich er bis zur Hintertür. Durch ein kleines Fenster konnte er, nachdem sich seine Augen an das herrschende Zwielicht gewöhnt hatten, seinen Kumpan sehen.

Dieser saß gut verschnürt auf einem Stuhl. Sonst schien der Raum unbewacht, da Vito keinerlei Bewegung feststellen konnte.

Mit einem befriedigenden Grinsen zog er ein kleines Klappmesser aus seiner Hosentasche. Schon nach wenigen Sekunden gab das Schloss der Tür nach. Vorsichtig schob Vito die Tür zu dem Lagerraum auf.

***

Schattenhaft

Wilma Zigora saß nun schon lange auf der Damentoilette des Rathauses. Nur in Unterwäsche hatte sie sich hierher gerettet, als uniformierte Männer den Bürgermeister erschossen hatten.

Seit Stunden saß sie hier und fror erbärmlich. Vergeblich hatte sie in ihrem gekacheltem Versteck ausgeharrt und auf Rettung gewartet.

Doch es war niemand gekommen, um sie aus ihrer Zwangslage zu befreien.

Die Bewaffneten waren noch immer im Rathaus. Wilma hatte gelauscht, sogar die Tür zum Flur einen Spalt geöffnet. Die Eindringlinge hatten sich ein Feuergefecht mit einer anderen Gruppe außerhalb des Gebäudes geliefert. In den Feuerpausen unterhielten sich die Bewaffneten, doch sie konnte nicht herausfinden, um was es hier eigentlich ging. Wer beschoss wen und warum?

Wilma hielt es hier in der engen Toilette nicht mehr aus. Sie musste etwas tun. Sie musste sich selbst retten. Lange hatte sie überlegt, wie sie dieser Falle entkommen konnte. Nun war es Zeit zu handeln.

Zuerst musste sie sich einen Überblick verschaffen. Dazu musste sie aber ihr Versteck verlassen.

Angst und Ärger über ihre Situation schwangen in ihr hin und her wie ein schweres Pendel. Als das Pendel in Richtung Ärger ausschlug, erhob sie sich und schlich zur Tür. Vorsichtig öffnete sie diese eine Spaltbreit, schob sich dann leise hindurch und schloss die Tür. Zitternd stand sie einen Moment in dem dunklen Flur.

Angestrengt lauschte sie. Doch kein verdächtiges Geräusch erreichte ihre Ohren. Vorsichtig schlich sie barfüßig den Gang entlang. Ihr Herz schlug laut, sodass sie befürchtete, man könnte sie hören.

Gleichzeitig schalt sie sich selbst einen Narren. Wer konnte schon einen Herzschlag hören. Als sie das Ende des Ganges erreicht hatte, blieb sie stehen.

Auch hier war nichts zu hören, außer vielleicht einem monotonen Brummen, das von der Straße zu kommen schien. Wilma beugte sich etwas nach vorn, um die Galerie, die das obere Stockwerk umlief, nach Gegnern abzusuchen. Auch hier schien sich niemand aufzuhalten. Auf Zehenspitzen schlich sie nach rechts, bis sie zur ersten Tür kam. Dort blieb sie stehen und lauschte erneut, hörte aber keine Geräusche. Beherzt drehte sie den Knauf, schob die Tür leicht auf, ehe sie schnell in das Zimmer huschte.

Das diffuse Licht der Straßenbeleuchtung erhellte das Büro nur notdürftig. Wilma lehnte sich gegen das Türblatt, bis ihr Puls sich beruhigte. Sie war froh darüber, bisher keinem der Eindringlinge begegnet zu sein.

Gerade wollte sie einen Seufzer der Erleichterung ausstoßen, als sie das Gefühl hatte, nicht alleine in dem Raum zu sein. Reglos blieb sie stehen. Nur ihre Augen bewegten sich suchend durch das Zimmer. An einem unförmigen Schatten, direkt unterhalb des Fensters zur Mainstreet, stoppte ihre Suche. Dort war etwas, dass nicht in das Allgemeinbild des Büros passte. Ängstlich stellten sich ihr die Härchen auf ihren Armen auf. Gleichzeitig verspürte sie ein Kribbeln im Genick. Wenn dies dort einer der Männer war, die das Rathaus gestürmt hatten, dann befand sie sich in enormer Gefahr.

Was sollte sie nur tun? Zurück in den Flur zu schleichen, war die wohl verführerischste Option. Doch was würde geschehen, wenn der Mann - Wilma sah es als sicher an, dass der Schatten zu einem der Eindringlinge gehörte - erwachte? Alles konnte passieren, nur nichts

Gutes. Sie wollte gar nicht erst anfangen, Schreckensszenarien im Geist durchzuspielen. Die Frage war, was sollte sie tun, wenn sie im Raum blieb? Sich verstecken? Nein, das wäre völlig idiotisch!

In diesem Moment wurden ihre Gedanken durch ein leichtes Schnarchgeräusch des Schattens weggewischt.

Sie musste sich etwas einfallen lassen. Noch während sie überlegte, schaute sie unbewusst durch den Raum, auf der Suche nach einer potenziellen Waffe. Da bewegte sich der Schatten und mit einem grunzenden Geräusch richtete sich die Person etwas auf. Nun war deutlich die Silhouette eines Mannes zu erkennen. Dann straffte sich die Figur und der Mann schien sie entdeckt zu haben. Mit einer enorm reaktionsschnellen Bewegung sprang er auf. Gleichzeitig griff er nach einem, bisher im diffusen Licht verborgenem, Gewehr.

Ohne darüber nachzudenken, reagierte Wilma. Mit dem Mut der Verzweiflung sprang sie nach vorne, zu einem Schreibtisch. Dort griff sie nach einem apfelgroßen gläsernen Briefbeschwerer. Ihre Finger schlossen sich um das glatte, kühle Objekt.

Dann holte sie in einer fließenden Bewegung aus, und schleuderte die Glaskugel in Richtung des Mannes. Der Briefbeschwerer flog zielgenau. Mit einem dumpfen Geräusch traf die Glaskugel die Stirn des Schattenmannes. Wie vom Blitz getroffen, brach dieser zusammen. Das Gewehr fiel klappernd zu Boden.

Wilma sog erschreckt über ihr Handeln die Luft ein. Dann blies sie mit einem erleichterten Seufzer die ganze Luft wieder aus. Flink eilte sie um den Schreibtisch herum. Sie beugte sich vorsichtig über den am Boden liegenden Mann. Zuerst vermutete sie voller Schrecken, sie habe den Fremden getötet. Dann aber hörte sie ein leises, rasselndes Atmen. Der Kerl war zum Glück nur bewusstlos. Über seine Stirn lief ein schmaler Blutfaden, ausgehend von einer sich schnell bildenden Beule.

Mit großer Kraftanstrengung zog Wilma dem Polizisten - seine Uniform sagte dies jedenfalls - die Jacke aus. Dann suchte sie den Mann nach Handschellen ab. An einer Gürteltasche wurde sie fündig. Sie zog den schweren Mann bis zum Heizkörper am Fenster. Geschickt fesselte sie ihn mithilfe der Stahlfessel an das Heizungsrohr. Mit einer vergessenen Servierte, die sie auf dem Schreibtisch fand, knebelte sie den Mann. Einige Wicklungen Klebeband um den Kopf herum, fixierten die Knebelung. Danach durchsuchte Wilma sorgfältig die Taschen des

Polizisten. Sie zog neben allerlei Kleinigkeiten ein Klappmesser, ein Handy und am wichtigsten, die Schlüssel für die Handschellen hervor. Vom Gürtel des Bewusstlosen löste sie das Holster mitsamt der darin steckenden Waffe.

Danach stand sie auf, um sich zu vergewissern, ob sie den Mann so zurücklassen konnte. Mit einem zufriedenen Lächeln trat sie einen Schritt zurück, griff dabei die auf dem Schreibtisch liegende Uniformjacke und zog diese über. Natürlich war ihr dieses Uniformstück zu groß. Es reichte sogar bis zu ihren Knien, was Wilma aber in dieser Situation nicht beanstandete. Stattdessen war sie froh, nun nicht mehr nur mit ihrer Unterwäsche bekleidet zu sein. Gekonnt schlug sie die Jackenärmel um, steckte sich die Pistole samt Hülle in eine Seitentasche, und griff sich das am Schreibtisch angelehnte Gewehr. Mit leisen Schritten begab sich Wilma zur Tür, öffnete diese nur ein wenig, um zu prüfen, ob sie ihre Flucht fortsetzen konnte.

***

Keine Ameisen! Nicht mal eine...

Luther musste einige Minuten warten, bis vor ihm die Haustür vorsichtig geöffnet wurde. Er staunte nicht schlecht, als er das ängstliche und gleichzeitig erschreckend müde Gesicht einer Frau in dem Türspalt erblickte. Er hatte mit Duke gerechnet, und sich schon einige Worte der Erklärung zurechtgelegt. So sagte er nur verdutzt:

»Hallo, mein Name ist Luther Brown. Ist Duke zu Hause?«

Noch während er dies sagte, formte sich ein Gedanke, der wie eine zweite Person in seinem Inneren zu ihm sprach. Du hörst dich an wie ein Bibelverkäufer! Die Frau zögerte mit einer Antwort, als wisse sie nicht, was sie nun tun sollte. Dann presste sie mit leiser, gleichzeitig aber rauer Stimme hervor: »Warten Sie!«

Damit schloss sich die Tür vor Luther. Es vergingen mindestens zehn Minuten, ehe sich die Tür erneut öffnete. Luther hatte schon überlegt, wohin er sich sonst noch wenden konnte. Ehe er jedoch zu einem Ergebnis gelangte, schwang die Tür dieses Mal vollständig auf. Im dahinter sichtbaren, aber mäßig erhellten Flur, saß Duke in seinem Rollstuhl. Trotz seiner Behinderung strahlte er eine gewisse Art von Bedrohung aus. In seinen Händen hielt er eine Schrotflinte, mit verkürztem Lauf. Dieser zeigte genau auf Luthers Brust. Mit ebenfalls kratziger Stimme fragte Duke:

»Wer sind Sie? Was wollen Sie von mir?«

»Ich bin es! Luther Brown! Wir haben schon einige Male miteinander gesprochen. Entschuldigung Mister Douglas, oder darf ich Duke sagen? Ich wollte Sie für die restlichen Nachtstunden um Asyl bitten. Sie wissen ja sicherlich, was in der Stadt vorgeht.....«

Seine Innere Stimme kommentierte seinen Redeschwall:

`Sag ich doch, Bibelverkäufer!!!´

Duke senkte seine Waffe, beugte sich etwas vor, als ob er dadurch eine bessere Sicht bekommen würde. Schon in der nächsten Sekunde entspannte sich sein Gesicht. Müde ließ er seine Waffe sinken, ehe er antwortete: »Luther, ich habe Sie erst nicht erkannt. Natürlich können Sie hereinkommen.«

Damit legte er seine Flinte auf seine Knie, ehe er nach hinten rollte, um Luther in sein Haus zu lassen. Erleichtert trat Luther ein, schob sich an Duke vorbei, um danach im Flur zu warten, bis dieser die Haustür geschlossen hatte. Mit einer auffordernden Geste wies Duke seinem nächtlichen Gast den Weg zum Wohnzimmer.

Gemütlich, mit Essen und Trinken versorgt, verbrachten Luther, Duke und Rosi Winters die nächste Stunde damit, sich gegenseitig zu berichten, was jeder an diesem so turbulenten Tag erlebt hatte. Dann verfielen sie für einige Minuten in ein erschöpftes Schweigen. Als Rosi kurz darauf auf dem Sofa, eingehüllt in eine flauschige Decke, einschlief, bedeutete Duke Luther, ihm zu folgen.

Leise begaben sich die beiden Männer in die Küche. Luther schloss leise die Tür und setzte sich an den Küchentisch. Duke holte noch zwei Flaschen Bier aus dem Kühlschrank und gesellte sich zu ihm. Nachdem er die Flaschen geöffnet hatte, wandte er sich Luther zu:

»Ich möchte mit dir, inzwischen waren sie zum kameradschaftlichen "Du", gewechselt, noch zwei Dinge besprechen, die mir auf der Seele liegen.«

In Dukes müdem Gesicht spiegelten sich seine Emotionen, ehe er leise weitersprach:

»Wie du weißt, bin ich in Afghanistan verwundet worden. Bei einer Patrouille sind wir auf eine Landmine gefahren. Mein bester Freund wurde direkt neben mir durch die Explosion förmlich zerrissen. Ich selbst erlitt schwerste Verletzungen. Von diesem Tag an war ich an den Rollstuhl gefesselt. Alle Therapien haben nichts genutzt. Die Ärzte haben ihr Möglichstes versucht. Es kam der Tag, an dem ich meine Hoffnung auf ein normales Leben endgültig begrub. Ich hatte mich damit abgefunden, niemals mehr auf meinen eigenen Beinen stehen zu können. Doch vor wenigen Stunden ist etwas geschehen, was eigentlich unmöglich ist.«

Duke hielt inne und griff nach seiner Flasche Bier. Er nahm einen tiefen Schluck, während er versuchte seine Gefühle unter Kontrolle zu bringen. Dann schaute er Luther mit einem fast hilflosen Blick an:

»Ich habe im Garten, direkt hinter dem Potts, einen Streifschuss abbekommen.«

Luther wollte schon aufspringen, um nach Dukes Verletzung zu schauen. Doch Duke winkte nur ab:

»Es ist nicht schlimm, nur ein Kratzer. Wirklich! Nein, es ist nicht der Streifschuss, der hier wichtig ist. Ich habe gespürt, wie mich die Kugel streifte. Verstehst du, ich habe den Schmerz gespürt.«

Die letzten Worte hatte Duke beinahe geschrien. Sofort mäßigte er sich, und schaute besorgt zur Küchentür. Auf keinen Fall wollte er Rosi aufwecken. Doch sie schien fest zu schlafen. Luther wollte schon etwas zu Dukes Erlebnissen sagen, dann erkannte er, dass der Mann noch nicht alles erzählt hatte. So schaute er sein Gegenüber gespannt an.

»Es war aber nicht nur dieser eine Moment, in dem ich den Schmerz gespürt habe. Wenn das so wäre, könnte ich mir das nur eingebildet haben. Es brennt noch immer, wo es doch unmöglich ist, weil ich ab der Hüfte nichts mehr spüren konnte. Doch nicht nur das, meine Beine fingen nach einer Weile an zu kribbeln. Es fühlte sich an, als ob tausende Ameisen auf mir herumkrabbeln würden. Wie kann das sein, Luther? Bilde ich mir dies alles nur ein, oder verliere ich nun endgültig meinen Verstand?«

Luther stand wortlos auf und schaute sich in der Küche suchend um. Dann ging er zu einem Schrank, öffnete mehrere Schubladen, nickte bei der Letzten und nahm etwas heraus. Dann ging er vor Duke in die Hocke. Er schob Dukes rechtes Hosenbein nach oben.

Fachmännisch betrachtete er das Männerbein, ehe er launisch meinte: »Keine Ameisen! Nicht mal eine.«
Dann schnellte seine rechte Hand nach vorne. Duke schrie überrascht auf und schaute ungläubig nach unten. Luther hielt einen kleinen Cocktailspieß in der Hand, mit dem man im Normalfall eine Olive aufspießte. Dabei lächelte er Duke entwaffnend an. Duke schaute auf sein Bein und sagte:
»Mach das noch einmal!«
Von der Tür kam eine verwundert klingende Stimme.
»Was geht denn hier vor? Was soll Luther noch einmal machen?«

***

Wie ein Monster

Gerade als Vito durch die Hintertür der Tankstelle schleichen wollte, erhielt er einen heftigen Schlag in den Rücken, der ihn haltlos nach vorne taumeln ließ. Mit rudernden Armen stolperte er in den nur spärlich beleuchteten Raum. Halt suchend traf er unvermittelt auf seinen gefesselten Kumpan.

Mit einem Schrei, der aus plötzlichem Schmerz und Überraschung geboren wurde, stürzte er zusammen mit Luigi krachend zu Boden. Er rollte sich herum, geübt durch sein bisheriges Leben. Er musste sofort feststellen, wer in attackiert hatte. In derselben Sekunde wusste er es. Es hätte keines Blickes bedurft. Die bösartige Blonde stand im Türrahmen. Der Gestank verfaulter Rosen schob sich mit ihr in den Raum. Wie eine Figur aus einem Horrorfilm schritt sie langsam mit eckigen Bewegungen in den Lagerraum. Ihr wohl einst recht hübsches Gesicht war von Scherben zerschnitten und blutig. Ihre Arme aufgerissen, zerschrammt, zerschnitten, ihre Augen von Irrsinn und Bösartigkeit entstellt. Das, was hier den Raum betrat, war kein Mensch mehr. Was hier kam, war ein Monster, das nur noch töten wollte. Noch ehe sich Vito aufrichten konnte, stürmten Männer in den Raum.

Sheriff Ernest Gregory konnte gerade noch den am Boden liegenden Männern ausweichen. Mit einem unvorbereiteten Sprung bewahrte er sein Gleichgewicht und landete direkt vor der Blonden. Sein Gesicht erstarrte zu einer Fratze aus Wut und Angst. Ohne sich seines Handelns bewusst zu werden, schwang er einen Baseballschläger, den er ohne viel nachzudenken von der Wand des Büros gerissen hatte, als er das Gepolter im Lagerraum hörte.

Doch er war nicht schnell genug. Die blonde Frau duckte sich und versetzte ihrerseits dem Sheriff einen harten Stoß.

Zurücktaumelnd verlor dieser sein Schlaginstrument. Seine Beine prallten gegen etwas Hartes, was zur Folge hatte, dass er nun ebenfalls zu Boden ging. Die Frau griff sich den Baseballschläger, hob diesen wie eine Keule über ihren Kopf, während sie drohend weiter nach vorne ging. Unterdessen versuchte Vito, seine Pistole aus der Jackentasche zu ziehen. Nur mit Mühe brachte er die Waffe heraus, die sich im Jackenfutter verfangen hatte. Er rollte herum, um sich in eine bessere Schussposition zu bringen.

Einer der Männer versuchte, ihm die Waffe aus der Hand zu treten. Dabei löste sich ein Schuss. An dem jaulenden Schmerzensschrei seines Kumpans Luigi erkannte Vito, wen er getroffen hatte.

Noch ehe er sich über seinen Fehlschuss Gedanken machen konnte, hörte er die verrückte Frau schrill aufschreien. Der Sheriff hatte ihr den Baseballschläger entwunden, zugeschlagen und der Angreiferin wohl den Arm gebrochen. Ihr Unterarm hatte in der Mitte einen hässlichen Knick bekommen. Vito glaubte sogar, den fahlen Ellenknochen zu erkennen. Ungeachtet ihrer Verletzung drang die Frau auf den Sheriff ein. Wie ein wildes Tier sprang sie auf ihn zu und versuchte, ihn zu beißen. Speichel lief aus ihrem offenen Mund. Der Sheriff holte erneut mit seinem Baseballschläger aus, doch die Frau war schon zu nah herangekommen. Er verfehlte die Rasende, die sich ihrerseits gegen den Sheriff warf.

Zusammen stürzten sie über den noch immer vor Schmerz schreienden Luigi. Hart krachten sie zu Boden, und ein wilder Kampf entbrannte. Die anderen Männer versuchten dem Sheriff zu helfen, behinderten sich aber gegenseitig. Die Kämpfenden rangen verbissen, rollten herum, um schließlich, halb auf Vito liegend, aufeinander einzuschlagen. Dieser bemühte sich nach Kräften, die Kämpfenden von sich zu schieben. Mit einem Mal war der Mund der Blonden dicht am Hals des Sheriffs. Übernatürlich weit riss sie ihren Mund auf, als wolle sie ihrem Gegner die Halsschlagader zerfetzen. Ohne lange zu überlegen, hob Vito seine Waffe und drückte ab. Der Kopf der Frau flog zur Seite, dann sackte sie tödlich getroffen auf dem Sheriff zusammen. Mit einem letzten Muskelreflex schnappte ihr Mund nach dem Hals ihres Gegners. Dann lag sie still. Sheriff Gregory stemmte die Tote zur Seite, um sich zu befreien. Danach setzte er sich auf, wobei er sich mit seinen Armen haltend abstützte. Sein Kopf wankte leicht hin und her, gerade so, wie man es oft bei alten Leuten sehen konnte. Dann straffte er sich, tastete fahrig sein Gesicht, wie auch seinen Hals ab, um dann erleichtert aufzuatmen. Er fühlte keine Verwundung, wenn auch seine Hände voller Blut waren. Doch es war nicht sein Blut. Es war das Blut seiner Peinigerin. Jetzt, wo sie tot neben ihm lag, sah sie gar nicht mehr bedrohlich aus. Trotzdem rückte er ein Stück von der Leiche ab. Dabei fiel sein Blick auf Vito, der immer noch die Pistole haltend, auf dem Boden saß. Der Sheriff streckte Vito seine Hand entgegen, und sagte nur: »Danke Mann!«

***

Versperrt

Wilma Zigora schlich durch den Flur des Rathauses. Sie versuchte, sich so leise wie möglich zu bewegen. In der ihr zu großen Uniformjacke, das Gewehr im Anschlag, tanzte ihre ungewöhnlich geformte Silhouette an der getäfelten Wand entlang. Ab und zu blieb sie stehen, um zu lauschen. Schon zweimal hatte sie geglaubt, leise Stimmen zu hören. Trotz größter Anstrengung konnte sie jedoch nicht herausfinden, woher die Stimmen wohl kamen. Wilma schlich weiter, wohl wissend, dass es nur noch ein kurzes Stück bis zur Tür der hinteren Treppe war. Sie malte sich schon aus, wie sie durch das Treppenhaus eilen würde, um dann durch den Hintereingang zu verschwinden. Doch noch war es nicht so weit.

Einige sehr vorsichtige Schritte weiter, erreichte sie ihr Etappenziel. Sie senkte den Lauf des Gewehres, welches ihr ohnehin zu schwer geworden war, um mit der rechten Hand die Tür zum Treppenhaus zu öffnen. Sie drückte die Klinke vorsichtig, jedes Geräusch vermeidend, nach unten. Mit ihrer Schulter presste sie sich gegen das Türblatt. Doch nichts geschah. Die Tür war abgeschlossen. Wilma war gleichzeitig erstaunt und unsicher. Dies war der Notausgang, der immer offen zu halten war. Dennoch war der Zugang zum hinteren Treppenhaus versperrt. Verzweiflung zerstörte ihre gerade frisch gewachsene Zuversicht auf eine einfache Flucht. Nun war nichts mehr einfach. Nun gab es für sie nur noch zwei Möglichkeiten. Sie konnte sich erneut verkriechen, verstecken wie ein verängstigtes Tier. Darauf wartend, von den Männern gefunden, gefangen, oder gar getötet zu werden. Die andere Möglichkeit war nicht weniger gefährlich. Sie musste nach unten ins Parterre, um von dort aus ins Freie zu gelangen. Dort hinunter führte nur der Weg über die Treppe der Galerie. Die Treppe bot keinerlei Möglichkeit sich zu verstecken, keine Chance heimlich ins Erdgeschoss zu gelangen. Ihr Magen krampfte sich schmerzhaft zusammen, als sie die sicher erscheinende Ausweglosigkeit ihrer Optionen erkannte. Da konnte sie sich auch gleich ergeben, und sich der Willkür der Bewaffneten ausliefern.

Ärger stemmte sich gegen Hilflosigkeit. Nein, sie würde nicht so einfach ihre Waffen strecken. Es gab immer eine Möglichkeit, sich für einen Weg zu entscheiden. Sie wollte weiterleben! So einfach war das!

Wilma hatte einen Entschluss gefasst. Jeder wusste, wenn sie sich etwas in den Kopf gesetzt hatte, dann gab es keinen Widerstand, da gab es nichts, was sie noch umstimmen konnte. Beherzt hob sie ihr Gewehr hoch und legte es in ihre linke Armbeuge. Die rechte Hand balancierte die Waffe, bis es sich richtig anfühlte.

Mit leisen Schritten, wachsam lauschend, schlich sie den Flur zurück. Ihre Sinne waren angespannt; sie achtete auf jede Bewegung, jedes Geräusch und war bereit, alles zu riskieren. Sie wollte nach Hause, und zwar jetzt!

***

Diagnose und Vermutungen

Es war ein sehr emotionaler Moment. Sam "Duke" Douglas, Rosi Winters und Luther Brown saßen am Küchentisch und hielten sich einander an den Händen.

Duke liefen Tränen der Freude die Wangen herunter. Er konnte es noch immer nicht fassen, dass es noch eine Hoffnung zu geben schien. Hoffnung auf ein normales Leben, ohne Krücken, ohne Rollstuhl.

Auch Rosi weinte - aus Anteilname, Freude und aus einer gewissen Erleichterung heraus. Sie war hier mit Menschen zusammen, die sich um sie kümmerten. Natürlich waren ihre Gedanken noch von dem Grauen beherrscht, das sie durchlitten hatte. Da fühlte sich ein Moment des Glücks, auch wenn es das Glück eines anderen war, einfach gut an. Luther hatte ebenfalls feuchte Augen. Solche Momente ließen ihn einfach nicht kalt.

Er war noch weit davon entfernt, den Exsoldaten als einen Freund zu bezeichnen, weil er ihn nur flüchtig kannte, und doch war er froh. Er fühlte, dass er dem Glücklichen erklären musste, wie es zu diesem medizinischen Wunder gekommen war.

Luther ordnete noch kurz seine Gedanken und begann dann zu sprechen:

»Wie ihr vielleicht wisst, habe ich vor meiner Pensionierung als Pathologe gearbeitet. Dies setzt natürlich ein Studium der Medizin voraus. Dadurch ist man als Gerichtsmediziner in der Lage, herauszufinden, woran ein Mensch gestorben ist. Im Laufe der Jahre versteht man, durch unzählige Obduktionen geschult, wie das System Mensch funktioniert. Knochen, Muskeln, Organe und das Gehirn bilden einen Organismus, der so vielfältig und erstaunlich ist, dass man von einem Wunder sprechen kann. Die Natur erschuf Leben, und wir entdecken noch immer neue Zusammenhänge, beginnen den Menschen langsam zu verstehen.

Duke, es ist noch zu früh, bei dir eine sichere Prognose über deinen Defekt zu erstellen. Ärzte, die dich bestimmt nach bestem Wissen zu heilen versuchten, konnten nur das behandeln, was vordergründig zu erkennen war. Deine schweren Wunden verheilten, deine Seele, dein Trauma jedoch blieb in Schockstarre.

Dein Körper lief auf Überlebensmodus. Das heißt, in Deckung gehen und nicht bewegen. Rein rational wusstest natürlich, dass du nicht mehr im Krieg warst. Dein Unterbewusstsein aber hat diesen Fakt nie akzeptiert. So warst du die ganze Zeit von der Hüfte abwärts gelähmt. Dir war es nicht möglich, die Ursache deiner Lähmung zu erkennen. Wie auch, wenn selbst deine Ärzte nicht herausfanden, dass du in Wirklichkeit nur an einer Pseudoparese leidest. Als Parese bezeichnet man Lähmungen, die durch toxische, entzündliche oder mechanisch-traumatische Nerven eine neurogene Krankheit darstellen. Dein Unterbewusstsein hat genau die mechanisch-traumatische Version zu deinem Schutz aktiviert.

Nun die gute Nachricht. Es ist zu vermuten, dass durch die kriegsähnlichen Erlebnisse, die du direkt in deinem sicheren Umfeld erlebt hast, dein Unterbewusstsein zu einer Reaktion genötigt wurde. Hier ging es um das nackte Überleben. Die Lähmung hatte ihre Berechtigung als Schutz verloren. Sie war sogar zur Bedrohung, zur Last mutiert. Als du den Schmerz des Streifschusses verspürtest, hatte der Umkehrprozess schon längst begonnen. Deshalb warst du überhaupt erst in der Lage den Schmerz zu spüren. Das Kribbeln in deinen Beinen und das natürliche Schmerzempfinden, das du auf einmal wieder verspürst, sind die Folge neurologischer Neuorientierung.«

Duke war bei dem medizinischen Erklärungsversuch Luthers unruhig, sogar ärgerlich geworden. Deshalb unterbrach er ihn und fragte mit einem gereizten Unterton:

»Willst du wirklich behaupten, ich hätte mir die Lähmung nur eingebildet?«

Luther winkte beschwichtigend ab:

»Nein, nein, ganz und gar nicht. Dein Unterbewusstsein hat deine Körperfunktionen beeinflusst. Dagegen kannst du gar nichts machen. Also akzeptiere, was war, und freue dich an der neuen Entwicklung.«

Duke nickte, obwohl er sich im Moment wie ein Versager vorkam. Dabei änderte es nichts an der Tatsache, dass er zumindest eine gute Chance hatte, seine Beweglichkeit wieder zu gewinnen. Er schwieg einen langen Moment. Rosi und Luther ließen ihm die Zeit.

Nach einer Weile stand Rosi auf und verkündete etwas lauter als notwendig, dass sie nun einen Kaffee aufbrühen wolle.

Wie selbstverständlich gesellte sich Luther zu ihr. Er öffnete erneut ungefragt die Schranktüren, bis er drei große Kaffeebecher fand. Diese reichte er Rosi, ehe er zurück zum Tisch ging. Als er sich setzte, klopfte er Duke aufmunternd auf die Schulter.

»Geht schon wieder«, sagte Duke leise, gefolgt von einem tiefen Seufzer. Schweigend wartete er dann, bis sie sich alle vor dampfenden Kaffeebechern versammelten. Dann ergriff er erneut das Wort:

»Wie ich schon am Anfang zu Luther sagte«, begann er stockend, »habe ich noch einen weiteren Punkt, den ich zu klären suche. Bei dem Massaker im Potts hörte ich einige der Ausgeflippten laut den Namen unseres Dorfgespenstes rufen. Wie ihr wisst, oder auch nicht, spricht man hier bei Kindern immer noch die Drohung aus; `Seit brav oder Mister Moto wird euch holen`.

Man weiß seit Langem, dass der arme Mister Moto vor langer Zeit zu Unrecht des Kindesmordes beschuldigt und anschließend gelyncht wurde. Dennoch ist er im örtlichen Volksglauben immer noch präsent. Die Leiche Mister Motos verschwand noch in der Nacht, nachdem er gehängt worden war. Niemals fand man den Leichnam. Als ich im Potts vor den rasenden Killern flüchtete, geriet ich unter den Gastraum in den halben Keller. Eigentlich hat das Potts keinen Keller, sondern ist etwas erhöht über dem Grund errichtet worden. Dort unten stieß ich durch Zufall auf einen menschlichen Schädel. Dieser muss dort schon ewig begraben gewesen sein. Aus lauter Panik, ausgelöst durch meinen Fund und sicherlich den Ereignissen davor, bin ich schließlich aus diesem Halbkeller geflohen. Ich habe über diesen Fund nachgedacht, und mir ist da ein Gedanke gekommen, der im ersten Moment absurd klingen mag. Denkt man jedoch etwas spiritistischer, könnte meine Vermutung zutreffen.«

Luther hatte gebannt zugehört, und fragte nun gespannt:

»Willst du etwa andeuten, dass der Schädel, den du unter dem Haus gefunden hast, die sterblichen Überreste von Mister Moto sind?«

***

Umdenken

Sie hatten die Tote in eine Plane gewickelt und nach draußen geschafft. Niemand wollte mit der Leiche in einem Raum sein. Außerdem stank sie extrem, wobei der Geruch verfaulter Blumen am meisten hervorstach.

Um Luigi stand es schlecht. Die Männer hatten die Fesseln gelöst und ihn auf den Boden gelegt. Aus einer hässlichen Wunde im Bauchbereich quoll dunkles Blut. Ebenso rann ein Blutfaden aus seinem Mund. Er war nur noch teilweise bei Bewusstsein. Er atmete röchelnd, während seine Augenlider flatterten. Dann stoppte seine Atmung und seine Augen wurden starr.

Paolo hatte noch versucht, seinen ehemaligen Kumpan zu retten. Doch jegliche Hilfe war vergebens.

Indessen hatte Vito seine Waffe einfach fallen lassen. Er starrte vor sich hin - schweigend, nicht wissend, wie es nun weitergehen sollte. Er selbst hatte seinen Kumpel erschossen. Auch wenn es ein Unfall gewesen war, würde sein Boss dies anders sehen. Er wusste nicht, wie er sich nun verhalten sollte. Da war einerseits der Auftrag, Carlo, den sie hier Paolo nannten, zu eliminieren. Auf der anderen Seite beneidete er plötzlich Carlo. Er führte hier ein einfaches bürgerliches Leben und schien von den Leuten gut aufgenommen zu sein. Er wurde respektiert, wie er aus den Gesprächen herausgehört hatte. So ein Leben würde ihm auch gefallen. Er war es leid, immer nach der Pfeife seines Bosses zu tanzen. Er wollte nicht mehr das Gefühl der Unsicherheit haben, das ihn jeden Tag begleitete. Was waren schon seine Optionen als Verbrecher? Er konnte verhaftet werden und sein restliches Leben hinter Gittern verbringen, oder sein Boss würde eines Tages das Todesurteil über ihn verhängen. Immer deutlicher erwuchs in ihm der Wunsch, seine Verbrecherkarriere zu beenden. Carlo schaute zu ihm herüber. Dann ging er vor Vito in die Hocke.

»Tut mir echt leid um Luigi«, sagte er, während er seine Hand auf Vitos Schulter legte. »Das hätte alles nicht sein müssen. Warum habt ihr mich nicht einfach in Ruhe gelassen?«

Vito schaute nun nachdenklich seinen Exkumpan an, ehe er fast resigniert antwortete:

»Du weißt doch, wie das ist. Der Boss gibt einen Befehl. Da hast du keine Wahl.«

»Doch, die hast du«, widersprach Carlo, alias Paolo.

»Ach ja«, höhnte Vito. »Soll jeder abhauen und zum Verräter werden wie du?«

»Genau das meine ich. Was hast du denn für Zukunftsaussichten? Führst du ein unbeschwertes Leben? Ist es nicht so, dass du unter Francesco, deinem so ehrwürdigen Paten, leidest? Fühlt es sich so gut an, immer vor dem Boss zu zittern?«

Vito sackte ein wenig zusammen und ließ die Schultern hängen. Unsicherheit und Zweifel peinigten ihn.

»Du hast ja recht Carlo. Aber was kann ich denn tun? Was soll ich denn machen?«

»Das kann ich dir sagen! Schmeiße den Kram hin und beginne ein neues Leben. Der Zeugenschutz ist gar nicht so schlecht. Du hast dann zwar nicht mehr so viel Kohle zur Verfügung, aber eins verspreche ich dir, du kannst wieder ruhig schlafen.«

Bei den letzten Worten hatte Paolo seine Stimme ein wenig erhoben. Ihm wurde heute schon zum zweiten Mal seine eigene Situation bewusst. Ihm war geholfen worden und mit dem Eifer eines Bekehrten hatte er mit Vito gesprochen.

»Denk darüber nach. Wenn du dich entschieden hast, bringe ich dich mit den entsprechenden Leuten zusammen.«

Damit erhob er sich und steckte dabei Vitos Pistole wie selbstverständlich in seine Hosentasche.

***

# Instinktiv

Mit einem starken Gefühl von Widerwillen näherte sich Wilma dem Treppenabgang. Sie vermutete, dort die Leiche Wilbur Delinskys zu finden. Zwar hatte sie den Bürgermeister nicht sterben sehen, wusste aber, dass dieser auf jeden geschossen hatte, der sich bewegte. Die Anwesenheit der Uniformierten legte den Schluss nahe, dass Wilbur entweder gefangen genommen wurde oder tot sein musste. Wilma wusste nicht, warum sie sicher war, ihren Chef dort an der Treppe zu finden. Möglicherweise hatte sie die Ereignisse im Rathaus während ihrer Ohnmacht unbewusst wahrge-nommen.

Egal, sie musste sich vergewissern. So schlich sie auf den Treppenabgang zu, immer wieder innehaltend, um auf Geräusche in ihrer Nähe zu achten. Dann sah sie das Bündel Mensch, das achtlos direkt neben dem Geländer der Galerie lag. Auch wenn ihre Umgebung im Halbdunkel lag, konnte Wilma erkennen, dass es sich um den Bürgermeister handelte. Er lag ganz still und leicht verkrümmt auf der Seite. Wilma schlich näher, was ihr sichtlich schwerfiel.

Mit dem Mann dort am Boden hatte sie viele Jahre zusammengearbeitet. Doch nicht die Tatsache, dass der Bürgermeister tot war und seine Leiche vor ihr auf dem Boden lag, machte Wilma zu schaffen, sondern der ekelhafte Geruch, der von dem Toten ausging.

Wilma hielt die Luft an, was bei einem sich anbahnenden Würgreiz nicht einfach war. Schnell schob sie sich an der Leiche vorbei.

Mit leisen, aber raschen Schritten, erreichte sie schließlich die Treppe. Ohne noch lange an die möglicherweise überall lauernden Gefahren nachzudenken, lief sie die Stufen eilig nach unten.

In der Eingangshalle blieb sie stehen, um erneut zu lauschen. Noch immer war alles still. Wo waren nur die Uniformierten geblieben? Unschlüssig schaute Wilma sich um. Keine fünf Meter entfernt befand sich der Haupteingang mit seiner massiven Eichentür. Die Freiheit lag so nahe, dennoch zögerte Wilma. Sie konnte nicht glauben, dass es so einfach sein konnte zu entkommen. Sie traute ihrem Glück nicht, sodass sie sich langsam im Kreis drehte, um ihre

Umgebung nach Angreifern abzusuchen. Dieser Sicherungsimpuls rette ihr wahrscheinlich das Leben. Aus den Augenwinkeln heraus nahm sie eine Bewegung war. Instinktiv drehte sie sich auf die Gefahr zu. Gleichzeitig riss sie das erbeutete Gewehr nach oben. Ihr Finger lag auf dem Abzug. Schon war der Angreifer heran. Er prallte, durch die eigene Bewegung beschleunigt, fast ungebremst auf den Lauf des Gewehres. Wilma hatte die Waffe möglichst fest in ihren Händen gehalten, doch die Wucht des Aufpralls überraschte sie. Krampfhaft schlossen sich ihre Finger, wobei sie auch den Finger krümmte, der um den Abzug des Gewehrs lag. Der Gewehrlauf bohrte sich in den Magen des Mannes. Mit einem dumpfen Knall löste sich ein Schuss, der den Angreifer davon schleuderte.

Nur den Bruchteil einer Sekunde verwendete Wilma darauf, sich dem Schrecken zu widmen, den sie durch den Angriff des Uniformierten erfahren hatte. Dann warf sie sich herum, um in Richtung des Ausganges zu spurten. Gleich darauf drückte sie die Klinke der schweren Tür herunter. Ein furchtbarer Gedanke raste ihr durch den Kopf. Was, wenn die Tür verschlossen war?

Doch die Tür ließ sich leicht öffnen. Wilma zog sie erleichtert auf und stürmte ins Freie. Einen Moment war sie von den Strahlern geblendet, die auf der gegenüberliegenden Straßenseite aufgestellt waren.

Sie blinzelte kurz, rannte aber unbeirrt weiter. Soldaten tauchten auf, schrien unverständliche Worte, während sie die Waffen auf Wilma richteten. Stolpernd kam sie zum Stehen. Dabei spürte sie wieder das Gewicht des Gewehres. Mit einer fahrigen Bewegung ließ sie die nun nutzlose Waffe fallen. Dann sank sie erschöpft auf ihre Knie. Müde hob sie ihre Arme in die Höhe.

Männer stürmten heran, griffen ihr unter die Achseln, um sie dann schnell hinter einen Krankenwagen zu tragen. Dort ließ man sie fallen, warf sie auf den Bauch, und legte ihr Handschellen an. Die Arme schmerzhaft auf dem Rücken fixiert, richteten die Soldaten Wilma auf. Tastende Hände untersuchten sie und förderten kurz darauf eine Pistole zutage. Dann tauchte ein Zivilist zwischen den Uniformierten auf. Angespannt betrachtete er die Gefangene, um gleich darauf zu fragen: »Okay Miss! Haben Sie uns die ganze Zeit über aus dem Rathaus beschossen?«

***

Die Akte

Yavuz hatte den tobenden Alten an Roger Thorn, dem FBI Beamten übergeben. Doch alle Versuche, den Mann zum Reden zu bringen, waren gescheitert. Nur unverständliches Gebrabbel, unterbrochen von erstaunlich heftigen Zornattacken, verließen den vor Speichel nassen Mund des Gefangenen. Schließlich gab Roger auf - und überließ den Alten den Polizisten aus Knoxville.

Kurz darauf hallte ein Schuss durch die Nacht. Die Männer zuckten zusammen und griffen nach ihren Waffen. Einige Minuten später wurde eine Frau überwältigt, die gleich darauf von Roger verhört wurde.

Da Yavuz sich Roger nicht aufdrängen wollte, begab er sich wieder in das Versorgungszelt. Er holte sich eine kalte Cola, da er die Anstrengungen der vergangenen Stunden deutlich spürte. Er wollte wach bleiben. Später würde er noch genug Zeit zum Schlafen finden.

Doch nun war die Zeit, seine Zeit, bei der er nicht nur Zuschauer sein wollte. Er setzte sich erneut an den Tisch, an dem er zuvor mit Kim gesprochen hatte. Yavuz versuchte, seine Gedanken zu ordnen. Dabei schaute er erneut die Straße hinunter. Sein Blick blieb wie magnetisiert an dem Haus des Alten hängen.

Wieso hatte der Mann so gelacht? War er im Angesicht des Grauens verrückt geworden, oder steckte etwas anderes hinter seinem Verhalten. Dann dieser Angriff auf ihn und Kim.

In diesem Moment fuhr im eine Idee wie ein Blitz durch seine Überlegungen. Der Alte hatte nicht ihn angegriffen, sondern Kim. Wieso war der Alte auf Kim fixiert gewesen. Er hatte regelrecht getobt. Das konnte kein Zufall sein!

Yavuz drängte sich förmlich ein Gedanke auf, der Sinn zu machen schien, auch wenn er noch so abwegig war. Hatte der Alte nicht geschrien: Mir entkommst du nicht, Mister Moto?

Kim war Asiate, und obwohl Yavuz nie ein Bild Mister Motos gesehen hatte, war nur ein Szenario denkbar. Der verrückte Alte glaubte Kim sei Mister Moto. Daher der Angriff, daher der Wahnsinn.

Yavuz nahm noch einen großen Schluck des koffeinhaltigen

Getränks, stellte die Flasche auf den Tisch und erhob sich. Fast schon gewohnheitsmäßig griff er sein Gewehr. Er schaute sich noch einmal um, doch Roger war nicht zu sehen. Mit ihm hätte er seine Idee, seinen Gedanken noch einmal besprechen können. Doch er war sich auch so sicher, dass seine Vermutung richtig war.

Vorsichtig blickte er um den Sichtschutz herum, konnte aber keine aktuelle Gefährdung erkennen.

Mit einer unbestimmten Erwartungshaltung marschierte Yavuz los. Die wenigen Meter bis zu dem Haus, brachte er schnell hinter sich. Kurz darauf fand er die unverschlossene Eingangstür. Er rief kurz ein `Hallo` in das dunkle Haus. Doch wie erwartet, gab niemand Antwort. Entschlossen drückte Yavuz die Tür auf. Gleich darauf stand er in einem dämmrigen Flur.

Das Haus roch merkwürdig. Eine Mischung aus abgestandener Luft und medizinischer Sterilität erinnerte an ein Altenheim. Yavuz überlegte, wohin er sich zuerst wenden sollte. Er öffnete nacheinander die Türen, die von dem kleinen Flur abgingen. Jedes der Zimmer war aufgeräumt und von alten Möbeln beherrscht.

Endlich fand er den Raum, den er unbewusst gesucht hatte. Das Zimmer war ein Konglomerat aus Wohnzimmer und Büro. Ein gewaltiger, in einem dunklen Holz gehaltener, Schreibtisch dominierte auf der linken Seite. Dahinter ein wandgroßes Bücherregal, das bis zum Überlaufen gefüllt war. Direkt vor Yavuz befand sich ein zimmerhohes Erkerfenster. Dies war das Fenster, an dem der Alte gestanden hatte. Hier hatte er sich vor Lachen ausgeschüttet.

Yavuz schüttelte den Kopf und sah sich in dem Raum um. Der Schreibtisch schien vielversprechend zu sein. So umrundete er das mächtige Möbelstück, wobei ihm das offenstehende Geheimfach auffiel. Da dieses ohne Inhalt war, ignorierte er das Fach vorerst. Viel interessanter schien eine geöffnete Akte auf der ledernen Schreibunterlage.

Yavuz setzte sich, ohne darüber nachzudenken, dass er sich in einem fremden Haus befand, auf den gepolsterten Schreibtischsessel. Ohne hinzuschauen, stellte er sein Gewehr ab und besah sich den Inhalt der Akte.

Zuerst nicht wissend, was er da vor sich hatte, erkannte er jedoch schnell, dass er auf etwas sehr Wichtiges gestoßen war.

Er blätterte in Namenslisten, Totenscheinen, und fand schließlich einige Fotografien. Es waren alte Aufnahmen, in Schwarz-Weiß. Gebannt betrachte Yavuz die abgelichteten Szenen. Auf den Bildern waren Leichen, aber auch Häuser und nichtssagende Landschaftsaufnahmen zu sehen. Eine Fotografie erregte sein Interesse im besonderen Maße. Es zeigte einen gehängten Mann. Das Bild war schon sehr verblasst, dennoch konnte Yavuz das Gesicht des Gerichteten gut erkennen.

Verwundert schüttelte er den Kopf, denn das Gesicht glich dem des Sanitäters Kim, als sei der Mann auf dem Foto er selbst oder ein naher Verwandter. Mit einem Mal zementierte sich seine Vermutung zur Gewissheit.

Der Gehängte auf dem Foto war der bedauernswerte Mister Moto. Der Alte hatte geglaubt, dass eben dieser Mister Moto seinem Grab entstiegen sei. Das hatte ihn so schockiert, dass er wie von Sinnen versucht hatte, Kim umzubringen.

Yavuz legte alle Papiere und Fotografien zurück in den Ordner, schloss diesen und erhob sich. Diese Akte musste er unbedingt Roger Thorn, dem FBI Beamten zeigen.

***

Sandsocken

Die Nacht schlich träge dahin. Die Stunden dehnten sich, scheinbar beseelt von dem Wusch, den kommenden Morgen und das lebensspendende Licht so lange wie möglich aufzuhalten.

Er hatte versucht, wach zu bleiben. Seine Wache galt seinen Schutzbefohlenen, die unten in der Kirche versuchten, die Angst durch Gebete zu ersetzen. Manche schliefen auf den Kirchenbänken, oder hatte ihr Lager an den Wänden aufgeschlagen.

Mehrfach war er leise von seinem Aussichtspunkt, seiner Wachstation, dem Kirchturm heruntergestiegen, um nach den Schutzbedürftigen zu schauen. Jedes Mal betrachtete er all die Kinder und ihre Lehrer genau, um sich zu vergewissern, ob sie ihre verständliche Angst bezähmen konnten. Doch die Nacht verlief bisher ruhig. Ein einzelner Schuss ließ ihn, den sie hier in Walkers Hill Pfarrer Morris nannten, kurz zusammenzucken. Als jedoch nichts weiter geschah, lehnte er sich wieder entspannt an den Holzrahmen des kleinen Turmfensters.

Gedanken begannen erneut in eigenen Bahnen zu laufen. Er ließ sie gewähren, beeinflusste sie nicht, sondern begann wie ein unbeteiligter Zuschauer in meditativer Weise seinen Überlegungen zu folgen.

Diese Technik hatte er vor vielen Jahren in einem buddhistischen Kloster in Indien erlernt. Dorthin war er, Jahre nach seiner Priesterweihe, gereist, um für sich selbst herauszufinden, ob der christliche Weg wirklich sein Weg war. Er gab der fremden Kultur, wie auch dem fremden Glauben, jede Möglichkeit, ihn in seiner Seele zu beeindrucken. Doch seine westliche Prägung, gepaart mit der katholischen Weltanschauung, bestätigten seinen Lebensweg. Einzig die Meditationsübungen hatte er dankbar aus dieser für ihn exotischen Welt mit nach Hause gebracht.

So versuchte der Pfarrer zu entspannen, was ihm aber nur teilweise gelang. Immer wieder stellte er sich die Frage, was dort unten in dem Restaurant Potts geschehen war. Doch wie schon zuvor blieb seine Frage unbeantwortet. Er hatte zu wenig Informationen. Die Schussgeräusche, die er den ganzen Tag über aus den verschiedensten Richtungen der Stadt vernommen hatte, verwirrten ihn noch zusätzlich. Der kommende Morgen war nicht mehr fern. Spätestens, wenn die Sonne aufging, musste er einen Weg finden, Lebensmittel zu beschaffen. Die wenigen Konserven, die er noch vom letzten Kirchenfest in der Sakristei gelagert hatte, waren weitgehendst aufgebraucht. Die Kinder, Lehrer und einige später eingetroffene Nachbarn brauchten etwas zum Essen. Der Pfarrer hoffte auf einen besseren, vor allem friedlicheren Tag.

So war er schließlich unbemerkt in eine Art Halbschlaf gesunken. Sein Körper hielt sich aufrecht, während die Arme des Pfarrers auf dem Fenstersims ruhten.

Ein plötzliches lautes Krachen riss ihn in die Wirklichkeit zurück. Er hörte dumpfe Schläge, dann splitterndes Holz. Fast gleichzeitig drangen schrille Schreie durch das enge Turmtreppenhaus zu ihm herauf.

Sein Herz begann zu rasen, da er im Moment nicht wusste, wie er sich nun verhalten sollte. Fremde waren in seine Kirche eingedrungen, und zwar mit roher Gewalt. Die Kirchentür war massiv und das Schloss mit Stahlblechen eingefasst. Dennoch war die Kirchentür aufgebrochen worden. Noch immer drangen Schreie zu ihm herauf, aber nun durchsetzt mit dunkleren Männerstimmen, die irgendwelche Befehle brüllten.

Starr vor Schreck blieb er einige Minuten stehen. Fieberhaft überlegte er, was er nun tun konnte. Dort unten waren seine Schützlinge. Dort unten waren aber auch eine unbestimmte Anzahl anderer Leute, Eindringlinge, die sicher bewaffnet waren. Hätte er doch nur eine Waffe. Doch was konnte er alleine schon ausrichten? Er musste handeln, schon seines eigenen Seelenfriedens wegen. Seine Kirche würde kein neues Columbine werden. Er wollte niemals wieder tote Kinder sehen.

Unschlüssig schaute sich der Pfarrer in dem engen Treppenhaus um. Er brauchte eine Waffe, egal welcher Art. Sein Blick schweifte durch den dämmrigen Raum. Nichts! Natürlich nicht! In einer Kirche wurden eher selten Waffen gelagert. Es half nichts, er musste nach unten, um zu helfen. Irgendwie! So schlich er leise die Treppe nach unten, obwohl niemand dort unten ihn hören konnte. Die Eindringlinge brüllten Befehle und versuchten das Schreien der Kinder zu übertönen.

Pfarrer Morris war schon im unteren Bereich des Turmes angekommen, als sein Blick auf eine kleine Tür rechts von ihm fiel.

Die Tür führte zu einer kleinen Abstellkammer, die weitgehend ungenutzt blieb. Handwerker hatten bei Renovierungsarbeiten ihre Werkzeuge, Eimer und Farben hier verstaut. Ob in der Kammer davon noch etwas zu finden war, konnte der Pfarrer nicht sagen. Immerhin bestand die Möglichkeit, dass er etwas fand, was sich als Waffe nutzen ließ.

Immer noch jedes Geräusch vermeidend, öffnete er vorsichtig die Tür und schlüpfte in den kleinen Raum. Hier war es nun völlig dunkel. Mit seiner rechten Hand tastete er die Wand ab, bis er den Lichtschalter fand. Entschlossen drehte er den Schalter, worauf eine einzelne Glühbirne erwachte. Ihr wirklich spärliches Licht erhellte nur ungenügend das Durcheinander, das hier herrschte. Alte Eimer, Plastikfolien unordentlich zusammengerollt, eine Leiter, neben der sich ein Besen an die Wand lehnte. In einem der Plastikeimer lagen verschmutzte Spachteln, in weiteren Müll.

Für eine Sekunde brandete Ärger in Pfarrer Morris auf. Er würde mit dem Vorarbeiter des Bautrupps ein ernstes Wort reden müssen. Im gleichen Moment schalt er sich einen Narren. Er wusste nicht einmal, ob er die nächsten Stunden überleben würde. Das brachte ihn auf den sprichwörtlichen Boden der Tatsachen zurück.

Er war hier, um nach einer Waffe zu suchen. Mit diesem veränderten Blickwinkel schaute er auf die hier im Raum befindlichen Gegenstände. Ein absurder Gedanke ging ihm durch den Kopf, als er dachte: Das ist ja fast die gleiche Situation, wie bei dem Film Kevin allein zu Haus. Ich habe Farbeimer, Seile, Klebefolie, einen Feuerlöscher ...

Dennoch wusste er natürlich, dass seine Situation um einiges gefährlicher war, als in der netten Hollywood Komödie. Bestimmt konnte er die Eindringlinge nicht so einfach überwältigen, wie es diesem Kevin gelungen war.

In einer Ecke stand ein Besen, halb verdeckt von Eimern und Folien. Der Pfarrer zog ihn hervor, abschätzend begutachtend, ob dieser als eine Waffe zu gebrauchen war. Der Stiel war zu lang und zu dünn. Nein, das war nicht das, was er suchte. Dann fiel sein Blick auf einen Eimer, der bis zur Hälfte mit Sand gefüllt war.

Sofort hatte der Pfarrer eine Idee. Er zog eilig seine Schuhe von den Füßen. Das Gleiche geschah mit den Socken. Barfüßig ging er in die Hocke. Schnell und geschickt füllte er die Socken mit Sand. Dann verknotete er diese und hatte damit zwei sehr wirkungsvolle Schlaginstrumente. Dann zog er rasch seine Schuhe an. In einer Ecke fand er noch ein kurzes Stück Rohr, das er ohne langes Nachdenken in seine Hosentasche stopfte. Einige Seilreste, wie eine Rolle Panzerband folgten dem Rohr. Pfarrer Morris schaute sich noch einmal kurz in der Kammer um, schaltete das Licht aus und schlüpfte zurück ins Treppenhaus.

Der Lärm hatte sich, wenigstens vorerst, gelegt. Er hörte nur leises Gewimmer und Schrittgeräusche aus dem Kirchenschiff. Nach einem kurzen Stoßgebet schlich sich der Geistliche an den Zugang zur Kirche.

Er ließ sich auf seine Knie sinken, wobei er in der rechten Hand einen gefüllten Socken hielt. Vorsichtig schob er seinen Kopf aus der Türöffnung, gerade weit genug für einen kurzen Blick.

Von seiner Position aus konnte er vier Bewaffnete in schwarzen Kampfmonturen sehen. Drei weitere Männer in weißen Chemiesuits standen in der Mitte des Hauptganges. Sie wirkten irgendwie deplatziert in der Kirche.

Pfarrer Morris zog sich etwas zurück, und überlegte, wie er nun vorgehen sollte. Mindestens sieben Gegner befanden sich in seiner Kirche. Anscheinend versteckten sie sich hier. Vor wem oder warum, das wusste er nicht. Was er wusste, war, dass er diese Kerle aus seiner Kirche entfernen wollte. Doch wie sollte er dies bewerkstelligen, ganz ohne Hilfe?

***

Dieser Mann ist ein Serienkiller!

Roger Thorn war sprachlos. Die Akte, die ihm sein neuer Bekannter Yavuz überreicht hatte, war in ihrer Dimension schrecklicher als der Amoklauf, der sich gestern hier in der Stadt abgespielt hatte.

Sofort hatte Roger die Sicherung des "Alten", der wie sich inzwischen herausgestellt hatte, Dr. Roderick Jensen hieß, erheblich verschärfen lassen. Dieser Mann, so stand zu vermuten, war ein Serienkiller schlimmster Art.

Roger wusste, dass er am nächsten Morgen unbedingt Verstärkung anfordern musste. Die hiesige Polizei und das forensische Team würden die anfallende Arbeit nicht erledigen können. Zuviel war in dieser kleinen Stadt geschehen. Jahre des Mordens, ja vielleicht Jahrzehnte, mussten aufgearbeitet werden. Schon der Vater des Serienkillers hatte gemordet, war selbst ein Killer ohne Skrupel gewesen.

Roger hatte bisher geglaubt, schon alle Abgründe der menschlichen Seele gesehen zu haben. Doch er wusste nun, dass er nur einen winzigen Blick auf die Grausamkeiten der Welt erhascht hatte.

Noch ehe Roger sich in philosophischen Fragen verlieren konnte, kam ein Soldat mit eiligen Schritten auf ihn zu. Er baute sich vor Roger auf und verkündete, dass in wenigen Minuten das Rathaus gestürmt würde. Daher sei es angebracht, Deckung hinter den Fahrzeugen zu nehmen. Roger nickte nur, schob die vor ihm ausgebreiteten Papiere zurück in den Aktenordner und erhob sich.

Es dauerte nicht lange, bis sich eine erhebliche Spannung bei den Menschen vor dem Potts aufbaute. Polizisten lagen mit den Waffen im Anschlag in Deckung. Nach einem kurzen Befehl, rannten zwei Trupps der Soldaten, bestehend aus jeweils acht Mann, auf das Rathaus zu.

Jedoch blieb der erwartete Beschuss von dort aus. Unangefochten erreichten die Soldaten das Rathaus, um gleich darauf in das Gebäude einzudringen.

Was von da ab geschah, entzog sich den gespannten Zuschauern der Szene. Bange Minuten verstrichen, ehe die Eingangstür des Rathauses sich öffnete. Ein Soldat kam winkend über die Straße, um gleich darauf seinem Vorgesetzten, Colonel James Harper, Meldung zu machen.

»Sir, wir haben fünf Männer in Polizeiuniform festgesetzt, wobei drei der Männer Schusswunden aufwiesen. Die Festgenommenen haben sich nicht gewehrt und wirken verwirrt. Scheinbar können sie sich nicht erklären, warum sie sich in dem Rathaus aufhielten. Im ersten Stock des Gebäudes haben wir die Leiche eines Zivilisten entdeckt. Wir haben das Gebäude durchsucht und gesichert.«

Damit salutierte der Soldat noch einmal. Colonel Harper erwiderte den Gruß und ließ den Soldaten wegtreten. Schon wenige Minuten später versorgten Sanitäter die verwundeten Gefangenen.

Roger Thorn atmete erleichtert auf. Eine weitere Gefahr war gebannt worden. Der kommende Tag würde zeigen, inwieweit sich die Sicherheitslage in Walkers Hill stabilisiert hatte.

Er war froh, einige Minuten ausruhen zu können. Seitdem er hier angekommen war, hatte er ermittlungstechnisch alles getan, was unter diesen besonderen Umständen möglich war.

Der Auslöser der tragischen Geschehnisse war vordergründig die Verbreitung kleiner Ampullen, die einige Tage vorher bei einem Autounfall sichergestellt worden waren. Einige dieser Ampullen gerieten, durch bisher ungeklärten Umständen, in die Hände der Bürger von Walkers Hill.

Soweit Roger es einschätzen konnte, versetzte der Inhalt der Ampullen alleine durch das Einatmen der Chemikalie, die betroffenen Personen in eine Art Rauschzustand. Dieser chemische Wahn beraubte die betroffenen Menschen jeglicher Moral. Jahrtausende Jahre der zivilisatorischen Entwicklung wurden einfach weggewischt. Instinkthaftes Raubtierverhalten durchbrach jegliche Erziehung und weltliche Anschauung. Das Bewusstsein einer tatbezogenen Konsequenz war nicht mehr vorhanden.

Roger schauderte, als er seine Vermutungen durchdachte. Wer stellte denn so eine Droge her? War diese kleine Stadt das Versuchsfeld eines Irren? Seine Fantasie reichte nicht aus, um sich vorzustellen, was geschehen würde, wenn dieses Gift in großem Maßstab eingesetzt würde.

Nein, er konnte nicht mehr bis zum Morgen warten. Er musste gleich handeln!

Entschlossen stand er auf, um mit Colonel Harper zu sprechen. Er fand ihn nicht weit weg, von einer Gruppe Soldaten umringt. Scheinbar gab er neue Order für die kommenden Stunden.

Als der Colonel Roger sah, unterbrach er seine Besprechung und schaute ihm neugierig entgegen. Roger trat zu der Gruppe und bedeutete dem Offizier, dass er ihn zu sprechen wünschte. Kurze Zeit später standen die Männer etwas abseits.

»Colonel«, begann Roger, »ich habe beunruhigende Nachrichten. Daher brauche ich sofort Kontakt zu meiner Dienststelle. Haben Sie Funkverbindung? Die Mobilfunkantennen sind noch immer gesperrt.«

»Viel besser,« grinste der Offizier. »Wir haben ein Satellitentelefon in der Ausrüstung.«

Damit winkte er einer Ordonnanz. Der Soldat eilte herbei, und Colonel Harper gab ihm den Befehl, das Telefon zu holen. Kaum dass der Soldat sich entfernt hatte, fragte er Roger:

»Bringen Sie mich auf den neusten Stand. Was ist denn so beunruhigend?«

***

Überwältigt

Der Zufall - oder war es gar göttliche Fügung - spielte Pfarrer Carl Morris in die Hände.

Ein in schwarz gekleideter Eindringling näherte sich der Tür zum Kirchenturm. Zuerst war der Pfarrer darüber erschreckt, doch dann sah er seine Chance. Er streifte die schützende Hülle seines Daseins als Pfarrer wie einen alten Mantel ab, und reinkarnierte als der Polizist, der er in einem früheren Leben gewesen war. Kaltblütig zog er das Stück Rohr aus der Hosentasche. In seiner rechten Hand hielt er den mit Sand gefüllten Strumpf. Lauernd wartete er seitlich neben der Türöffnung. Er atmete flach und angespannt. Nur undeutlich hörte er die Schritte des langsam näher kommenden Uniformierten.

Endlich, nach unendlich scheinenden Sekunden, schob sich der Mann durch die Türöffnung. Carl Morris zögerte keinen Moment. Sein Arm sauste nach unten. Der mit Sand gefüllte Strumpf traf mit Wucht den Schädel des Eindringlings. Der Mann geriet ins Taumeln und wäre fast rückwärts in das Kirchenschiff gefallen. Er atmete heftig, und seine Augen waren vor Schreck geweitet. Carl Morris griff beherzt zu. Mit einer ruckartigen Bewegung riss er den Mann in das schmale Treppenhaus. Dabei hatte er seinen Sandstrumpf fallen gelassen. Der Mann wehrte sich nach Kräften. Es konnte nicht lange dauern, bis er sich befreien würde.

Carl erkannte, dass er sich nun selbst in akuter Gefahr befand. Der Uniformierte war ihm körperlich eindeutig überlegen. Auch konnte es nicht lange dauern, bis seine Kumpane in der Kirche das Gerangel bemerken würden. Ohne weiter über seine Situation nachzudenken, umfasste er das Rohrstück so fest er konnte. Mit aller Kraft schlug er dem Uniformierten das Rohrstück gegen dessen Hals. Sofort sank dieser in sich zusammen.

Carl hatte ihn in der Beuge zwischen Hals und Schulter getroffen. So legte er die Hauptschlagader lahm und damit die Blutversorgung des Gehirns. Doch Carl wusste auch, dass er nur einen vorübergehenden Erfolg erzielt hatte. Sein Gegner würde gleich wieder zu sich kommen.

Schnell sprang er hinter den Mann, der nun am Boden lag, griff ihm unter die Arme, und zog ihn auf die kleine Kammer zu. Nun war es ein mühseliges Geschäft, einen Bewusstlosen zu transportieren.

Carl gab sich Mühe, nicht zu ächzen. So leise er eben konnte - sein eigenes Schnaufen kam ihm unendlich laut vor - zog er den Mann in die kleine Kammer. Erst als die Tür geschlossen war, atmete er befreit auf. Doch er konnte keine Zeit zum Entspannen verwenden. Sein Gegner war potenziell immer noch gefährlich.

Eilig zog er das Panzerband aus seiner Tasche, um seinen Gefangenen zu fesseln. Zuerst riss er einen, gut dreißig Zentimeter langen Streifen des Klebebandes ab. Dann griff er ein Stück Dämmmaterial vom Boden. Dies drückte er dem Mann auf den Mund und fixierte den Knebel mit dem Klebeband. Danach drehte er ihn, sodass der Eindringling auf dem Bauch zu liegen kam. Schnell fesselte er dessen Füße und Hände ebenso. Er zog noch einmal prüfend an den Bändern, ehe er seinen Gefangenen halb aufsetzte, damit Raum genug war, um die Tür erneut zu öffnen. Zuerst allerdings durchsuchte er den Gefesselten. Carl nahm eine Pistole mit einigen Ersatzmagazinen an sich. Er fand auch ein Handy, doch als er das Gerät aktivieren wollte, scheiterte er an dem Sicherheitspin. Enttäuscht warf er das Telefon in eine Ecke des kleinen Raumes. Nachdem er das Schnellfeuergewehr seines Gefangenen auf ein wackliges Regal hinter einigen Farbeimern verstaut hatte, begab er sich erneut zur Tür. Das Gewehr war in der Kirche nutzlos, da schnell ein Unschuldiger verletzt oder gar getötet werden konnte. Er wollte auf keinen Fall töten, da war er sich sicher. Dennoch musste er die immer noch drohende Gefahr beseitigen. Seine Schützlinge waren noch immer der Willkür der Eindringlinge ausgeliefert.

Kurz darauf stand er wieder am Eingang zur Kirche. Er wagte einen schnellen Blick, sah die Lage jedoch weiterhin unverändert. Zum Glück hatten die Bewaffneten bisher das Verschwinden ihres Kumpans nicht bemerkt. Jedoch war keiner der Eindringlinge so nahe an der Tür, dass ein Angriff Sinn gemacht hätte. Unschlüssig, was er nun als Nächstes unternehmen sollte, verfolgte Carl die Bewegungen seiner Gegner. Da bemerkte einer der Lehrer, Carl fiel nicht ein, wie dessen Name war, dass er sich hinter dem Zugang zum Turm versteckte.

***

Nationale Sicherheit

Fast zaghaft erwachte der neue Morgen. Nur langsam löste das fahle Licht die Dunkelheit der Nacht ab. Zähe Schwaden kalten Bodennebels tauchten den Ort in eine verschwommene Masse aus Häusern, Straßen und Bäumen. Es war still, ungewöhnlich still. Kein Auto fuhr aus der Garage, kein Hund bellte, keine verschlafenen Schritte auf den Gehsteigen.

Es war, als ob der neue Tag kurz den Atem anhielt, aus Sorge, was die nächsten Stunden bringen würden. Dann brach ein Sonnenstrahl durch das Grau des Nebels, und als ob dieses Ereignis ein geheimes Signal darstellte, begann der erste Vogel seinen Morgengesang.

***

Vor dem Potts umringten Nationalgardisten den Kaffeestand in der Erholungszone. Leise Gespräche, die sich eher schleppend am Leben hielten, verrieten die Erschöpfung der letzten Stunden. Aus dem in der Nähe stehenden Funkwagen drangen permanent mechanisch klingende Stimmen.

Am Rande des provisorischen Lagers war ein Lazarettzelt aufgebaut worden. Dorthin hatte man die noch lebenden Opfer des multiplen Amoklaufes von Walkers Hill gebracht. Mehr als die Patienten am Leben zu halten, war den Sanitätern im Moment nicht möglich.

Aber es war nicht so einfach, die nötige Hilfe in die Stadt zu bekommen, auch wenn sich die nächste Stadt, das nächste Krankenhaus nur wenige Meilen entfernt befand. Doch Walkers Hill befand sich in Quarantäne, angeordnet von einem Gremium, dass schon seit Stunden in Knoxville tagte. Diese Sonderkommission wurde von Bill Haslam, dem Gouverneur von Tennessee, geleitet.

Ein Kommandeur der Nationalgarde, der Regionalleiter des FBI und ein Vertreter der FIMA waren persönlich anwesend. Auf Videomonitoren folgten ein Vertreter der Regierung in Washington, sowie ein Offizier der NSA der Besprechung. Diese Männer mussten einen Weg finden, den Menschen in Walkers Hill zu helfen. Gleichzeitig durfte die Öffentlichkeit nur so weit informiert werden, wie es die Geheimhaltung zuließ. Das Zauberwort "Nationale Sicherheit" war mehr als einmal von dem Vertreter Washingtons gefallen. So erklärte es sich, dass bisher keine weitere Hilfe in Walkers Hill eingetroffen war. Mit einem Ruck öffnete sich die Tür des Funkcontainers und knallte heftig an die Außenwand. Im Türrahmen stand Colonel James Harper mit einer Miene, die nichts Gutes verhieß. Seine Nationalgardisten schauten ihrem Vorgesetzten mit einem bangen Gefühl entgegen.

Die leise geführten Gespräche verstummten zur Gänze. Weitere Männer, Soldaten, Sanitäter, Polizisten, Personen in Zivil, darunter einige Reporter, kamen herbei, gespannt, was der Colonel zu verkünden hatte. Dieser stemmte angriffslustig seine Arme in die Seite, schaute in die Runde, ehe er mit angespannter, aber gleichzeitig ruhiger Stimme zu sprechen begann:

»Ich habe gerade mit den Verantwortlichen gesprochen.«

Wen er im Speziellen meinte, oder wer diese Verantwortlichen waren, ließ der Colonel offen.

»Walkers Hill ist unter Quarantäne gestellt worden. Ein militärischer Abfangring ist um die Stadt gezogen worden. Das bedeutet für uns alle, keiner kommt rein, keiner kommt raus. Wir sind auf uns alleine gestellt. Hilfe ist vorerst nicht zu erwarten. Das heißt, dass wir für eine noch unbestimmte Zeit großen Strapazen ausgesetzt sein werden. Wir müssen die Ordnung in der Stadt wiederherstellen. Dazu ist es nötig, mit Vertretern der Bürgerwehr zu sprechen. Auch sind die Gefangenen zu befragen, um herauszufinden, was diesen Gewaltausbruch in einer friedlichen Kleinstadt ausgelöst hat. Wir wissen immer noch nicht, womit wir es hier zu tun haben. Diese Ermittlungen lege ich in die Hände des hier anwesenden FBI Agenten Roger Thorn. Jedermann ist angewiesen, ihm jegliche Hilfe zukommen zu lassen. Ich werde Sicherungsteams zusammenstellen, die Aufständische entwaffnen, aber auch in jedem Haus nach dem Rechten sehen sollen. Wir müssen uns ein Bild davon machen, wie es der Bevölkerung geht. Gleichzeitig stellen wir ein Rettungsteam zusammen, dass Verletzte oder hilfsbedürftige Menschen hier zu unserem Sanitätszelt bringen soll. Auch ist es wichtig, ärztliches Personal, wie Krankenschwestern, Pfleger und vor allem Ärzte zu finden und schnellstens hierher zu schaffen. Alle hier Anwesenden, auch die Zivilisten bekommen eine

Aufgabe zugeteilt. Ich bitte nicht um Zusammenarbeit, sondern ich erwarte von jedem, sich der Situation in der wir uns befinden, zu stellen und unterzuordnen. Das war es fürs Erste. Meine Offiziere werden nun die einzelnen Gruppen formieren und entsprechende Aufgaben verteilen.«

Der Colonel schaute noch einmal kurz in die Runde, ehe er Roger Thorn heranwinkte. Dieser kam heran, legte dem Offizier vertraulich eine Hand auf den Arm und sagte: »Ich wollte sowieso einiges mit Ihnen besprechen.«

***

Am Scheideweg

Professor Julian Prisarius, Vorstandsvorsitzender und Gründer der Ethik Ink., hatte die ganze Nacht kein Auge zugemacht. Lange hatte er auf eine Nachricht seiner Leute oder auch von diesem arroganten NSA-Agenten Page gewartet. Er wusste nicht, was sich in Walkers Hill abspielte. Unruhig war er durch sein Büro gewandert und hatte sich überlegt, wie er an eine brauchbare Information gelangen konnte. Er musste wissen, woran er war. Er wusste, dass er sich auf dem Scheideweg seiner Existenz befand. Er konnte sehr viel Geld verdienen, Einfluss gewinnen, oder sogar einen Status erlangen, der ihm alle Optionen der Macht eröffnete. Auf der anderen Seite konnte er tief fallen, sogar alles verlieren. Nur ungern beschäftigte er sich mit dieser Möglichkeit, die seinem Naturell so gar nicht entsprach. Doch die düsteren Gedanken verdichteten sich immer mehr und er glaubte gar zu spüren, wie sein Lebensweg hinab in ein düsteres Tal führte.

Das Klingeln seines Telefons beendete die lange Wanderung durch sein Büro. Mit einem Gefühl der Unsicherheit, dass er schon Jahre oder Jahrzehnte nicht mehr gefühlt hatte, nahm er das Gespräch entgegen. Am anderen Ende der Leitung war der Pförtner. Schon wollte der Professor aufbrausend reagieren, - wie konnte ein Pförtner ihn direkt anrufen - als dieser einen Mitarbeiter aus der Forschungsabteilung ankündigte. Dieser war an dem Pförtner vorbeigestürmt, ehe er den Chemiker aufhalten konnte. Professor Prisarius verneinte die Anfrage, ob er den Werksschutz benötigte und legte ohne ein weiteres Wort einfach auf.

Es dauerte keine zwei Minuten, ehe ein verdreckter Mann unaufgefordert sein Büro betrat. Der Professor erkannte ihn als einen seiner Mitarbeiter, wobei er sich nicht an dessen Namen erinnern konnte. Der derangierte Angestellte blieb vor seinem Chef schwer atmend stehen. Er schien sich nur mit Mühe auf den Beinen halten zu können. Doch dem Professor schien der Zustand seines Mitarbeiters egal zu sein. Ihm kam nicht einmal in den Sinn, dem Mann einen Sitzplatz oder gar etwas zu Trinken anzubieten. Stattdessen fragte er mit ungehaltener Stimme:

»Was gibt es?«

Der Chemiker schaute ihn zuerst etwas irritiert an, dann zuckte er mit den Schultern, als sei es ihm egal, was sein Chef mit der Information, die er brachte, anfangen würde.

»Ich wollte Sie nur unterrichten, dass Ihr perfider Plan, Walkers Hill als Versuchsfeld zu missbrauchen, gescheitert ist. Die ganze Aktion war ein totaler Reinfall. Mehrere der NSA-Männer sind verwundet, gefangen genommen, oder geflohen. Wo die anderen Ethik Ink. Leute abgeblieben sind, kann ich nicht sagen. Ich weiß nur, dass die Nationalgarde vor Ort ist, wie auch eine Bürgerwehr, die sich recht gut organisiert hat. Ganz Walkers Hill ist umzingelt von weiteren Truppen der Nationalgarde. Es ist unmöglich, die Stadt zu betreten oder zu verlassen. Ich bin im letzten Moment durch die sich schließenden Reihen der Nationalgardisten geschlüpft. Ich wollte Sie, ich weiß gar nicht warum, warnen. Mit Sicherheit werden meine Kollegen, oder sollte ich sagen meine ehemaligen Kollegen, gefangen und verhört werden. So, und damit Sie es wissen, ich kündige. Ich werde nicht wegen Ihrer verrückten Pläne ins Gefängnis gehen.«

Damit drehte der Mann sich um, und marschierte aus dem Büro.

Professor Prisarius starrte noch eine Weile auf die Tür, durch die sein ehemaliger Mitarbeiter hinausgestürmt war. Gedanken jagten durch Hoffnungslosigkeit, bis sie auf Ärger und Trotz stießen. Die Unfähigkeit seiner Angestellten, wie auch der NSA-Idioten, hatten sein Lebenswerk zerstört. Er hatte von Ruhm und Reichtum geträumt und nun wartete wahrscheinlich nur noch eine Gefängniszelle auf ihn. Doch dazu würde es nicht kommen. Nein, er würde der Welt einen letzten Gruß überbringen und sich dann absetzen. Andere Regierungen würden ihn mit Freuden aufnehmen. Humorlos lachte er auf, führte noch ein kurzes Telefonat und verließ sein Büro, ohne sich noch einmal umzuschauen.

***

Hoffnung

Briefträger Tom Hauser stand vor der Tankstelle am Straßenrand und rauchte eine Zigarette. Eigentlich war er schon seit Jahren bekennender Nichtraucher. Doch die Ereignisse des vergangenen Tages und der Nacht hatten seine alte Sucht aufleben lassen. Im Moment war es ihm egal, ob die Raucherei gesundheitsschädlich war. Er dachte nicht einmal darüber nach. Fast gierig inhalierte er den blauen Qualm und schaute dabei die Straße hinunter.

Seitdem es zu Dämmern begonnen hatte, tat sich dort unten etwas. Männer in Uniformen, scheinbar Soldaten, liefen geschäftig umher. Offenbar war der Schusswechsel in der Stadt, besser gesagt vor dem Potts, beendet. Das ließ hoffen. Unbewusst schnippte er die auf geraucht Zigarette auf die Straße, um sich gleich darauf die Nächste anzuzünden.

Er überlegte, ob er die Männer in der Tankstelle auf die neue Situation hinweisen sollte. Dann aber beschloss er, erst einmal abzuwarten.

Kurze Zeit später formierten sich auf der Hauptstraße kleine Trupps von circa acht bis zehn Mann, die sich in unterschiedliche Richtungen in Bewegung setzten. Ein Trupp kam langsam, mit den Gewehren im Anschlag, die Straße herauf. Bei diesem Anblick wurde ihm unbehaglich. In einer Art Zickzackkurs bewegte sich der Trupp von Haus zu Haus. Sie schienen jedes Gebäude zu inspizieren und er sah, wie die Soldaten mit einigen Bewohnern sprachen. Allmählich näherten sich die Uniformierten. Es konnte nicht mehr lange dauern, bis die Männer die Tankstelle erreichten.

Nun war es an der Zeit, dass Tom Hauser seine Gefährten informierte. Ohne jede Hast verließ er seinen Posten und ging zurück zur Ladentür der Tankstelle. Mit einer schwungvollen Bewegung öffnete er sie, blieb aber selbst im Laden stehen. Von dort aus rief er:
»Wir bekommen Besuch, meine Herren. Es wäre gut, wenn ich nicht alleine die Begrüßung übernehmen würde!«
Damit ließ er die Tür zufallen. Mit einem Selbstvertrauen, das er an sich selbst noch nie bemerkt hatte, schlenderte er geradezu an den Straßenrand. Er ließ sich sogar dazu hinreißen, den sich langsam nähernden Soldaten zuzuwinken. Irgendetwas in seinem Inneren sagte ihm, dass die unmittelbare Gefahr vorüber war. Was ihn so sicher machte, konnte er sich selbst nicht beantworten. Es war ihm auch nicht wichtig. Die Hauptsache war, dass er mit dem heraufziehenden Morgen neue Hoffnung schöpfte. So lächelte er ein klein wenig, als seine Gefährten neben ihm auftauchten.

***

Befragungen

Auch an Dukes Tür wurde angeklopft. Müde, übernächtigt, doch mit einer gewissen Neugierde, öffnete er seine Haustüre. Eigentlich wollte Luther ihm diesen Gang abnehmen, doch Duke hatte nur kurz abgewinkt.

Wie immer war er sehr geschickt mit seinem Rollstuhl und brauchte nur Sekunden bis zum Eingang. Kurze später kam er mit zwei Soldaten zurück in die Küche. Er lenkte sein Gefährt an den Küchentisch, an dem Rosi und Luther saßen. Luther wollte sich erheben, doch die Soldaten winkten ab, sodass er sich wieder auf seinen Stuhl sinken ließ. Einer der Besucher begann ohne Umschweife mit der Unterrichtung, die er in allen Haushalten vortrug:

»In Vertretung des örtlichen Kommandeurs der Nationalgarde gebe ich ihnen eine kurze Zusammenfassung der Vorfälle, die sich gestern und heute Nacht zugetragen haben. Fragen beantworte ich danach.«

In den nächsten Minuten erfuhren Duke, Rosi und Luther, was die Verantwortlichen an Informationen zusammen getragen hatten. Vieles war ihnen schon bekannt, andere Fakten bestätigten ihre Vermutungen. Als der Soldat geendet hatte, ergriff Duke das Wort:
»Wir haben ebenfalls eine Menge zu berichten. Doch um nicht zweimal das Gleiche zu sagen, schlage ich vor, dass wir zu ihrem Ermittlerteam gehen, dass sie bestimmt installiert haben, und mit diesen Leuten sprechen.«

Die Soldaten stimmten zu, sprachen aber die Bedingung aus, dass die kleine Gruppe von ihnen begleitet werde. Noch war Walkers Hill ein unsicherer Ort. Luther bemerkte beim Hinausgehen, dass er den Hilfskräften vor Ort gerne helfend zur Seite stehen möchte. Allerdings wollte er zuerst nach seiner Frau schauen, die seit gestern Vormittag alleine zu Hause sei.

Als sie das Haus verließen, stellte sich bei Duke das seltsame Gefühl einer noch immer lauernden Gefahr ein. Bei seinen Einsätzen in Afghanistan hatte er oft erlebt, dass ein scheinbar friedliches Straßenbild in kürzester Zeit zu einem gefährlichen und sogar tödlichen Ort mutieren konnte. Scharfschützen, Sprengfallen oder Selbstmordattentäter waren nur einige Beispiele. Fast unsichtbar drohte überall Unheil. Hier war es nicht anders. Zwar gab es in seiner Heimatstadt keine Sprengfallen, doch gerade hier war er sich nicht sicher, wie groß das Risiko sein mochte, wenn er ungeschützt die Straße überquerte. Rosi schien seine Unsicherheit zu spüren, und legte ihm beruhigend ihre Hand auf die Schulter. Zu Dukes Erstaunen beruhigten sich seine angespannten Sinne durch diese kleine Geste.

Unbehelligt erreichten sie das Kommandozelt der Nationalgarde. Geschäftiges Treiben verdeckte die emotionellen Gedanken der Soldaten, Polizisten und der zivilen Helfer. Das Grauen wurde verwaltet, die Opfer versorgt, die Toten in Listen eingetragen. An einfachen Campingtischen saßen Männer und das Klappern der Laptoptastaturen erzeugte ein stetes Hintergrundgeräusch.

Als die Gruppe eintrat, schauten die Anwesenden nur kurz auf, um danach weiter ihren Aufgaben nachzugehen. Im hinteren Teil des Zeltes standen einige Männer vor einem Clipboard, an dem ein Stadtplan von Walkers Hill angebracht war. Die Männer waren so sehr in ihrer Diskussion gefangen, dass sie den herangetretenen Soldaten im ersten Moment nicht bemerkten.

Dann jedoch registrierte ein Offizier den Gardisten. Eine kurze Meldung reichte aus, um den Vorgesetzten zu informieren. Er drehte sich um, sah Duke und seine Begleiter und winkte sie heran. Der Offizier stellte sich als Colonel James Harper vor. Ein Soldat reichte ihm ein Klemmbrett. Der Colonel schaute kurz auf den Computerausdruck, der darauf befestigt war und fragte: »Ihre Namen?«

Nacheinander antworteten die Drei. Der Offizier ging die Liste durch. Bestätigend, wohl weil er die Namen auf der Liste schnell entdeckte, nickte er. Als er Dukes Namen erblickte, stellte er sich ein wenig gerader und salutierte vor ihm.

»Es ist mir eine Ehre Ihnen zu begegnen, Sir. Ich habe schon einiges über Sie gehört.«

Duke erwiderte die Ehrenbezeichnung einigermaßen verwundert, aber auch leicht verunsichert.

»Vielen Dank für Ihre Höflichkeit, aber ich war nur ein einfacher Soldat … .«

»… der seinem Land große Dienste erwiesen hat«, vervollständigte der Offizier mit ernstem Gesicht. Duke schüttelte seinen Kopf und eine leichte Röte überzog seine Wangen. Dann wandte der Colonel sich zu Rosi, reichte ihr kurz die Hand, um dann Luther Brown zu fixieren.

»Mister Brown, wie ich meinen Unterlagen entnommen habe, sind Sie Pathologe. Dazu mussten Sie Medizin studieren. Richtig?«

Luther nickte nur und wunderte sich zugleich, woher dieser Colonel seine Informationen bezog.

»Dann möchte ich Sie bitten«, fuhr der Offizier fort, »dass Sie uns zur Hand gehen. Wir haben Verwundete, die dringend ärztlichen Beistand benötigen. Unsere Rettungssanitäter haben zwar ihr Möglichstes getan, dennoch braucht es einen Mediziner, um die nötigen Maßnahmen umzusetzen.«

»Natürlich werde ich Ihnen gerne helfen, jedoch müsste ich erst einmal schnell nach Hause, um nach meiner Frau zu schauen.«

Der Offizier nickte verständnisvoll, ehe er erwiderte:

»Ich mache Ihnen einen Vorschlag. Da sich die Lage hier in Walkers Hill noch so unklar zeigt, schicke ich einen Trupp los, um nach Ihrer Frau zu schauen. Wollen Sie ihr eine Nachricht übermitteln?«

Luther nickte ergeben, überlegte einen Moment, ehe er sagte:

»Teilen sie ihr nur mit, dass es mir gut geht.«

In der Zwischenzeit war ein Zivilist nähergekommen, der sich als FBI Agent Roger Thorn vorstellte. Er führte die Drei zu einem Tisch, bot Rosi und Luther einen Sitzplatz an, ehe er sich selbst setzte. Duke lenkte seinen Rollstuhl direkt neben Rosi, die ihm tapfer zulächelte. Roger schaute in die müden Gesichter, ehe er mit eindringlicher Stimme zu sprechen begann:

»Ich weiß, dass Sie alle in den letzten Stunden viel erlebt haben. Doch im Moment haben wir ein Ziel in den Fokus unserer Bemühungen zu stellen - wir müssen Walkers Hill wieder zu einer sicheren Stadt zu machen. Dazu gehört, dass ich jegliche Information brauche, um herauszufinden, was hier geschah. Bitte berichten Sie mir Ihre Erlebnisse der vergangenen vierundzwanzig Stunden. Ich würde vorschlagen, dass Mister Brown beginnt, damit er sich danach um unsere Verletzten kümmern kann.«

Luther räusperte sich kurz und begann seine Version der Vorfälle in Walkers Hill zu erzählen.

***

Rachegedanken

Ein Blick durch das Fenster des Labors genügte, um festzustellen, dass seine Zeit als Leiter der Ethik Inc. abgelaufen war. Vor dem Verwaltungsgebäude fuhren mehrere Streifenwagen und schwarze SUVs vor. Sie machten sich nicht die Mühe, geregelt zu parken. Uniformierte und Zivilisten sprangen aus den Wagen, kaum das diese zum Stehen kamen. Wie eine Meute von Raubtieren stürmten sie auf das Bürogebäude zu, um gleich darauf in seinem Inneren zu verschwinden.

Mit einer ärgerlichen Geste wandte sich Professor Julian Prisarius ab. Ohne sichtliche Eile holte er einen kleinen Transportwagen, den er zu einem an der linken Wand aufgestellten Regal schob.

Vor dem Regal blieb er einige Sekunden stehen. Suchend eilten seine Augen über die Etiketten der dort gelagerten Kanister.

Gleich darauf hatte er gefunden, wonach er gesucht hatte. Auf der linken Seite standen zwei Kanister auf dem zweiten Regalboden.

Er griff sich die Behältnisse, die jeweils fünfundzwanzig Liter der gefährlichen Chemikalie enthielten.

Ohne große Vorsicht stellte er die Kanister auf den Transportkarren. Er wischte sich seine Hände an dem weißen Kittel ab, zog diesen dann aus, und ließ ihn achtlos zu Boden fallen. An einem Haken, direkt neben der Tür zum Gang, hing ein blauer Overall, den die Chemiearbeiter niedriger Stellung bei Ethik Inc., trugen.

Der Professor schob den Karren bis zur Tür. Dort zog er sich den Overall an. Er war ein bisschen groß, was den Professor aber nicht störte. Dann öffnete er die Tür und schob den Karren hinaus in den Flur. Unbemerkt von den Arbeitern der Frühschicht schob er sein Gefährt durch eine Produktionshalle und verließ das Gebäude durch das Tor einer Laderampe. Dort stand ein Kleintransporter für ihn bereit. Ein Mann, ebenfalls mit einem blauen Overall bekleidet, wartete schon auf den Professor. Im ersten Moment schaute er irritiert auf die Kleidung seines Chefs, eilte aber schnell herbei, als er ihn erkannte. Ohne auf eine Anweisung zu warten, lud er die Kanister von dem Karren. Eilig trug er die gefährliche Last zu dem Transporter, öffnete die hintere Tür und stellte die Kanister ab.

Dann wollte er sich hinters Steuer setzen. Der Professor hielt ihn mit einem kurzen Ruf auf. Er ließ sich von dem Arbeiter die Schlüssel des Wagens aushändigen, und wies den Mann an, zu seinem Arbeitsplatz zurückzukehren. Dann stieg er in das Fahrzeug, schnallte sich ordnungsgemäß an, und fuhr davon. Der Arbeiter schaute seinem Boss ungläubig hinterher. Noch nie hatte er den Professor irgendetwas selbst tun sehen. Er war stets von einigen Leuten umringt gewesen, die ihm jegliche Arbeit abgenommen hatten. Nachdenklich kratzte sich der Mann am Kopf, drehte sich dann um und ging zurück in die Produktionshalle.

In der Zwischenzeit hatte Professor Prisarius das östliche Werkstor erreicht. Wie er vermutet hatte, war hier noch keine Polizei vor Ort. Er hielt kurz an dem Pförtnerhäuschen an. Ein in einer blauen Uniform des Wachdienstes gekleideter Mann trat aus dem Wachhaus. In der linken Hand hielt er ein Klemmbrett, das eine Liste der zu erwartenden ausfahrenden Fahrzeuge enthielt. Er schaute kurz auf seine Liste, dann auf das Fahrzeug. Sein Blick erhellte sich, als er das Kennzeichen auf seiner Liste entdeckte. Ohne weiter auf den Fahrer des Kleintransporters zu achten, gab er durch Winken dem Fahrer zu verstehen, dass er passieren durfte. Das Rolltor schob sich leicht quietschend zur Seite. Sofort fuhr der Professor an, rollte vor bis zur Zugangsstraße, um gleich darauf nach rechts abzubiegen. Ein zufriedenes Lächeln umspielte seine Lippen, als er Knoxville in östlicher Richtung verließ.

***

Sedieren?

Luther Brown, begleitet von einem Sanitäter, der sich ihm nur kurz mit "Kim" vorgestellt hatte, schritt erschüttert durch die Reihen der Feldbetten. In diesem Zelt hatten die Nationalgardisten die verwundeten Opfer des stadtumgreifenden Amoklaufes behelfsmäßig versorgt. Ein stetes Stöhnen schien die Luft auszufüllen. Ein Geruchscocktail aus Blut, Urin, Erbrochenem und sterilem Krankenhaus, füllte das Zelt wie ein unsichtbarer Nebel aus Leid.

Unbewusst atmete Luther flacher. Seine jahrelange Berufserfahrung als Pathologe kam ihm hier zu Hilfe. Er hatte schon Übleres gerochen und trotzdem seine Arbeit professionell verrichtet. Kim unterrichtete ihn mit leiser Stimme über den Grad der Verwundung der Patienten, die sie passierten. Am Ende des Zeltes lag ein alter Mann, an Händen und Füßen gefesselt, auf einem Feldbett.

»Hier haben wir einen besonderen Fall. Der Mann riecht nicht nach der Chemikalie, die wir bei anderen Patienten, die sich besonders aggressiv zeigten, feststellten.«

Luther erinnerte sich an Rosis Geschichte, ebenso an die Schilderung Dukes. Beide hatten von einem mysteriösen, fauligen Rosenduft gesprochen und Rosi erinnerte sich an das Geschenk ihres Freundes. Er hatte einen unbeschrifteten Parfümflakon in Rosis Haus gebracht. Die klare Flüssigkeit in dem Behältnis hatte zu einer Reihe grauenhafter Ereignisse geführt.

Inzwischen hatten sie das Bett des gefesselten Mannes erreicht. Luther glaubte, den Mann schon einmal gesehen zu haben. War das nicht der Kerl, der ihn und seine Frau im Supermarkt beschimpft hatte?

Unterdessen begann Kim, in seinen Unterlagen zu blättern. Als er weitersprach, schlug der alte Mann die Augen auf. Einen Moment blinzelte er verwirrt, dann erblickte er Luther und Kim. Seine Augen weiteten sich vor Entsetzen. Sofort begann er zu schreien und stieß unflätige Beschimpfungen aus. Er stemmte sich gegen seine Fesselung, verzweifelt bemüht sich zu befreien. Als Luther sich beruhigend zu dem alten Mann hinunterbeugte, begann dieser zu spucken. Luther zog sich angewidert zurück, gleichzeitig überlegend, was den Mann so aufregen konnte. Dieser schrie unterdessen weiter. Luther konnte nur Wortfetzen verstehen. »... ich bringe dich eigenhändig um ... du bist nicht der Erste ... lasse mich nicht von einem Drecksnigger anfassen ... kannst dich nicht vor mir verstecken Mister Moto ... bist wohl aus dem Grab gestiegen ... verdammtes Pack ... .«

Kim hatte unterdessen eine Spritze aufgezogen. Er hielt sie hoch und fragte Luther nur mit einem Wort: »Sedieren?«

***

Gegen sein Gewissen

Yavuz wusste selbst nicht, was für ein Teufel ihn ritt. Hatte er nicht schon einige riskante Erlebnisse in seinem gedanklichen Reisetagebuch notiert? Musste er erneut seine Gesundheit aufs Spiel setzen? In einem Gedankenbild sah er seine Frau, zusammen mit seiner Mutter gemeinsam und voller Unverständnis den Kopf schütteln. Sein Gewissen rief ihn zur Vernunft, doch er wollte nicht vernünftig sein. Ein Leben lang hatte er immer versucht, das Richtige zu tun. Er hatte seine Träume und Sehnsüchte zur Seite geschoben, um seine Zukunft zu sichern. Nur in stillen Momenten träumte er von einem freien, ungebundenen Leben. Träumte von Abenteuern, die ihn in die entlegensten Gebiete der Erde führten. Nun endlich war es geschehen. Er steckte mitten in einem Abenteuer, dass er aus vollstem Herzen genoss. Er verspürte keine Angst, im Gegenteil. Hier, in der kleinen Stadt Walkers Hill, hatte er eine Seite an sich entdeckt, die bisher begraben war und tief in ihm geschlummert hatte. Nie hatte er sich so lebendig gefühlt, auch wenn ihm gleichzeitig die Opfer dieser Tragödie unendlich leidtaten.

Yavuz hatte sich freiwillig einem Trupp Soldaten angeschlossen, der die Stadt nach möglichen Gegnern absuchte. Roger Thorn, der FBI-Agent hatte zögerlich zugestimmt, aber darauf bestanden, dass Yavuz eine schusssichere Weste und eine Pistole der Marke Glock erhielt. Dazu musste er einen Helm der Nationalgardisten tragen. Roger hatte ein gutes Wort für Yavuz bei Colonel Harper eingelegt.

So marschierte Yavuz nun mit den Soldaten durch die Kleinstadt. Er war zur Außensicherung eingeteilt und wartete vor den Häusern, die von den Gardisten kontrolliert wurden. Bisher war alles friedlich verlaufen. Entweder waren die Häuser verlassen vorgefunden worden oder verängstigte Anwohner öffneten zögerlich ihre Türen. Nach einer Weile, alles war bisher ruhig geblieben, näherten sie sich einer Kirche. Yavuz, der wiederum vor einem Grundstück wartete, schaute sich nun schon fast gelangweilt um. Die Soldaten sprachen mit einem älteren Anwohner, während sich die restlichen Soldaten am Gartenzaun aufhielten. Yavuz schweifender Blick wanderte der Wohnstraße entlang, und blieb erneut an der Kirche hängen, die circa fünfzig Meter entfernt an der Straßenbiegung stand. Es war nichts Auffälliges an dieser Kirche zu entdecken, doch Yavuz spürte, dass dort etwas nicht stimmte.

Er kniff die Augen zusammen und versuchte, etwas Ungewöhnliches zu entdecken. Aber er konnte nichts erkennen, was seine Ahnung bestätigte. Langsam ging er die Straße hinunter, völlig vergessend, dass er mit einem Trupp Soldaten unterwegs war. Meter um Meter verringerte er die Distanz zur Kirche. Dort ging etwas vor, was er nicht einzuschätzen vermochte. Yavuz bewegte sich auf der gleichen Straßenseite, an der die Kirche lag. So blieb er für mögliche Gegner weitgehend unsichtbar. Dazu hätte ein eventueller Beobachter auf die Straße treten müssen. Hinter sich hörte er die eiligen Schritte der Soldaten. Sie schlossen schnell zu ihm auf und ein junger Sergeant fragte, kaum dass er Yavuz erreicht hatte, was denn los sei?

Ehe der Soldat seine Antwort bekam, hörten sie ein, wenn auch gedämpftes, Schussgeräusch. Gleich darauf drang wimmerndes Weinen und lautes befehlendes Rufen an die Ohren der Männer.

Yavuz wollte schon los sprinten, doch die Soldaten hielten ihn zurück. Schnell verschwand der gesamte Trupp in den nächstbesten Vorgarten. Hinter einigen Sträuchern gingen sie in Deckung. Der Sergeant besprach kurz mit seinen Männern das weitere Vorgehen. Dabei forderte er Yavuz auf, zurückzubleiben. Doch Yavuz dachte nicht daran, sich dem Willen des Sergeants zu beugen. Bestimmt erklärte er:

»Sie brauchen sich keine Sorgen um mich zu machen. Ich passe schon selbst auf mich auf. Also keine Angst, ich stehe niemanden im Wege.«

Ohne auf eine Antwort zu warten, rannte Yavuz geduckt los, durchquerte den Garten, ehe er schließlich zwischen zwei Häusern verschwand. Die Soldaten schauten dem wohl übergeschnappten Zivilisten hinterher, ehe sie sich für den Angriff formierten. Leise bewegten sie sich parallel zur Straße vorwärts. Kurz darauf standen sie an der Grundstücksgrenze der Kirche.

***

Kollektive Panik

Der Lehrer sprang von der Kirchenbank auf, als er Pfarrer Carl Morris an der Tür zum Kirchenturm bemerkte. Zu spät realisierte er seinen Fehler. Einer der Bewaffneten hatte die Bewegung aus den Augenwinkeln heraus wahrgenommen und fuhr nun mit der Waffe im Anschlag herum. Der Pfarrer wusste nicht, ob der Bewaffnete ihn ebenfalls gesehen hatte. Zwar war er sofort zurück in die Deckung des Treppenhauses gehuscht, doch hier war er in einer mehr als gefährdeten Position. Fieberhaft überlegte er, wie er diese Situation zu seinen Gunsten nutzen konnte. Gleichzeitig war ihm bewusst, dass er nicht viel tun konnte. Die Männer da draußen waren ihm mit ihren automatischen Waffen weit überlegen. Dennoch musste er nun handeln. Beherzt schob er sich an den Türrahmen heran, atmete noch einmal tief ein und schaute vorsichtig ins Innere der Kirche. Der Bewaffnete war inzwischen neben den Lehrer getreten. Er rammte dem Mann den Lauf seines Gewehres in den Magen. Gleichzeitig schrie er los:

»Was hast du gesehen? Warum bist du aufgesprungen? Los sag' schon, oder soll ich dir eine Ladung Blei verpassen?«

Der Lehrer sah ganz fahl aus und begann heftig zu schwitzen. Mühsam rang er mit den Worten, stammelte zuerst etwas Unverständliches, was zur Reaktion hatte, dass der Uniformierte den armen Mann heftig schüttelte:

»Was sagst du? Das versteht ja kein Mensch.«

»Ich habe einen Krampf. Meine Wade … .«

»Deine Wade? Ich glaub dir kein Wort. Na mal sehen, ob du nicht gleich reden wirst.«

Damit ließ er den Lehrer einfach los, griff sich wahllos ein kleines Mädchen, das verängstigt halb unter der Kirchenbank gekauert hatte. Das Kind fing sofort aus Leibeskräften zu schreien an. Der Bewaffnete realisierte, dass ihm die Situation zu entgleiten drohte. Er versuchte noch, das strampelnde Kind durch heftiges Schütteln zur Ruhe zu bringen. Er erreichte aber nur das Gegenteil.

Sein Kumpan war einige Schritte nähergekommen. Er brüllte nun ebenfalls mit sich überschlagender Stimme:

»RUHE!«

Doch immer mehr Kinder begannen zu weinen. Völlig entnervt zog der Mann eine Pistole aus seinem Gürtelholster. Er streckte seinen Arm nach oben und feuerte einen Schuss ab. Laut, fast donnerartig, hallte der Schuss durch das Kirchenschiff. Doch das gewünschte Ergebnis, nämlich durch den Schuss für Ruhe zu sorgen, schlug total fehl. Nun schien jeder im Raum zu schreien. Lehrer, Kinder Eltern und andere Bürger von Walkers Hill verfielen in eine kollektive Panik. Selbst die Männer in den Chemiesuits schrien irgendetwas und rannten zur Kirchentür. Doch dort erwartete sie bereits einer der drei verbliebenen Bewaffneten. Mit angeschlagener Waffe trieb er die Flüchtenden zurück ins Kirchenschiff.

Langsam beruhigten sich die Menschen, die sich wie auf ein geheimes Kommando hinter den Altar geflüchtet hatten.

Pfarrer Carl Morris war bei dem plötzlichen Aufruhr nicht entdeckt worden, obwohl sein nach vorne gestreckter Oberkörper in der Türöffnung gut zu sehen gewesen war. Die drei Bewaffneten hatten sich unterdessen im Halbkreis vor ihre Geiseln gestellt. Dabei richteten sie mit grimmiger Miene ihre Waffen auf die Menschen. Scheinbar war ihnen bis jetzt das Fehlen ihres Kumpans entgangen. Doch nun, als sie so in einer Reihe vor ihren Gefangenen standen, bemerkte einer der Uniformierten, dass sie nur noch zu dritt waren. Der rechts stehende Bewaffnete drehte sich zu seinen Begleitern und fragte:
»Wo ist eigentlich Vargas abgeblieben?«

***

Eine böse Ahnung

Yavuz hatte in dem Moment, als der Soldat ihn zurückschicken wollte, eine böse Ahnung.
Er sah die Soldaten, wie sie in die Kirche eindringen wollten. Doch noch ehe diese die Kirchentür erreichten, wurden sie aus dem Gotteshaus beschossen. Ohne jegliche Deckung würden sie alle sterben. Diese Vision der kommenden Ereignisse veranlasste ihn, davonzustürmen. Er wusste, dass er den Soldaten niemals erklären konnte, wie diese taktisch vorzugehen hatten. Sie würden darauf verweisen, dass sie die Spezialisten waren und er nur ein gewöhnlicher Zivilist, der nicht einmal Amerikaner war. Äste und Büsche schienen nach Yavuz zu schlagen, als er durch die Gärten rannte. Sein Atem ging pfeifend und der Helmgurt schnitt ihm in die Wangen. Er sprang gerade über einen Zaun, als vor ihm ein Mann in Jeans und Poloshirt auftauchte. Der Jeansträger hielt ein doppelläufiges Jagdgewehr in seinen Händen, das nun unmissverständlich auf Yavuz zielte.
»Halt, stehen bleiben!«, schrie ihn der Mann an. Yavuz wusste, dass er keine Zeit zu verlieren hatte. So lief er ungebremst weiter, und schlug dem überraschten Mann die Flinte aus den Händen. Dieser hob schockiert sofort seine Hände in die Höhe, als Zeichen, dass er

sich ergeben wollte. Yavuz stoppte, griff sich das Gewehr und sagte zu dem verdutzten Mann:

»Wenn Sie helfen wollen, und schießen können, dann kommen Sie mit mir. In der Kirche stimmt etwas nicht.«

»Ich soll Sie begleiten?«, fragte der Mann, während er versuchte, sein Gegenüber einzuschätzen. Doch Yavuz wollte sich nicht von dem Mann aufhalten lassen. So rief er nur:

»Kommen Sie nun oder lassen Sie es eben bleiben.«

Damit setzte er sich wieder in Bewegung. Als er den nächsten Gartenzaun erreicht hatte, sagte eine Stimme neben ihm:

»Okay, ich komme mit. Kann ich mein Gewehr wieder haben?«

Da erst bemerkte Yavuz, dass er immer noch das Gewehr des Mannes in seiner Linken hielt. Er warf seinem neuen Begleiter die Waffe zu, um gleich darauf über den Zaun zu springen. Hinter sich hörte er den keuchenden Atem des Jeansträgers.

Keine zwei Minuten später erreichten sie den nördlichen Rand des Kirchgartens. Yavuz ging hinter einem Busch in die Hocke und versuchte erst einmal zu Atem zu kommen. Direkt neben sich bemerkte er den Mann. Dieser flüsterte:

»Wie soll es nun weitergehen? Wollen Sie die Kirche stürmen?«

»Wenn es geht, will ich genau das vermeiden. Es sieht so aus, als ob sich in der Kirche Kinder aufhalten und mindestens ein Bewaffneter. Haben Sie denn den Schuss nicht gehört?«

»Nein hab ich nicht«, antwortete der Mann bedauernd.

»Wenn wir nur mal einen Blick in die Kirche werfen könnten«, sagte Yavuz eher zu sich, als zu dem Mann neben ihm.

»Das können wir«, flüsterte sein neuer Mitstreiter.

Yavuz fuhr herum und betrachtete seinen Begleiter zum ersten Mal genauer. Der Mann hatte etwas von einem Buchhalter an sich und mochte so circa vierzig Jahre alte sein. Aus einem unbekannten Grund heraus traute Yavuz dem Mann nicht allzu viel Courage zu. Deshalb fragte er sicherheitshalber noch einmal nach:

»Wollen Sie damit sagen, Sie wissen, wie wir unbemerkt in die Kirche gelangen können?«

»Genau das! Ich weiß wie!«

***

Die Feldstudie

Die Menschen in der Kirche hatten sich wieder beruhigt. Einige Kinder weinten noch leise, die anderen standen oder saßen wie versteinert da, nicht wissend was die nächsten Minuten bringen würden.

Die Männer in den Chemiesuits saßen nun zwischen den anderen Geiseln. Sie sahen trübe in die Zukunft, den egal wie diese Situation enden würde, eine Untersuchung durch die Behörden war gewiss. Keiner von ihnen konnte sich damit herausreden, von nichts gewusst zu haben.

Im Gegenteil, man würde ihnen gewissenlosen Vorsatz nachweisen. Jeder der Mitarbeiter von Ethik Inc., der nach Walkers Hill gekommen war, wusste über die experimentelle Droge Bescheid. Jeder von ihnen hatte billigend in Kauf genommen, dass Menschen verletzt oder gar getötet werden konnten.

Schon am gestrigen Morgen hatten sie das Experiment forciert und aus tragbaren Sprühbehältern die Substanz freigesetzt. Dabei war ihnen das kleine Frühstücksrestaurant, hier bekannt als "das Potts", als idealer Testort erschienen. Die Heftigkeit der Reaktion, die sie später mittels verdeckt angebrachter Funkkameras verfolgten, hatte sie erstaunt, ja fast sogar erschreckt.

Doch ihr Boss, der Firmengründer Professor Julian Prisarius hatte gejubelt. Selbst das Auftauchen dieses NSA-Agenten hatte den Professor nicht aus der Ruhe gebracht.

Voller Euphorie hatte er seinem chemischen Einsatzteam, wie er die Chemiker des Versuchslabors gerne nannte, eine goldene Zukunft versprochen. So hatten sie sich zum zweiten Mal nach Walkers Hill aufgemacht, um die Feldstudie fortzuführen. Skrupel oder gar Mitleid mit den Opfern waren durch die Aussicht auf ein sorgenfreies Leben beruhigt worden.

Doch die Vision des Professors, der sie alle zu gerne gefolgt waren, war zerplatzt wie eine Seifenblase. Jeder war nun auf sich alleine gestellt. Brütend saßen die Chemiker nun auf dem Fußboden der Kirche. Teilnahmslos verfolgten sie das Drama, das sie selbst initiiert hatten. Der selbst ernannte Anführer der Bewaffneten gab seinen beiden noch verbliebenen Kollegen leise einen Befehl. Diese veränderten daraufhin sofort ihre Positionen. Taktisch verteilten sie sich rechts und links im Kirchenraum und zogen sich dabei um einige Meter zurück.Nun standen sie etwa mittig zwischen den Geiseln und der Kirchentür. Der Anführer wartete mit angeschlagener Waffe, bis seine Männer ihre Position bezogen hatten. Dann lief er zielstrebig zur Kirchentür, prüfte noch einmal, ob seine Schnellfeuerwaffe einsatzbereit war, und drückte die Klinke nach unten.

Langsam und vorsichtig zog er die Tür auf, immer darauf gefasst, angegriffen zu werden. Sichernd, die Waffe im Anschlag, trat er ins Freie. Hinter ihm schlug die Kirchentür schwer zu, was ein lautes, dunkles Geräusch zur Folge hatte. Der Uniformierte zuckte zusammen, betitelte sich selbst lautlos als Idioten, ehe er ansetzte, auf den Kirchenvorplatz hinauszutreten. Er hatte noch keine zwei Schritte getan, als er eine Bewegung von rechts wahrnahm.

***

Er weiß wo!

In der Zwischenzeit hatten Yavuz und sein Begleiter ungesehen die Außentür der Sakristei erreicht. Sofort versuchte Yavuz die Tür zu öffnen, suchte aber vergeblich nach der Klinke. Nur ein eiserner Beschlag mit einem Schlüsselloch war zu sehen. Einigermaßen verdutzt schaute er seinen Begleiter an, ehe er leise fragte:
»Wie sollen wir denn die Tür aufbekommen?«
Dieser überhörte geflissentlich den mitschwingenden Vorwurf. Er schenkte Yavuz nur ein schiefes Grinsen, ehe er zu einem seitlich aufgestellten Blumenkübel ging.
Sekundenschnell zog er zwischen blühenden Geranien einen großen, antiquiert erscheinenden Bartschlüssel hervor. Den Kirchenschlüssel wie eine Trophäe stolz vor sich haltend, ging er zur Tür. Sorgsam führte er dann den Schlüssel in die dafür vorgesehene Öffnung und drehte diesen dann zwei Umdrehungen nach rechts. Mit einem leisen Klick, der Yavuz unendlich laut vorkam, was er seinen angespannten Nerven zuschrieb, sprang die Tür einen Spalt auf. Leise traten beide in ein kühles Halbdunkel. Im gleichen Moment trat genau das ein, was Yavuz befürchtet hatte.

***

Schusswechsel vor der Kirche

Mit einer schnellen Reaktion richtete der uniformierte Geiselnehmer vor der Kirche den Lauf seiner Waffe auf die seitliche Bewegung. Noch war er sich nicht sicher, wer oder was seine Aufmerksamkeit erregt hatte. Doch er benötigte nur den Bruchteil einer Sekunde, um zu erkennen, dass er sich in allerhöchster Gefahr befand.

Soldaten stürmten über das parkähnliche Kirchengelände, direkt auf ihn zu. Ohne lange nachzudenken, eröffnete der Geiselnehmer das Feuer auf die Soldaten. Diese warfen sich reaktionsschnell zu Boden. Ein Aufschrei zeigte ihm, dass er mindestens einen Soldaten getroffen hatte.

Feuernd ging er rückwärts, um sich erneut in der Kirche verschanzen zu können. Gleichzeit schwirrten ihm die Kugeln um die Ohren.

Die Soldaten erwiderten sein Feuer, wenn auch zunächst noch ungezielt. Dann traf ihn ein heftiger Schlag an der Hüfte. Durch die Wucht des Aufpralls wurde er herumgeschleudert. Taumelnd bemühte er sich, auf den Beinen zu bleiben. Ein weiterer Schlag traf seine rechte Schulter. Sofort war sein Arm ohne Gefühl und seine Waffe polterte zu Boden. Seine Knie knickten ein, sodass er schwer auf den Boden fiel. Mit letzter Kraft versuchte er noch in Richtung Kirchentür zu kriechen. Sein Kreislauf beendete jedoch rasch seine Bemühungen. Noch eher er eine weitere Bewegung machen konnte, versank er in eine tiefe Ohnmacht.

Sekunden später waren die Soldaten heran. Sie packten den Geiselnehmer und schleiften ihn um die nächste Ecke. Dort legten sie ihn ab, ehe er mit einer Plastikfessel fixiert wurde. Zwei Soldaten hielten die Stellung an der Kirchentür, während sich die anderen um ihren verletzten Kameraden kümmerten.

***

Schüsse in der Kirche

Wüstes Geschrei drang durch den schmalen Korridor, dazu das laute Echo abgefeuerter Schnellfeuerwaffen, das von draußen zu kommen schien.

Yavuz und der Jeansträger rannten durch den Flur und befanden sich gleich darauf vor einer dunklen Holztür. Das stakkatoartige Geräusch verstärkte sich um erhebliche Dezibel, als sie die Tür öffneten.

Yavuz blickte sich kurz sichernd um. Er stellte fest, dass sie sich unter einer schmalen Holztreppe befanden. Die Tür war in die dort angebrachte Täfelung eingelassen und war so auf den ersten Blick nicht zu sehen. Die kleine Treppe führte hinauf zu der mit reichlich Gold verzierten,Kanzel, die den Pfarrer bei seiner Predigt gewollt erhöhte. Nun aber war von dem Pfarrer nichts zu sehen. Im gleichen Moment schalt sich Yavuz einen Narren. Er konnte den Pfarrer nicht erkennen, da er diesen nicht kannte. In seinem Talar würde der Kirchenmann wohl kaum herumrennen.

In der Zwischenzeit hatte sich sein Begleiter neben ihn geschoben. Ein leises, hoffnungsloses Stöhnen verließ die Kehle des Mannes. Nur einige Meter von ihrer Position aus fuchtelten zwei ganz in Schwarz gekleidete Männer mit Schnellfeuergewehren hektisch herum. Vor ihnen, um den Altar verteilt, saßen mit vor Angst geweiteten Augen Männer, Frauen und Kinder. Die Bewaffneten schrien die Menschen an, ruhig zu sein. Doch der Befehl blieb ungehört.

Mit einem Mal trat der näher zu ihrer Position befindliche Geiselnehmer einen Schritt vor, und packte eine Frau mittleren Alters an den Haaren. Er zerrte sie ein Stück mit sich, und damit näher zu der Treppe, unter der sich Yavuz und sein Begleiter verborgen hielten.

Der Geiselnehmer hatte die Frau inzwischen losgelassen. Vor Angst oder aus dem Versuch heraus, sich möglichst klein zu machen, sank sie auf ihre Knie. Mit verzerrtem Gesicht richtete der Geiselnehmer

seine Waffe auf sein hilfloses Opfer.
Ohne auf das Geschrei des Mannes zu achten, wusste Yavuz, dass er nun eingreifen musste.

Er ließ sein Gewehr achtlos zu Boden fallen, griff gleichzeitig seine Pistole, zielte kurz und schoss.
Der Schuss hallte laut durch das Kirchenschiff und die Geiseln antworteten mit erschrecktem Geschrei. Die Kugel hatte den Brustkorb des Geiselnehmers getroffen und ihn um gute zwei Meter nach hinten geschleudert.
Seltsamerweise stand der Mann noch auf seinen Beinen. Mit vor Schmerz verzerrtem Gesicht versuchte er, seine Waffe in Anschlag zu bringen. Auch sein Kumpan legte auf Yavuz an.
Ein weiterer Knall, verursacht durch einen nicht sichtbaren Schützen, echote durch das Kirchenschiff.
In der ersten Schrecksekunde erwartete Yavuz den Schmerz eines Treffers. Doch er war nicht das Ziel des unbekannten Schützen gewesen.
Der zweite Geiselnehmer brach blutend zusammen. Dabei polterte sein Gewehr zu Boden und rutschte davon. Doch die Gefahr war noch nicht vorüber. Der von Yavuz angeschossene Geiselnehmer hatte sich und seine Waffe so weit wieder unter Kontrolle gebracht, dass jede Sekunde ein Schuss aus seiner Waffe abgefeuert werden konnte.
Yavuz hob seine Waffe und schoss erneut auf den Geiselnehmer. Gleichzeitig feuerte der Jeansträger, dessen Namen Yavuz immer noch nicht kannte. Beide Geschosse trafen den Geiselnehmer. Ansatzlos gaben dessen Beine nach, und er sackte in sich zusammen.

***

Unter Kontrolle

Pfarrer Carl Morris erlebte die Geschehnisse in seiner Kirche mit sehr gemischten Gefühlen. Er wollte handeln, aber sein Priestergelöbnis forderte Vergebung. Doch dies hier war wie "Columbine".
Hier wurden Kinder als Geiseln festgehalten, waren Opfer. Das konnte und durfte nicht sein. Gespannt hatte er verfolgt, wie der Anführer der Geiselnehmer die Kirche verließ. Circa eine Minute später hatte er Schüsse vernommen.
Viele Schüsse!
Kurz darauf kam es zur Konfrontation in seiner Kirche. Zwei Männer tauchten durch den Zugang unter der Treppe auf. Pfarrer Morris überlegte fieberhaft, wie er sich mit den Männern verständigen konnte. Doch noch ehe er diesen Gedanken zu Ende gedacht hatte, überschlugen sich die Ereignisse. Einer der Bewaffneten, der gerade eine Geisel mit seiner Waffe bedrohte, entdeckte die Männer, die immer noch unter der Treppe standen.
Es kam zu einem Schusswechsel. Der zweite Geiselnehmer wollte seinem Kumpan helfen. Er richtete nunmehr seine Waffe auf die Männer an der Treppe. In diesem Moment kam die Ausbildung auf der Polizeiakademie zum Tragen und drängte das Pfarrergelöbnis zur Seite. Ohne nachzudenken, legte Carl Morris auf den zweiten Mann an und schoss. Gleich darauf feuerten die Männer unter der Treppe auf den noch verbliebenen Geiselnehmer. Dieser ging haltlos zu Boden, wo er ohne eine Regung liegen blieb.
Wie aus einem bösen Traum erwachend, realisierte Pfarrer Morris, dass alle Geiselnehmer ausgeschaltet waren. Energisch, wenn auch mit weichen Knien, trat er ins Kirchenschiff. Er hielt seine Waffe gesenkt und rief den Männern, die nun auch aus der Deckung unter der Treppe kamen, zu:
»Hallo, ich bin Pfarrer Carl Morris. Bitte schießen Sie nicht auf mich.«
Damit ließ er seine Pistole fallen, die klappernd über den Steinboden rutschte. Doch die beiden Männer blieben wachsam.

»Bleiben Sie, wo Sie sind und rühren sich nicht!«, kam der scharfe Befehl des Mannes, der eine schusssichere Weste und einen Helm trug.

Eine Sekunde überlegte der Pfarrer, ob er dieser Aufforderung Folge leisten sollte. Schließlich war das seine Kirche und die Gefahr schien gebannt. Gleichzeitig wunderte er sich über den Akzent, mit dem der Mann sprach. Zielstrebig ging dieser durch die Kirche und durch die Geiseln hindurch, bis er vor den drei Männern stand, die noch immer ihre Chemiesuits trugen. Die Drei hoben sofort ihre Hände, zum Zeichen dafür, dass sie sich ergeben wollten. Mit vorgehaltener Waffe dirigierte der behelmte Mann die Chemiker in Richtung Kirchenmitte. Dort befahl er den Gefangenen sich auf den Boden zu legen und ihre Hände hinter dem Genick zu verschränken.

Nachdem die Gefangenen seinen Anweisungen nachgekommen waren, winkte der Mann seinen Begleiter herbei. Leise sagte er etwas zu ihm, wobei er den Pfarrer nicht aus den Augen ließ. Der Mann nickte, und richtete seine Waffe auf die am Boden liegenden Männer.

Der behelmte Mann näherte sich unterdessen, mit angeschlagener Waffe, dem Pfarrer. Schnell sammelte er die auf dem Boden liegende Waffe des Pfarrers auf und steckte diese in seinen Gürtel. Dann tastete er den Pfarrer nach weiteren Waffen ab. Als er nichts fand, ließ er seine Pistole ein wenig sinken, ehe er sagte:

»Bitte bleiben Sie weiterhin hier stehen. Ich muss mich erst vergewissern, was draußen vor sich geht.

***

Verwirrter Verstand

Auf dem Privatflughafen, reserviert für ein- und zweimotorige Maschinen, herrschte geschäftiges Treiben. Morgens trafen sich hier Privatflieger, Geschäftsleute, deren Firmen eigene Flugzeuge betrieben, und Industrieflieger.

Die Letzteren flogen mit Sondermodellen, die speziell zum Besprühen der riesigen Felder konstruiert waren. Die sogenannten "Crop Duster" – ein nicht sehr netter Begriff, weil es nur Mistsprüher bedeutet - waren hier in der Landwirtschaft nicht mehr wegzudenken. So betrieb auch die Firma Ethik Inc. einige dieser speziellen Flugzeuge, um ihre neu entwickelten Dünger auf den Feldern zu verteilen.

Ohne Probleme gelangte so der Transporter dieser Firma auf das kleine Flugfeld. Professor Prisarius steuerte langsam, als habe er alle Zeit der Welt, auf einen kleinen Hangar zu, der auf seinem Dach das Logo der Firma trug. Ihm war ganz recht, dass der Hangar etwas abseits lag und er sich so nicht mit anderen Fliegern unterhalten musste.

Vor dem Hangartor brachte er seinen Wagen zum Stehen. Umständlich stieg er aus, ungewohnt sich um solch banalen Alltäglichkeiten kümmern zu müssen, und schritt zu dem Tor. Dann zog er einen dicken Schlüsselbund aus seiner Tasche. Es dauerte fast eine Minute, ehe er den passenden Schlüssel fand. Er öffnete eine Tür, die im Hangartor eingelassen war, und betrat die große Halle. Dort entriegelte er das Tor und zog es auf. Dann ging er zurück zu seinem Wagen, stieg ein und fuhr ihn in die Halle. Er stellte das Fahrzeug seitlich an der Hallenwand ab. Danach suchte er eine Weile die Halle nach einem Transportkarren ab, den er schließlich in einem kleinen Lagerraum entdeckte.

Den Karren vor sich herschiebend, überlegte er seine nächsten Schritte. Er wollte Rache, aber gleichzeitig auch ein Event schaffen, das sich in der Welt herumsprechen würde. Damit, so glaubte der Professor, würde er sich bestimmten Regierungen als Spezialist für Kampfstoffe empfehlen. Hier in den USA konnte er nichts mehr werden. Hier war sein Leben beendet. Hier drohte ihm nur noch ein

Leben im Gefängnis. Bestenfalls! Nein, er würde ins Ausland fliehen und dort einen Status erringen, den er hier nie erreicht hatte. Doch zuerst wollte er seine Visitenkarte hinterlassen.

Der Geist des Professors driftete immer mehr in abstruse Regionen ab. Die Gedanken des einstigen Genies überschritten die Grenze zum Wahnsinn. Sein Lebenswerk hatte sich durch seine eigene Skrupellosigkeit in Luft aufgelöst. Doch wie alle wahnhaften Menschen schuf er sich seine eigene Wahrheit. Er überhöhte sich selbst, stand über den Dingen und ignorierte die Gesellschaft. Menschen waren nur noch Figuren, mit denen man bestenfalls Geld verdienen konnte. Sie waren alle so dumm und zu beschränkt um seinen Gedankengängen zu folgen.

Mittlerweile war er an dem Transporter angelangt. Schnaufend schleppte er die Kanister zu dem Karren. Dann schob er das Gefährt zu einem Sprühflugzeug. Diese mechanischen Handlungen unterbrachen keineswegs seine wirren Gedanken. Angestrengt versuchte er, ein Angriffsziel zu definieren. Einen Ort, wo er möglichst viel Schaden anrichten konnte. Ja, er wollte es der Gesellschaft heimzahlen, diesen ignoranten Idioten. Unbeholfen öffnete er unterdessen den Füllstutzen des Chemietanks, der hinter der Pilotenkanzel angeflanscht war. Der Schraubverschluss verlangte mehrere Versuche, ehe er sich mit einem schmatzenden Geräusch öffnen ließ.

Mit schmerzenden Händen griff sich nun der Professor einen Kanister von dem Karren. Dabei vergaß er völlig die notwendigen Sicherheitsmaßnahmen. Er trug weder Handschuhe, noch einen säurefesten Atemschutz. Er beugte sich hinunter zu dem Kanister, um diesen zu öffnen. Auch hier gab es einen Schraubverschluss, der sich jedoch anders als sein Kollege, sehr leicht aufzuschrauben ließ.

Erleichterung wollte sich schon im Mienenspiel des Professors breitmachen, als die Chemikalie im Kanister - ihrer molekularen Programmierung folgend - ihren Aggregatzustand an der Oberfläche änderte und zu verdampfen begann. Sofort schreckte der Professor zusammen, als er den leichten Rosenduft wahrnahm. Sich die Nase zuzuhalten und gleichzeitig den Kanister zu verschließen, erwies sich zusammen mit dem schreckhaften Erkennen seines Fehlers als sehr schwierig. Mit zittrigen Fingern rutschte die Plastikkappe immer wieder aus der Verschraubung. Verärgerung über seine eigene Unfähigkeit brach sich Bahn, begünstigt durch das unvermeidliche

Einatmen der Chemikalie. Nie gekannter Zorn vernebelte seinen schon verwirrten Verstand. Als ihm der Schraubdeckel dann auch aus den Fingern rutschte und auf dem gestrichenen Betonboden davonrollte, war es um seine mühsam aufrecht gehaltene Beherrschung geschehen. Mit einem zornigen Aufschrei richtete der Professor sich auf, um gleich darauf wütend gegen den Kanister zu treten. Der Aufprallenergie folgend, kippte das Behältnis um. Ungehindert strömte die verhängnisvolle Chemie aus ihrem Behältnis. Panisches Erschrecken und die Erkenntnis nun endgültig verloren zu haben, rasten durch die Synapsen seines Gehirns. Gleich darauf wurden seine Augen glasig, bis sich im Gehirn kalter Mordwillen nach vorne schob. Mit staksigen Schritten strebte Professor Prisarius dem Ausgang der Halle zu.

***

Neuigkeiten

In einem provisorischen Lagezentrum diskutierte unter der Leitung des Gouverneurs Bill Haslam eine Gruppe von Männern lautstark. An einem dunklen Konferenztisch hatten sich sogenannte Sicherheitsexperten versammelt.

Der Gouverneur zweifelte allerdings an deren Kompetenz. Von Vorschlägen zum Abwarten, über das Stürmen der Stadt mit regulären Militäreinheiten, bis hin zu einem präventiven Luftschlag, der Walkers Hill vollständig ausradiert hätte, wurden Optionen diskutiert. Einig waren sich die Männer nur in ihrer Uneinigkeit.

Bill Haslam saß auf seinem Stuhl und ließ die stimmgewaltige Geräuschkulisse,über sich hinweg branden. Es zeigte sich keine gangbare Lösung, aber eine Lösung musste gefunden werden. Der Präsident erwartete Antworten, verlangte ein Konzept, um die Lage in Walkers Hill unter Kontrolle zu bringen. Rechts neben seinem Platz stritt sich ein hochrangiger FBI-Beamter mit einem Brigadegeneral, dessen Namen Bill Haslam schon wieder vergessen hatte. Es war auch egal, wie der Mann hieß und wie diese ganzen Leute hießen. Gerade als er sich aufraffen wollte, Ruhe im Konferenzsaal zu fordern, kam sein Adjutant aufgeregt und eilig durch die Tür gestürmt. Er flüsterte seinem Chef etwas ins Ohr. Daraufhin erhob sich der Gouverneur, um seinem Mitarbeiter nach draußen zu folgen. Kaum hatten sie den um einige Dezibel ruhigeren Flur erreicht, begann der Assistent zu sprechen:

»Es gibt Neuigkeiten. Gute Neuigkeiten. Gerade habe ich mit dem Kommandanten der Nationalgarde, Colonel James Harper, telefoniert. Er hat die Lage in Walkers Hill weitgehend unter Kontrolle. Seine Männer sind gerade dabei, die Stadt nach möglichen Bewaffneten abzusuchen. Scheinbar hat sich dort eine Bürgerwehr etabliert. Außerdem berichtete er, dass der Auslöser der Katastrophe wohl dem Freisetzen einer Chemikalie der Firma Ethik Inc. zuzuschreiben ist.«

»Inwieweit können wir das geheim halten?«, fragte der Gouverneur, wohl wissend, dass das Verteidigungsministerium mit Sicherheit an diesem Kampfstoff interessiert sein würde.

»Ich fürchte gar nicht«, antwortete der Adjutant, um gleich fortzufahren:

»Vorort befindet sich ein Spezial Agent des FBI, direkt von Washington aus geschickt. Er untersteht nur dem Hauptbüro und ist somit keiner Weisung seitens anderer Behörden unterstellt. Der Agent, dessen Name übrigens Roger Thorn lautet, hat schon über seine Dienststelle Forensikteams geordert, wie auch eine Probe der Chemikalie weitergeleitet. Außerdem hat er mit der Polizei in Knoxville gesprochen und die Fahndung nach dem Firmenchef der Ethik Ink. eingeleitet.«

»Der Mann ist sehr rege. Mir gefällt überhaupt nicht, dass über meinen Kopf hinweg entschieden wird. Wo kommen wir denn da hin. Ich werde sofort mit Washington sprechen.«

Der Adjutant blieb gelassen, auch wenn die Stimme seines Vorgesetzten vor Erregung laut geworden war. Mit einer bedauernden Bewegung widersprach er dann seinem Chef:

»Gouverneur, da werden Sie kein Glück haben. Dieser Agent Thorn leitet ein besonderes Dezernat, das sich mit ungewöhnlichen Fällen befasst. Außerdem ist er nur dem Direktor des FBI und dem Präsidenten unterstellt.« »Wie denn das? Das habe ich ja noch nie gehört! Ein Sonderdezernat …?«

»Richtig! Vor nicht einmal einem Jahr hat Mister Thorn sozusagen unser Land vor einem rechtsgerichteten Putsch gerettet. Sie haben bestimmt von dieser Nazigeschichte gehört ...«

Der Gouverneur nickte nun verdrießlich. Ja, er war informiert. Zwar war die breite Öffentlichkeit weitgehendst im Unklaren gelassen worden, aber in politischen Kreisen gehobener Couleur war man besser informiert. Der Adjutant blätterte kurz in seinen Papieren, ehe er sagte:

»Noch eins, Agent Thorn hat bei einem zuständigen Richter einen Durchsuchungsbefehl beantragt und bekommen. Die Polizei von Knoxville hat schon das Firmengelände abgeriegelt. Ich würde vorschlagen, dass Sie weitere Polizeikräfte zur Unterstützung schicken. Es wäre auch zu empfehlen, sämtliche Mitarbeiter der Ethik Ink. festzusetzen und zu verhören. Für Walkers Hill benötigen wir ein Feldlazarett, Ärzte, Schwestern, Pfleger und vor allen Dingen Proviant für die Bevölkerung. Auch eine Truppenverstärkung der Nationalgarde erscheint sinnvoll.«

Gouverneur Bill Haslam nickte zustimmend und gleichsam froh. Er wusste, was er an seinem Adjutanten hatte. Jeder Machtmensch brauchte gewiefte Helfer und sein Adjutant war einer der besten Berater im politischen Geschäft. Mit neuem Mut klatschte der Gouverneur einmal in die Hände, was einen neu erwachten Enthusiasmus bezeugte. Dann gab er seine Order, die genau die Anweisungen beinhaltete, die sein Adjutant ihm gerade erst vorgeschlagen hatte.

Danach begab er sich zurück in den Konferenzraum, blieb im Türrahmen stehen, ehe er mit lauter Stimme sagte:

»Es gibt gute Neuigkeiten, meine Herren ...«

***

Tränen

In der Zwischenzeit war Sheriff Ernest Gregory, zusammen mit den anderen Männern aus der Tankstelle, am Versorgungszelt der Nationalgarde angelangt. Erschöpft saßen die Männer zusammen an einem Tisch, tranken Kaffee und kauten auf halb durchweichten Sandwiches herum. Doch das war ihnen egal. Wenn man hungrig ist, schmeckt fast alles. Selbst Vito saß bei der kleinen Gruppe und spürte trotz seiner Müdigkeit eine Erleichterung, die er noch zuvor in seinem Leben verspürt hatte. Er schaute zu dem, mit vollem Mund kauenden, Carlo, den sie hier als Paolo kannten. Sein ehemaliger Kumpan war nicht der Mann, den er einst gekannt hatte. Eine Aura von Zufriedenheit umgab ihn, selbst hier und jetzt, nach allem, was er den vergangenen Tag erlebt hatte. Vito wünschte sich immer mehr, solch ein unbeschwertes Leben führen zu können. Beim Betreten des Zeltes wollte er gleich mit einem Polizeibeamten sprechen, um herauszufinden, ob es für ihn Möglichkeiten gab, die Seiten zu wechseln. Der Polizist hatte ihn kurz angebunden an einen FBI-Beamten verwiesen. Der FBI-Mann war aber im Moment sehr beschäftigt, sodass Vito beschloss, abzuwarten, bis sich die Gelegenheit ergab mit dem Beamten seine Lage zu erörtern.

Der Sheriff blickte erschöpft in die Runde. Männer und Frauen liefen geschäftig umher, alle mit dem Ziel zu helfen. Hier war er als Sheriff von Walkers Hill eigentlich gefordert. Doch so sehr er sich wünschte, helfen zu können, wusste er doch, dass er dazu nicht in der Verfassung war. Er konnte sich kaum noch aufrecht halten, so sehr setzten ihm die Erlebnisse der vergangenen Tage zu. Die Anspannung, aber auch die Ungewissheit wie diese Geschichte ausgehen würde, hatten ihn bislang aufrecht gehalten. Doch nun, wo andere Menschen sich kümmerten, ja ihm die Last der Verantwortung von den Schultern genommen hatten, forderten sein Geist und sein Körper nur noch das Eine - und zwar Ruhe.

Als ihm schon fast die Augen vor Müdigkeit zuzufallen drohten, erblickte er Rosi Winters, die sich gerade einen Kaffee vom Service Wagen holte. Erleichterung und Freude brandeten durch seinen müden Körper. Rosi hatte es also auch geschafft, aus dem Keller zu entkommen. Sie hatte überlebt, wenn wohl auch mit Blessuren, was einige Pflaster und Verbände belegten. Rosi entdeckte den Sheriff als sie sich umdrehte. Sofort eilte sie auf ihn zu, stellte ihre Tasse auf dem Tisch ab und fragte mit Tränen in den Augen:

»Hallo Sheriff, es tut so gut, Sie zu sehen. Will ist ...« Ihre Stimme brach und tiefe Trauer ließ sie verstummen.

Der Sheriff legte der jungen Frau den Arm um die Schultern. Widerstrebend erinnerte er sich, in welchem Zustand er seinen Deputy Will zuletzt gesehen hatte. Er hatte ausgeweidet, wie ein erlegtes Wild, am Boden gelegen. Seine gebrochenen Augen würde er so leicht nicht vergessen können. Er hatte Rosis Verlobten nicht mehr helfen können. Er war zu spät gekommen. Sorgsam überlegte der Sheriff, wie er die junge Frau trösten konnte. Sie würde ihren Liebsten nie mehr in die Arme schließen können. Doch dann sagte er nur einfach mit trauriger Stimme:

»Wir werden Will niemals vergessen. Ich war auch in dem Keller, doch ich kam zu spät. Ich habe mich von dieser Frau blenden lassen und wurde von ihr überwältigt. Mit letzter Kraft habe ich mich befreit und konnte flüchten. Ich war nicht in der Lage, die Gefangenen in deinem Keller zu befreien. Rosi, ich bin so froh, dass du entkommen konntest. Bitte verzeih mir, dass ich dich im Stich gelassen habe.«

»Was? Sie waren auch im Keller? Das ist schrecklich. Haben Sie Will gesehen? Ich werde nie vergessen können, wie er dort lag, in seinem Blut ... .«

Tränen erstickten ihre weiteren Worte. Sheriff Gregory nahm sie fest in die Arm, und ehe er sich darüber bewusst wurde, rannen ihm ebenfalls Tränen über seine Wangen. Nach einigen Minuten lösten sie sich voneinander. Rosi hatte sich gefasst, doch schmerzliche Trauer beherrschte ihr Gesicht. Wortlos stand sie auf, nahm ihren Kaffeebecher, ehe sie davon ging.

Wie eine Erlösung trat ein asiatisch aussehender Sanitäter an den Tisch. Er forderte die Männer auf, ihm ins Sanitätszelt zu folgen. Als sie sich erhoben, flüsterte Harold Murphy seinem Vater zu:

»Der Mann sieht genauso aus, wie Mister Moto in meinem Traum.«

***

Haha, guter Witz!

Yavuz saß auf den Stufen der Kirchentreppe und versuchte seine Gedanken und seine Gefühle zu ordnen.

Er hatte auf einen Menschen geschossen. Zum Glück hatte er den Mann nur verwundet, da dieser eine schusssichere Weste trug. Verwirrend war jedoch, dass er sich in den Momenten des Kampfes so lebendig wie nie zuvor in seinem Leben gefühlt hatte. Er erinnerte sich an das kraftvolle, energiegeladene Gefühl, das ihn durchströmt hatte, als er seinen Gegner niederstreckte. War das normal, sich gut zu fühlen, wenn man einen anderen niederschoss oder sonst wie umbrachte? Konnte es sein, dass alle moralische Regeln nichts weiter waren als simpler Betrug. War Moral ein Mittel, um den Menschen vom Töten abzuhalten? Konnte das stimmen?

Er war froh, als der Jeansträger sich neben ihm auf der Treppe niederließ. So war er wenigstens im Moment von seinen zweifelnden Gedanken erlöst.

Der Mann nickte freundlich und schaute noch einige Momente den Soldaten zu, wie diese die Gefangenen abtransportierten. Der Pfarrer kümmerte sich unterdessen um seine Schützlinge und nicht wenige drängten darauf, nach Hause zu gehen. Der verantwortliche Offizier bat jedoch noch um etwas Geduld, da noch nicht alle Stadtviertel durchsucht und befriedet waren.

Auch Yavuz verfolgte das Geschehen interessiert, wenn auch mit müden Augen. Die Anspannung war von ihm abgefallen wie ein alter, nasser Mantel. Sein Biorhythmus war völlig außer Kontrolle, bedachte man, dass er noch nicht einmal Zeit gefunden hatte, den sogenannten Jetlag durch Schlaf zu kompensieren. Um nicht in eine unkontrollierte Müdigkeit zu fallen, drehte er sich zu dem neben ihm sitzenden Mann um.

»Wir haben uns noch gar nicht miteinander bekannt gemacht. Mein Name ist Yavuz.« Er reichte ihm die Hand, die dieser mit einer erstaunlicher Festigkeit ergriff, die Yavuz dem schmalen, ja fast hageren Mann nicht zugetraut hätte.

»Ich bin Joe. Freut mich, dich kennenzulernen!«

»Naja,« grinste Yavuz, »mich freut es auch, wenn du mir auch in dem Garten einen gehörigen Schrecken eingejagt hast.«

»Die Frage ist, wer hier wem einen Schrecken eingejagt hat. Ich dachte schon, mein letztes Stündlein habe geschlagen. Ich bin eben kein Kämpfer wie du.«

»Was? Ich soll ein Kämpfer sein?«

Yavuz lachte laut auf, um dann dem Mann einen freundlichen Klaps auf die Schulter zu geben. »Was denkst du denn, wer ich bin?«

»Keine Ahnung. Ich vermute, du gehörst irgendeiner Behörde, wie dem DEA oder dem FBI an.«

Yavuz lachte erneut, geschmeichelt von den Worten des hageren Mannes. Dann schüttelte er den Kopf, ehe er sagte:

»Nein, nein. Ich bin nur ein gewöhnlicher Tourist. Im wirklichen Leben bin ich ein Verkäufer in einem Autohaus.«

Joe schaute ihn zuerst verblüfft an, wie jemand, der den Sinn eines Satzes nicht verstanden hatte. Dann lachte auch er schallend und schlug sich auf die Schenkel.

»Autoverkäufer, was? Haha, guter Witz. Wirklich!

***

 ## Mühsam

Am Hangartor blieb Professor Prisarius unschlüssig stehen. Noch immer kochte die Wut in ihm, doch es war weit und breit niemand zu sehen, an dem er seinen Zorn auslassen konnte.

Sein umnebelter Verstand versuchte sich zu erinnern, warum er überhaupt hierher zu diesem Flugplatz gekommen war. Undeutlich schoben sich Erinnerungen und Gedankenbilder durch sein berauschtes Bewusstsein. Je angestrengter er überlegte, um so stärker formte sich seine ursprüngliche Idee. Er war hier, um Chaos zu verbreiten. Er wollte eine Chemikalie versprühen, die aus Menschen Monster machte.

Er wollte seine Rache, wenn sie auch nicht mehr wichtig war. Leicht torkelnd drehte er sich um, ehe er schließlich zurück in den Hangar ging. Zielstrebig steuerte er das Sprühflugzeug an, hob den umgekippten Kanister auf, in dem sich noch einige Liter der Chemikalie befanden. Diese füllte er dann mit zittrigen Händen in den Sprühtank, des Flugzeuges. Danach hob er den zweiten Kanister von den kleinen Transportkarren, öffnete den Verschluss und goss den Inhalt ebenfalls in den Sprühtank. Dann verschloss er den Tank, schob den Karren zur Seite, und kletterte in die Kabine des kleinen Flugzeugs.

Als er den Motor starten wollte, fiel ihm auf, dass er keinen Schlüssel hatte. Wie bei einem Auto brauchte man auch bei einem Kleinflugzeug einen Zündschlüssel.

Angestrengt, von Zornimpulsen unterbrochen, versuchte der Professor sich zu erinnern, wo die Schlüssel der Flugzeuge aufbewahrt wurden. Sein Verstand, durch die Droge mühsam arbeitend, durchsuchte seine Erinnerungen.

Endlich, nach einer ganzen Weile, tauchte vor seinem geistigen Auge das Bild eines Büros auf, an dessen Wand ein kleiner Metallkasten hing. In diesem Kasten befanden sich die Schlüssel. Das Büro musste sich hier im Hangar befinden.

Mühsam schob sich der Professor aus der engen Pilotenkanzel, ging halb geduckt unter den Tragflächen hindurch, um sich dann suchend umzuschauen. Dann entdeckte er ein Fenster in der Hallenwand, daneben eine Tür. Das war es. Dort befand sich das Büro.

Die Augen des Professors leuchteten triumphierend auf. Er musste nur noch den Schlüssel holen, dann konnte er sich seiner Rache widmen.

***

 ## Aha, eine Leiche...

FBI Agent Roger Thorn stand vor dem zerbrochenen Fenster des Potts. Vor dem Lokal hatte sich eine gewisse Ordnung etabliert. Absperrungen waren angebracht worden und von jedem Objekt wurden Fotos geschossen, auch von den bedauernswerten Opfern.

Im Inneren des Lokals waren Verwundete geborgen worden. Ja, es gab tatsächlich Überlebende des schrecklichen Massakers.

Später transportierten Soldaten die Leichen nach draußen zu einem abgesperrten Areal und bedeckten sie behelfsmäßig mit Plastikfolie.

Roger schaute ins Innere des Gastraumes. Überall war inzwischen getrocknetes Blut. An den Wänden, den Möbeln und natürlich auf dem Boden. Fast schwarz wirkten die Flecken, die wie ein abstraktes Muster scheinbar den Raum in Areale von Schrecken und Tod aufteilten.

Roger konnte sich nicht überwinden, das Lokal zu betreten. Düstere Todesangst schien noch immer in dem einstigen Restaurant zu wabern, wie schwerer Nebel in einer Flussniederung. Dazu kam noch der metallene Geruch von Blut, gemischt mit dem Gestank verfaulter Blumen. Wie ein Mahnmal stand zwischen umgekippten Stühlen und Tischen in der Mitte des Raumes ein einsamer Rollstuhl. Dieser passte irgendwie nicht ins Bild. Roger fragte sich, was wohl aus dem Besitzer des Rollstuhls geworden war. Hatte er überlebt oder lag er ebenfalls unter einer Plane neben den anderen Opfern.

Rein instinktiv vermutete Roger, dass es sich bei dem Rollstuhlbesitzer um einen Mann handeln musste. Schon der Umstand, dass an der Rückenlehne ein Militärrucksack hing, war bezeichnend. Eine Stimme hinter Roger beendete dessen Betrachtung.

»Hallo Mister Thorn, kann ich Sie mal kurz sprechen?«

Roger drehte sich um. Am Fuß der Treppe stand, oder besser saß, ein Mann in einem Rollstuhl. Er sah sehr mitgenommen aus, wenn auch seine Augen hellwach waren. Was für ein merkwürdiger Zufall, dachte Roger. Gerade noch hatte er einen einsamen Rollstuhl betrachtet und nun sprach ihn ein Rollstuhlfahrer an. Roger erinnerte sich. Dies war

Duke Douglas, mit dem er schon gesprochen hatte. Bestimmt gehörte ihm der einsame Rollstuhl, der im Gastraum stand.

»Wie kann ich Ihnen helfen«, fragte Roger und stieg die zwei Holzstufen nach unten, um wenigstens auf der gleichen Ebene mit dem Mann zu sein.

»Das ist gar nicht so einfach«, antwortete dieser. »Ich habe eine Leiche gefunden ... .«

»Aha, eine Leiche«, antwortete Roger, dem in diesem Moment nichts Besseres einfiel.

Leichen gab es hier ja wirklich zur Genüge. Doch er wollte nicht unfreundlich sein und ließ den Mann einfach weiter reden. Dieser überlegte einen Moment, da Rogers flapsige Antwort ihn aus seinem Konzept gebracht hatte.

»Haben Sie schon mal etwas von Mister Moto gehört?«

Diese Frage verwirrte nun Roger, der sofort daran dachte, was sein Lebensretter Yavuz ihm letzten Abend berichtet hatte. Immer wieder tauchte dieser Name auf, und auch andere Bewohner von Walkers Hill hatten bei den Zeugenbefragungen diesen Mister Moto erwähnt. Der Tankwart Harold Murphy hatte sogar dessen Namen geschrien, als er aus einer Ohnmacht erwacht war - und das genau hier, an der Stelle, an der sie nun standen.

Doch Roger konnte trotz all den gewonnenen Informationen noch nicht einordnen, was diese Ortslegende, dieser Mister Moto, mit den Geschehnissen hier zu tun hatte.

»Ich glaube, ich habe Mister Moto gefunden«, sagte der Rollstuhlfahrer eindringlich.

»Wo haben Sie denn diesen Mister Moto gefunden?«, fragte Roger ungläubig.

»Da unten, direkt unter dem Lokal«, antwortete der Mann, und deutete noch zusätzlich mit dem Zeigefinger der rechten Hand auf ein Holzgitter. Dieses Gitter war neben der Treppe angebracht und schien das ganze Haus zu umspannen.

»Also gut Duke, wie sind Sie denn unter das Haus gekommen?« Dabei schaute Roger bezeichnend auf den Rollstuhl.

»Ja, das war so ... .«

In den nächsten Minuten berichtete Duke, was er seit gestern erlebt hatte. Roger hatte sich unterdessen auf den Holzstufen niedergelassen und notierte, was er hörte.

Dazu hielt er einen kleinen Block, der in einem schwarzen Lederetui steckte, wie man es aus einschlägigen Kriminalfilmen her kannte.

Bei dem Bericht erfuhr Roger, dass der Wirt des Restaurants wohl am wildesten gewütet hatte. Doch er befand sich weder unter den Verletzten, noch unter den Toten. Wo war er also. Roger beschloss den Mann zu suchen, den er zu den Haupttätern zählte. Inwieweit die Droge oder das chemische Kampfmittel dabei eine Rolle spielte, war noch zu klären. Auf jeden Fall musste der Mann verhört werden, da dieser potenziell immer noch als gefährlich einzustufen war. So fragte Roger nun Duke: »Können Sie mir sagen, wo ich Josh Eliot finden kann?«

***

Yavuz will mit!

Ein tiefes Brummen kündigte das Eintreffen weiterer Hilfskräfte an. In Walkers Hill war es für diese Tageszeit, den frühen Vormittag, ungewöhnlich still. Kein Fahrzeug fuhr durch die Straßen, kein Kind spielte im Freien. Die selbst ernannte Bürgerwehr schien sich in Luft aufgelöst zu haben. Soldaten wiesen den Konvoi, bestehend aus Militärlastwagen und Sanitätsfahrzeugen, ein. Einige schwarze SUVs parkten vor dem Rathaus. Männer mit blauen Windjacken, auf denen die gelben Buchstaben FBI zu lesen waren, stiegen aus den Wagen. Der FBI-Agent Roger Thorn überquerte die Straße, um seine Kollegen zu begrüßen und diese über die hier herrschende Lage aufzuklären. Danach begannen die Männer und Frauen der Ermittlungsbehörde, Koffer und Kisten aus den Wagen zu laden. Ohne weitere Anweisungen begab sich die Gruppe zu den Zelten, die neben und vor dem Restaurant Potts von den Nationalgardisten errichtet worden waren.

Roger, froh darüber, dass nun endlich Verstärkung eingetroffen war, sprach noch kurz mit dem Kommandeur der Nationalgarde Colonel James Harper. Danach winkte er zwei Soldaten herbei, die er als Begleitschutz bei seinem Vorhaben benötigte.

Dann machte er sich zu Fuß auf. Bewusst verzichtete er auf ein Fahrzeug. Er wollte auf keinen Fall, dass der Restaurantbesitzer Josh Eliot sein Kommen bemerkte. Diesen Mann wollte Roger unbedingt lebend ergreifen. Es war wichtig für seine Ermittlungen, herauszufinden, wie der Mann mit der Kampfdroge in Berührung gekommen war. Außerdem war der Mann vermutlich ein vielfacher Mörder, der auf jeden Fall dingfest gemacht werden musste.

So lief Roger in Begleitung der beiden Soldaten durch die stillen Straßen. Nach einigen Minuten erreichten sie die Kirche. Hier war es plötzlich nicht mehr still.

Erwachsene und Kinder standen vor dem klerikalen Gebäude und erleichterte Gesichter zeigten Roger, dass hier die Gefahr, die über Walkers Hill geschwebt hatte, wohl gebannt war. Zwischen den Menschen versuchten einige Soldaten, Ordnung zu schaffen. Roger vermutete, dass die Zivilisten wohl nach und nach zu ihren Häusern geleitet werden sollten. Doch zuerst musste der Ort gänzlich befriedet werden. Auf der Treppe der Kirche saßen zwei Männer. Als Roger näher kam, erkannte er Yavuz, der nun in seine Richtung schaute. Erfreut erhob er sich, als er den FBI-Agenten erkannte. Er ging zu Roger und schüttelte ihm kräftig die Hand. Dann berichtete Yavuz, was sich in der Kirche zugetragen hatte.

Interessiert hörte Roger Thorn seinem neuen Freund zu. Als Yavuz von den Männern mit den Chemiesuits erzählte, wurde es für Roger spannend. Bisher hatte er nur aus Zeugenaussagen von diesen Männern gehört. Nun hatten sie einige von ihnen gefangen.

Roger gab einem der ihn begleitenden Soldaten die Anweisung, die Männer sogleich abführen zu lassen. Sie sollten sofort zu seinen Kollegen gebracht werden.

Roger spürte, dass es wichtig war, so viele Informationen wie eben möglich, von diesen Männern zu bekommen. Noch war die Gefahr nicht gebannt, noch konnte sich wiederholen, was diesen Ort ins Unglück geführt hatte. Daher war Roger hin und hergerissen und überlegte, was er als Nächstes in Angriff nehmen sollte. Auf der einen Seite wollte er gern selbst die Verdächtigen verhören, auf der anderen Seite musste der Restaurantbesitzer Josh Eliot unbedingt festgenommen werden. Roger entschied sich, zuerst Josh Eliot festzunehmen. Er wollte sich von Yavuz verabschieden, doch der ließ sich nicht so einfach abspeisen.

»Natürlich komme ich mit«, beharrte er fast empört auf die Bitte Rogers reagierend, dass er hier bei der Kirche bleiben sollte. Roger nickte ergeben, obwohl er nicht wusste, wie er es erklären sollte, falls Yavuz etwas bei dieser Verhaftung zustoßen sollte.

So gingen sie die Straße hinauf, um gleich darauf in eine Seitengasse abzubiegen. Vorsichtig, nun auf jedes Gespräch verzichtend, näherten sie sich dem Haus, das Josh Eliot bewohnte.

Schon von Weitem erkannten sie einen Pick-Up Truck in der Einfahrt parkend. Langsam, immer auf Deckung bedacht, näherten sie sich dem Grundstück. Es war unheimlich still und ihre Schritte schienen durch die Straße zu hallen. Schussbereit hielten sie ihre Waffen, als sie an einer Hecke haltmachten. Sie gingen in die Hocke, um sich leise zu beraten. Keiner von ihnen kannte das Haus oder wusste, wie es in dessen Garten aussah. Doch sie hatten nicht die Zeit, langwierige Erkundungen anzustellen. So beschlossen sie, dass sie sich rechts und links der Haustüre aufstellen würden, während Roger einfach klopfte. Was dann geschah, hing von der sich ergebenden Situation ab. Auf ein Zeichen Rogers hin, setzten sich die Männer in Bewegung.

***

Erkenntnis

Josh Eliot hatte den Mann, der verwundet vor seiner Tür stand, in sein Haus gelassen. Er war in sein Haus gehinkt und blutete stark aus einer Wunde an der Hüfte. Josh wusste zuerst nicht, wie er dem Mann helfen konnte. So griff er ihm unter die Arme und brachte ihn in die Küche. Dort setzte er den Verwundeten auf einen Küchenstuhl.

Weil ihm nichts Besseres einfiel, gab er dem Mann erst einmal ein Glas Wasser zu trinken. Dann ging er in die Hocke und betrachtete die verwundete Hüfte. Josh wollte erst gar nicht fragen, wo der Mann sich die Verletzung zugezogen hatte. Seine eigenen Probleme reichten ihm im Moment. Er konnte aber nicht viel erkennen, nur gerissenen schwarzen Stoff, aus dem die Uniform, wenn es sich denn um eine solche handelte, bestand und blutverschmiertes Panzerband. Wenn er die Wunde versorgen wollte, musste er den Stoff und das Panzerband, das scheinbar die Wunde zusammenhielt, entfernen. Doch was dann? Josh überlegte, doch sein letzter "Erste Hilfe Kurs", lag schon lange zurück. Er war sich auch nicht sicher, ob er dort im Verbinden solcher großen Wunden geschult worden war.

Der Mann stöhnte auf, als sich Josh begann, die Wunde zu untersuchen. Er erkannte, dass er eine Menge Verbandmaterial benötigten würde und dazu möglichst eine Handvoll Schmerzmittel.

So stand Josh auf, überlegte einen Augenblick, ehe er aus der Küche stürmte. Er rannte die Treppe hinauf, eilte ins Badezimmer, um dort den kleinen Medizinschrank zu öffnen. Dabei fiel ihm ein, dass er sich nicht genau erinnern konnte, wann er zum letzten Mal in das Schränkchen geschaut hatte. Voller Hoffnung öffnete er es, doch seine Hoffnung wurde enttäuscht. Außer einer Schachtel, halb aufgebrauchter Aspirin und einer Rolle Pflaster war das Fach leer.

Er nahm, was er fand, steckte die Sachen in seine Hosentasche und wollte weiter in sein Schlafzimmer eilen. Dabei fiel sein Blick in den Spiegel und damit auf sich selbst.

Was er dort im Spiegel erblickte, jagte ihm einen Schrecken ein. Tiefe Falten hatten sich um seine Mundwinkel eingegraben. Dunkle Schatten lagen um die Augen, die sich tief in ihre Höhlen zurückgezogen hatten. Seine Haut war fahl und zeigte eine fast durchsichtige Blässe. Seine Haare standen ihm wirr vom Kopf, und eine erhebliche Anzahl grauer Strähnen verdrängten seine natürliche Haarfarbe.

Josh war in nur wenigen Stunden um Jahre gealtert. Hatte das Grauen, das er erlebt hatte, ihn so signifikant gezeichnet, dass sein Körper viele Lebensjahre übersprungen hatte? Wie hatte es nur so weit kommen können? War er denn ein Mörder, gerade er, der die Menschen hier in Walkers Hill ein Leben lang kannte und liebte? Wie konnte das sein?

Grauenvolle Bilder von schrecklichen Szenen rasten durch seinen Kopf. Sterbende, blutende Menschen, Geschrei und angstverzerrte Gesichter und … .

Halt, da waren vor der Katastrophe Männer in seinem Lokal gewesen. Männer in weißen Chemieanzügen. Ihre Gesichter waren hinter Masken, Gasmasken, versteckt gewesen und sie hatten auf ihn gewartet. Einige der Männer hatten ihn ergriffen und hielten ihn fest, während zwei andere Maskierte etwas mittels eines Stabes versprühten, dessen Schlauch zu einem Plastikkanister führte. Sogleich waren ihm die Sinne geschwunden und er tauchte in eine vor Farben schreiende Umgebung ein. Was danach geschehen war ... .

Gequältes Rufen drang von unten zu ihm herauf ins Badezimmer. Ah ja, richtig! Da unten in seiner Küche saß ein Verwundeter, der seine Hilfe brauchte. Josh wandte sich mit einem letzten traurigen Blick von seinem Spiegelbild ab und eilte zur Küche.

Als er in den Raum betrat, sah er, dass der verwundete Mann das Bewusstsein verloren hatte. Josh blieb kurz stehen, um seine Optionen zu überdenken. Als Erstes musste er diesen Uniformierten so weit versorgen, dass dieser nicht verblutete. Dann konnte er den Mann ins Krankenhaus fahren oder einen Rettungswagen bestellen.

In diesem Moment vergaß Josh völlig, dass Chaos in seiner Stadt herrschte.

Stunden waren vergangen.

Josh hatte den Mann verbunden und ihm als Schmerzmittel Wodka eingeflößt. Der Mann war immer wieder in Ohnmacht gefallen und fieberte. Doch Josh war an seiner Seite geblieben. Zwischendurch hatte er versucht, telefonisch Hilfe herbeizuholen. Doch weder das Festnetz noch sein Handy funktionierten. Alles war tot. So konnte er nur zusehen, wie der Verletzte immer schwächer wurde. In den wenigen Minuten, in denen der Mann bei Bewusstsein war, faselte er unzusammenhängende Worte. Doch nach und nach begriff Josh, dass dieser Mann etwas mit den Vorfällen hier in der Stadt zu tun hatte. Als der Verwundete auf einmal von den Chemikern sprach, von einem Feldversuch sowie von einem Kampfmittel, wurde ihm einiges klar. Nun besah er sich den verletzten Mann genauer.

Dieser Kerl hatte zumindest dabei geholfen, das Chaos in Walkers Hill zu verursachen.

Kalte Wut breitete sich in Josh aus, doch er musste sich beherrschen. Hier hatte er auf einmal einen Gefangenen, der beweisen konnte, dass er, Josh Eliot, kein Mörder war.

In diesem Moment klopfte es an seiner Tür.

***

Die Tür zur Hölle

Rüttelnd erwachte der Motor des Sprühflugzeuges. Ein lautes Dröhnen erfüllte den Hangar, doch dies nahm Professor Prisarius kaum wahr. In seinem vernebelten Verstand brandete Zorn an die Ufer seines Bewusstseins. Schwarze Wolken der Wut bildeten sich am Horizont seiner Wahrnehmung, bereit ein Gewitter aus Gewalt zu entfesseln.

Mechanisch bediente er die Instrumente der kleinen Maschine. In einem leichten Zickzackkurs brachte er das Flugzeug unbeschädigt aus dem Hangar. Noch ehe er die Startbahn erreicht hatte, gab er Vollgas. Herbeieilende Techniker, die bemerkt hatten, dass mit dem Sprühflugzeug etwas nicht stimmen konnte, ignorierte der Professor.

Am Rande des Flugplatzes tauchten Blaulichter auf, was er nur mit einem wahnsinnigen Gelächter kommentierte. Sie kamen zu spät! Niemand würde ihn mehr aufhalten können. Niemand konnte ihn mehr stoppen. Immer schneller werdend raste das kleine Flugzeug der Piste entlang, um dann leicht, fast schwerelos erscheinend in den Himmel aufzusteigen.

Der Professor fühlte sich der Welt überlegen, enthoben aller Konventionen dieser Kleingeister, die ihn sein Leben lang mit ihrer Kleinmütigkeit behindert hatten. Nun war er frei zu tun, was getan werden musste.

In seinem Wahn flog der Wissenschaftler immer höher, ohne ein bestimmtes Ziel definiert zu haben.

Sein Verstand umnebelte sich immer mehr und so glaubte er bald, in den Wolken vor sich, Ungeheuer und Monster zu erkennen. Doch Angst war das letzte Gefühl, das ihn hier oben beherrschte. Ohne zu zögern steuerte er das Flugzeug auf die Wolkenformation zu.

Aus den Lautsprechern des Funkgerätes kam ein aufgeregtes Gequake, welches ihn nur irritierte. Doch zu diesem Zeitpunkt wusste er nicht mehr, wie er das Funkgerät bedienen sollte. Mehr und mehr verabschiedete sich sein einst brillanter Verstand. Wahnsinn übernahm die Funktion des Geistes. Da vorne lauerte der Feind, den er besiegen musste. Ungeheuer, die nur auf sein Kommen gewartet hatten, um sich mit ihm zu messen. Er würde sie schon das Fürchten lehren.

Immer weiter stieg die kleine Maschine nach oben. Es wurde kalt, unangenehm kalt. Die Scheiben des Cockpits begannen zu vereisen und bildeten bizarre Muster. Der Sauerstoffgehalt der Luft verringerte sich von Minute zu Minute.

Krampfhaft versuchte Professor Prisarius, Luft in seine Lungen zu pumpen. Mit einem Male wurde seine kleine Maschine heftig durchgeschüttelt.

Das Sprühflugzeug hatte den Abgasstrahl einer großen Passagiermaschine durchflogen und geriet ins Trudeln. Das kleine Flugzeug verlor jegliche Stabilität, taumelte um seine Querachse und sackte nach hinten weg. Gleichzeitig erstarb der Motor, was der Professor in seinem geistigen Zustand nicht mehr realisierte.

Er klammerte sich am Steuer fest, und hatte das Gefühl sein Magen wolle sich durch seinen Hals nach draußen schieben. Schwarze Schlieren tanzten vor seinen Augen, ehe sich sein Herz schmerzhaft bemerkbar machte. Endlos zäh schien die Zeit, ehe ein lautes Rauschen an seine Ohren drang. Ein letzter, verzweifelter Versuch seines Verstandes, sich aus der Umklammerung der Droge zu befreien, scheiterte an der tiefen Schwärze einer erlösenden Ohnmacht.

Doch das Schicksal war nicht gnädig. Es riss den Professor aus seiner Bewusstlosigkeit zurück in die kalte Realität. Sein Verstand klärte sich so weit, dass er begriff, was um ihn herum geschah. Er würde sterben, am Boden zerschellen, ohne dass er etwas daran ändern konnte.

Verzweifelt versuchte er, den Motor des kleinen Flugzeuges zu starten. Er zog Hebel, drückte den Anlasser, riss an der Steuerung. Nach schrecklichen Sekunden geschah das Unglaubliche.

Die kleine Maschine stabilisierte ihre Flugbahn. Aus dem unkontrollierten Trudeln war ein kontrolliertes Gleiten geworden. Dennoch zeigte die Nase des Flugzeuges noch immer nach unten.

Hastig zog der Professor den Steuerknüppel nach hinten, um sein Fluggerät in eine waagerechte Position zu bringen. Langsam, viel zu langsam richtete sich die Maschine auf.

Unter sich sah Professor Prisarius die Baumspitzen eines Waldes keine zehn Meter unter ihm vorbeisausen.

Ein letztes Mal drückte er den Startknopf und realisierte, dass dies wohl die letzte Handlung seines Lebens sein würde. Noch ehe er Bedauern oder gar Reue empfinden konnte, sprang der Motor unvermittelt an. Mit einem befreienden Schrei riss er den Steuerknüppel nach hinten und zog damit die Maschine einige Meter nach oben. Ein wildes Lachen, immer noch von Irrsinn gelenkt, verzerrte sein Gesicht. Triumph leuchtete in seinen Augen und eine tiefe Erleichterung durchströmte seinen Körper.

Doch ein lautes, knatterndes Geräusch unterbrach seine Freude. Das Funkgerät begann ebenfalls wieder für ihn unverständliches Gebrabbel auszustoßen.

An seiner rechten Seite tauchte ein Schatten auf, der sich zu der Silhouette eines Hubschraubers formte. Wütend schaute der Professor aus dem Seitenfenster nach oben und erkannte einen militärisch anmutenden Helikopter. Wut verwandelte sich in Zorn.

Niemand würde ihn aufhalten, niemand würde ihn stoppen. Mit einer wilden Bewegung riss er sein Flugzeug nach oben, um den Hubschrauber zu rammen. Doch der andere Pilot war wachsam und wich dem kleinen Flugzeug mühelos aus. Bei seiner Aufwärtsbewegung bemerkte der Professor auf seiner linken Seite eine Ansiedlung. Das musste eine Vorstadt von Knoxville sein. Dorthin würde er seinen Zorn tragen.

Ohne auch nur noch an den Hubschrauber zu denken, zog er seine Maschine nach links. Es würde nun nur noch wenige Minuten dauern, bis er seine verderbliche Chemikalie über bewohntem Gebiet abblasen konnte.

Ein satanisches Grinsen legte sich auf seine Lippen, um Sekunden später einem Schmerzensschrei Platz zu machen. Ein harter Schlag traf seine linke Schulter, gepaart mit einem glühenden Schmerz. Blut spritzte nach allen Seiten. Er ließ den Steuerknüppel los und drückte seine rechte Hand auf die Wunde. Sofort geriet sein Flugzeug ins Schlingern. Weitere Geschosse durchsiebten das Flugzeug, rissen Armaturen in Stücke und zerfetzten die Frontscheibe. Sofort brach, einem Orkan gleich, wirbelnde Luft in die Kabine.

Der Professor ließ seine rechte Hand sinken und tastete nach dem Hebel, der die Sprühdüsen des Bestäubungstanks aktivieren würde. Ein weiteres Geschoss traf ihn in den Rücken, schleuderte ihn nach vorne in die Sicherheitsgurte. Mit überdeutlicher Klarheit realisierte sein Verstand, dass er nun sterben würde. Angst und Panik rasten durch seinen irren Verstand, ohne jedoch auf ein Bedauern zu stoßen.

Mit letzter Kraft zog Professor Prisarius an dem Sprühhebel. Die Mechanik funktionierte noch immer und aus den Düsen sprühte die verhängnisvolle Chemikalie.

Der Professor öffnete seinen Mund zu einem Siegesschrei, doch schaumiges Blut nahm ihm den Atem.

Mit einer von der Droge aufs Höchste gesteigerten Wahrnehmung, erlebte er, wie seine Knochen an unzähligen Stellen brachen, sein Fleisch aufgerissen und schließlich zerfetzt wurde.

Die Tür zur Hölle, durch die er andere Menschen geschickt hatte, tat sich nun vor ihm auf. Ungeheure Schmerzen, die sich in eine Unendlichkeit zu dehnen schienen, ließen ihn in sein eigenes Inferno stürzen.

Mit einem gewaltigen Schlag zerschellte das Sprühflugzeug auf einem Feld, unweit der kleinen Siedlung. Gleich darauf zerstörte eine gleißende Explosion, was von dem Flugzeug, seinem Insassen und der mörderischen Chemie übrig war. Nur dunkler Rauch und das Knistern des Feuers zeugten von dem Ende eines größenwahnsinnigen Irren.

***

Rassendünkel

Mit halb geschlossenen Augen beobachtete ein anderer Irrer das Geschehen im Sanitätszelt. ***Sie hatten ihn betäubt, dieser Mister Moto und sein schwarzer Freund. Ihn, ausgerechnet ihn. Nun lag er auf einem Feldbett, gefesselt wie ein gewöhnlicher Lump. Er, der diese Gemeinde über Jahrzehnte hinaus vor dem Pöbel geschützt hatte, war nun gebunden wie ein Tier. Dieser Moto und der Schwarze liefen wichtig umher, als seien sie die Herren der Welt. Ha, seit wann durften denn Asiaten und Neger bestimmen? Das widersprach der Evolution, die den Weißen an die Spitze der Schöpfung gestellt hatte.

Er musste entkommen, sich befreien, die natürliche Ordnung wiederherstellen. Wer sonst konnte das tun? Die anderen Leute, die ab und zu ins Zeltinnere kamen, waren sich nicht bewusst, in welch einer

Gefahr sie sich befanden. Falsch verstandener Humanismus machte es erst möglich, dass sich solche Hilfsmenschen ausbreiten konnten. Dadurch, dass sie die Weißen nachäfften, versuchten sie, sich auf eine gleiche Ebene zu bringen. Doch er, Doktor Roderick Jensen, wusste es besser.

Er versuchte ruhig zu bleiben und hoffte, dass sich ein Rassengefährte erbarmen würde, und ihn von seinen Fesseln befreite. Nach einigen Stunden trat ein Weißer, ein Beamter des FBI in das Zelt.

Missmutig registrierte Doktor Jensen, dass sich der Mann mit der Reinkarnation dieses Mister Moto unterhielt. Dann zeigte Mister Moto mit seinem ausgestreckten Arm ausgerechnet auf ihn. Der FBI-Mann sagte noch etwas, wahrscheinlich war es ein Dankeswort an Mister Moto, um gleich darauf auf ihn zuzukommen.

Doktor Jensen jubelte innerlich. Diesem FBI Mann würde er bestimmt überzeugen, dass man ihn hier unrechtmäßig festhielt.

Als der Mann an dem Feldbett angekommen war und in die Hocke ging, konnte Doktor Jensen kaum noch erwarten, mit dem Mann zu sprechen. Dieser beugte sich zu ihm herüber und entfernte den Knebel, den der Doktor dem Schwarzen zu verdanken hatte. Sofort wollte er damit beginnen, sich zu beschweren. Doch der FBI-Beamte kam ihm zuvor.

Mit ernstem Gesicht beugte er sich über den alten Mann und fragte:
»Sind Sie Doktor Roderick Jensen?«
Fast hastig antwortete dieser:
»Ja, das bin ich. So binden Sie mich doch los. Ich möchte mich beschweren ... .«
Der FBI-Beamte winkte ab, ehe er mit amtlich strenger Stimme sagte:
»Doktor Jensen. Hiermit verhafte ich Sie unter dringendem Mordverdacht in zweihundertvierundsiebzig Fällen. Sie haben das Recht zu schweigen ...«

***

Lästige Pflicht

Mit einem letzten Blick auf seinen verwundeten Gefangenen wandte sich Josh Eliot, der Wirt des Potts, um. Der Kerl würde keine Schwierigkeiten machen. Er hing halb bewusstlos auf dem Küchenstuhl, den Kopf tief nach unten gesenkt. Josh verließ die Küche, durchquerte den kurzen Gang, um vor seiner Haustüre zum Stehen zu kommen. Es klopfte erneut, dieses Mal, so erschien es ihm, um einiges ungeduldiger. Trotzdem nahm er sich die Zeit, um durch den Türspion zu schauen. Er wollte schließlich wissen, wer ihn da besuchte. Vor der Tür stand ein Mann mittleren Alters, den Josh noch nie gesehen hatte. Ein Fremder. Wie hatte schon sein Vater gesagt: `Traue niemals einem Fremden.` Dabei wollte Josh es belassen. Zuviel war seit gestern geschehen, um einfach so einem Fremden die Tür zu öffnen. Hastig überlegte er, was er nun tun sollte. Er konnte einfach nicht auf das Klopfen reagieren. Er konnte aber auch auf seinem Recht bestehen, niemand in sein Haus zu lassen. Oder er öffnete die Tür und hörte sich an, was der Fremde zu sagen hatte. Noch während er nachdachte, klopfte es erneut. Dazu kam eine laute, energische Stimme, die rief:

»Josh Eliot, mein Name lautet Roger Thorn. Ich bin FBI-Agent und muss mit Ihnen sprechen. Bitte Sir, öffnen Sie die Tür!«

Josh schaute erneut durch den Türspion. Doch anstelle des Mannes blickte er nun auf eine Ausweiskarte, wo die Insignien FBI deutlich dominierten. Das FBI war hier. Vermutlich wussten sie, dass er, wenn auch unter Drogeneinfluss, schreckliche Dinge getan hatte. Gleichzeitig war ihm klar, dass er sich den, wenn auch unangenehmen, Tatsachen stellen musste. Der Zeitpunkt spielte keine Rolle, jetzt oder später, das war egal. Er atmete noch einmal tief ein, gerade so, als ob er einen Tauchgang vor sich hätte und öffnete dann die Tür.

Zuerst schreckte er zurück, als er registrierte, dass der FBI-Agent nicht alleine vor seinem Eingang stand. Er war in Begleitung zweier weiterer Männer. Rechts stand ein Soldat, ein Nationalgardist, wie Josh erkannte. Links stand ein Mann, scheinbar Zivilist, der aber einen

Helm und eine Schutzweste trug. Beide Begleiter des FBI Agenten zielten mit Pistolen auf ihn. Auf ihn, wo er doch ... . Natürlich auf ihn, was dachte er denn? Der FBI Beamte stand fast unnatürlich ruhig vor ihm. Er musterte sein Gegenüber schnell und professionell, ehe er fragte:
»Sind Sie Josh Eliot?«
Josh antwortete mit dem Unbehagen, dass fast jeder Mensch hatte, wenn er mit einem Vertreter der Behörden sprach:
»Ja, ich bin Josh Eliot. Ehe Sie fragen, es befindet sich ein weiterer Mann in meinem Haus. Ich glaube, er hat mit den Vorfällen in meinem Lokal zu tun oder ist gar verantwortlich für den ganzen Schlamassel.«
»Ist der Mann bewaffnet?«, fragte Roger alarmiert.
»Äh, nein. Ich glaube nicht das er bewaffnet ist. Es ist so, er kam letzte Nacht an meine Tür. Der Mann ist schwer verwundet und hat eine Menge Blut verloren.«
Roger stoppte den Redefluss Josh Eliots mit einer raschen Handbewegung. Dann sagte er leise:
»Sie versprechen mir, hier vor dem Haus zu warten. Weglaufen hätte sowieso keinen Sinn. Wir wissen wer Sie sind und was Sie angerichtet haben. Wir wissen auch, dass Sie durch den Einfluss eines Kampfstoffes schreckliche Dinge getan haben. Doch das können wir später besprechen. Stehen Sie im Moment unter dem Einfluss irgendeiner Droge?«
»Nur Kaffee«, antwortete Josh, was im normalen Leben sicher eine witzige Antwort gewesen wäre. Doch der FBI-Agent verzog keine Mine. Stattdessen fragte er:
»Wo genau, befindet sich der andere Mann?«
»In meiner Küche, rechts den Gang runter.«
»Dann treten Sie bitte zur Seite, und warten Sie. Kommen Sie auf keinen Fall ins Haus. Ich sage Ihnen Bescheid, wenn das Haus sicher ist.«
Ohne auf eine Antwort Joshs zu warten, schob er sich an diesem vorbei und zückte ebenfalls eine Pistole. Ein kurzer Blick genügte seinen Begleitern, ihm zu folgen. Versetzt, sich gegenseitig Deckung gebend, schritten die Männer langsam durch den Flur.
Roger hatte solche Situationen schon oft in seiner beruflichen Laufbahn erlebt. Ein hartes Training hatte sein Verhalten und seine Reflexe geschult. Deshalb machte er sich Sorgen um seine Begleiter.

Der eine war Soldat und hatte bestimmt auch die eine oder andere Schulung hinter sich, die das Thema Hausbesetzung als Lehrgangsziel hatte. Doch sicher konnte er sich nicht sein. Der andere Mann, Yavuz, war ein Zivilist. Zwar hatte er sich bisher tapfer geschlagen, war sogar erhebliche Risiken für Leib und Leben eingegangen, doch Roger wusste nicht, wie er nun agieren würde. Der FBI Beamte beschloss, sich auf sein Glück zu verlassen und den Männern zu vertrauen.

Yavuz unterdessen erlebte die Ereignisse sehr intensiv. Er beobachte jede Einzelheit, jede Bewegung Rogers und des Soldaten. Er wollte, dass diese Männer ihn als gleichwertig anerkannten. Der Soldat, Yavuz hatte versucht, ihn auf dem Weg zu Josh Eliots Haus in ein Gespräch zu verwickeln, blieb einsilbig. Mann musste ihm buchstäblich jedes Wort aus der Nase ziehen. Schließlich hatte er es aufgegeben, mit dem Soldaten zu sprechen. Es gab halt stille Typen und das musste man respektieren.

Kurz bevor Roger an die Haustüre klopfte, hatte er schnell ihr weiteres Vorgehen erläutert. Als Yavuz und der Soldat sich dann seitlich postierten, ihre Waffen im Anschlag, durchströmte ihn so etwas wie Stolz. Er half an der Seite eines FBI Agenten und eines Soldaten, eine gefährliche Situation zu bereinigen. Als die Haustüre nach mehrfachem Anklopfen seitens Rogers endlich aufschwang, waren seine Sinne aufs Äußerste gespannt. Sein Körper schien sich elektrisch aufgeladen zu haben und vibrierte im Rhythmus seines Pulsschlags.

Der Soldat Kenneth Mey war Opportunist. Er war zur Nationalgarde gegangen, weil er ein bequemes Leben suchte. Doch durch den Irak-Krieg und Afghanistan hatte sein Plan Sprünge bekommen. Immerhin hatte er es wiederholt verhindern können, in die Krisengebiete abkommandiert zu werden. Doch das Damoklesschwert eines bewaffneten Einsatzes hing ständig über ihm. So war ihm der Befehl, nach Walkers Hill auszurücken, höchst ungelegen gekommen. Die Zeit war zu knapp gewesen, sich auch vor diesem Einsatz zu drücken. Selbstverständlich spielte er immer seinen Vorgesetzten vor, wie motiviert er sei. Hier in Walkers Hill hatte er natürlich auch versucht, sich möglichst aus der Schusslinie zu halten. Das war ihm so lange gelungen, bis er den Befehl erhielt, mit diesem FBI Agenten zu dessen Sicherung bis zu diesem Haus zu marschieren. Von einem Eindringen unter Waffengewalt war nicht die Rede gewesen. Nur widerwillig fügte er sich seinem Schicksal. Der FBI-Agent beachtete ihn kaum, was Privat Mey nur recht war. Auf dem Weg gesellte sich ein weiterer Mann zu ihnen. Der FBI-Mann kannte ihn wohl gut, was Privat Mey zum Anlass nahm, auch bei dem Fremden Vorsicht walten zu lassen.

Der Mann versuchte mit ihm ins Gespräch zu kommen, doch er blieb einsilbig.

Nun stand er mit den beiden Männern in einem fremden Hausflur, die Waffe gezogen, und nicht wissend, was auf ihn zukommen würde. Wie selbstverständlich hatte er die hintere Position bezogen. Da die Männer angespannt nach vorne schauten, bemerkte niemand, wie ihm der Angstschweiß über die Stirn rann.

***

Die Laborratte

Luther Brown saß an seinem Küchentisch, ein reichhaltiges Frühstück vor sich. Seine Frau Eleonore saß ihm gegenüber, an einer Tasse frisch gebrühtem Kaffee nippend. Mit einem kleinen Lächeln beobachtete sie, wie ihr Ehemann einen Berg Rühreier vertilgte. Selten hatte sie ihn in einer so aufgeregten Stimmung erlebt. Er sprühte förmlich vor Energie. Ihm war nicht anzumerken, dass er die vergangene Nacht auf den Beinen gewesen war. Munter erzählte er von seinen Erlebnissen, bis zu dem Punkt, wo er die ersten Verletzten versorgt hatte. Doch er hatte helfen können und das war ihm wichtig.

Vor circa einer Stunde war er nach Hause gekommen und hatte seine Frau minutenlang im Arm gehalten. Ihm kam es fast so vor, als sei er Monate unterwegs gewesen. Zum Glück war es in seiner Wohnstraße ruhig geblieben. Niemand hatte versucht, Eleonore zu belästigen.

Dennoch hatte auch sie nicht geschlafen. Unruhig war sie von Fenster zu Fenster gelaufen, in der Hoffnung ihren Mann heimkommen zu sehen. Als er dann endlich in Begleitung zweier Soldaten die Einfahrt herauf marschiert kam, war sie überglücklich gewesen. Ihm war nichts geschehen, er war heil und gesund.

Nachdem er ausgiebig geduscht hatte, kam er in frischen Sachen in die Küche. Nun saß er wohlbehalten bei ihr. Das war wichtig, auch wenn er ihr mit vollem Mund erklärte, dass er noch einmal zurück in die Stadt musste, wie er sich ausdrückte.

Großmütig und ein wenig besorgt, ließ sie ihn erneut ziehen. Luther drehte sich noch einmal am Gartentor um, winkte mit einem Lächeln und schritt die Straße hinab. Er war sich nicht bewusst, dass er aus einem Gebüsch heraus beobachtet wurde.

Ein bewaffneter Mann, der seinen weißen Overall bis zur Hüfte heruntergezogen hatte, stand plötzlich vor ihm. Der Bewaffnete, ein schmaler Bürotyp mit Brille, schrie:

»Stehen bleiben oder ich schieße!«

Luther blieb stehen, hob seine Hände und studierte sein Gegenüber. Merkwürdigerweise verspürte er keine Angst. Es war eher eine gewisse Abscheu, die er dem Fremden entgegenbrachte. Dieser Kerl war einer der Männer, die Duke beobachtet hatte.

Diese Laborratte hatte Unglück und Tod über seine Stadt gebracht.

Luther personalisierte seine Wut und schlug dem Bewaffneten überraschend mit der flachen Hand auf dessen Wange. Es klatschte laut, als der Schlag den Mann unerwartet traf. Seine Brille rutschte seitwärts und hing nun schief in dem Gesicht des Chemikers.

Ehe er nur den Ansatz einer Reaktion zeigen konnte, riss ihm Luther das Gewehr aus der Hand. Dann packte er den Mann am Kragen und zog ihn mit sich in Richtung des provisorischen Lagezentrums.

Dabei grollte er seinen Gefangenen an:

»So mein Freundchen! Jetzt zeige ich dir, was du und deine Kumpane angerichtet haben. Das wird kein Spaß werden. Das kann ich dir versprechen!«

***

Ein fataler Entschluss

Josh Eliot stand im Vorgarten seines Hauses und wartete. Er hielt es für reichlich übertrieben, dass sich gleich drei Bewaffnete an der Festname des Verwundeten beteiligten.

Stunden hatte er mit dem Mann verbracht, ohne dass ihm dieser gefährlich erschienen wäre. Doch was wusste er schon? Hatte er sich nicht selbst in einen rasenden Killer verwandelt? Er, der immer darauf bedacht gewesen war, nur das Beste in den Menschen zu sehen? Noch immer konnte er seinen eigenen, bruchstückhaften Erinnerungen nicht glauben. Er war kein Killer, bestimmt nicht.

Gefühle wie Scham, Unglaube und Traurigkeit wechselten, ohne eine bestimmte Reihenfolge einzuhalten. Im Moment konnte er sich nicht vorstellen, jemals wieder sein Restaurant zu betreiben. Er würde keinem seiner Gäste mehr in die Augen schauen können. Gleichsam würde immer die unausgesprochene Frage im Raum hängen;

'*Wann dreht er wieder durch?*'

Doch diese Fragen lagen weit in der Zukunft. Es konnte genauso sein, dass er den Rest seines Lebens im Gefängnis verbringen musste.

Vor Verzweiflung ballte sich sein Magen zusammen und er krümmte sich vor Schmerz. Die Schockwirkung des Erlebten brandete nun durch seinen Körper. Seine Knie wurden weich, sodass Josh sich auf den Boden sinken ließ. Er zog seine Knie an, umklammerte diese mit beiden Armen, ehe er sich zur Seite sinken ließ. In dieser embryonalen Haltung blieb er liegen. Tränen des Kummers und des Schmerzes rannen heiß über sein Gesicht. Josh begann zu wimmern wie ein kleines Kind. Niemand war hier, um ihn zu trösten, niemand konnte ihm Beistand zu leisten. Selbst die Schussgeräusche, die aus seinem Haus heraus laut hallten, konnten ihn nicht von seinem Leid ablenken.Roger schaute vorsichtig in die Küche hinein. Er sah Blutspuren auf dem Boden, die irgendwie verschmiert wirkten. Doch von dem Gesuchten fehlte jede Spur. Roger vermutete zuerst, dass der Mann vielleicht von seinem Stuhl gerutscht war und nun unter dem Küchentisch lag.

So bückte er sich ein wenig, um nachzusehen. Diese Bewegung rettete ihm das Leben. Das Donnern eines Schusses dröhnte durch den kleinen Raum. Wo sich eben noch Rogers Kopf befunden hatte, riss die Kugel ein Stück Holz aus der Türfüllung.

Instinktiv ließ sich Roger fallen und rollte zur Seite. Direkt über ihm erschien Yavuz, der ohne lange zu zielen, nun seinerseits einen Schuss abfeuerte. Dann ging er in die Hocke, griff Roger unter die Arme und zerrte ihn zurück in den Flur.

Schnaufend schaute er sich um, suchte Hilfe von dem Soldaten. Doch dieser war nirgendwo zu sehen. Erst beim zweiten Blick erkannte Yavuz, dass der Soldat hinter einem Schränkchen in Deckung gegangen war. Kopfschüttelnd ließ Yavuz Roger los, um selbst erneut zur Küchentür zu springen. Seitlich neben der Tür stellte er sich auf, sodass er einstweilen vor einem weiteren Beschuss sicher war. Roger rappelte sich auf und stellte sich neben Yavuz.

»Bei dieser Aktion hättest du draufgehen können mein Lieber!«, knurrte er.

»Du aber auch«, antwortete Yavuz kurz angebunden.

»Was machen wir jetzt?«

Roger überlegte einen Moment, wobei er an Yavuz vorbei, in die nun wieder ruhige Küche schielte.

»Was meinst du?«, fragte Yavuz nun fordernder. Er wusste instinktiv, dass jedes weitere Warten die Gefahr vergrößern konnte. Der fremde Schütze konnte sie umgehen, ihnen auflauern oder gar flüchten. Deshalb war es wichtig, den Unbekannten schnell zu stellen und festzunehmen. Es war nicht auszudenken, sollte er verschwinden und später unbewaffnete Zivilisten angreifen.

Roger schaute sich suchend in dem engen Hausflur um, ehe sein Blick an der Garderobe hängen blieb. An einem derben Haken baumelte eine alte Regenjacke in Warnfarben.

Roger huschte schnell zu der Garderobe, griff sich die Jacke und kam zur Tür zurück. Yavuz hatte diese Aktion mit Verwunderung verfolgt. Gespannt beobachtete er nun, was Roger mit der Jacke anstellen würde. Dieser wartete nicht lange.

Er knäulte die Jacke zu einem unförmigen Ball, drehte sie noch ein- zweimal in seinen Händen und warf dann das Knäuel mit einem begleitenden Schrei in die Mitte der Küche. Dabei beobachtete er nicht den Flug der Jacke, sondern den hinteren Bereich der Küche.

Kaum war das merkwürdige Flugobjekt gelandet, erklang ein weiterer Schuss. Die Jacke flog getroffen ein wenig zur Seite. Roger zog seinen Kopf zurück und grinste Yavuz an.

»Ich weiß, wo der Kerl steckt«, flüsterte er. »Er befindet sich ganz nahe an der Hintertür. Du bleibst hier und machst dich ab und zu bemerkbar, während ich von draußen anschleiche. Alles klar?«

Yavuz nickte nur, obwohl er im Moment noch nicht wusste, wie er sich bemerkbar machen konnte, ohne gleich erschossen zu werden. Roger verschwand im Flur und Yavuz war alleine. Den dritten Mann ihrer kleinen Gruppe hatte er völlig vergessen.

Der dritte Mann, Soldat Privat Kenneth Mey, kauerte immer noch hinter dem alten Schuhschrank. Keine fünf Meter von seiner Position, schoss ein Unbekannter auf sie. Doch diese FBI-Typen schien das nicht sonderlich zu beeindrucken. Sie tuschelten miteinander und nach dem der eine völlig sinnlos eine Regenjacke in die Küche geworfen hatte, grinste er seinen Kollegen auch noch an. Hatten diese Männer keine Angst, keine Nerven oder waren sie sich der Gefahr nicht bewusst? Dann war der Eine an ihm vorbei nach draußen geschlichen, nicht ohne ihm einen verächtlichen Blick zugeworfen zu haben.

Das war nicht gut. Wenn der FBI-Typ ihn nun bei seinen Vorgesetzten anschwärzte? Er hatte ihn mit dem Colonel in den vergangen Stunden des Öfteren zusammen gesehen.

Das war nicht gut. Ganz und gar nicht gut! Er musste sich irgendwie in ein besseres Licht rücken, zeigen, dass er ein guter Soldat war.

So rang er noch einige Sekunden mit sich und seiner Feigheit, ehe er einen fatalen Entschluss fasste. Mit vor Angst verzerrtem Gesicht sprang er aus seiner Deckung, brachte dabei sein Gewehr in Anschlag und stürmte an dem fassungslos zu ihm aufschauenden, behelmten Mann vorbei in die Küche. Noch ehe er drei Schritte in den Raum geschafft hatte, donnerte ein weiterer Schuss durch die Küche.

Soldat Privat Kenneth Mey wurde aus seinem Lauf heraus brutal zur Seite gerissen. Es gelang ihm eher zufällig, selbst einen Schuss abzufeuern. Sekundenbruchteile später krachte er gegen den Küchentisch, brachte diesen zum Kippen, um dann selbst über dieses Hindernis zu fallen. Verwundert betrachtete er, dass aus seinem Blickwinkel schiefe Bild der Wirklichkeit, ehe alles schwarz um ihn herum wurde.

***

Peinlich

Claudette Balzen erwachte mit schmerzenden Gliedern. Sie öffnete ihre Augen oder versuchte es zumindest. Doch klebriger Schleim, schon halb verkrustet, bedeckte ihre Pupillen.

Sie blinzelte einige Male, aber das half wenig. Sie versuchte, mit der rechten Hand ihre Augen frei zu reiben. Doch auch dies misslang. Sie konnte ihren Arm, ja beide Arme, nur ein wenig Hin und Her bewegen. Was war denn nur mit ihr los, fragte sie sich. Außerdem stank es hier ganz ekelhaft. Claudette rümpfte die Nase, während sie sich fragte, was denn da so grässlich roch? Nach einer Weile unruhigen Gezappels - sie hatte erkannt, dass sie wohl gefesselt war - verschnaufte sie einen Moment. Nach und nach löste sich die schleimige Schicht vor ihren Augen. Doch was sie sah, passte nicht zu ihren Erwartungen.

Wo, um Himmels willen, war sie nur? Warum hatte sie jemand gefesselt? Sie verstand die Welt nicht mehr. Wer hatte denn etwas davon, gerade sie zu fesseln? Krampfhaft versuchte sie, eine Erinnerung hervorzupressen. Sie marterte ihr Gehirn, doch es wollte sich keine gedankliche Vorgeschichte manifestieren. Sie wusste einfach nicht mehr, was in den vergangenen Stunden geschehen war, mit ihr geschehen war. Doch zuerst galt es, sich zu befreien. Claudette schaute sich zum ersten Mal seit ihrem Erwachen gezielt in dem Raum um, in dem sie sich befand. Sie saß auf einem Stuhl, gefesselt mit einer Wäscheleine. Der Stuhl stand in einem wenig geschmackvoll eingerichteten Wohnzimmer. In diesem Raum, in diesem Haus war sie noch niemals vorher gewesen. Daran hätte sie sich erinnert. Ganz bestimmt! Solche Scheußlichkeiten an Möbeln konnte man nicht vergessen.

Sie drehte ihren Kopf nach rechts und links auf der Suche nach einem Hinweis. Auf dem Sims eines elektrischen Kamins, Gott wie geschmacklos, standen ordentlich aufgereiht einige goldene Bilderrahmen. Das war schon interessanter! Mit zusammengekniffenen Augen versuchte sie, die abgelichteten Bilder in den Rahmen zu identifizieren. Leichter gesagt als getan. Es handelte sich ausschließlich um ältere Fotografien. Wer war das nur? Der Mann auf den Bildern war ihr gänzlich unbekannt. Die Frau allerdings ...?

Da schoss ihr die Erleuchtung wie ein Blitz der Erkenntnis durch das gemarterte Gehirn. Das war Nancy Knox, nur viel jünger. Sie war im Haus von Nancy, der eingebildeten Kuh.

Nun wusste Claudette, warum sie niemals Leute zu sich nach Hause einlud. Klar, bei so einer Einrichtung! Dabei stolzierte sie immer mit hoch erhobenem Kopf durch die Straßen von Walkers Hill herum, als wäre sie eine Dame von Welt. Pah, eine Dame von Welt sah anders aus als diese Pute. Doch wieso saß sie, Claudette Balzen gefesselt im Haus von Nancy? Das war nicht zu verstehen. Sie schaute an sich herunter, um ihre Fesselung zu begutachten. Dabei registrierte sie erneut den furchtbaren Gestank. Es roch nach Fäkalien, Urin, und ..., ja wonach roch es denn noch? Genau, es roch nach verfaulten Rosen. Beschämt erkannte sie, dass sie sich wohl selbst beschmutzt hatte. Während ihrer Besinnungslosigkeit hatte sich ihr Körper entleert.

Vor lauter Ekel formte sich ein würgendes Gefühl in ihrer Kehle. Sie musste hier weg, ehe sie jemand in diesem Zustand vorfand. Nein, das durfte nicht geschehen, auf keinen Fall! Das wäre ein schönes Thema auf allen Kaffeekränzchen hier im Ort.

Gezielt versuchte Claudette, sich von der Fesselung zu befreien. Erst zog sie mit ihrer linken Hand, doch das war vergebens. Dann versuchte sie es mit der Rechten. Noch während sie angestrengt zog, lehnte sie sich so weit wie möglich nach links, dadurch kippte der Stuhl. Mit einem spitzen Aufschrei landete Claudette auf dem Fußboden. Gleichzeitig splitterte Holz, und etwas Spitzes bohrte sich in ihren Arm. Dieser zuckte aus reiner Abwehr nach hinten und verursachte ein weiteres Knirschen. Doch zum Glück kam dieses Geräusch nicht von ihren Knochen, sondern von dem alten Holz des Stuhles. Zwei, dreimal noch zerrte sie an der Fessel, dann endlich gaben der Strick und der Stuhl nach. Claudette war befreit..

Einigermaßen ungelenk stand sie auf, streckte sich, ehe sie die restliche Fessel abstreifte. Für einen Moment spürte sie ein leichtes Schwanken, doch auch diese Kreislaufirritation verflüchtigte sich. Ohne dem peinlich eingerichteten Wohnzimmer noch einen Blick zu schenken, verließ Claudette Balzen das Haus.

***

# Verbissenes Ringen!

Mehrere Dinge geschahen fast gleichzeitig.
An Yavuz vorbei stürmte der Nationalgardist in die Küche. Sofort donnerte ein Schuss durch den kleinen Raum. Der Soldat geriet durch einen Treffer ins Taumeln, konnte jedoch, ehe er stürzte, selbst einen Schuss abfeuern.
Von der Hintertür her hörte Yavuz das Splittern von Holz, gefolgt von einem wütenden Schrei. Wer da schrie, war nicht festzustellen, doch Yavuz blieb keine Zeit, sich weiter mit diesem Gedanken zu beschäftigen.
Ein weiterer Schuss, ein weiterer Schrei, polternde Geräusche veranlassten ihn, geduckt in die Küche zu rennen. Er erwartete, jeden Moment selbst getroffen zu werden, dennoch eilte er durch den Raum, um zum Hinterausgang zu gelangen. Mit hastigen Sätzen sprang er über den gekippten Tisch und den am Boden liegenden Soldaten. Ohne jegliche Reaktion der Gegenseite ging er neben einer Tür in Deckung, die durch einen engen Flur, der mit Regalen voll gestellt war, zum hinteren Ausgang führte. Schnell riskierte Yavuz einen Blick in den Gang. Dort sah er zwei Männer miteinander ringen. Beide waren mit Blut beschmiert, dessen Herkunft im Moment noch unklar war. Yavuz überbrückte die wenigen Schritte zu den Kämpfenden, gleichzeitig darum bemüht zu erkennen, wem welches Körperteil gehörte.
Roger und der fremde Mann rollten verbissen hin und her. Jeder wollte den anderen durch Schläge außer Gefecht setzen. Beherzt griff Yavuz in das Geschehen ein. Mit einem gezielten Schlag versuchte er, Rogers Gegner außer Gefecht zu setzen. Doch der Schlag traf den Mann nur seitwärts an der Schläfe, um dann an Rogers Kinn aufzutreffen. Dieser gab einen gurgelnden Laut von sich. Yavuz erkannte sofort, dass Roger durch seinen Schlag irritiert von seinem Gegner abließ, was dieser gleich auszunutzen versuchte.
Doch Yavuz wurde es nun zu viel. Mit beiden Händen umschloss er den Hals des fremden Mannes, drückte zu, und zog ihn gleichzeitig

nach hinten. Wie rasend schlug der Fremde um sich, was Roger genug Raum verschaffte, um sich unter seinem Gegner hervor zu rollen.

Er kniete sich neben dem Tobenden, ergriff dessen Arme, und verdrehte diese nach hinten. Nach wenigen Sekunden lag der Fremde auf dem Bauch, das Knie Rogers auf seiner Wirbelsäule. Roger drehte die Arme weiter und keuchte zu Yavuz:

»Zieh die Plastikfessel aus meinem Gürtel. Schnell!«

Yavuz schaute kurz an Rogers Gürtel entlang und fand einige, dünne Plastikbänder, die den regulären Kabelbindern sehr ähnlich sahen. Er zog eines der Bänder heraus, legte eine Schlaufe um die Gelenke des Mannes und zog das Band zusammen. Schwer atmend, auf dem Bauch liegend, ergab sich der Fremde seinem Schicksal. Er sackte förmlich in sich zusammen. Roger und Yavuz standen auf, wobei Roger seine Hände an seinen Hosen abwischte.

»Bist du verletzt?«, fragte Yavuz, und schaute den mit Blut verschmierten Roger an.

»Nein, ich glaube nicht, aber der Kerl hat einiges abbekommen.«

Roger ging erneut in die Knie, um den Fremden nach Wunden zu untersuchen, während Yavuz zurück in die Küche eilte, um nach dem verwundeten Soldaten zu schauen.

Der Gardist war ohne Bewusstsein und lag verkrümmt auf der Seite. Vorsichtig drehte Yavuz ihn auf den Rücken und bemerkte dabei, wie dunkelrotes Blut in Höhe der rechten Rippen durch die aufgerissene Uniform rann.

Sofort schaute sich Yavuz in der Küche nach Material für einen Notverband um. Er griff sich ein Küchenhandtuch und zog dem Mann sein Uniformhemd aus der Hose. Danach legte er das Handtuch so weit zusammen, bis es etwa einen Handteller groß war und wie ein kleines Päckchen wirkte. Dieses schob er vorsichtig unter das Hemd, bis er den Notverband über der Wunde platziert hatte. Dieser Verband würde zwar nur kurze Zeit halten, doch das musste fürs Erste genügen.

Roger kam in die Küche, wobei ihm ein schneller Blick genügte, um sich ein Bild zu machen.

»Der Kerl im Flur hat zwei Verwundungen«, begann er, Yavuz zu informieren... »Eine ziemlich hässliche an der Hüfte, die wohl schon einige Stunden alt sein dürfte, und ein Steckschuss in der Wade. Den habe ich ihm wohl verpasst. Es ist echt ein Wunder, dass der Kerl noch so hartnäckig kämpfen konnte.«

Yavuz brachte nur ein »Mmm«, heraus und stand auf. Dann schien er zu überlegen, ehe er Roger fragte:
»Wo ist denn eigentlich der Hausherr abgeblieben? Hoffentlich ist der nicht abgehauen, während wir hier drinnen beschäftigt waren. Außerdem brauchen wir seinen Wagen, um die Verwundeten abzutransportieren.«

Roger nickte bestätigend, schob sich an Yavuz vorbei, und eilte zu der Vordertür. Im Laufen rief er:
»Ich schau mal, ob ich ihn finde, oder zumindest den Schlüssel für den Truck.«

***

Viel Seife

Claudette Balzen war so schnell, wie sie konnte zu ihrem Haus geeilt. Dabei hatte sie sorgfältig darauf geachtet, von niemanden gesehen zu werden. So, wie sie aussah, konnte sie nicht unter die Leute gehen. Außerdem stank sie fürchterlich, wo sie doch so sehr immer um Reinlichkeit bemüht war.

Mit einem erleichterten Seufzer stand sie schließlich vor ihrer Haustüre.

Seltsamerweise stand diese weit offen, sodass jedermann einfach so in ihr Haus spazieren konnte. Sie trat einen Schritt vor, um gleich darauf erschrocken inne zu halten. Ein widerlicher Geruch, der selbst ihr momentanes Gestankspotenzial um einiges toppte, traf sie mit Wucht. Verfaulter Dunst sich zersetzender Rosen wollte sie mit klebrigen Fingern umschließen.

Doch Claudette wich zurück, während sich wirre Erinnerungsfetzen durch ihre Gedanken wühlten. Sie sah einen panischen Tom Hauser, den örtlichen Briefträger, mit dem sie schon seit Jahren einen gnadenlosen Kleinkrieg führte. Doch wie sie so seine schreckgeweiteten Augen vor sich sah, tat ihr der Mann fast leid. Eigentlich war der Briefträger mit seinem erschrockenen Gesicht recht süß, fast wie ein kleiner Junge, den man erschreckt hatte.

Claudette wunderte sich über diesen Gedankengang. Doch irgendwie, sie wusste selbst nicht genau warum, begann sie ihren langjährigen Lieblingsfeind mit anderen Augen zu sehen. Mit den Augen einer Frau! Dabei fielen ihr all die Gehässigkeiten ein, die sie dem armen Kerl angetan hatte. Armer Kerl? Doch so sehr sie sich auch mühte, ihren alten Groll gegen Tom Hauser erneut zu entfachen, es gelang ihr einfach nicht. Im Gegenteil, sie schämte sich sogar ihrer Taten wegen, was noch nie zuvor geschehen war.

Doch zuerst musste sich Claudette mit den aktuellen Problemen beschäftigen, die da hießen: Das Haus lüften und gründlich putzen, um diesen Gestank zu entfernen. Danach wollte sie sich selbst von dem übel riechenden Ensemble befreien, das einmal ein schmuckes Kleidungsstück war. Auch die Unterwäsche musste in den Müll.

So hob sie den schmutzigen Saum ihres Kleides nach oben und presste sich den Stoff als Filter an die Nase. Vorsichtig, gleichzeitig angewidert, betrat sie ihr Zuhause.

Es dauerte Stunden und brauchte eine Menge Chemie, viel Seife und Kraft, ehe ihre Räume es aufgaben, den verfaulten Rosenduft festzuhalten. Mindestens dreimal hatte sie sich vor lauter Ekel übergeben müssen, wobei sie die Würgeattacken, die weitgehend trocken verliefen, nicht mitzählte.

Jedes Mal hatte sie sich umziehen müssen, ehe ihr der Geduldsfaden riss. Nur noch mit Schlüpfer und BH bekleidet, schwang sie den Putzlappen. Dann schließlich, nach unendlich erscheinenden Stunden, war sie zufrieden mit ihrer Arbeit.

Erschöpft ging sie ins Badezimmer, wo sie gleich darauf unter der wohlig warmen Dusche stand. Sie schrubbte sich, bis ihre Haut gerötet war. Erst dann frottiere sie sich zufrieden ab, föhnte sich die Haare und lief hinüber ins Schlafzimmer.

Minutenlang durchsuchte sie ihren Kleiderschrank, doch dieser schien nicht das Gewünschte zu enthalten. Das Kleidersortiment, das ihr bisher als völlig ausreichend erschienen war, stellte sich ihr nun als furchtbar bieder und altbacken dar. Sie würde etwas an ihrer Garderobe ändern müssen, das stand schon mal fest.

Schließlich zog sie ein recht passables Sommerkleid hervor, das einfarbig in einem hellen Blau gehalten war und eine gewisse Eleganz nicht leugnen konnte. Eigentlich hatte Claudette dieses Kleid für besondere Anlässe erworben, wie etwa eine Taufe oder gar eine Hochzeit. Doch heute war ihr es gerade gut genug.

Als sie sich endlich fertig angekleidet hatte, schaute sie in den Spiegel und lächelte gefällig. So konnte sie unter die Leute gehen. Eilig suchte sie noch eine passende kleine Handtasche, verstaute darin ihre Frauenutensilien und verließ das Haus. Wenn sie Glück hatte, traf sie vielleicht den Briefträger Tom Hauser.

***

Ein Bündel Mensch

Roger trat vor das Haus und schaute sich suchend um. Er hatte vermutet, dass Josh Eliot hier auf ihn warten würde. Doch er war nirgends zu sehen. Hatte er sich tatsächlich davon gemacht, wie es Yavuz vermutete, oder hielt er sich verborgen, da Schüsse in seinem Haus gefallen waren?

Als Roger vor einigen Minuten schon einmal das Haus verlassen hatte, um sich zur Hintertür zu schleichen, war ihm das Fehlen von Josh Eliot nicht aufgefallen.

Roger ging einige Schritte die Auffahrt hinunter, als er ein Bündel Mensch auf dem rissigen Betonboden liegen sah. Sofort eilte er zu dem Mann, bei dem es sich um Josh Eliot handelte. Er kniete sich neben den verkrümmt am Boden liegenden Josh. Er sprach ihn an, doch es erfolgte keine Reaktion. Josh hatte die Augen geöffnet, doch diese schienen in eine unerreichbare Ferne zu blicken. Als Roger versuchte Josh aus seiner fötalen Haltung zu lösen, damit er ihn nach möglichen Verletzungen abtasten konnte, bemerkte er, dass sich der gesamte Körper in einer unnatürlichen starken Verkrampfung befand.

»Katatonisch«, murmelte Roger, wohl wissend, dass hier schnelles Handeln angesagt war. Er wusste, dass diese Starre, die den ganzen Körper erfasste, auf einen Schock zurückzuführen war. Den hatte Josh Eliot wohl erhalten, als ihm bewusst wurde, was er unter dem Einfluss der verhängnisvollen Droge angerichtet hatte.

Roger durchsuchte unter erheblichen Schwierigkeiten die Taschen Joshs. Er hatte in der Auffahrt den Pick-Up Truck des Restaurantbesitzers gesehen und suchte nun nach dem Autoschlüssel. Doch die Taschen des Mannes waren leer, sodass Roger aufsprang und zu dem geparkten Wagen rannte.

Er öffnete die Autotür und fand seine Hoffnung bestätigt. Der Schlüssel steckte im Zündschloss. Befriedigt drehte er sich um und lief eilig zurück ins Haus. In der Küche informierte er kurz Yavuz, um gleich darauf mit ihm zusammen, den verwundeten Soldaten aus dem Haus zu tragen.

Roger öffnete die Heckklappe des Pick-Ups, um sofort alle sich dort befindlichen Gegenstände in die Auffahrt zu werfen. Yavuz half, Kisten, leere Flaschen und Folienmüll zu entfernen.

Dann beugten sie sich zu dem bewusstlosen Soldaten hinunter, um ihn auf die Ladefläche zu hieven.

Als Nächstes holten die Männer Josh Eliot, der immer noch in unveränderter Haltung auf der Auffahrt lag. Es gelang ihnen nicht, seinen Körper in eine gerade Haltung zu strecken.

So trugen sie den verkrümmten Mann, dessen Muskeln hart wie Stein waren, zu dem Kleinlaster. Nur mühsam konnten sie ihn auf die Ladefläche bugsieren. Er kam halb auf dem besinnungslosen Soldaten zu liegen. Doch für die kurze Fahrt zum Lazarettzelt der Nationalgarde würde das schon in Ordnung sein.

Zuletzt schleppten sie den nun erneut unwilligen Gefangenen aus dem Haus und bis zu dem Truck. Ohne besondere Rücksichtname wuchteten sie den Mann auf die Ladefläche, legten ihn neben die beiden Verwundeten und fesselten ihn sorgsam.

Der Kerl sollte keine Möglichkeit zur Flucht haben. Unflätige Flüche seitens des Gefangenen rangen Yavuz und Roger nur ein müdes Lächeln ab. Erleichtert darüber, dass sie diese gefährliche Mission unbeschadet überstanden hatten, bescherte Roger und Yavuz ein zufriedenes Gefühl.

Müde stiegen sie in den Wagen und lehnten sich entspannt zurück. Mit einem satten Brummen erwachte der Motor. Roger legte den Gang ein, und sie fuhren langsam die Straße hinunter.

***

# Finale Entscheidung

Vito Bertonie lehnte sich erschöpft auf dem Bürostuhl zurück und streckte sich. Er saß zusammen mit einem FBI- Beamten in einem Büro des Rathauses. Die Ermittler hatten sich das Verwaltungsgebäude als vorläufige Unterkunft gewählt, was geschickt war, da sich der Tatort, das Potts, gerade auf der gegenüberliegenden Seite der Straße befand.

Vito hatte verhandelt, lange verhandelt, bis er schließlich eine Vereinbarung in schriftlicher Form in Händen hielt. Diese sicherte ihm Straffreiheit in Verbindung mit Zeugenschutz zu.

Danach hatte er ausgepackt, wie es umgangssprachlich so schön heißt. Der FBI-Beamte hatte als Zeugen einen Polizisten aus Knoxville hinzugezogen. Zusätzlich wurde Vitos Aussage mit einer digitalen Kamera aufgezeichnet.

Als der FBI-Beamte nach einiger Zeit realisierte, welch eine Aussage er da bekam, wurden seine Hände feucht. Dort, direkt vor ihm, saß seine Beförderung. Wenn der zuständige Richter mitspielte, konnten noch heute die Handschellen bei dem Mafiaboss Francesco Solano zuschnappen. Das bedeutete, dass eine der bedeutendsten Mafia Familien ohne Führung dastehen würde. Vito schaute mit Genugtuung zu, wie der FBI-Beamte mit der FBI Zentrale in Washington telefonierte. Endlich konnte er es seinem Boss heimzahlen. Endlich würde er wieder frei sein, vielleicht zum ersten Mal in seinem Leben.

Nach einer kurzen Pause setzten sich die Männer erneut zusammen, und Vito berichtete über weitere Aktivitäten und konspirative Verbindungen seines ehemaligen Bosses.

Zur gleichen Zeit startete ein Flugzeug von Washington nach New York. Der FBI-Direktor Robert S. Mueller hatte dies aus Sicherheitsgründen veranlasst. Aus schlechten Erfahrungen in der Vergangenheit wusste er, dass sich auch beim FBI sogenannte "schwarze Schafe", tummelten.

In der Maschine, die dem FBI ständig zur Verfügung stand, rüsteten sich fünfundvierzig FBI-Agenten für den bevorstehenden Einsatz. Schutzwesten wurden angelegt, Waffen überprüft, und von den Teamleitern die Strategie des Zugriffs mehrfach wiederholt. Kaum waren die FBI-Agenten mit ihrem letzten Briefing fertig, als das Flugzeug schon auf dem New Yorker Flughafen La Guardia landete. Die Maschine rollte sofort nach ihrem Aufsetzen zu einer abseits gelegenen Parkposition. Dort warteten bereits schwarze SUVs auf ihre Passagiere. Die FBI-Fahrbereitschaft hatte die Fahrzeuge, ohne Kommentar ihrer Dienststelle, bereitstellen müssen. Es war keine Zeit für Rückfragen geblieben, doch geheime Aktionen waren in ihrer Organisation nichts Ungewöhnliches. Trotzdem wunderten sich die Fahrer, als ihnen befohlen wurde, die Wagen zu verlassen. Das angekommene Team wollte seine eigenen Fahrer nutzen. Etwas belämmert schauten sich die zurückgelassenen New Yorker FBI Agenten an, als die Fahrzeuge davonbrausten.

Mafiaboss Francesco Solano ahnte nicht, dass die letzten Minuten seines Lebens abliefen.

Er saß im Wohnzimmer seines Hauses, einer alten viktorianischen Villa in der Nähe des Central Parks, und löffelte genüsslich aus einem großen Becher Eiscreme. Alles lief gut, die Geschäfte sogar prächtig, sodass er einen der seltenen Abende mit seiner Frau vor dem Fernseher verbringen konnte.

Noch vor einer Stunde hatte er sich mächtig darüber aufgeregt, dass er noch immer nichts von Vito und Luigi gehört hatte. Dann aber hatte er sich beruhigt, als er an seinen bevorstehenden heimischen Abend dachte.

Hier in seinem hoch gesicherten Haus, umringt von einer drei Meter hohen Mauer, konnte er getrost darauf vertrauen, unbehelligt von allen Ärgernissen seiner Geschäfte, Ruhe und Entspannung zu finden. Die örtlichen Cops, wie so manchen Richter, hatte er in der Tasche, wodurch er ein ausreichendes Zeitfenster hatte, um auf jede Situation schnell reagieren zu können.

Von seinen Konkurrenten in der Stadt konnte er das nicht behaupten, doch sein Anwesen wurde von geschulten Leuten bewacht, was ihn ruhig schlafen ließ. Doch all diese Sicherheit war nichts weiter als ein Trugbild, dem er zu sehr vertraute.

Ein dumpfes Geräusch ließ den Mafiaboss kurz aufhorchen, ehe er sich wieder dem Fernseher und dem dort laufenden Programm widmete. Irgend ein Idiot war wohl mit einem Laster gegen eine Wand oder so gefahren, dachte er zynisch. Dass ein Geräusch von draußen überhaupt in sein Wohnzimmer gelangen konnte, wies darauf hin, dass etwas Größeres geschehen sein musste. Die Fenster waren nicht nur schusssicher, sondern auch schallgedämmt. Sofort war Francesco Solano wieder voller Ärger. Er hatte für diese verdammten Fenster eine Stange Geld ausgegeben, damit er eben nichts von dem Straßenlärm hörte. Der Vertreter konnte sich Morgen auf etwas gefasst machen. Wütend stand er von seinem Sessel auf, und ging zu der großen, in französischem Stil gefertigten, Terrassentür.

Er wollte nun doch wissen, was das Geräusch verursacht hatte. Immer noch den Eisbecher in seiner linken Hand haltend, zog er mit rechts die schwere Tür auf. Sofort brandete die übliche Geräuschkulisse der Stadt auf ihn ein. Die Schallschutzverglasung war vielleicht doch nicht so schlecht, dachte er, als lautes Geschrei seine Aufmerksamkeit forderte.

Er ging bis zur Brüstung der Terrasse und schaute nach unten. Er glaubte nicht, was er da sah. Sein schmiedeeisernes Tor hing halb verbogen in den Angeln. Ein schwarzer SUV hatte allem Anschein nach das Tor gerammt und stand nun zu einem Viertel in seinem Grundstück. Seine Männer rannten aufgeregt durch den Garten, weitere kamen aus dem Haus. Was vor dem Grundstück geschah, konnte Francesco Solano nicht erkennen, da die Gartenmauer die Sicht versperrte. Aber noch ehe er seinen Männern eine Frage zurufen konnte, wie etwa, "was ist denn passiert?", stürmten Männer in FBI Jacken durch das verbogene Tor.

Einen Moment stand der Mafiaboss wie versteinert auf seiner Terrasse, als könnte er nicht verstehen, was dort unten in seinem Garten geschah. Dann ließ er den Eisbecher einfach fallen und rannte zurück ins Haus. Im Wohnzimmer kam ihm seine Ehefrau entgegen, die besorgt fragte: »Was ist denn los?« Doch Francesco Solano rannte einfach an ihr vorbei, und fauchte gereizt:

»Verschwinde. Das verdammte FBI stürmt das Haus.«

Dann war er schon durch die Tür und stürmte die breite Marmortreppe nach unten. Schüsse hallten von draußen herein, Glas splitterte und einige Querschläger jaulten durch die große Eingangshalle. Instinktiv duckte sich der Mafiaboss, rannte jedoch um die nächste Ecke, um gleich darauf vor einer kleinen, unscheinbaren Tür anzuhalten. Neben der Tür war eine Tastatur an der Wand angebracht, die im ersten Moment mit einer Regeleinheit der Klimaanlage verwechselt werden konnte.

Francesco Solano tippte eine kurze Zahlenkombination ein, worauf die Tür aufsprang. Hastig trat er durch die entstandene Öffnung. Er stand nun in einem engen, sehr nüchtern gehaltenem Treppenhaus. An einem Griff zog er die Tür zu, und atmete erst einmal erleichtert auf. So schnell würden sie ihn nicht bekommen, da war er sich sicher. Keiner wusste von seinem geheimen Fluchtweg. Was nun vor und in seinem Haus geschah, war für ihn nebensächlich. Dass sich seine Leute mit dem FBI ein Feuergefecht lieferten, und bei dem Versuch ihn zu schützen möglicherweise starben, war ihm egal. Einzig und alleine zählte nur seine Sicherheit, seine Flucht. Er war gut vorbereitet, deshalb fühlte er sich schon fast sicher, seit er hier in dem kleinen Treppenhaus angekommen war.

Eilig rannte er die schmale Treppe nach unten, bis er vor einer weiteren Tür haltmachen musste. Auch hier hing seitlich ein kleines Tastenfeld an der Wand. Er tippte eine weitere Kombination ein, die sich von der oben im Haus unterschied. Dieses Mal schwang die Tür nach außen. Dahinter befand sich ein schmaler Gang, der circa vierzig Meter lang war.

Francesco Solano schloss die Tür hinter sich und ging nun ruhigen Schrittes bis zu einer Abzweigung. Rechts machte der Gang eine Biegung, sodass man nicht erkennen konnte, wie weit dieser führte. Links befand sich ein kleiner Raum, der mit einer Gittertür gesichert war.

Der Mafiaboss griff durch das Gitter und zog an einem verborgenen Hebel. Dann drückte er gegen das Gitter, das lautlos aufschwang. In dem Raum standen einige Regale an den Wänden und ein schmaler Tresor in einer der Ecken. Aus den Regalen zog er eine Stoffjacke, die er überstreifte. Aus dem nächst nahm er zwei Pistolen und einige Ersatzmagazine. Diese steckte er in die Außentaschen der Jacke. Dann ging er in die Hocke, um den Tresor zu öffnen. Er drehte das Kombinationsrad einige Male Hin und Her und zog dann die schwere Stahltür auf. Der Safe besaß nur zwei Fächer. In dem einen lagen fünf Packen gebündelter Geldscheine. Er nahm sie heraus, und verstaute sie ebenfalls in der Jacke. Aus dem zweiten Fach nahm er einen Reisepass und einen Führerschein an sich.

Natürlich trugen diese Dokumente nicht seinen richtigen Namen. Dazu kamen noch einige Kreditkarten der gängigsten Bankhäuser. Ein befriedigtes Lächeln legte sich auf seine Lippen, als er sich erhob.

Nun stand seiner Flucht nichts mehr im Wege. Er würde erst einmal untertauchen, bis er herausfand, wer ihm da an die Wäsche wollte. Ohne sich noch weiter aufzuhalten, folgte er dem gekrümmten Gang, der an einer rostigen Tür endete, die von einem einfachen Riegel verschlossen war.

Francesco Solano zog diesen Riegel zurück und schaltete das Licht aus, ehe er die Tür aufzog. Ein lautes Rauschen drang an seine Ohren. Er wartete einen Moment, bis sich seine Augen an das hier herrschende Halbdunkel gewöhnt hatten. Kurz darauf, er stand noch in der Tür, donnerten die Waggons der New Yorker Untergrundbahn an ihm vorbei.

Einige Sekunden später sprang er auf die Gleise. Doch kaum war er gelandet, ergriffen ihn starke Hände. Seine Arme wurden schmerzhaft nach hinten gedreht. Er spürte den Atem eines Mannes an seinem Ohr. Gleich darauf sagte der Unbekannte:

»Francesco Solano, Sie sind wegen Mordes, Handels mit Betäubungsmitteln und Bandenaktivität angeklagt. Alles was Sie nun sagen, kann und wird gegen Sie ... .«

Der Mafiaboss, Herr über Leben und Tod, fühlte, wie ihm die Knie weich wurden. Er hörte schon nicht mehr, was dieser Polizist oder FBI Agent zu ihm sagte. Er würde sein Leben im Gefängnis verbringen müssen, dessen war er sich nun ganz sicher.

Gedanken rasten durch seinen Kopf, verzweifelt nach einem Ausweg suchend. Nein, er konnte nicht ins Gefängnis gehen. Ihm blieb nur eine letzte, finale Möglichkeit.

Mit einer verzweifelten Bewegung riss sich der Mafiaboss los. Die FBI-Beamten waren völlig von dieser Aktion Francesco Solanos überrascht. Eine Flucht konnte dem Gangster nicht gelingen. Wohin hätte er auch rennen können, sie befanden sich schließlich in einem U-Bahn-Tunnel.

So gelang es dem Gangsterboss, nach vorne zu springen. Mit einem letzten, von Verzweiflung getragenem, Schrei warf er sich auf die Strom führende Schiene der Untergrundbahn. Überschlagsblitze illuminierten gespenstisch das Ende des mächtigsten Mafiabosses seit den Tagen von Jimmy Hoffa.

***

Mentale Geiselhaft

Drei Tage waren in Walkers Hill, wie auch in der restlichen Welt, vergangen. Doch in Walkers Hill schienen sich diese Tage zu etwas zu dehnen, das sich wie Wochen anfühlte. Der kleine Ort musste sich mit Geschehnissen fertig werden, die normalerweise für ein ganzes Leben, oder darüber hinaus ausgereicht, hätten. Von einem sogenannten "normalen Leben", war man hier noch weit entfernt. Über dem Ort schwebte unsichtbar, dennoch für jeden greifbar, der dunkle Odem schrecklicher Gewalt. Ein kollektives Trauma, wie es die Welt schon einmal bei den Anschlägen des elften September 2001 erlebt hatte, hielt die Bevölkerung von Walkers Hill und die Hilfskräfte in einer mentalen Geiselhaft.

Die Stadt war wieder offen, was bedeutete, dass die Abriegelung durch die Nationalgarde aufgehoben war. Jeder konnte kommen und gehen, gerade wie es ihm beliebte. Die Straßen waren mit Fremden bevölkert. Einheiten der Nationalgarde hatten auf dem nahegelegenen Sportfeld ihre Zelte errichtet. Übertragungswagen regionaler und überregionaler Fernsehsender standen entlang der Main Street geparkt. Schaulustige, Freunde, Bekannte und Verwandte der Bürger von Walkers Hill vergrößerten die tägliche wechselnde Anzahl der Menschen in Walkers Hill. Sogar der Gouverneur von Tennessee, Bill Haslam, hatte sich die Ehre gegeben. Mit einem Tross aus Sicherheitskräften war er in die Stadt gekommen. Sofort schloss sich ein Pulk Reporter der Besichtigungstour des Politikers an.

Doch die Hauptlast dieser Tage trugen die Einwohner der kleinen Stadt. Ihr Weltbild hatte Schaden genommen. Ihre einst so sicher geglaubte Umgebung hatte sich als Trugbild erwiesen. Nicht nur die Eskalation der Gewalt, die in den letzten Tagen viele Tote und Verletzte gefordert hatte, belastete die Menschen. Viel schlimmer war der Verlust des Vertrauens in ihre Mitmenschen und das trübte die Gemeinschaft.

Wie eine zweite Schockwelle war die Nachricht, die zuallererst als Gerücht kursiert hatte, durch den Ort gebrandet. Sie hatten einen Serienkiller in ihrer Mitte gehabt. Über Jahre und Jahrzehnte hinweg unentdeckt. Einen Mann, dem hier jeder vertraut hatte, wie auch schon eine Generation zuvor dessen Vater. Der örtliche Arzt Dr. Jensen, mittlerweile pensioniert, hatte unbemerkt eine nicht genau bezifferte Anzahl Menschen ermordet. Inzwischen war der Doktor vom FBI verhaftet worden, und wartete an einem geheim gehaltenen Ort auf seine Befragung.

***

 Blass und elend

Sheriff Ernest Gregory hatte sich geweigert, sein Amt für eine Weile ruhen zu lassen. Sein Stolz, gepaart mit einem Gefühl versagt zu haben, ließen es nicht zu, dass ein anderer seine Arbeit verrichtete. Er hatte unter Murren zugestimmt jeden Tag mindestens zwei Stunden mit einem Psychologen zu verbringen, um das Erlebte zu verarbeiten.

So war er mit einem Forensik Team aus Knoxville zu dem Haus von Rosi Winters gefahren, dem Haus, in dem er die schrecklichsten Stunden seines Lebens als Gefangener verbracht hatte.

Als sie vor dem Haus aus ihren Fahrzeugen stiegen, umklammerte ihn für einen Moment kalte Panik. Sein Magen verkrampfte sich schmerzhaft, und er glaubte, keinen einzigen Schritt in Richtung Haus gehen zu können. Alles in ihm schrie nach Flucht. Nur weg von hier, weg von dem Grauen, weg von der Angst.

Doch erlernte Rationalität zwang ihn, sich zu beruhigen.

Er nickte seinen Begleitern kurz zu und stieg die wenigen Stufen zum Eingang empor. Als er vor der Haustüre stand, seine Hand lag schon auf der Klinke, erwartete er fast, die blonde Bestie würde ihm die Tür öffnen. Doch das war alles nur Quatsch. Er selbst hatte die Mörderin zur Strecke gebracht, hatte gesehen, wie sie starb.

So drückte er die Klinke nach unten, und die Tür schwang ohne Probleme auf. Er hatte damit gerechnet, die Tür unverschlossen vorzufinden. Ansonsten hätte er Rosi Winters nach einem Schlüssel fragen müssen. Er hatte kurz mit ihr gesprochen, wobei Rosi ihm klar gemacht hatte, dass sie das Haus nie wieder betreten wolle. Als der Sheriff, begleitet von den Männern des Forensik Teams, in den Flur des Hauses trat, umfing sie alle sofort der Geruch des Todes. Auch der schon bekannte, faulige Geruch vermoderter Rosen, schwang in dem Geruchskonglomerat mit, wie ein lästiger Begleiter. Die Männer hielten sich die Nasen zu, während sie als Erstes die Wohnräume des Hauses inspizierten. Sie fanden nichts Ungewöhnliches oder gar Verdächtiges. Nichts deutete darauf hin, dass hier Menschen ermordet worden waren. Der einzige Hinweis auf etwas Ungewöhnliches, war dieser penetrante Geruch.

Der Sheriff, immer noch wie erstarrt im Flur stehend, zeigte den Ermittlern die Tür zum Keller. Er wollte schon vorausgehen, doch einer der Kriminaltechniker hielt ihn am Arm fest. Fast beschwörend sagte er:

»Sheriff, Sie brauchen nicht da hinunterzugehen. Sie haben schon genug getan. Das hier ist unsere Arbeit. Wenn Sie wollen, können Sie vor dem Haus warten, oder zurück in Ihr Büro fahren.«

Sheriff Ernest Gregory senkte den Kopf, schloss die Augen, ehe er still das Haus verließ.

Der Ermittler hatte recht. Er hatte schon genug getan, genug gesehen. Diese Bilder, die durch seine Gedanken geisterten, würden ihn noch lange quälen. Da brauchte er nicht noch weitere, die seine ungewollte Kopfgalerie nur vergrößern würden.

An seinem Streifenwagen angekommen, lehnte sich der Sheriff an die Seitentür und zog eine verbeulte Schachtel Zigaretten hervor. Eigentlich rauchte er schon seit Jahren nicht mehr, doch er hatte das Gefühl, er brauchte etwas, woran er sich festhalten konnte, auch wenn es nur eine Zigarette war.

Nach einiger Zeit kam einer der Ermittler aus Rosis Haus. Er sah ganz blass und elend aus. Mit schleppenden Schritten ging er auf den Sheriff zu.

Auch er zog eine Schachtel Zigaretten aus der Tasche und zündete sich mit zittrigen Fingern eine an. Nachdem er zwei- dreimal kräftig inhaliert hatte, informierte er den Sheriff:

»Wir haben drei Leichen aufgefunden. Zwei waren noch an Wasserleitungen, die unter der Decke verlaufen, gefesselt. Bei den gefesselten Opfern handelt es sich um Frauen. Unter der Kellertreppe fanden wir noch ein männliches Opfer. Wir vermuten, dass es sich um den von ihnen schon erwähnten Deputy Will Mac Callen handelt.«

Sheriff Gregory erinnerte sich, in welchem Zustand er seinen Deputy zuletzt gesehen hatte. Dass er nicht mehr am Leben war, wusste er bereits. Dennoch schmerzte ihn der Gedanke, dass er diesen jungen, sympathischen Mann nie mehr sehen würde. Er bedankte sich bei dem Ermittler einsilbig, stieg in seinen Streifenwagen und fuhr davon.

***

Ein kleines Lächeln

Rosi Winters wollte auf keinen Fall mehr zurück in ihr Haus. Sie saß zusammen mit Duke in dessen Küche. Sie unterhielten sich über scheinbar Belangloses, da sie sich beide unbewusst immer noch weigerten, über die Geschehnisse der letzten Tage in Walkers Hill zu sprechen. Es war schon schwer genug, den Ermittlern des FBI zu berichten, was sie erleben mussten.

Nach der Befragung war Rosi mit Duke, wie selbstverständlich, zu dessen Haus gegangen. Erst als sie vor der Haustüre standen, stellte sich Rosi vor Dukes Rollstuhl.

»Duke, ich möchte dich etwas fragen, naja, eigentlich ist es eher eine Bitte.«

Duke schaute Rosi erstaunt an. Doch da zündete das Licht der Erkenntnis in seinem Kopf. Ohne noch auf Rosis Frage zu warten, antwortete er ihr.

»Natürlich kannst du fürs Erste bei mir wohnen. Was später sein wird, entscheiden wir, wenn es so weit ist. Du weißt ja, dass ich ein Gästezimmer habe. Dort kannst du dich gerne einrichten.«

Vor Erleichterung blühte in Rosis eher betrübtem Gesicht ein kleines Lächeln auf.

Spontan beugte sie sich zu Duke hinunter und hauchte ihm einen zarten Kuss auf die Wange.

So lebten sie nun schon ein paar Tage zusammen in Dukes Haus. Er war froh über die Gesellschaft, wenn er auch hinnehmen musste, dass sein Junggesellenhaushalt an manchen Ecken einen weiblichen Touch bekam. Viele Stunden saßen sie in der Küche, und es war fast so, wie Duke es sich immer gewünscht hatte. Er hatte jemanden, um den er sich kümmern konnte, jedenfalls ein wenig. Er wusste, dass er nicht damit rechnen konnte, dass Rosi und er ein Paar wurden. Dazu kannten sie sich erst zu kurz, und Rosis Verlobter war erst vor Tagen ermordet worden. Trotzdem wuchs in ihm das Verlangen, mit dieser Frau so viel Zeit zu verbringen wie irgend möglich.

Eines lenkte ihn aber zeitweise von seinen Liebeshoffnungen ab. Seine Lähmung begann zu schwinden. Von Tag zu Tag, ja man konnte fast sagen von Stunde zu Stunde belebten sich die tot geglaubten Nerven weiter. Luther schien mit seiner Diagnose recht zu behalten. Sein Körper hatte sich entschlossen, wieder in den normalen Status zurückzukehren. Dennoch grenzte es immer noch an ein Wunder, was mit ihm geschah.

Als es an der Tür klopfte, fingen seine Fußzehen an, sich zu krümmen. Vor lauter Aufregung vergaß Duke, dass jemand an seiner Haustür Einlass begehrte. Mit staunenden Augen betrachte er seine Füße. Erst als er die Stimme von Luther Braun im Flur vernahm, wusste er, dass Rosi den Besucher eingelassen hatte. Duke drehte sich seinem Besucher entgenga, der mit betont ärztlicher Stimmlage sagte:

»Na, wie geht es uns denn heute?«

***

Auf Händen und Knien

Luther Brown fühlte sich in sein altes Leben als Gerichtsmediziner zurückversetzt. Der Unterschied zu seinem Berufsleben davor bestand einzig darin, dass er in einem Zelt, und nicht in einem gerichtsmedizinischen Institut arbeitete. Den FBI-Beamten kam die Tatsache zugute, dass Luther hier in Walkers Hill lebte und somit direkt an an den Tatorten agieren konnte. Zwar nahm er nur die erste Beschau, wie man in seinem Berufszweig sagte, vor, doch auch diese Arbeit erforderte einen starken Willen und einen stabilen Magen.

Es gab eine Menge zu tun, und die Leichen, die mittlerweile in einem Kühlcontainer untergebracht waren, warteten geduldig, bis Luther sie untersuchte. Danach wurden die Körper in das forensische Institut nach Knoxville gebracht.

Während seiner Arbeit musste sich Luther voll und ganz dem jeweiligen Opfer widmen. Er hatte gelernt, private Gedanken in dieser arbeitsintensiven Zeit zur Seite zu schieben, damit er sich genügend konzentrieren konnte. Ein weiterer Effekt dieser professionellen Einstellung war, dass er seine Gefühle ausblenden konnte.

Doch ab und zu brauchte Luther eine Verschnaufpause. Zu diesen Pausen verließ er das Zelt, holte sich etwas zu trinken, oder besuchte für einige Minuten Duke, der nur wenige Meter vom Tatort entfernt wohnte. Bei einer dieser Kurzbesuche, sprach Duke noch einmal seinen Schädelfund unter dem Potts an. Er unterstrich dabei überzeugt seine Vermutung, dass es sich bei seinem Fund um den Schädel Mister Motos handeln müsse. Luther versprach, wenn er die Zeit dafür finden würde, den Schädel zu bergen.

Als Luther wieder einmal eine kurze Pause einlegte, erinnerte er sich an sein Versprechen. Anstatt zu dem Versorgungszelt zu gehen, um sich einen Kaffee zu holen, lief er um das Gebäude des Restaurants herum. Hinter dem Haus blieb er stehen, um die Lücke in dem Holzgeflecht zu finden, durch das Duke aus dem Halbkeller geklettert war. Gleich darauf sah er zersplittertes Holz auf dem rissigen Asphalt liegen. Direkt dahinter war das Holzgeflecht förmlich zerrissen.

Duke musste in heller Panik aus dem Halbkeller geflüchtet sein. Luther ging in die Hocke und starrte in das Halbdunkel des Kellers. Sollte er wirklich unter dem Haus herumkriechen und alte Knochen suchen? Hatten sie nicht schon genug Leichen? Mal ganz abgesehen davon, was in den Unterlagen dieses Doktor Jensen noch zu finden war, und wie viele Leichen dann noch auszugraben waren.

Doch Luther wusste, dass alles Sträuben sinnlos war, da auf jeden Fall geklärt werden musste, wessen Leiche dort unter dem Lokal vergraben war.

Mit einem Seufzer ließ Luther sich auf seine Knie sinken, und schob sich durch die Öffnung im Holzgeflecht in den Keller hinein.

Sofort wurde die Luft stickig, und der schwere Geruch nach Blut machte das Atmen zu einer Qual. Luther wusste, dass er überhaupt nicht dafür ausgerüstet war, eine Leiche auszugraben. Er beschloss, erst einmal festzustellen, ob dort wirklich ein Schädel zu finden war. Es konnte ja auch durchaus sein, dass Duke eine Wahnvorstellung durchlitten hatte.

Luther rutschte vorsichtig zur Mitte des düsteren Raumes und blickte sich um. Seine Augen hatten sich in der Zwischenzeit an das dämmrige Licht gewöhnt. Nicht weit von seiner derzeitigen Position entfernt, lag etwas auf dem sandigen Boden.

Luther rutschte auf Händen und Knien näher an das verdächtige Objekt heran. Wie er schon fast erwartet hatte, handelte es sich um einen menschlichen Schädel.

Er lag auf der Seite, wie ein Requisit in einem schlechten Horrorfilm. Nur war das hier kein Film, sondern brutale, kalte Wirklichkeit. Luther kniete nun vor dem Schädel und betrachtete ihn von allen Seiten. Seine Augen tasteten den sandigen Boden um den Schädel herum ab. Er suchte nach weiteren Knochen, die sich eigentlich in unmittelbarer Nähe befinden sollten.

Oder war hier nur ein Kopf beerdigt, besser gesagt, verscharrt worden. Etwas, dass wie ein kleiner, fahler Stein aussah, erregte seine Aufmerksamkeit. Luther rutschte etwas näher an das Objekt seines Interesses. Mit der rechten Hand wischte er den festgetretenen Sand um den vermeidlichen Stein beiseite.

Erstaunlich leicht gab der sandige Boden preis, was er für viele Jahre verborgen gehalten hatte. Ein länglicher Knochen kam zum Vorschein.

Als Luther vorsichtig den Knochen aus dem Erdreich zog, gesellten sich kleinere Knochenfragmente dazu. Luther unterbrach seine Grabung. Was er hier in Händen hielt, war ein menschlicher Knochen. Sein geschulter Blick erkannte, dass es sich hier um einen Armknochen, genauer gesagt um einen Teil des Unterarms handelte. Er musste die Forensiker herbeiholen, damit diese fachgerecht die sterblichen Überreste dieser Leiche bergen konnten.

Luther legte den Knochen beiseite und nahm den Schädel, der neben ihm auf dem Boden lag. Vorsichtig drehte er ihn in seinen Händen. Dabei versuchte er herauszufinden, wie dieser Mensch zu Lebzeiten wohl einmal ausgeschaut hatte. Nach einer Weile war sich Luther fast sicher, dass er hier den Schädel eines Asiaten vor sich hatte. Also konnten diese Knochen durchaus die Gebeine des stadtbekannten Mister Moto sein.

Wenn dies hier wirklich die sterblichen Überreste dieses regionalen Geistes waren, dann stellte die Tatsache, dass über seinem Grab eine unvorstellbare Tötungsorgie stattgefunden hatte, einen makaberen Zufall dar.

War es denn Zufall? Wer vermochte dies zu sagen? Auf jeden Fall würde bei Bekanntwerden der Fakten, jede Menge Raum für fantasievolle Spekulationen bleiben.

Luther konnte sich schon die Schlagzeilen der großen Klatschblätter vorstellen.

"Der Fluch des Mister Moto", oder "Ein Geist nimmt Rache."

Doch noch war nichts sicher. Luther behielt den Schädel in Händen und rutschte zu der Lücke in der Lattenverstrebung. Ächzend kletterte er aus dem Keller, richte sich auf und atmete befreit die frische Luft.

***

Ich tue dir nichts!

Für Tom Hauser hatte der Alltag wieder begonnen. Er machte seine übliche Runde und verteilte die Post. Nur seinen über die Jahre gefestigten Zeitplan, konnte er beim besten Willen nicht mehr einhalten. Fast an jeder Haustür, an jedem Grundstück suchten die Menschen Kontakt zu ihm. Jeder wollte wissen, inwieweit denn die Ermittlungen schon Ergebnisse gebracht hatten. Dabei war es den Leuten egal, ob es sich um die Polizei, das Sheriffsbüro oder das FBI handelte, welche "Neues" herausgefunden hatten.

Tom war zu einer Art lokaler Nachrichtenbörse geworden. Er sammelte Informationen und gab sein Wissen an seine Kunden weiter. Er fühlte sich ausgesprochen wohl dabei, dass die Bürger von Walkers Hill ihn nach den aktuellen Neuigkeiten im Ort fragten. So nahm er sich gerne die Zeit, um seine Nachrichten zu verbreiten.

Jedoch gab es eine Adresse, um die er gerne einen weiten Bogen geschlagen hätte. Es handelte sich um die Adresse von Claudette Balzen. Zu seinem Glück waren in den zwei letzten Tagen keine Briefe an sie gerichtet gewesen. So konnte er schnell ihr Grundstück passieren, ohne Gefahr zu laufen, dieser unangenehmen Frau zu begegnen. Sie hatte ihn angegriffen und ihn am Unterarm verletzt. Zwar spürte er die Verletzung kaum noch, doch die seelische Verwundung würde nur schwer heilen.

Heute war der Tag, an dem er sich nicht mehr darum drücken konnte, vor ihrem Haus zu halten. Zum Glück handelte es sich bei den Briefen nur um normale Post, also kein Einschreiben oder Paket, bei denen eine Unterschrift notwendig war. So musste er nur kurz an den Briefkasten, die Briefe einstecken und fertig. Dies würde nicht länger als einige Sekunden brauchen, und er hatte somit Zeit genug, um der Claudette Balzen aus dem Weg zu gehen. So zumindest hatte Tom Hauser sich den Ablauf vorgestellt.

Mit jedem Meter, dem er sich dem Grundstück näherte, wurde sein Unbehagen, ja man konnte schon fast von Angst sprechen, größer. Schweißperlen bildeten sich auf seiner Stirn, obwohl der heutige Tag eher zu der kühleren Sorte zählte.

Schließlich stoppte er sein kleines Postauto vor dem Briefkasten Claudette Balzens. Er beugte sich zu seinem Auslieferungscontainer, in dem er die Briefe schon seiner Tour entsprechend vorsortiert hatte und zog drei Briefe mit Claudettes Namen hervor. Dann drehte er sich herum und langte mit der rechten Hand nach draußen, um den Briefkasten zu öffnen.

In dem Moment, als er den Briefkasten berührte, fasste ihn jemand am Arm. Vor lauter Schreck stieß Tom Hauser einen spitzen Schrei aus, der so gar nicht zu einem Mann passen wollte. Panik verzerrte sein Gesicht, und sein Herzschlag beschleunigte sich enorm. Eine Stimme, weiblich, aber dennoch beängstigend drohend sagte:

»Jetzt hab ich dich erwischt, Tom Hauser!«

Alles in Tom krampfte sich zusammen, und ihm wurde schlagartig übel. Er hatte fest geglaubt, der Wahnsinn sei vorbei, das Leben wieder sicher. Doch er hatte sich getäuscht, nichts war sicher. Dort draußen stand Claudette Balzen, die schon zu normalen Zeiten nicht ganz richtig im Kopf gewesen war. Sie hatte auf ihn gewartet, um das zu Ende zu bringen, was ihr beim ersten Mal nicht gelungen war. Sie würde ihn jetzt und hier umbringen. Doch, noch ehe Tom Hauser durch seine panischen Gedanken in den Irrsinn getrieben wurde, hörte er ein Geräusch, das so gar nicht zu dieser Situation passen wollte. Ein freundliches, glockenhelles Lachen drang an seine Ohren, in dem nichts Gehässiges oder Böses zu finden war. Gleich darauf erschien Claudettes rundliches Gesicht im Seitenfenster des Postwagens. Noch immer lag auf ihrem Gesicht ein herzliches Lachen. Tom Hauser wusste nicht, was das alles zu bedeuten hatte. Völlig hilflos schaute er seine Erzfeindin an. Ein seltsamer Gedanke formte sich, und Tom konnte sich nicht erklären, woher dieser kam. Eigentlich sieht Claudette, wenn sie lächelt, richtig hübsch aus. Seine Verwirrung steigerte sich noch mehr, als er sie sagen hörte:

»Ich habe nur Spaß gemacht, keine Angst. Ich tue dir nichts!«

Im gleichen Moment verflog ihr Lächeln und machte einer ernsten Miene Platz, was Tom fast mit Bedauern registrierte. Claudette beugte sich noch ein wenig vor und begann leise, dennoch eindringlich, zu sprechen: »Lieber Tom, ich möchte mich bei dir entschuldigen. Ja, ich weiß, wir hatten unsere Differenzen. Zuletzt habe ich dich sogar verletzt, was mir unendlich leidtut. Lass uns das Kriegsbeil begraben und alle Streitigkeiten mit. Komm, lege eine Pause ein, und wir unterhalten uns ein wenig. Ich koche uns eine Tasse Kaffee, und ich glaube ich habe auch noch ein Stück frisch gebackenen Apfelkuchen für dich. Du magst doch Apfelkuchen, oder?«

Toms Gedanken jagten durch sein verwirrtes Hirn, unfähig eine Entscheidung zu treffen. Doch Claudette wäre nicht Claudette, wenn sie nicht sofort die Initiative ergriff. So öffnete sie die Fahrzeugtür, packte Tom am Arm und zog ihn fast aus seinem Fahrzeug. Wie ein unmündiges Kind nahm sie ihn am Arm und führte ihn durch den gepflegten Garten zu ihrem Haus. Tom ließ sie gewähren, und stellte überrascht fest, dass ihm diese Entwicklung durchaus gefiel. Wenn ein heimlicher Lauscher an Claudettes Küchenfenster gestanden hätte, würde er sich wundern. Angeregt unterhielten sich die ehemaligen Streithähne, nur unterbrochen von herzlichen Lachern. An diesem Tag mussten die Bürger von Walkers Hill um einiges länger auf ihre Post warten.

***

Ein besonderes Geschenk

An der Tankstelle der Murphys war einiges los. Nicht das ungewöhnlich viele Fahrzeuge betankt werden mussten verdankten sie diesen Umstand, sondern einer Idee Paolos.

Da durch die dramatischen Umstände das Restaurant Potts wohl bis auf Weiteres geschlossen blieb, entstand eine Servicelücke, denn es war fraglich, ob das Potts jemals wieder öffnen würde. Viele Bürger von Walkers Hill gönnten sich den Luxus, morgens frühstücken zu gehen. Das Potts bot bisher die einzige Möglichkeit, wollte man im Ort bleiben, um sich diesen Wunsch zu erfüllen. Paolo hatte nicht viel Überzeugungskraft aufwenden müssen, um die Murphys von seiner Idee zu begeistern. So hatten sie sich von hilfreichen Nachbarn Gartenmöbel, Biergarnituren und Sonnenschirme geliehen. Auf dem Parkplatz, der sich direkt an das Grundstück der Tankstelle anschloss, stellten sie das farbenreiche Sortiment auf. An der Seite formierten sich, in ordentlicher Reihe, einige Gasgrills und Kochplatten. Große Holztische machten die mobile Außenküche vollkommen. Schnell verbreitete sich die Nachricht in der Bevölkerung, dass an der Tankstelle Frühstück angeboten werde, und auch mittags Gegrilltes zur Verfügung stand.

Paolo und Harold hatten eine Menge zu tun. Auf den Gasgrills lagen Steaks, in Pfannen brutzelten Rührei und Schinken. Die Tische waren bis auf den letzten Platz besetzt. Es war gerade so, als wollten die Menschen jede Möglichkeit nutzen, das Erlebte zu vergessen. Einige Frauen aus dem Ort hatten sich bereit erklärt, das Servieren zu übernehmen. Das muntere Stimmengewirr brachte Paolo zum Lächeln. Ja, Walkers Hill war seine Stadt, und er konnte sich nicht vorstellen, irgendwo anders zu leben. Doch die Gewalt, die er hier in diesem scheinbar friedlichen Ort erlebt hatte, stieß eine Tür auf, hinter der er sein Leben als Verbrecher verborgen gehalten hatte. Dunkle Erinnerungen mischten sich mit Bildern der vergangenen Tage.

In unbeobachteten Momenten verschwand sein sonst immer zur Schau getragenes Lächeln und spiegelte den Zustand seiner gequälten Seele wieder. Schlaf war zu einem seltenen Begleiter geworden, und nur völlige Erschöpfung ließ ihn in die Dunkelheit gleiten.

Wenn er dann, aufgeschreckt durch schlimme Träume, erwachte, stürzte er sich gleich wieder auf jede anfallende Arbeit. Alles, was ihn von seinen Gedanken abhielt, war mehr als willkommen.

An einem der Tische saßen der FBI-Agent Roger Thorn und Yavuz zusammen. Entspannt lehnten sie sich zurück und genossen einen Moment des Friedens. Sie hatten sich hier zum Frühstück verabredet, wohl zum letzten Mal. Yavuz würde noch an diesem Nachmittag nach Hause fliegen. In den letzten Tagen hatte er nach Kräften geholfen, das Chaos zu ordnen. Nun waren die Spezialisten gefragt, die unter Rogers Leitung eine Menge aufzuarbeiten hatten.

Viele Fragen waren noch offen, wie zum Beispiel, ob man die Menschen, die unter Drogeneinfluss gemordet hatten, strafrechtlich für ihre Taten zur Verantwortung ziehen konnte. Wie und wer sollte die Opfer des kollektiven Amoklaufes entschädigen? Tausende von Spuren mussten von den Forensikern ausgewertet werden. Die Aufarbeitung der Gewaltorgie würde viele Monate in Anspruch nehmen. Doch damit waren die Ermittlungen in Walkers Hill noch lange nicht zu Ende. Es galt die Mordserie, die wohl bisher größte in den USA, verübt durch den hier früher praktizierenden Landarzt Doktor Jensen und dessen Vater, aufzuklären.

Noch konnte niemand eine genaue Zahl der Opfer nennen. Die Ermittler um Roger Thorn gingen davon aus, dass mehrere hundert Menschen von den Bestien in Arztkitteln ermordet worden waren. Die von Yavuz entdeckte Akte, so stellte sich bei der Hausdurchsuchung in Doktor Jensens Anwesen heraus, zeigte nur einen Teil der Tötungslisten. Weitere Aufzeichnungen fanden sich im Tresor und in geheimen Fächern hinter der Wandvertäfelung des Wohnzimmers.

Das prominenteste Opfer wurde unter dem Potts im Sand des Halbkellers geborgen. Die Fachleute, allen voran Luther Brown, bestätigten, dass es sich bei dem Skelett um einen Asiaten, und damit mit großer Wahrscheinlichkeit um den bedauernswerten Mister Moto handelte. Stimmen wurden in der Bevölkerung laut, die forderten Mister Moto ein würdiges Begräbnis zu geben und auf seinem Grab ein Denkmal zu errichten. Ob es jemals dazu kommen würde, wusste heute noch niemand.

***

Nachdem Yavuz seinen Becher mit Tee auf dem Tisch abgestellt hatte, schaute er Roger mit traurigen Augen an. Er hatte sich in den letzten Tagen mit dem FBI Mann angefreundet. Nun aber war die Zeit gekommen, um sich zu verabschieden.

Yavuz suchte nach den passenden Worten, doch er wusste nicht, womit er beginnen sollte. Noch einmal auf die letzten Tage zurückzukommen erschien ihm sinnlos. Sie hatten beide aktiv an den Geschehnissen teilgenommen und waren mit heiler Haut davon gekommen. Sie hatten Glück gehabt, Mut bewiesen, und ohne lange darüber nachzudenken, getan, was getan werden musste. Roger spürte, wie Yavuz um Worte rang, und beschloss deshalb ihn aus seiner Zwangslage zu befreien indem er sagte:

»Bevor du fahren musst, hab ich noch eine Überraschung für dich.«

Yavuz schaute Roger erstaunt an, während dieser unter seinen Gartenstuhl griff und eine Plastiktüte hervorzog. Mit einem breiten Lächeln stellte er die Tüte auf seine Beine. Dann öffnete er die Tüte und schaute hinein, als wisse er nicht, was sich darin befand. Immer noch grinsend hob er seinen Kopf und sagte:

»Hier habe ich ein Geschenk, dass ich dir gerne überreichen würde.« Damit erhob er sich und reichte Yavuz die Tüte. Yavuz stand nun ebenfalls auf, was die Blicke der Menschen an den Nachbartischen auf sie zog. Etwas umständlich und leicht verlegen, griff Yavuz in die Tüte und zog eine dunkelblaue Windjacke hervor. Erstaunt drehte er die Jacke und betrachtete sie von allen Seiten. Seine Augen wurden groß, als er die Beschriftungen las, die auf der Brust, den Ärmeln und auf dem Rückenteil aufgedruckt waren. Dort prangte in gelben Großbuchstaben das Kürzel des "Bureau of Investigation", FBI. Yavuz starrte mit offenem Mund auf diese Buchstaben. Noch ehe er seine Freude und Überraschung in Worte fassen konnte, sagte Roger:

»Die Jacke ist ein Original. Die kannst du so nicht kaufen. Zieh sie mal an, damit ich sehen kann, ob ich die richtige Größe besorgt habe.«

Wortlos, immer noch staunend, folgte Yavuz Rogers Aufforderung. Die Jacke passte ausgezeichnet. Fast ehrfurchtsvoll strich Yavuz über den Stoff, nicht glaubend, dass Roger ihm so ein tolles Geschenk gemacht hatte. Yavuz setzte an um sich bei Roger zu bedanken, doch wiederum kam Roger ihm zuvor:

»Schaue einmal in die linke Innentasche«, sagte er mit einem breiten Grinsen, dass die Sorgenfalten der letzten Tage einfach wegwischte.

Yavuz gehorchte, und auf seinem Gesicht spiegelten sich Emotionen, wie bei einem erwartungsvollen Kind an seinem Geburtstag.

Er tastete in die angegebene Tasche und zog ein kleines, blaues Lederetui hervor.

Verwundert hielt er das Etui in der Hand, ehe er auf die Idee kam, es herumzudrehen. Auf der Vorderseite war in Gold das Wappen des FBI aufgedruckt und direkt darunter die FBI-Buchstaben. Yavuz atmete tief ein, ehe er das Ledermäppchen aufklappte. Auf der rechten Seite war eine goldene, runde Marke eingelassen, auf der wieder das Wappen des FBI aufgesetzt war. Links, in einem Klarsichtfenster steckte eine Ausweiskarte. Yavuz drehte das Etui um neunzig Grad, damit er sehen konnte, was auf diesem Ausweis stand. Als Erstes erkannte er ein Foto, das ihn zeigte. Woher hatte Roger nur sein Foto, fragte er sich, um gleich darauf die Antwort zu wissen. Das war das FBI, und mit den Möglichkeiten, die diese Behörde hatte, konnten sie leicht ein Foto von ihm besorgen. Über seinem Bild stand ein Titel. Dort, wo gewöhnlich "Spezial Agent" eingefügt war, stand, "Special Consultant", also Sonderberater. Wiederum darüber fanden sich erneut die Buchstaben FBI. In der Mitte stand eine Identifikations-Nummer und darunter sein Name. Sein Name! Dort stand wirklich Yavuz Kozoglu! Am rechten Rand war ebenfalls wieder das Wappen des FBI zu sehen. Yavuz hatte völlig seine Umwelt vergessen. Er starrte auf den Ausweis und wusste nicht, was dieser bedeutete. Schließlich erlöste Roger ihn aus seiner Grübelei.

»Yavuz«, begann er, nun mit ernstem Gesicht. Dieser schaute etwas verlegen auf und ließ sich, das Etui immer noch in Händen haltend, auf den Stuhl sinken.

»Mit meinem kleinen Abschiedsgeschenk möchte ich, wie auch unser FBI Direktor Mueller, dir unseren Dank ausdrücken. Du hast mir nicht nur das Leben gerettet, sondern bei meinen Ermittlungen mir und meinem Land mehr als zu erwarten war, geholfen. Mit großem Mut und ohne jegliches Zögern, hast du einfach getan, was getan werden musste. Die FBI-Jacke soll dir als Erinnerung an deine Zeit in Walkers Hill dienen. Der Ausweis allerdings ist ein Dokument, ausgestellt durch unsere Behörde, und damit amtlich. Das heißt, wenn du es akzeptierst, dass du von nun an als Berater bei uns geführt bist. Dies ist kein Ehrentitel, sondern eine Legitimation, die dir in deinem zukünftigen Leben bestimmt helfen kann. Zeige bei Reisen in die USA oder durch unser Land diesen Ausweis bei den Zoll- oder Sicherheitsbehörden, und du wirst sehen, wie hilfsbereit die Beamten sind. Solltest du einmal in Schwierigkeiten geraten, benutze ebenfalls diesen Ausweis, zum Beispiel bei der Polizei. Na, du wirst schon noch herausfinden, wie dieses kleine Etui dir in Zukunft das Leben leichter machen kann. Du bist nun in einem, na sagen wir mal, einem Verein, der sehr privilegiert ist und das weltweit. Einen kleinen Haken hat die Sache allerdings. Es besteht die Möglichkeit, dass ein FBI Agent in Europa dich kontaktiert, wenn er beratende Hilfe braucht, wie etwa Ortskenntnisse deinerseits. Ansonsten bist du zu nichts verpflichtet.«

Roger hätte noch stundenlang über die Vorzüge des FBI, wie auch über Verpflichtungen sprechen können, doch er sah, dass Yavuz fürs Erste genug Informationen erhalten hatte und diese erst einmal verdauen musste.

Yavuz schaute noch ein letztes Mal auf das FBI Etui und steckte es dann zurück in seine Innentasche. Dann sammelte er sich kurz, wobei er die Zeit nutzte, um seine Emotionen unter Kontrolle zu bringen. Mit einem tiefen Aufatmen stand er auf, ging zu Roger, der ebenfalls aufgestanden war, und drückte dessen Hand. Dann zog er Roger einfach an sich heran, umarmte ihn kurz, ehe er sagte:

»Roger, ich kann nicht ausdrücken, wie sehr du mich überrascht und mit deinen Worten berührt hast. Ich habe hier in Walkers Hill ein Abenteuer erlebt, von dem ich meiner Frau wohl nur ein wenig berichten kann, sonst lässt sie mich nie wieder fort. Andererseits bin ich mehr als überwältigt, dass du mir die Jacke geschenkt hast, von dem Inhalt mal ganz abgesehen. Es ist mir eine besondere Ehre, diesen Ausweis, diese Mitgliedschaft, die ihr mir anbietet, anzunehmen. Du kannst dich darauf verlassen, dass ich, wenn es mir möglich ist, jedem FBI Agenten helfen werde, so gut ich es vermag. Doch eine Sache ist mir wichtiger, als alle Ehrungen des FBI. Ich möchte, dass wir in Verbindung bleiben, und ich möchte dir gerne meine Familie vorstellen.«

Nun war es an Roger gerührt zu sein, deshalb sagte er mit etwas rauer Stimme, die seine Gefühlslage verdecken sollte:

»Du kannst dich darauf verlassen, dass wir uns wiedersehen. Auf jeden Fall bleiben wir in Kontakt.«

Sie redeten noch eine Weile, ehe Yavuz erschrak, als er auf seine Uhr schaute. Er sprang auf, schüttelte Roger noch einmal kräftig die Hand, und sagte: »Ich muss los! In zwei Stunden geht mein Flieger.«

Roger lachte, klopfte Yavuz auf die Schulter und meinte:

»Keine Angst, das schaffst du schon. Benutze einfach deinen FBI-Ausweis, dann brauchst du nicht so lange bei der Sicherheitskontrolle.«

Yavuz drückte Roger noch einmal zum Abschied, ehe er zu seinem Mietwagen eilte. Noch immer trug er seine FBI-Jacke. Auf dem Parkplatz angekommen, öffnete er gerade die Autotür, als ein Wagen vorüberfuhr und hupte.

In dem Wagen saß Joe, mit dem er zusammen die Geiseln in der Kirche befreit hatte. Joe winkte Yavuz freundlich zu, und bog in den Parkplatz ein. Yavuz hätte gerne einige Worte mit dem Mann gewechselt, doch er war zu spät dran. Deshalb stieg er eilig in das Fahrzeug und fuhr davon.

Joe schaute ihm nach. Natürlich hatte er gesehen, dass Yavuz eine FBI-Jacke getragen hatte. Zu sich selbst sagte er, als befände sich ein Zuhörer in seinem Auto: »Autohändler, was? Dass ich nicht lache ...«

***

Zwei Worte

Josh Eliot schlug verwirrt die Augen auf und schaute sich um. Er lag auf der Seite und fühlte warmen Sand an seinem Gesicht. Langsam und verwundert, wie er wohl hierher gekommen war, setzte er sich auf. Er ließ seine Blicke, über die ihm fremde Landschaft wandern. Er befand sich in einer wüstenähnlichen Umgebung. Kleine, dürre Sträucher wuchsen aus dem sandigen Boden, in Nachbarschaft einiger vertrockneter Grasbüschel. Rechts erhoben sich karg bewachsene Hügel. Links fiel das Land sanft ab und endete an einem dunkelblau schimmernden Ozean. Unten am Wasser war die Vegetation dichter. Palmen bildeten grüne Inseln, die einen tropischen Kontrast zu dem Blau des Meeres bildeten. Zwischen den Palmen standen vereinzelt kleine, bunt bemalte Hütten. Alles wirkte friedlich und ruhig.

Josh überlegte, was das Letzte war, an das er sich erinnern konnte, wurde aber von einem kleinen Skorpion abgelenkt. Das Tier krabbelte nur wenige Zentimeter an seiner Hand vorbei. Josh verhielt sich ruhig, da er glaubte, dass der giftige Krabbler ihn dann nicht beachten würde. Der Schrei einer Möwe ließ seinen Blick nach oben richten, und er vergaß den Skorpion.

Wolken ballten sich, seltsame Gebilde formend. Fasziniert erkannte er einen Drachen, der sein Maul weit geöffnet hatte. Dann formte ein himmlischer Künstler die Wolkengestalt um. Ein menschliches Gesicht modellierte sich aus der Wolkenmasse. Augen, Nase, Stirn und ein Mund, der sich zu einem Lächeln verzog, wurden sichtbar. Wie bei solchen Wolkenbildern üblich, war auch diese Darstellung sehr grob, und auf die Interpretation des Betrachters angewiesen. Dann, fast übergangslos, wurde die Wolke dunkel, als ob sie die Last eines Gewitterregens tragen müsse. Das Gesicht jedoch blieb und verfeinerte sich in seiner Gestaltung. Nun war eindeutig ein menschliches Antlitz zu erkennen. Die wolkige Haut straffte sich, die Nase schrumpfte ein wenig, die Augen zogen sich in die Länge. Selbst Pupillen formten sich, die Josh mit brennenden Blicken anzustarren schienen. Dann erkannte er, wer da auf ihn herabblickte. Im gleichen

Moment, da er sich sicher war, wer dort oben am Himmel auf ihn herabsah, öffnete sich der Mund des Wolkengesichts, begleitet von einem lauten donnerndem Grollen.

In Josh entfaltete sich Panik wie eine innere Kernexplosion. Er wollte weg, nur weg, doch sein Körper war starr, unbeweglich, eingefroren in Angst. Keuchend versuchte er, Luft in seinen Körper zu pumpen. Sein Herz raste in einem wilden Galopp, als wolle es ein letztes Mal seine volle Leistung erproben, ehe es für immer stillstehen würde. Ein Wimmern verließ seine Lippen, das sich langsam steigerte, bis hin zur Dissonanz. Ein Schrei, geboren aus dem Schmerz seiner gequälten Seele erhob sich in seinem Inneren, raste die Kehle hinauf, und verließ brüllend seinen Mund. Es waren nur zwei Worte, die er schrie, doch diese waren mit Mord, Blut und Hass durchdrängt.

MISTER MOTO!

Im gleichen Moment stach der Skorpion in seine Hand. Ein brennender Schmerz flutete in seinen Organismus. Die Landschaft fiel wie zerbrochenes Porzellan auseinander. Doch das Gesicht blieb, wurde realer, formte sich zu einem Körper, zu einem Mann. Dieser saß neben ihm, eine Spritze in der rechten Hand haltend, während seine Linke versuchte, Josh sanft nach hinten zu drücken. Ein leichtes Schaukeln vermittelte Josh das Gefühl der Bewegung.

Er ließ sich nach hinten sinken und erkannte, wo er sich befand. Dies war das Innere eines Krankenwagens, doch der Mann vor ihm, ein Asiate, passte in irgendeiner Form nicht hierher. Zwar trug er eine Sanitätsuniform, doch er schien ein Trugbild zu sein.

Mit schwacher Stimme fragte Josh den Sanitäter:

»Warum verfolgst du mich Mister Moto?«

Der Angesprochene schaute erstaunt zu seinem Patienten.

»Das ist ja interessant«, sagte er. »Woher kennen Sie mich denn?«

Jetzt, da der Mann, Mister Moto, zu ihm sprach, begriff Josh Eliot, dass er es hier nicht mit einem Geist zu tun hatte, sondern mit einem wirklichen Menschen. So fragte er, nicht wissend, wie er diese irrationale Situation einschätzen sollte, zur Sicherheit noch einmal:

»Sie sind doch Mister Moto?«

Der asiatische Sanitäter nickte freundlich und lächelte dabei sogar.

»Ja, der bin ich. Meine Name ist Moto. Kim Moto.«

***

Abschied

Langsam, als hätte er alle Zeit der Welt fuhr Yavuz die Main Street hinunter. Begierig sog er noch einmal das Bild dieser Kleinstadt in sich hinein. Er hoffte, dass sein Gehirn all die Kleinigkeiten speichern würde, die er sah. Die Menschen waren wieder nach Hause zurückgekehrt und standen beieinander. Lächelnde Gesichter verdrängten das Grauen, die Gemeinsamkeit des Erlebten brachte sie dazu, ihr Leben neu zu bewerten. Kinder standen am Straßenrand und winkten ihm zu. Hinter den Häusern erkannte Yavuz den Kirchturm. Pfarrer Morris würde in nächster Zeit bestimmt viel an Seelsorge zu leisten haben, denn es standen noch einige Beerdigungen an. Kurz darauf passierte Yavuz das Potts. Eine Aureole aus Düsternis schien das Gebäude einzuhüllen. Yavuz fröstelte bei dem Anblick des nun verlassenen, mit rot-weißem Absperrband der Polizei isolierten Restaurant. Fast schien es, als ob dieses Haus aus dem Gefüge der umgebenden Gebäude ausgestoßen sei, nicht mehr berechtigt ein Teil dieser Stadt zu sein. Dagegen ließ Yavuz das Haus des mörderischen Doktors fast unbeachtet. Er klammerte sein Erlebnis dort irgendwie aus. Als er die Stadtgrenze erreichte, und der Wald vor ihm aufragte, schaute er noch einmal, wie mit einem letzten Gruß, in den Rückspiegel. Gleichzeitig fühlte er Bedauern und fast so etwas wie Traurigkeit. Er wusste, dass in wenigen Stunden sein normales Leben wieder beginnen würde. Nicht dass er damit unzufrieden war. Nein, er liebte seine Frau, seine Kinder, seine Familie. Aber! Ja genau aber ...

Er hatte etwas erlebt, was nicht alltäglich war. Das Schicksal hatte ihm die Chance zu einem Abenteuer gegeben, das er unbeschadet überstanden hatte. Darüber konnte er froh sein, wobei sich etwas in seinem Inneren dagegen sträubte, wieder ein bürgerliches Leben zu führen. Er wusste, dass ihn die Sehnsucht nach einem freien Leben nicht mehr verlassen würde. Dies würde die Bürde sein, die er von nun an alleine tragen musste.

***

# Eine Frage der Zeit

Eine Windböe rauschte durch den Wald und kündigte das bevorstehende Gewitter an. Wolken ballten sich zu immensen, grauen Bergen auf. Die Luft schien statisch vor Elektrizität. Der Himmel verdunkelte sich, und selbst die Farben des Waldes schien zu verblassen. Kein Laut war zu hören, nur das leise Rascheln der Blätter in den Wipfeln, bildete ein gereiztes Hintergrundrauschen. Ein fernes Grollen ließ unerwartet die Luft vibrieren. Die Welt schien sich angstvoll zu ducken.

Da riss die Wolkendecke ein Stück auf, und ein einzelner Sonnenstrahl brach durch die Bäume. Dort traf er auf etwas, was hier nicht hingehörte. Ein kleines Glasfläschchen reflektierte den Strahl und fächerte das Licht zu einer prismatischen Farbenpracht. Eine weitere Windböe blies trockenes Laub über den Waldboden. Ein einzelnes Blatt genügte, um das Farbenspiel zu beenden. Es bedeckte das Glasfläschchen und verbarg es. Weiteres Laub flog heran, als habe die Natur beschlossen, das gefährliche Objekt für immer zu begraben.

Doch es bedurfte nur den unbedachten Tritt eines Wanderers, oder das Herumtollen eines spielenden Kindes um das Grauen zurückzubringen.

ENDE

Anmerkungen des Autors

Liebe Leser, liebe Freunde!

Erst einmal meinen herzlichen Dank, dass Sie meine Geschichte gelesen haben, und nun auch noch die Muße besitzen, meine Anmerkungen zu studieren. Die Story ist zu Ende, doch es bleiben noch Fragen. Also gut! Hier meine wichtigste Frage, - haben Sie etwa gedacht ich würde Ihre Fragen meinen? Nein, Nein! - hat Ihnen meine Geschichte gefallen? Ich werde Ihnen, sehr geehrte Leser, diese Frage bestimmt stellen, wenn wir uns einmal über den Weg laufen.

Nein, nun mal ernsthaft: Ich habe mich gefragt, inwieweit eine Erzählung wie diese wohl in der Lage ist, Gedankenspiele zu initiieren. Nun? Haben Sie daran gedacht? Nun fragen Sie doch bitte nicht woran ... wir wissen doch beide, um was es geht, oder? Okay, dann frage ich Sie eben offen: Haben Sie sich im Verlauf der Geschichte gefragt, wen würde ich denn gerne ein bisschen umbringen? Und dabei durch die Droge auch noch straffrei ausgehen! Stimmt doch, oder nicht? Also mir könnten Sie es ja anvertrauen ...

Ich wünsche Ihnen ein mörderisches Nachdenken!

Herzlichst Ihr
Marvin Roth

Hanky und der Tausendschläfer

Autor: Marvin Roth

Jahr: 2009

11,5 x 18 cm
265 Seiten
Softcover

ISBN: 978-3-89064-999-3

Preis: 8,00 €

Hanky ist ein Kind im Körper eines dreißigjährigen Mannes. Auf einem seiner Streifzüge durch den Wald begegnet er einem uralten Wesen, das längst keinen eigenen Körper mehr besitzt, sondern von Wirt zu Wirt schlüpft.

Doch Hanky überlebt den Angriff dieses rätselhaften Geschöpfs. Und als er begreift, mit was er es zu tun hat, nimmt er den Kampf – gegen ein mächtiges Wesen, das seit Jahrtausenden kein anderes Ziel kennt, als die Menschheit vom Angesicht der Erde zu tilgen.

Exklusiv erhältlich im Spica Online-Shop unter www.spica-verlag.de

Hanky und der Mächtige

Autor: Marvin Roth

Jahr: 2010

11,5 x 18 cm
399 Seiten
Softcover

ISBN: 978-3-89064-998-6

Preis: 10,00 €

„Hanky und der Mächtige" spielt etwa Jahr nach den Ereignissen im ersten Band.

Hanky lebt in New York und erhält einen Brief des FBI-Agenten Roger Thorn. Er ist schockiert über den Inhalt und beschließt sofort zu handeln. Er aktiviert seine alten Mitstreiter. Keiner von ihnen ahnt, welch brutaler Verschwörung sie auf der Spur sind.

Exklusiv erhältlich im Spica Online-Shop unter www.spica-verlag.de

In Vorbereitung:

Das Papst-Dekret

(Hank Bersons dritter Fall)

In New York werden Kisten mit Waffen abgestellt. Es dauert nicht lange, ehe Banden und Kleingangster die Gelegenheit nutzen, um offene Rechnungen zu begleichen. Ein Kleinkrieg entbrennt in den Straßen der Stadt und fordert viele Opfer.

Drei Tage später erschüttert ein immenser Terroranschlag die Stadt. Nur mit Mühe entkommt der Präsident der Vereinigten Staaten. Beinahe gleichzeitig muss die Welt hilflos zuschauen, wie der Vatikan und damit auch der Papst von islamistischen Kämpfern attackiert wird. Unzählige Menschen sterben auf dem Petersplatz und auch im Petersdom. Der Papst flieht zuerst aus Rom. Doch schon wenige Tage später kehrt er zurück und ruft den heiligen Krieg gegen die fundamentalistischen Islamisten aus.

Hank Berson reist zusammen mit Walt Kessler eiligst nach Rom. Dort angekommen begegnen sie einem Gegner, mit dem sie nicht rechnen konnten.